有爱的青春陪伴者

盛夏摇起雀跃的尾巴

近晴/著

天津出版传媒集团

天津人民出版社

图书在版编目（CIP）数据

盛夏摇起雀跃的尾巴 / 近晴著. -- 天津 ： 天津人民出版社，2024. 12. -- ISBN 978-7-201-20802-2

Ⅰ. Ⅰ247.5

中国国家版本馆 CIP 数据核字第 2024DP7422 号

盛夏摇起雀跃的尾巴

SHENGXIA YAOQI QUEYUE DE WEIBA

近晴　著

出　　　版	天津人民出版社
出 版 人	刘锦泉
地　　　址	天津市和平区西康路35号康岳大厦
邮政编码	300051
邮购电话	022-23332451
电子信箱	reader@tjrmcbs.com

责任编辑	玮丽斯
特约编辑	雪　人　听　听
装帧设计	刘　艳　姜　苗
责任校对	言　一

制版印刷	长沙鸿发印务实业有限公司
经　　　销	新华书店
开　　　本	880毫米×1230毫米　1/32
印　　　张	10
字　　　数	392千字
版次印次	2024年12月第1版　2024年12月第1次印刷
定　　　价	42.80元

目 录

Contents

目 录
Contents

第一章

/

他们的关系

1

六月初，北怀气温高达 35℃。

晚风融化的夏夜，蝉鸣淹没在一波未平一波又起的尖叫声中，铺满轨道和电线的操场灯火通明。

江初夏刚在学校文艺会演的舞台上跳完一曲，轻快的节奏配上她明媚漂亮的脸蛋，瞬间点燃了台下处于青春期的躁动的男孩女孩。

最后的定点动作，她在空中轻甩马尾，单手叉腰微微侧身，蓝白相间的短裙下一双长腿又细又直，白衬衫包裹的胸膛随呼吸起伏，她歪歪头，右边眼下贴了亮闪碎片的眼睛给台下发送 wink（眨眼）。

这还不止，在其他队员下台时，她去而复返，露出蜜桃般清甜的笑容，大胆热烈地将双手举过头顶比了个心。

文艺会演如火如荼地进行着，江初夏下台后左右眺望，原先第二排最边上的人已经不见踪影。

她正失落时，腰间出现一股力道，有件校服外套披在了肩上，一个温热的手掌攥住她的手腕。

陈厌沉着脸将她拽离人群。

两人在路灯下的柏油路上走了一段后，陈厌松开她越走越快。

江初夏瘪了瘪嘴，快步跟上，用食指指尖戳他的肩膀，酸溜溜地问：'你不是说不来看吗？"

"嗯，是没想来。"

陈厌在学校是风云人物，出了校门就是学校的门面担当。他和江初夏是青梅竹马，一个高冷寡淡，一个活泼靓丽，俊男靓女的组合，之前没少传过绯闻。后来传着传着，嘿，他们真对对方有了不可描述的朦胧感情。

陈厌还没忘记他们在冷战，所以此刻依旧臭着一张脸，哪怕她刚才在舞台上明目张胆地给他比心。

而那些不知情况的男生一个个拍着大腿嗷嗷叫，恨不得把心都掏给她。

"呵。"

他冷笑之际，身后传来一声惊呼："啊！"

陈厌回头，看到江初夏膝盖弯曲，手掌撑地，一屁股坐在地上。

隔着几道树影，她楚楚可怜地望着他。

陈厌一眼识破她的诡计，双手插兜，勾起唇，冷笑道："江初夏，你能摔得再假一点吗？"

"什么嘛！"江初夏嘟嘴，干脆耍起无赖，"我真摔了！"

一秒……两秒……

两方僵持不下，她可怜巴巴地瞪陈厌，就仗着陈厌一定不会丢下她不管。

果不其然，陈厌落败，迈开长腿。他的影子落到她身上，手依然插在裤兜里，居高临下地望着她。

"江初夏，你有本事别撒娇。"他咬牙切齿地说。

"好！卡——收工！"手持喇叭的导演的声音传遍各个角落。

场记迅速拍完照，今妱手撑地打算起身，一只手伸了过来——是扮演"陈厌"的男演员的手，这一幕也是下一场戏的开头。

可下了戏，她就不再是"江初夏"，这人也不是"陈厌"。

男演员的手掌向上抬了抬。

"谢谢。"今妱忽略他的动作，起身，低头拍了拍裙摆上和腿上的灰尘。

见对方没有离开的意思，她抬头看他一眼。

男演员的长相偏阳光大男孩。

不拍戏时，他经常和剧组成员打成一片，会让人想到初升的暖阳、跟随暖阳转动的向日葵，以及扑棱翅膀的花蝴蝶。

"花蝴蝶"躬下身，偏头向今妱发送微笑信号，问道："待会儿一起去吃火锅吗？陈副导他们也会去。"

说实话，他戏外和高冷傲娇的"陈厌"完全搭不上边。

当然，今妱和活力四射的"江初夏"同样差了十万八千里。

戏外的她只会让人想到寡淡的白开水和供人欣赏的冰冷花瓶。

“你们去吧，我还有事。”今妱散开马尾甩了甩头发，拒绝得干脆利落，然后朝化妆间走去。

“花蝴蝶”和剧组人员三天两头地约饭，唯独今妱次次不冷不热就把他打发了。他不死心地跟上她，侧着身委屈巴巴地说：“这么不给面子啊？每回都有事？”

今妱长得美，是那种能戳到人心尖上泛甜的美，可性子很冷，想请她吃饭的人多了去，她拒绝起来毫不留情。

“花蝴蝶”又说道：“不应该和搭档搞好关系吗？这样戏里才有感觉。”

倏地，今妱停住了。

“花蝴蝶”刹不住车，眼看胸膛就要撞到她的后背，他赶紧扶住她的肩膀。

今妱耸肩抖落掉他的手，转回身笑了。

两人身上还穿着校服，身体和身体贴得近，从某个角度看像今妱被他抱在怀里，活脱脱一副恋人的模样。

今妱抓住“花蝴蝶”的领口往下拽，比她高出一个头的人任她摆布弯下腰。

她先是看见他眼里的惊讶，而后有欣喜和雀跃，守得云开见月明似的。

她呼吸放得很轻，目光顺着他的鼻梁向下，路过浅显的人中，落到他不自觉绷紧的唇上，那上面有蜿蜒的纹路，干巴巴的，还泛红。

“花蝴蝶”已经开始咽口水了。

“还要什么感觉？”今妱推开人全身而退，独留下如同被女妖吸完精气，魂不守舍地定在原地的男演员。

今妱的经纪人在他们收工时到达内场，和导演寒暄完，一回头，刚好瞧见自家艺人的行为。

她挑眉，过去和男演员打了声招呼，进到化妆间关上门，瞪大眼睛，手撑在桌边，可喜可贺地问：“你转性了？”

这只“花蝴蝶”的背景在圈内不可小觑，一般人得罪不起。

而今妱，只是个没作品没背景的在校大学生兼演员。

拿着卸妆巾擦拭妆容的手顿住，镜中的女演员容颜清纯，淡淡道：“就是帮他对个戏试试感觉。”

经纪人眨了眨眼，说不清是失望多一点，还是意料之中多一点，问道：“又拒绝了？”

正收拾服装的助理也闻声看过来，小声问：“他从进组到现在请好多顿了吧？妱妱就没一点点心动？”

“心动啊。”今妱挤了点眼部卸妆水到化妆棉上。

听到这话，经纪人和小助理的眼睛闪闪发亮。

今妱面无表情地继续说：“心不动，那现在跟你们说话的是尸体？”

聆听的两人嘴角一秒放平。

经纪人真是为手下的艺人操碎了心，不过眼下有要紧事，她催促道：“快换衣服吧，乖乖，蔚娱的岑董夫人的生日宴可别迟到了。”

今妱刚才拒绝的理由不假，今晚确实有事。

蔚娱传媒在业界是响当当的元老公司，旗下一线艺人个个都能独当一面，公司影视资源雄厚，与今妱所属的星云娱乐相比，用“一个天上一个地下”来形容都不为过。

忽明忽暗的灯光飘进车厢，保姆车穿梭在枝繁叶茂的梧桐树下，不远处有粉丝翘首盼望，可悲的是大部分是男主演的粉丝。

今年是今妱和星云签约的第三个年头，从配角到主角，大大小小的本子演了不少，却一直不温不火，身边的人只有干着急的份。

化妆师正给换好礼服的今妱简单上妆，经纪人扶着座椅从手机里抬起头：“蔚娱的太子爷和你一个学校，你们平时接触过吗？”

化妆刷轻扫眼窝，今妱闭着眼睛，百无聊赖地用礼服上的带子缠着手指。

冷不防地被问及，她愣了一下。

短暂的沉默落在大家眼里就是——不知道，不认识，没接触。

化妆师笑着插嘴：“那位可是名声在外啊，去年热搜的军训照片都被网友盘‘包浆’了。”

旁边的助理眼睛倏地发亮，问道：“什么照片？”

“喔……”化妆师觉得稀奇，“你不知道？”

助理手指翻飞，看到照片的刹那，她惊喜地喊出声：“原来是他，帅哭我了！我一直刷到，还保存了呢！”

今妱斜眸瞥了眼，轻易能从高亮度的手机屏幕上看见未划走的照片——

男生身着绿色迷彩服持枪俯卧在地，一手握握把，一手托住前端下的护盖，神色凛冽，剑眉微蹙。他漆黑的双眼瞄准前方，帽檐的阴影打下来，显得侧脸线条流畅似刀锋，下颌连接脖颈绷起的那条筋性感得要命。

化妆师说：“是啊，可惜去了导演专业，不然他那脸放到娱乐圈都是数一数二的。”

“人家有实力啊，上周刚得了戛纳电影节的奖。”经纪人也是闲聊的口吻，“岑董这儿子主意大着呢，父子俩本来就不合，这么一来有的闹。”

“啊？为什么不合？”助理是新招来的，对这里面的门门道道尚且不清楚。

车上均为自己人，化妆师无所顾忌地说道：“讲个热知识，现在的岑夫人是后上位的，更好笑的是，她和岑董的原配之前是好闺密。”

助理大惊：这么劲爆！

车内光线暗淡，上完妆，今妱不舒服地眨眨眼，抬手想揉眼睛，被化妆师按住，提醒道："你悠着点。"

今妱忍了忍，抽了张纸巾，对着镜子小心翼翼地按压眼角。

经纪人的目光一遍遍描摹着她的五官，继续说道："听说你们寝室的余莺莺最近和他走得近，她就没跟你提过？"

"嗯，"今妱不甚在意，"提过。"

经纪人嘴唇嗫动，见她反应平平，便没再说下去。

到达目的地，一行人进入富丽堂皇的酒店大厅。

入目皆是华贵礼服和西装，一个圈子的，就算没有接触，也多多少少有所耳闻，大家挂上微笑寒暄，穿过走廊来到电梯前。

不巧，几台电梯刚上去。

今妱抻抻脖子，上半身泛酸，只觉得身上的礼服压得她寸步难行。她一只手提裙摆，另一只手掩唇，靠着助理懒洋洋地打个哈欠，困了。

经纪人不动声色地瞪她一眼，眼里警告意味浓重——站没站相。

今妱眨掉眼中的水雾，离开助理的支撑，挺直背脊。

这电梯够慢的。

她掀起眼皮扫了眼楼层数，耳边突然传来几个男生肆无忌惮的笑闹，嘻嘻哈哈声在大厅尤为响亮，洋溢着少年的蓬勃朝气。

经纪人用手肘碰了碰今妱："喏，岑晏，中间那个。"

周边如花似玉的女人们早就不约而同地看了过去。

今妱循声转头，不知不觉地又靠回助理的身上，困意却是在看到人时消散了不少。

只见一行人从洒满金色灯光、铺着暖色地毯的旋转楼梯上浩浩荡荡下来——

不用刻意去找，他是那群人里最高挑也是最出挑的一个，肩宽腿长，穿着黑色 T 恤工装裤，迈腿下台阶时，浑身都透着股懒散劲儿。

边上的人搭着他的肩膀，不知道说了什么好笑的，其他人跟着大笑，他剥了颗糖扔进嘴里，嘴角牵起个冷感的弧度。

忽然，那冷感瞬移到他眼里，视线穿过人群直勾勾地锁定到今妱。

两人遥遥相望。

他嘴边笑意未退，抬了下眉头。

今妱淡定地耷拉下眼皮，盯着地上被擦得反光的瓷砖发呆，似乎刚才的对视不存在一样。

不知过去多久，电梯终于来了，然后是一道道恭维的声音："岑少。"

今妱走进电梯。

与此同时，对面清澈的镜面上不止倒映出她一人，刚才被簇拥下楼的岑晏变戏法似的站在了她左手边。

她还没来得及发愣，就被挤到角落。

经纪人睨她一眼，站在她正前方，助理自觉地站到她斜前方，两人把她挡住。

电梯上行，逼仄的空间里莫名笼罩着一股低气压，谁都不敢出声，一致望向显示屏默数楼层。

今妱身上是件一字肩礼服，裸露在外的肌肤虚贴镜面。她合眼偏了偏头，些许长发散落在身边人的肩膀上。

手心蓦地钻入冰凉，她一愣，然后这冰凉丝丝入扣，像藤蔓缠住。

她和他手臂碰手臂，布料碰布料。

甚至，她可以闻到他身上清淡的香味，很好闻，勾着人想靠近。

她还没分辨出是什么味道，电梯停住，“叮”的一声，门开了。

2

电梯里的人鱼贯而出，岑晏背靠镜面，单手撑着身后的横杠，低头看手机，没有要动的意思。

经纪人掰过助理一直往后旋的脑袋，赏了个“毛栗子”，没好气地说：“还看。”

今妱不经意回头时，电梯门自动合拢，她只瞥到敞亮灯光下，随意搭在横杠上的手——

几根手指微微弯曲勾着银色栏杆，肤色冷白，指骨修长，很漂亮，凸显的青筋盘桓在手背向上延伸，腕骨处附着一条纤细手链。

就是那只手，刚才攥住她的手腕，冷冰冰的指腹摩挲着，好像要擦掉什么不干净的东西，然后又滑到她手心和她十指相扣。

助理揉揉脑袋，小声说：“我是在看妱妱，觉得他俩站一块儿好配。”

今妱净身高一米七，皮肤瓷白，身材婀娜，穿着白色收腰礼服的她像朵清冷欲放的栀子花，和刚才一身黑的岑晏站一块儿，强烈的视觉冲击很难不让人多看两眼。

经纪人这才发现今妱落后好几步，于是停下来等了等，顺便告诫身边口无遮拦的小助理：“这话可别在公众场合说。”

一个是娱乐圈三大巨头之一蔚娱传媒的公子，一个是“虾兵蟹将”般存在的星云娱乐的艺人，那话被旁人听去，指不定怎么变了味地以为他们要攀高枝儿。

这场宴会是岑董夫人第一次以岑家女主人的身份公开亮相，宴请了不少业内大咖。按理说，像她们的咖位是来不了现场的，公司却在前天早上破天荒地收到来自蔚娱高层的邀请函，点名道姓要今妱参加。

据说是今妱在无意中帮过蔚娱一个高层的小忙，对方为表感谢才帮忙弄了个参会名额。

经纪人秉承"不参加白不参加，说不定还能趁机结识名导"的宗旨，特意把今妱今晚的行程空了出来。

她从服务生的托盘上拿过两杯香槟，递了一杯给今妱。

看见今妱左手腕上多出的银色手链时，她"咦"了一声，问道："什么时候戴的？好像没见过。"

就是刚才，在所有人都不敢向后看的电梯里。

今妱接过香槟，淡定地把手呈到经纪人面前，面不改色地说道："换衣服那会儿。"

她这副表情太正常了，经纪人不疑有他。

那是一条极细的链子，设计简约，手腕中间是一截心电图样式的线条。

经纪人正要细看，今妱却把手收了回去。

她们接近门口时，隐约从外传来一道压也压不住的怒斥："不像话，长辈生日他要睡觉？就是绑也要把他绑下来！"

今妱不动声色地看过去。

助理在一旁张大嘴惊呼："天，这么多保镖。"

经纪人对此见怪不怪，老练地抿一口香槟，说："控制一下，都能看见你的扁桃体了。"

目送那群训练有素的保镖离开，三人齐刷刷地背过身，眼观鼻鼻观心，装作什么也没看见，什么也没听见。

身穿一袭杏色高定礼服的岑夫人挽着岑董事长进场，前者言笑晏晏，后者英姿飒爽，几个公司老总迎上去寒暄，一时间好不热闹。

助理的眼睛傻傻地跟随岑夫人移动，看着她在男人怀里小鸟依人的样子，小声感叹："也太会撒娇了吧！"

经纪人微笑着用气声说："不然怎么把董事长哄得团团转呢？"

周围人亦是窃窃私语。

宴会即将开始，岑晏却迟迟没到场。

董事长面不改色，手握话筒上前讲话。都说男人越老越吃香，穿着阔挺西装的岑董完全不输在场的年轻人，他先是对到场的宾客表示一番感谢，而后牵着夫人的手说了些体己话。大家拣他停顿的空隙捧场而笑，一团和气。

最后，他举杯感慨："人老了，话也变多了，我就不多说了，祝各位今晚愉快。"

话音刚落——

"汪！"门口突然冲进来一只阿拉斯加，明目张胆地唱起反调。

在一声声惊叫中，匍匐向前的长毛大型犬露出獠牙，前爪离地往前扑，高度可以够到成年女性的胸口。

接近门口的女士们捂着胸口花容失色。

牵引绳的另一头是身高一米八七，神色极淡的岑晏。他五官干净明朗，剑眉下那双疏离的眼睛隐隐透露着不耐烦。

"过来，别吓人。"他说话带着点鼻音，磨砂质感如同夏日里破碎的冰沙。

"过来"是这只阿拉斯加的名字。

它放下前爪吐出舌头，呼吸声很大，白色毛茸茸的尾巴在空中轻扫。

下一秒，它看见今姁，眼睛亮了亮，撒泼似的要往她的方向扑，被左手插兜的岑晏轻轻松松拽住。

岑晏轻轻"啧"了一声，把牵引绳往手上多绕了两圈。

他出门前把衣服换成了黑色无袖背心，松松垮垮地挂在平直的肩上，他稍稍一用力，手臂肌肉偾张，每一道凸起的线条都彰显着少年人的血气方刚，看得在场的女性眼睛直了又直。

助理和经纪人手忙脚乱地后退。

今姁站在原地没动，波澜不惊的神色看不出喜怒。

岑晏懒洋洋地扫视了下对他退避三舍的人群，迈开长腿，牵着阿拉斯加走向沉下脸的岑董，一脸无害地问："我没来晚吧？"

"岑晏！"岑董大概是没料到他会这么不顾场合，压着声斥责，"你带只狗算怎么回事？你看你像话吗？"

"啊，你问我啊？"岑晏佯装震惊，嗤了一声，"我正遛狗呢，保镖连人带狗把我们架了过来，难道不是岑董的意思？"

好一出恶人先告状。

岑董感觉太阳穴突突直跳，碍于宾客在场不好直接发作，只能睁一只眼闭一只眼，嫌弃地摆摆手赶人，说道："你牵好了，敢捣乱我唯你是问！"

"不敢，你那群保镖阵仗大得我都腿软。"岑晏话是这么说，但面上根本看不出害怕，甚至还有点欠揍。

"滚滚滚。"岑董骂完，拿起话筒，回头安抚在场的来宾。

滚之前，岑晏无奈地说道："要我来的是你，让我滚的也是你。"

他的下巴始终不卑不亢地扬起，轻飘飘看向一旁挽紧岑董胳膊的岑夫人，说："老头那么难伺候，这些年难为您了，小妈。"

听到这个上不了台面的称呼，岑夫人的脸色白了又白，恨恨地盯着岑晏。

岑晏不给他们借题发挥的机会，拖着步子将阿拉斯加牵去了吧台。这时，裤兜里的手机振动，是发小夏热的消息。

夏热：阿晏，你人呢？

岑晏就着最边上的高脚凳坐下，指尖敲屏幕，神情冷淡。

岑晏：老头派人看着我，出不去。

夏热：瞎扯，谁拦得住你？你看我信吗？

又过一会儿。

夏热：既然这样，不介意兄弟来蹭顿饭吧？

岑晏：我小妈说介意。

那边没再回，岑晏丢开手机，压着心底的火叫了杯酒。

他和他爹闹僵后就从家里搬了出来，最近由于拍摄需要，他经常住在这家酒店。那么多五星级酒店，偏偏选了这地儿，还非常强硬地要他参加，这小妈吹枕边风的功力真是了不得，存心想硌硬他呢。

宾客们举着香槟自由活动，社交达人，也就是经纪人，在今妁婉拒加入她的社交计划后，嘱咐一句"小心行事，切勿乱来"，单枪匹马闯进了中心圈，小助理则是得了允许冲去了餐饮区。

今妁看了一眼斜方坐在吧台边的男生，因为有一进门就耍横的阿拉斯加护在一旁，那些想上前搭讪的女士只能咽着口水望而却步。

喝不惯香槟，今妁去吧台问服务员要了果酒。

然而等了十分钟，到手的却是一杯泛着浅橘色涟漪的牛奶。

今妁和岑晏之间相隔多人，手机里跳出他的信息。

岑晏：生理期喝酒，好样的。

就差配一个鼓掌的表情了。

很好，嘲讽技能拉满。

今妁屏息，捧着杯子喝一口，香甜的哈密瓜味充满口腔，是她常喝的那款。

忽然，肩膀被人拍了一下。

今妁回头，前一个小时才在剧组搭过戏的男演员像只大狗狗咧开嘴朝她笑，说："Surprise（惊喜）！原来你真在这儿。"

户外空中花园适时地响起舒缓的音乐，舞池里灯光绚烂，男士开始邀请女士跳舞。

男演员的名字叫宁赴逐，倒过来念就是"祝福您"。听说当初宁家为了取名，特意去山上请了得道高人指点，这名字寓意是"这孩子能祝福您全家"。

今妁进组前需要熟悉剧组的演员名单，听经纪人介绍完，她只想到一个字——扯。

宁赴逐可以说是越挫越勇，微微躬腰，左手背到身后，伸出右手递到今妁面前，说道："我想邀请你跳支舞，希望你不要再拒绝我。"

今妱放下杯子，手肘抵着桌面，侧身按压太阳穴看向他。

眼前的状况让她苦恼，或许从头到尾的拒绝落在人家眼里就是欲擒故纵、欲拒还迎，说不定还激发出了人性深处的征服欲。

但若模棱两可地答应，只怕让对方更加得寸进尺。

就在她进退两难时，撕心裂肺的犬叫给觥筹交错的宴会捅了个不完美的窟窿。

岑夫人眼含泪水，四肢发软，手上的酒杯应声而落，语气柔和地说："阿晏，我只是想和你说说话，没有别的意思。"

阿拉斯加像疯了一样要攻击这个羸弱的女人，若不是牵引绳还在岑晏手上，恐怕它下一秒就要扑上去将这妇人生吞。

这一幕让人始料未及，大家闻声看过去，女士们则抱作一团。

岑董听到动静拨开人群看到这一幕，怒发冲冠，不分青红皂白，矛头直指狗的主人，质问道："岑晏，你又搞什么？"

所有人的视线聚焦到吧台边的男生身上。

岑晏搭在高脚凳上的脚落地，侧身，连个正眼都懒得给他爹，散发的气息比身前的阿拉斯加还要蛮横几分，自顾自地说："我最讨厌两类人。"

他按压下大狗的脑袋，抬眸视线直射含泪的女人，语气很冷地说："一类是勾引人的人。"

如同置身太平间的气氛蔓延，大家屏住呼吸。

岑夫人面上挂不住，岑董的脸色越来越黑。

岑晏展现出踏入这里的第一个笑容，有一点坏，但并不讨人厌。他继续说："还有一类是被她迷惑的人。"

3

"阿晏，你怎么能这么说？"岑夫人的眼泪终于因地心引力掉下来。

"混账！"岑董气息不稳，被一口气憋得脸红，就想上来要岑晏好看。

岑晏鼻塞，吸了吸气，无辜地说道："我没指名道姓吧？"

"汪！汪！"阿拉斯加护在主人身前龇牙咧嘴。

谁给谁好看还不一定呢。

一时间，两方剑拔弩张。

"这么热闹啊！"

一头金色锡纸烫，脸上残留几道颜料的夏热在这时赶到。他穿着夸张艳丽的彩绘大T恤，短裤人字拖，嘴里"哎哟"着，如同印第安野人横冲直撞劈开了人群。

夏热张开双臂，热情地给了岑董一个结实的熊抱，开心地说："岑叔好！岑叔五十大寿快乐！"

岑董和寿星岑夫人一脸蒙。

"汪汪汪！"

夏热松开人回头看了一眼狗，笑得没心没肺，朝着岑董双手抱拳，说道："哈哈哈，这不，旺狗汪汪，事业兴旺！"

他一来，让岑晏方增添一名大将，阿拉斯加仰着脑袋叫得更欢："汪汪汪！"

大家的耳朵里像钻进成千上万只狗在乱叫。

夏热和狗一唱一和，在狗叫声中大喊："哈哈！旺狗撒欢，如意平安！"

阿拉斯加前爪离地，像脱缰的野马。

"哈哈哈！旺狗高跳，吉星高照！"夏热的手背在身后，一个劲地给岑晏打"快跑"的手势。

"祝岑叔有个难忘的夜晚！我和阿晏就不在这儿碍您眼了！"夏热对着岑家夫妇弯腰鞠躬。

两个模样姣好的少年和一只狗风风火火地消失在视野里，大家面面相觑，仿佛刚才经历的是一场梦。

"哇！"助理望着门口大吃一惊。

今姈睨了她一眼，配合地"哦"了一声，很淡定。

助理有些不好意思地低下头，挠了挠后颈。

经纪人神出鬼没一样出现在他们身边，说道："幸好岑董有先见之明没请媒体，精彩啊。"

"先见之明吗？那为什么让保镖架他过来呢？"今姈若有所思。

宁赴终于有了插嘴的机会，摩挲着下巴推理道："是没想到他会带只狗乱来吧。"

跟着岑晏来到顶楼套房的夏热评价道："你这小妈，我看就是想借这场合跟你耀武扬威，但她千算万算，没算到你这么野。"

夏家与岑家往来密切，但这密切的枢纽是夏热的母亲和岑晏的母亲。

此次岑家的宴请名单里也有夏家，夏家当然站原配那头，遂拒之。

"野？"岑晏坐在地毯上查看阿拉斯加的前爪，闻言飞去一个眼刀。

"没没没……"夏热抱住抱枕护在胸前，"我我我！我野！"

他看见岑晏握着的白色狗爪上明显沾了层灰，疑惑地问："不应该啊，酒店的地这么脏吗？"

"被踩的。"岑晏放下狗爪，抬手揉揉大狗的脑袋。

阿拉斯加呜咽一声，圆溜溜的眼睛像浸在夜晚里的湖泊，被欺负的小孩得到了家长关心，难免压不住心里的委屈。

夏热不可置信地问："那只'鳄鱼'踩的啊？"

"鳄鱼"是他私下给岑夫人取的绰号，源自"鳄鱼的眼泪"。

掉眼泪博同情，可不就是岑夫人的惯用伎俩？

岑晏脸色阴霾。

得到默认，夏热张牙舞爪地说："早知道就不拦了，让来来好好吓吓那女人。"

不怪岑晏当众给他们难堪，那女人做什么不好，非要主动招惹。

"哎，妈妹是不是也来了？刚才走得急，都没来得及打招呼。"

由于家庭关系，岑晏、夏热和今妈是从小玩到大的青梅竹马，但今妈性子疏淡，岑晏又是个不会刻意联络感情的人。

在夏热的视角里，这两人是处在同一空间都没话说的关系，他便自发做起三人中搞气氛的那个。

"嗯。"岑晏低头单手打字，不咸不淡地说，"是来了吧。"

夏热为三人的友谊操碎了心，没好气地说："什么叫'吧'？你搁那儿半天没看见妈妹？你也太不上心了。"

岑晏这两天感冒了，头昏昏沉沉的，他从茶几上拿过药盒，掰了几粒药丸扔进嘴里，下逐客令。

夏热从他房里出去，给今妈发信息，收到对面说离开会场的消息，他自动理解为她已经回了家，便没再说什么，将手机揣到兜里踏进电梯。

在夏热搭乘的电梯的门关上的刹那，一道窈窕身影从另一台电梯里走了出来，两人刚好错过。

今妈按响了岑晏的门铃。

门从里面打开，脸色潮红的男生半合着眼，略有不满地揉了揉自己的头发，嘀咕："不是有房卡？"

他三两步走回房间，一头栽进床里。

今妈关门，发了两秒呆才想起来所谓的房卡。

岑晏睡觉的姿势毫无规整可言，半边脸埋在白色柔软的枕头里，他人本就高，这么一趴下，瘦骨嶙峋的脚踝搭在床沿，被子有一半拖到了地上。

今妈帮他把被子盖好，双手抱胸在床边凝视了他好一会儿。

说来也奇怪，把她叫上来，他自己倒睡起了大觉。

阿拉斯加来到她脚边打转。有好多天没见面了，它用两只耳朵轻蹭她的小腿肚，歪头趴在她脚背上，露出肚皮傻乎乎地撒娇。

毛茸茸的触感附在脚面，今妈调整礼服裙摆，蹲下身挠了挠大狗的下巴。

她再抬头时，恰好与岑晏面对面。少年搭在额上的碎发凌乱，有几根还倔强地戳在眼皮上。

他难受地闭着眼，双唇紧抿，苍白的脸颊泛着不正常的红。

今妱触上他的额头，果不其然，发烧了。

有时候可真魔幻，岑晏这些年发烧的次数一只手都数得过来，可次次发烧，次次今妱都在场，她照顾他都照顾出经验了。

今晚电梯里的那幕忙不迭跳出脑海。

他们不是没牵过手，她也不是没收到过他送的礼物，可十指相扣那样的动作，在他们间总归有些怪异。

以及现在，她也没想明白他叫她上来到底做什么。

他难道是预料到自己要发烧，把她叫上来当工具人？

回想他们的点滴，今妱是八岁那年认识的岑晏，跟和岑晏一起穿开裆裤长大的夏热比起来，她算是外来者。她从小性格孤僻、不合群，家长们常嘱咐两个男孩在学校里要照顾好她。

事实上，只有夏热充当起了照顾人的角色。

今妱自然看起来和夏热更亲近些，就连夏热自己也那么认为。

今妱与岑晏交集不断的契机，是在初中停电的一个夜里。

他们两家是邻居，那天岑晏和朋友打完球回来，冷不防被蹲在二楼飘窗上穿着纯白连衣裙、披头散发、脸颊白得没有血色的女孩吓了一跳。

当时只有一个人在家的今妱丝毫不知自己这副模样给人造成了困扰，强装镇定地拉开窗户，抱住窗框喊他："岑晏，我饿。"

今妱害怕，从不直接说害怕，只会顾左右而言他。

"等着。"少年的背包里刚好有一只全麦面包。

他把背包扔进围墙，穿过灌木丛抖落下几片绿叶，撸起袖子三两下翻进了她家。

连大门都不需要她开，他背上包，轻轻松松爬上离她最近的那棵梧桐树，跳进她的房间。

原先蹲在飘窗上的人，由一个变为两个。

岑晏把面包掰开，一人一半。怕她吃不习惯，他又翻出店家赠送的蓝莓果酱，为她涂上厚厚一层。

他们在晚风吹拂的夜里，瑟缩着肩膀，面对面安静地吃完面包。

今妱永远记得那天晚上，月光稀疏洒下，尽管没有身披铠甲，尽管没有护身宝剑，可少年毫不犹豫、义无反顾冲向她时的坚定，像极了童话书里劈开万险，永远忠诚于公主的骑士。

第二天去学校，今妱作为回礼，趁同学晨读，偷偷塞给岑晏一个三明治。

但她不知道的是，岑晏从不吃早餐，更不知道，从那之后，他有了吃早餐的习惯，前提是这早餐都是从她那儿搜刮的。

今妲初中被迫给他带了两年早餐，高中又被迫带了三年。

不仅如此，今妲书包里的零食有一半进了他的肚里。

在夏热看不见的地方，今妲被岑晏无声无息地压榨。

她想，岑晏惯会压榨她了。

她想，岑晏才不是什么骑士。

岑晏醒来，窗帘缝隙漫进晨曦的暖光，周围还是熟悉的酒店摆设，额头、脖子和双臂敷满毛巾，徒增一层枷锁。

而这一切的始作俑者，在不远处窗边的沙发上睡得正熟。

他摸摸额头，收拾好毛巾，让酒店送了一床新的四件套过来。

阿拉斯加见他醒了，正要昂起头欢快"庆祝"，被他锋利的眼风制止，于是软绵绵地趴回女生脚边。

岑晏默不作声地换好被套，把人抱到床上。

今妲大约把他当成了大狗，背脊落到床垫的那刻，在睡梦中伸手揉了把他的脑袋，手劲还不小，迷迷糊糊地说："来来，别闹。"

岑晏的一只手被她压在背下，他屏住气息，一点点往外抽。

今妲唇瓣微动，朝他的方向翻了个身，滚到他怀里。

岑晏前功尽弃。

两人离得近，他的另一只手撑在她身侧，几乎是半圈着她的姿势。

今妲温热的呼吸喷洒在他锁骨上，所到之处渐渐发烫。

女生身上还穿着昨晚的一字肩礼服，她脖颈纤长，肤如凝脂，此刻因为翻身，精致锁骨下的礼服往下滑了几分，露出圆润的弧线和侧身挤压后幽深的阴影。

岑晏偏头，昨晚那种昏昏沉沉的感觉好像又回来了。

他耳根烧了起来，也不管会不会吵醒她，心下一狠，抽出手臂，掀起被子严严实实地盖住她。

今妲在一阵闷热中转醒，睁开眼，猝不及防地和趴在边上好奇观望她的阿拉斯加来了个脸贴脸。

见她坐起来，大狗小心翼翼地趴到她腹部上，想和她亲近，被出现在门口的岑晏无情地打断："过来。"

它嗷叫一声收回爪子，吊着尾巴灰溜溜地跑到主人脚边。

岑晏来到衣柜前，找了身干净衣服和短裤扔到床尾，说道："没带你衣服，先穿我的将就下。"

后来今妲洗完澡，穿着岑晏的T恤站在镜前刷牙，后知后觉地想到，他们什么时候连衣服这种私人物品都要帮对方带着了？

4

今妱拉开卫生间的磨砂门，径自掠过靠在沙发上用手机看电影的岑晏，快得像阵风，洗澡时用的沐浴露香味随风飘到他周围。

阿拉斯加一见她就兴奋得像个孩子，吐着舌头紧跟其后。

岑晏狐疑地抬头，盯着她的背影，问道："做什么？"

今妱昨晚为了配合礼服，胸前只贴了一次性胸贴，所以现在白T恤里面什么也没有。她看着一柜子的白色T恤，问道："你没有其他颜色的衣服了吗？"

"有啊。"岑晏指着不远处的椅子上几件他昨天换下的黑T恤，"还没来得及洗。"

听到拖鞋趿拉的声音，岑晏将手机扔到一边，起身过去。

今妱微微背对着他，刚才刷牙时看到镜子里的自己，因为衣服是白色的，也没什么图案，胸前就特别明显。

岑晏结合她尴尬的动作了然，手臂擦过她的手肘，躬腰把放到角落的行李箱拉出来打开，翻出件单层的黑色夹克递给她。

今妱迅速穿好夹克，把拉链拉到锁骨，掀起衣领和长发，转回身准备和他说声谢谢，不小心撞见他手提衣服下摆，反手脱衣的一幕。

他注重身材管理，常年锻炼的身段可以和模特媲美，举起双臂时，腹肌线条清晰可见。

一撩一拽的动作，使他身体和臂膀的薄肌来回牵扯，每一处线条都漂亮得恰到好处。

他真是一点不避着她，显得她方才躲躲藏藏的样子实在多余。

一眨眼的工夫，今妱眼前一黑——那件被岑晏脱下的无袖T恤猝不及防罩到了她头上。

今妱的心跳破天荒像赛跑过后的状态，异常亢奋，一下下敲击着耳膜。

她快步走出房间，连衣服都忘了还，不知道算不算落荒而逃。

男生洗澡快，岑晏擦着头发出来时，今妱正趴在茶几边吃小笼包，顺便开着扬声器打电话。

"晕晕，乖乖，小宝……"那头的女声各类亲昵的称呼层出不穷，"你亲爱的爸爸妈妈和姐姐想你了，你要回来看看我们了？"越到后面，语气越发不开心。

今妱的家就在本市，自从她的新戏开拍，加之学业繁重，她已有一个月没回过家了。

"咱妈？"岑晏的脖颈和锁骨上还覆着一层水光，他随手擦了擦，丢掉毛巾去吧台开了罐巧克力味的旺仔牛奶，仰头喝起来。

被他一打岔，今妱要说的话哽在了喉间。

外放通话里，今母的音量提了提："我怎么听到阿晏的声音了？你们在一起啊？"

今妱抬眸看了眼在她身边坐下的岑晏，他的膝盖碰到她的，他拆了一次性筷子，从她面前的碗里夹走一只小笼包。

她咽下食物，回道："嗯，生日会碰到的。"

岑晏顺势往手机的方向偏了偏，身上除了有和今妱同款的沐浴露味道，还混合了一道叫不出名字的清爽香味。

肆意，野性，不受拘束。

他奇怪地瞧了一眼突然不出气的今妱，淡定叫人："干妈。"他这一声叫到了对面人的心坎里。

"哎！"

今妱无语，恐怕妈妈这时候已笑得合不拢嘴了。

今母欢欣雀跃地说："阿晏中午和晕晕回家里吃饭啊，妈给你们做拿手的油焖大虾！"

这时，屏幕上跳出的信息不经意间映入眼帘。

宁赴逐：妱妱，我的外套是不是还在你那儿？

"好啊。"岑晏收回视线，语气漫不经心的，"我这两天正好想着。"

这么一说，不回去也得回去了。

挂断电话，今妱打掉一而再再而三伸过来的筷子，没好气地说："盒里不是还有？"

夹她碗里的算怎么回事？

"哦。"岑晏把盒子里她给他留的小笼包全部倒进她碗里，"醋都在你那儿，我蘸什么？"

"你不是从来都不吃醋的吗？"今妱讶异。

岑晏歪头，破天荒地对她露出个冬日白雪般的笑容。

他笑起来总有一股少年气，干干净净的，嘴角两边会弯出一个小括号的弧度，他还有两颗尖锐的虎牙。不熟悉他的人很容易被他的笑迷惑。

他夹起蘸了醋的小笼包送到嘴里，说道："现在吃了。"

"莫名其妙……"今妱对于他的突然转性表示不理解。

觉得醋不太够，她去拿遗落在一旁的辣椒油，转身回来却发现碗口被岑晏的手掌盖住。

他像个无赖，一条长腿屈起，另一只空出的手搭在她身后的沙发垫上，呈半圈着她的姿势。

"岑晕晕。"他一字一顿地叫她。

"晕晕"是今妱的乳名，家里人都这么喊她，而岑晏总喜欢在她的乳名前冠上他的姓。

他每一次这么叫她，就是要找她算账了。

“又怎么了？”今妱有些蒙。

岑晏抽出她手里的辣油包，“咚”的一声，通红扎眼的包装袋以一个弧形被精准投进远处吧台的垃圾桶里。他说道：“昨天晚上喝酒，现在又要吃辣，下一步是不是想上天了？”

“我没喝酒。”今妱可不认。

“嗯，你喝的奶。”

今妱正要点头回应，他继续补充：“我给你点的。”

碗里的小笼包被今妱戳出两个洞，涌出暗橙色的油汁。

岑晏捞过她放在手边的手机，对准她的脸解锁，点进命名为“CY”的备忘录，打上字：碍于发现及时，岑晕晕喝酒吃辣未遂，欠岑晏五十个仰卧起坐。

这是他们心照不宣，做错事的惩罚——女仰卧起坐，男俯卧撑。

相较于他们定好的一百个起罚，五十个，他够手下留情了。

今妱想，等手机拿回来她就删了。

“删了我也能记着，写你手机里是给你看的。”岑晏好似她肚里的蛔虫。

岑晏的心情比刚才明朗不少，将手机还回去，说道：“等你哪天来例假不会疼到让我给你煮红糖水，你想吃什么吃什么。”

今妱无话可说，不得不服。

吃完早餐，岑晏吞下两粒感冒药，手机又进来消息，全是家里老头的狂怒。

昨晚他当众把老头气得不轻，老头没让那群保镖再上楼绑他一次，已经是最后的体面。

屏幕亮度暗下去，他一条都没回。

给大狗套上牵引绳，他们一起出门回家。

车辆驶出停车场，从黑暗到光明，杧果黄般热烈的阳光扑面而来，他们汇入波光粼粼的车群，就像鱼儿涌入无边热浪。

今妱坐在副驾驶位上回宁赴逐的微信，一时间没有反应过来。

今妱：什么外套？

那边手机不离手，几乎是秒回消息。

宁赴逐：校服外套，当时系在你腰上，好像忘给我了。

完了，他还附赠一张猫咪眨眼的表情包。

今妱的指尖停在输入框里顿了两秒。

校服外套是他们拍戏时的服装，硬要分是谁的，那也是剧组的。

到这里，今妱明白过来，对面是在没话找话。

等红灯的间隙，岑晏侧头看了一眼，收回视线时定住了。

宁赴逐发来的表情包，好死不死精准地占据了他的视野——

一只猫，一只眨眼撒娇卖萌的猫。

大男人发猫的表情包，恶心。

"呵。"他冷笑。

今妱闻声，疑惑地瞅了旁边一眼。

绿灯亮起，岑晏启动车子，表情很淡，指骨修长的手搭在黑色方向盘上，单手游刃有余地打着转盘，手腕上银色链子的末尾细细一条荡在空中。

今妱的那条链子在洗澡前被摘了下来，现在躺在她背包里。

他们之间有很多相同的单品和衣服，大部分是岑晏买的。

而这一买就买两份的坏毛病，是夏热带出来的——这人热衷一买买三份。

长辈们常拿他们仨里看上去气场最不合的今妱和岑晏开玩笑，甚至还口头上定了亲。

因为是玩笑，谁都没当真。

因为三人有很多同样的东西，家长们也见怪不怪。

他们的关系，就像是亲人一样。

今家别墅前自带一个小花园，大老远就能望见梧桐树的枝叶张牙舞爪地伸向蓝色天空。

他们下车，岑晏开后门将阿拉斯加放出来。

绿油油的草坪上围了一圈粉色月季，枇杷树点缀哑光黄的果子，边上一层楼高的树上红石榴花开得正好。

"汪！"大狗爪子一着地，兴奋地在院中追起了蝴蝶。

今母听见动静，欢欢喜喜地迎出来，神采飞扬地上前拍了拍岑晏的胳膊，说："哎哟哟，昨晚可把你爸气得不轻啊！"

哪怕不在现场，也有前线人员向她发来电报。

她下巴尖朝隔壁院子点了点，啧啧摇头，说道："大半夜跟人在院里摔跤，一把老骨头了还当自己是十几岁毛孩。"

岑晏下意识地跟着看过去，一心想回来吃饭，都忘记今家到自己家就几步路的距离。

今母拉着他进门，说："放心，你爸一早出门了，碰不到。"

跟在他们身后的今妱沉默……沉默，沉默是今晚的康桥。

电话里说想她是假的吧？

到了客厅，今母终于记起来自己还有个女儿，回头"哎哟哟"叫了好几声："你大热天穿个外套做什么？"

岑晏宽大的外套荡在今韶身上，她上身春天下身夏天，在三十来摄氏度的天里显得非常不伦不类。

她两步并一步上台阶，说道：“我上去换衣服。”

说是“换”，其实就是把外套脱了，换了身内衣，岑晏的T恤和运动短裤反正都是干净的。

今韶将外套挂在肩膀上，一边下楼，一边用双手捋顺头发，在脑后绕几圈扎了个丸子头。

今母和做饭阿姨去厨房研究菜谱了，大狗精力充沛地到处打转。

岑晏跟在自家似的窝在客厅沙发里，坐姿懒散，左脚脚踝搭在右腿膝盖上，把早上没看完的电影继续看下去。

今韶拿下外套叠好，放进收纳袋里递给他。

岑晏头也没抬，往边上挪了挪给她让出位置，说：“放你那儿吧。”

今韶把袋子放到茶几上，说：“不要，你拿回去，我柜子里都是你的衣服。”

不知哪句话戳到了他的神经，岑晏丢开手机，放下交叠的长腿，两腿随意敞开，双手抱胸仰头看她。

今韶还站着，明明她才是居高临下的那个，气势上却莫名被压了一头。

岑晏漆黑的双眸注视着她。

“别人的衣服也能放你那儿了。”半晌，他轻飘飘得出结论，那张干净朝气的脸庞，不知道该不该用落寞来形容。

今韶一头雾水。

第二章

/

一张速写画

1

今妲背对立式空调，冷风拂过她光秃秃的后颈，吹起她额边的碎发。

她瑟缩了一下。

"哎哟哟。"夏热穿着一身鲜红的球衣，抱着球风风火火地跑进来，刚好听见岑晏的那句话。

这些年，夏热完美继承了干妈的衣钵，话前面不带个"哎哟哟"好似就不会说话了。

岑晏没回话，歪过身子长手一伸把今妲拉离空调。

"你说宁赴逐问的外套？"今妲踉跄两步，腿面贴上岑晏的大腿，扶了扶他身后的沙发背，当即明白过来他在说什么。

她摸了摸冰凉的后颈，说道："那衣服在剧组，不在我这儿。"

"你们在说什么啊？"夏热有些摸不着头脑。

今妲省略掉岑晏在她那儿的一柜子衣服，把他误会她的事简单给夏热说了。

本以为夏热会帮她痛斥岑晏的小人之心，结果他思路清奇地问："那人不会是在追你吧？"

岑晏不动声色地坐正身子，好整以暇地凝视今妲，目光灼灼。

今妲感受到岑晏身上的热量，退开两步，纤细的左眉挑了挑。

外人眼里的她，无论怎样都漂亮，妆前清纯不谙世事，一旦化了妆就充满张扬的攻击性，是一张适合做演员的脸，可塑性非常强。

她一做挑眉的表情，这事十有八九有苗头。

“不得了了。”夏热将球滚到一边，摇晃岑晏的肩膀叫起来，“咱家白菜要被猪拱了！”

岑晏被晃得眼冒金星，谁是猪？

夏热在他们三个里最大，突然端起兄长身份严肃地说：“晕晕，你交男朋友可要让我们给把把关，男生看男生比你们女生看得准。”

“谢谢。”今妱无所谓地笑了笑，“我看人也挺准的。”

其实也不一定，偶尔会有那么一次滑铁卢。

“哎哟哟，阿热来啦。”厨房的透明门被拉开，今母端着刚出烤箱的蛋挞过来，“在聊什么？”

奶香从厨房放逐出来，溢满整个屋子，宛若让人置身面包店。

一只只模样精巧的黄色蛋挞摆在白色瓷盘上，夏热迫不及待地捏过一只，撕开锡纸咬了口，还拖长音调“嗯”了一声，露出享受的表情。

他欣喜地称赞：“干妈的手艺越来越好了，比店里的还好吃。”

如果是在录节目，后期一定会在他的胳膊两边加上一对不停扇动出彩色花朵和星星碎片的蝴蝶翅膀。

“就你嘴甜。”今母被他逗笑。岁月不饶人，她眼尾印出细腻与幸福的痕迹。

“我们刚刚在聊妱妹男朋友的事。”

闻言，今母惊讶地看向今妱，问道：“你什么时候交男朋友了？”

“不是男朋友。”今妱来到沙发坐下，平铺直叙道，“我目前没有交男朋友的想法。”

夏热一心扑在香气诱人的蛋挞上，今母笑得合不拢嘴让他慢点吃，谁也没有注意今妱说完后瞥了一眼被强行投喂的岑晏。

岑晏好似没有听到她说的话，神色未变，咬下一口今母特意为他制作的巧克力爆浆蛋挞。

可可粉沾到嘴角，他那双漂亮的眼睛弯成月牙，难得乖乖地说一声“好吃”。

而今妱在说出“没有交男朋友的想法”的瞬间，脑中的记忆像洪水开闸般涌出，回到了寒假里和剧方签合同前的那个晚上。

那时的岑晏刚结束一部戏的跟组实践，喝得酩酊大醉，从两千公里外的祖国南部连夜回到北怀，就为了问今妱为什么忽然接有感情戏的网剧。

今妱喜欢演戏，以前接的角色不是对感情一窍不通的学霸，就是不敢告白的乖乖女，或是都市家庭教育剧。

她最近出演的《你的我的好时光》里，女主角是个灵动的少女，无论人设还是感情线都是她不曾接触的，她想尝试不同的角色。

她也是那么回答的。

但她忘了，对面是个醉醺醺的酒鬼，处理信息有误差。

她的话落到岑晏耳朵里，被自动处理成了"因为没有谈过恋爱，所以想在戏里尝试一下"的荒唐言论。

他们在学校后的小山坡对峙，最后他靠在她肩头，戳到她脖子的短发比冬天的冷风还要刺骨几分。

她推了推他，没推动。

肩膀上的人深吸一口气，仿佛下了很大的决定才喃喃开口："晕晕，你想谈恋爱……"

漆黑的夜，路灯昏黄，那晚的风卷动光秃秃的树枝，呼啸而过。他的声音闷在她的羽绒服里，后面说了什么，全被吹散了，今妁听不真切。

她照顾了他一晚上，第二天问起来，他只神色平平地说不记得了。

那晚的事便不了了之……

"哈哈哈，阿晏，你的嘴巴都黑了，像中毒。"

夏热夸张的笑声拉回今妁的思绪。他笑点颇低，弯腰拍打自己的大腿，泪花溢出眼眶。

今妁望过去，原本白净的少年的唇瓣糊了一层巧克力酱，是夏热偷袭的杰作。

瞬间，阴霾扫去，她扑哧笑了出来。

下一秒，岑晏掰了爆浆的蛋挞送进她微微张开的口中。

"唔……"今妁下意识地张大嘴巴含住蛋挞，把手托在下方。

怎么也没想到自己会被牵连。

"哈哈哈！"夏热捂着肚子指向今妁，"你也……啊唔？"

岑晏把另外一半蛋挞塞进他嘴里，成功止住他的嘲笑，最后淡定地抽出纸巾将自己嘴边的巧克力酱擦去。

"孩子们，"今母也笑了，自从他们回来，她脸上的笑意明显增多，温和道，"不要浪费食物哦。"

回厨房前，她将目光落在今妁身上，柔和地说："恋爱不急于一时，若是谈对了人，会给你带来快乐。晕晕，可以试试，不要那么抵触，顺其自然。"

今母的思维方式或许比同龄的家长前卫，在孩子们的感情上也从不多加干涉，只是给出建议。

今妁很少掩饰情绪，喜欢就是喜欢，讨厌就是讨厌。

她八岁那年被接到今家，亲生父母行车时因离婚事宜没谈妥，争执不下动起手来，导致车毁人亡。生活给了她暴击，那是一段抹不掉的阴影。

今家夫妇是今妱亲生父母的上司，听闻遗孤被无良亲戚抛弃在街头，还是路过的好心人报警送到了派出所。

夫妇俩当即商讨是否要收养这个孩子，并询问年满十五岁的亲生女儿是否愿意接受新的家庭成员，女儿无异议，他们便一刻没有耽搁。

两个少年至今记得初见今妱时的模样——她躲在今母身后，大眼睛怯生生地望着他们。她是他们见过的女孩里眼睛最大的，白生生的脸，漂亮得像个瓷娃娃，可惜她又脆弱得像只刚出生的奶猫，没了庇佑，自闭孤僻，谨小慎微。

长辈们让他们带着她玩，她从起初的木讷害怕，到后来的熟稔亲近，他们终于又让她感受到了世界的善意。

这些年今家夫妇无微不至的照料让她一直铭记在心，能做演员也是受了今母和姐姐的鼓励，并且是她自己提出不需要家里的关系以及一切让她在娱乐圈畅通无阻的帮助。

她享受表演中的喜怒哀乐，也愿意尝试不同风格的角色。不需要大红大紫，只要能演戏，她就知足。

"好，我会的。"

甜腻的巧克力酱充盈在口腔，蛋挞的口感柔软香甜。

两个少年因争夺最后一只蛋挞而"大打出手"，被吐着舌头半路杀出的馋嘴大狗渔翁得利。

"嘿……"岑晏掐住大狗的下巴让它把禁止食用的蛋挞吐出来，命令道，"过来，不能吃！"

被全方位碾压在地上的夏热赶紧坐起来手忙脚乱地帮忙，说："你这狗真不老实啊，不能吃蛋挞还给它递着机会了。"

前一刻还嬉笑打闹要决出胜负的两人在此刻团结一致，整治想钻空子的阿拉斯加。

"啊！阿晏，它咬我！"

"过来！松开！"

"哇，你这狗的口水怎么那么多，会不会臭？"

阿拉斯加改咬夏热的球衣下摆，龇牙咧嘴地撕扯。

夏热去推它的大脸盘子，还咋咋呼呼地叫起来："啊啊啊，你这只倔狗！"

今妱慢吞吞地吃完手里的蛋挞，看着两个少年和大狗纠缠在一起谁也不服谁的狰狞面容，笑趴在沙发上。

今母听见动静，抄着锅铲从厨房赶来时，被大狗咬过的蛋挞掉落在地，巧克力酱沾了他们一手，几人还在嬉笑。

今母叉起腰，无奈地笑："孩子们，说好不浪费食物的呢？"

2

今母喜欢研究菜谱，并且菜品的卖相和味道都不赖，大家吃饱喝足，唱叹着眯起眼。

与今妲关系还算熟稔的室友任佳发来信息，拍了张她的床位图，询问她何时回寝室。

任佳：太过分了，他们趁你不在，什么东西都往你床上放。我说了他们又不听。亲爱的，快回来吧，你的宝贝在召唤你。

今妲撑着脑袋，手机平放在桌上，放大图片看了一眼。

她进组拍戏后，大部分时间住在酒店里，可这不代表别人就可以不经过同意占用她的床位。

今母与他们闲聊接下来的日程，夏热说："下午还有课，要回学校。"

"那一会儿你们可以一起。"今母起身收拾餐桌。

今妲帮忙把碗筷带进厨房，夏热和岑晏端着餐盘紧随其后。

幸好水池够大，三人你追我赶地挤过去洗碗。

清洗完毕，夏热手痒，中指和拇指一弹，水珠四溅，打到另外两人的脸上。

条件反射，今妲和岑晏双双闭眼。

"哎！打不着。"夏热不给他们报仇的机会，贱兮兮地笑一声就溜出了厨房。

今妲抽出纸巾擦脸，嫌弃地说："幼稚。"

岑晏淡定开口："神经。"

他朝她伸手，后者会意，从内侧的天蓝色盒子里抽了张纸巾递给他。

今母送他们出门，湛蓝天空下，红石榴花在风中颤动，金黄色阳光穿过树叶的缝隙洒在他们肩头。

今母问："晏晏晚上还回吗？爸爸和姐姐还没有见到你。"

今妲抿唇想了想，说："晚上还有夜戏，可能赶不回来。"

北怀电影学院的占地面积不大，学校同学并不知道今妲和岑晏、夏热的关系。在距离校门两百米的地方，岑晏把她放到路边。

夏热在后座降下车窗，提醒道："晏晏，到寝室了给我们发信息。"

"好。"今妲向他们摆了摆手。

她初中时还不似现在这般与人交流无障碍，除了岑晏和夏热外，她没有其他朋友。

后来上高中，她接触了表演，性格逐渐开朗，不再自闭，身边的朋友慢慢多起来，甚至还结交了一个好闺密。对方活泼开朗、八面玲珑，课间时常拉着她去小卖部，去操场，去食堂……她们一起吃饭，一起追剧，一起聊明星八卦和身边的男同学。

女生之间的友谊如此简单，她们在学校形影不离，成了大家眼中的姐妹花。

那个女生也因此成功打入以今妱、岑晏、夏热为铁三角的好友内部。直至之后的某一天，今妱在商场远远碰见对方和另一个女生手挽手逛街，然后在厕所隔间听见她们旁若无人的谈话——

那个女生的朋友说："你天天和岑、夏两个大帅哥吃午饭，羡慕死我们了。"

"反正我现在跟他们熟，明天去学校，我带你一道？"那女生得意扬扬的。

朋友担心地问："今妱会不会说什么啊？"

"她能说什么？"那女生嗤笑一声，"木头一个，我马上就能取代她在岑、夏那儿的位置了。"

那女生重复问了遍："你要不要一起呀？"

朋友连连说："要要要。能和帅哥吃饭，不去白不去。"

她们从隔间出来，和今妱面对面撞了个正着。

听完全程的今妱不知道该做出什么表情，索性就没有表情。

她那时说不难受是假的，头一次那么认真地和人交朋友，结果对方是带有目的地接近，实在伤人。

她对那女生说："以后见了我，麻烦绕道走。"

反正算是撕破脸了，那女生连装都懒得装了，一点都没把今妱放在眼里，问道："凭什么？"她非但不觉得自己的行为有什么错处，还扬着下巴，咄咄逼人地上前，料准了今妱这个木头性子软和，不会拿她怎么样。

但她没料到的是，今妱的软，只对着亲近的人。对外人，尤其像她这种上赶着挑事的外人，今妱能比她还横。

今妱一只手揪住对方的衣领，将人推到隔间的木板上，另一只手掐住她的下巴，两人对视。

"唔……"那女生眉头皱紧，眼里瞬间涌起泪花，从喉间溢出痛苦的呻吟。

那女生的朋友想上来帮忙，被今妱骇人的眼神震慑在原地。

"见到岑晏和夏热，也麻烦你绕开。"今妱今天穿了厚底的老爹鞋，比那女生高半个头，居高临下地凝视她，声音冷得人直颤抖。

"至于凭什么——"今妱忍下自己因情绪激动和神经紧绷而发颤的手，拍了拍那女生倔强又害怕的脸，"他们收拾起人来，没有我这么温和。"

所谓"一朝被蛇咬，十年怕井绳"，读大学后，夏热怕今妱交不到朋友，主动提出他们在学校里可以和她保持距离。

今妱也正有此意，只是不知道该如何开口。

这样一来，他们便达成了一致。

中午给今妞传递情报的室友任佳有个特点，大家无论在何种情况下唤她的大名，都像是在侧面撒娇。

哪怕是胆战心惊的表演课上，充满阳刚之气的表演老师字正腔圆又火冒三丈地喊她"任佳"，大家也会把脑袋藏到胸前，肩膀一颤一颤憋着笑，原先的肃穆氛围准能不合时宜地缓和几分。

任佳是个热心肠且自带强社交能力的姑娘。

今妞在寝室里和她关系还不错的契机，只因有一次去食堂吃饭，今妞把最后一份糖醋小排让给了她，然后就解锁了一个话痨朋友。

今妞回寝室，最高兴的莫过于任佳。

此刻是午休时间，巧了，寝室的三人都在。

今妞进门一眼望见最里面的床铺，她的被褥被随便卷起塞到墙边，五花八门的教科书和衣服，还有行李箱乱七八糟地垒在她床上，以及床下的桌上。

两位始作俑者看见她，脸上有一闪而过的慌张。

今妞不跟她们废话，拿出手机计时，说道："两分钟，没拿掉的我就当你们不要了。"

其中打扮可爱，身穿嫩黄色背带裙，扎两个马尾辫的是余莺莺。她走过来，贴满碎钻美甲的手自发挽上今妞的胳膊，说："妞妞，我们不是故意的，就是东西有点多，借用一下。"

"问过我吗？"今妞抽出手，恢复了往日的不近人情。

另一个室友陈楠咬着唇，默默去把放到今妞桌上的教科书移到自己桌下。

剩下的在床上的东西，都是余莺莺的。

余莺莺尴尬地"哎呀"一声，说道："反正你都不住这儿，就放一下……"

她们在今妞床铺上放东西已经不是一次两次了，但没有一次征询过今妞的意见，这次应该也是带了侥幸心理以为不会被发现。

"还有一分四十秒。"今妞垂眸看着手机计时。

任佳倚靠在自己桌边，幸灾乐祸地提醒道："还不快拿走，你那些东西不想要了？"

一到时间把东西扔出去，绝对是今妞能干出来的事。

余莺莺恨恨地瞪了任佳一眼，不情不愿地过去挪东西。

下午要上电影史课，今妞处理完寝室的事，抱着书和任佳一起赶往大教室。

早到的同学们争先恐后地抢夺后排位置，不幸中的万幸，今妞和任佳还能坐到稍微不靠前的中排座位。

岑晏和夏热逛大街似的出现在前门，他们的室友帮忙占到了最后一排。

"老二！老三！这里！"

后排男生的大嗓门穿透整间教室，众人的视线齐刷刷地聚集在二人身上。

岑晏的头上扣了顶没有图案的潮牌鸭舌帽，肤色很白，兴许是还在感冒中，眼皮半合，眼尾线条恹恹地向外延伸。上午今妩穿的那件外套岑晏还是拿了回去，出乎意料的是此刻被他套在了身上，外套里还是出门前的白色 T 恤，下身是烟灰色束脚工装裤，那双腿长得让人移不开眼。

有了颜值和身材加持，随随便便一穿都是吸睛的模样。

任佳眼尖得紧，拉着今妩的手臂，看看岑晏又看看她，惊讶地小声问道："岑晏身上的 T 恤是不是和你一个系列的？"

今妩眯了眯眼睛，说："应该是。"

得到证实，任佳心痛地捂住胸口，问道："你为什么能这么平静？"

今妩一愣，心中不解：不然我要摆出什么表情？

岑晏坐下后，余莺莺也来了，直奔最后一排。

任佳时刻注意那方动向，今妩兴致缺缺。

岑晏的室友吹了个响亮的口哨，还问道："小可爱又来找我们老三啊？"

夏热踹了一脚边上人的小腿肚，问道："才见几次就叫上'小可爱'了啊？"

余莺莺被他们揶揄得有些羞怯，对着坐在岑晏边上的夏热温温柔柔地请求道："你好，可以换个位置吗？我有问题想请教岑同学。"

一般同学被这么问，夏热出于礼貌不好说什么，下意识就会跟她换了，但此刻夏热抖着双腿，不吃她这套，把泡泡糖在舌尖吹破后，说："你好，不可以。"

任佳趴在今妩耳边窃窃私语："还以为余莺莺跟岑晏有多熟呢，你之前不在，不知道她有多嘚瑟，到处说和岑晏吃饭来着。

"现在看来，她大概率就是蹭了个多人局，岑晏刚好在场而已。"

余莺莺面上多少有些挂不住，软下嗓音把目标转移到岑晏另一边的室友身上。

今妩想起昨晚经纪人的话——

"听说你们寝室的余莺莺最近和他走得近，她就没跟你提过？"

她说，提过，但不是余莺莺和她提的，而是岑晏。

今妩许久不回寝室，和余莺莺的关系没好到互发微信的程度。

那天晚上岑晏室友生日，聚会地点刚好在今妩下榻的酒店旁边。

他给她打电话时听出了不对劲，当即去超市买了生姜红糖水到她房间。

今妩捧着杯子，无论吃东西还是喝水都是慢吞吞的。岑晏见她的脸颊终于有了血色，突然无厘头地问了句："你是不是有个叫余莺儿的室友？"

今妩的眼中划过一抹疑惑，纠正道："余莺莺吧？"

"嗯。"岑晏示意她把红糖水喝完，"差不多。"

岑晏一边监督她，一边继续说："我今天才知道，她到处传和我吃过饭，营造关系不错的假象误导大家。"

今娼一心扑在红糖水上，吸了吸气，咂嘴。

生姜怎么能这么辣？

岑晏略微无奈，抬手揪住了她脑袋上忘记褪下的兔耳朵洗脸发箍，问道：“岑晕晕，你有没有在听？”

今娼脖子一缩，发箍顺势脱落，来了出“金蝉脱壳”。

她忍着喉间的辣意把红糖水一口闷下去，敷衍地点头，说：“在听，在听。”

午后明亮的光线晃眼，一人打起哈欠，传染一大片，接二连三地有人张开嘴，哈欠连天。

戴着哈利·波特圆眼镜的教授抱着教案走进来，眯起眼扫视空荡荡的第一二排，和蔼地说道：“来，最后两排同学上来，把前面的座补上。”

偌大的课堂响起后排同学此起彼伏的哀号。

余莺莺前一秒还在纠缠，下一秒，岑晏率先站了起来。

他似是有些困倦了，白色鸭舌帽下的眼睛半耷拉着，冷漠又不近人情。

余莺莺心里“咯噔”一声。

她对这样的表情再熟悉不过，几十分钟前刚从今娼脸上看见过。

“有问题请教老师。”岑晏说。

3

初夏好晴天，风卷动晃荡的绿叶，太阳西斜，晒得人昏昏欲睡。

今娼一下午在教授喋喋不休讲述好莱坞电影和其他美国电影中度过，起初任佳还因为她们的位置能刚好看见别班帅哥而兴奋，最后也抵不过一连上四节电影史的疲乏，无力地瘫软在桌上。

精神高度集中听讲了三节课，到最后一节不免开起了小差。今娼单手托着下巴，用铅笔在课本的空白处涂涂画画。一幅速写呈现出来时，她自己都惊了一下，上面的人怎么是岑晏？

岑晏的座位和她们隔了好几排，倾斜的角度刚好可以看见画中人物帽檐下的下颌线，再往上就是性感的嘴唇和高挺的鼻梁。

画中人物和他的坐姿如出一辙——姿态随性，左手撑着下巴，右手百无聊赖地转着笔。

周围大部分女生借着认真听课望向 PPT 课件的名义偷瞄他。

意识到自己也潜移默化地成了其中一员，今娼收回视线，快速将书页翻过去，只当自己是从没画过他，所以画一下练练手。

任佳在旁边偷偷倒了颗绿箭薄荷糖丢进嘴里，提神醒脑，然后将绿色的长条铁盒推到今娼手边。

今妱极少吃糖，推了回去，婉拒了。

任佳把盒子放进桌肚，见今妱笔不停，凑过去看了眼，问道："画的什么？"

今妱这回画的是卡通人物，对标人物为正在讲课的教授。

除了哈利·波特的眼镜，她还把他下巴上的络腮胡子加长了点，手上的书也变成了魔法书，另一只手扬起魔法棒，像哈利·波特与霍格沃茨校长邓布利多的结合体。

任佳觉得好玩，怂恿今妱："再加个飞天扫帚。"

今妱画上。

仿佛找到了乐趣，任佳不困了，撩撩自己的发梢，缩在座位里，双手捧住下巴变成一朵小花，说："大画家也画个我呗？"

今妱右边的男同学听到动静好奇地看过来，竖起课本"哟"了声，问道："这是哈利·波特老年版？"

任佳没好气地说："没眼力见，明明是我们蒋教授。"

男同学来了兴趣，身子侧过来，说道："好今妱，也给我画一个。"

三颗脑袋以今妱为中心凑在一起，不知道的还以为他们是什么特务小组接头。

三十分钟后，讲台上的教授推了推眼镜，如同公司老总一样大手一挥，说："今天就到这里，'散会'吧。"

一教室的同学们忽然间跟地鼠出洞似的接二连三跳起来，神采飞扬的，与刚才趴倒一片的样子形成鲜明对比。

"太帅了今妱，你简直把我画出了十二分帅气。"没了课堂的束缚，男同学激动得音量外放。

"没想到我在你眼里这么美若天仙。"任佳对自己的肖像画也十分满意，感动到落泪。

"什么什么？"没走的同学全都围上来。

今妱收拾桌面，把笔放进透明笔袋拉上拉链，实话实说："任佳，你本来就很漂亮的。"

表演系的女同学没有不漂亮的。

任佳从小学至高中都是学校里公认的校花，可考入北怀之后，她就像误入仙女的营地，在成群的美女中黯然失色，尤其她的室友还是今妱这种高级别的，更让她见识到了什么叫人外有人山外有山。

任佳感动地抱住今妱，脸在她肩膀上轻蹭，说道："妱妱，你太好了。"

围过来的大多为男生，他们观摩今妱为男同学画的画像，一个个心血来潮地说道："今妱，你给他画这么帅，也给我们画一个呗。"

任佳小心翼翼地卷起画，横在今妱面前做起护花使者，说道："咱们'今·大画家·妱'可不是随随便便就能给你们画的。"

男生 A 就坡下驴，开玩笑道："这样，你们明天的早饭我包了。"

男生 B 一拍桌子，叫价："一天多寒碜，我包一星期。"

男生 C 勾住两人的脖子，锁喉，说："都别说了好吧，我包一个月。"

他们班的男生都是活宝，画个画而已，硬是被他们弄出了慈善晚会竞拍的架势，任佳快被他们笑死。

被画的男同学得了便宜还卖乖地说："我这是占到便宜了啊，回去可得把画裱起来。"

不远处，夏热搭着岑晏的肩膀，摸一摸下巴，仰天自豪道："哈哈哈，他们一定想不到，自己苦苦哀求的一张画，妲妹给我画了一床头柜。"

岑晏从他手下挪开，机械地转动脖子，眯了眯眼睨他，问道："一床头柜？"

"对啊。"夏热回想这些年，开始感叹，"她可是经常拿我练手啊，我床头柜里厚厚一沓全是她的画。"

岑晏愣了愣。

夏热还在自顾自地说："别说，妲妹画得还真挺好的，要是不学表演，往绘画方向发展也能有口饭吃。这叫什么？老天爷追在她屁股后头给她喂饭。"

岑晏还是不说话。

五大三粗的夏热终于发现了身边人的不对劲，有个念头一闪而过，不可思议地问："不是吧……妲妹难道没给你画过？"

岑晏把桌上的书收进背包，单肩背上，朝后门走去，回道："画过。"说完，又加了句，"两床头柜。"

他这嘴唇抿成一条线，连表情都没有了的样子，夏热再熟悉不过——嘴硬呢。

夏热可以确定，今妲一张都没给岑晏画过。

"哈哈哈！"他嘚瑟起来，拎着背包跟了上去，"阿晏，要不要把我床头柜里的匀你一半啊？"

岑晏头也不回，鼻塞时好时坏，声音从鼻子里出来："我稀罕你那半个床头柜？"

有前门不走，他们经过被同学围住的今妲。

夏热存心激他，说："不稀罕你搁那儿生闷气？"

"期末作业你自己搞定吧。"岑晏阴森森地扯起嘴角，复制夏热的语调。

阴险的人居然用期末作业作威胁。

夏热立马改口："我不能没有你啊。"

岑晏推着一个劲往自己身上黏的人，面露嫌弃。

今妲陪任佳在小吃街吃晚饭，她还有夜戏要拍，两人饭后于街头分道扬镳。

今妲徒有一张让人记忆深刻的脸，却还未在这一行业立足。经纪人手下的艺人不止她一个，昨天跟着他们的助理也并非她的专属助理，不过是为了参加宴会帮她充场面的。

她走出街道，来到路边打车。

司机接单，等待的工夫，今妱收获三名过来询问微信的陌生同学。

今妱曾读到过“女子被要微信，拒绝对方却惨遭毒打”的新闻，生怕哪天自己也遇到偏激的人，因此来者不拒，加好友前趁对方不注意飞快切换微信小号。

一辆打着双闪的白色大众转了个弯停在她前面，她上车前往剧组。

到达目的地，今妱正好撞见饰演女二号的演员仗着背后投资方的背景在要求导演加戏。

“我要戏份，戏份！最好和男主角的感情线拉长一点。”

一个多月的拍摄进度已然接近尾声，女二号今天才意识到自己的戏份还不如一个没权没势的女一号多——她似乎根本不明白一部戏为什么要设定女主角和女配角。

真难缠啊。

工作人员有些不耐烦，这段日子大家睁一只眼闭一只眼，忍她很久了。

今妱选择性失聪，经过情绪激动的女二号，去了休息室。

休息室里，宁赴逐跷着二郎腿在打游戏，平时的阳光大男孩一接触游戏，被队友气得不轻，说：“干扰啊！不放干扰你搁王者峡谷看风景呢？

“别送了兄弟，外卖平台在您面前都自惭形秽，要不去应聘看看？年终大会怎么都能颁到个‘闪电骑手’的奖杯。”

今妱想，宁赴逐这张嘴和外面的女二号对线的话，谁更厉害一些？

一分钟后——

“Defeat（失败）！”宁赴逐扔开手机，仰躺在旋转椅上，一副缺氧且急需吸氧的样子。

今妱找到衣服去了更衣室。

换好衣服出来，她抱着剧本到一边复习台词，宁赴逐脚蹬地滑到她身边，照例开拍前来一遍对戏流程。

他除了在戏外看上去有些不靠谱外，演技算中上，对起戏也是中规中矩。

一个场景对完，女二号和导演拿着剧本推门进来。

导演最终还是妥协了，要和他们商讨加戏事宜。

宁赴逐眼皮一翻倒在今妱身旁的沙发上，差点上演一个真实缺氧。

“不加。”他第一个不同意。

别人碍于女二号背后的势力不好发作，他可不怕这些。

他说：“要加也别加跟我的戏份。姐姐您这么喜欢加戏，又这么有能耐，倒是自己去写个剧本啊。”

女二号被他直白的话刺到，头脑一热，干脆顺着他话说道：“你信不信我一句话能让你在这个剧组混不下去？”

今妱跑了那么多剧组，刁蛮任性的大小姐和耍大牌的前辈她均见识过，就是从没碰到个像眼前这位仗着点权势就以为自己是老大的。

宁赴逐像听到了个笑话，捧腹大笑，说：“你摊上大事了。”

剧组的每一分每一秒都是用钱堆砌的，宁赴逐才不管什么钱，没心情拍戏了，拉着今妱离开剧组，走之前放下狠话：“明天来，我不想再看见这女的。”

然而翌日晚，今妱、宁赴逐、女二号和导演，再次在这个房间相遇。

如同凑了桌麻将的四人面面相觑。

4

宁家与剧组投资方尚有合作，互惠互利的关系，宁家不看僧面也要看佛面。

经过昨晚一闹，悲伤的是女二号还留在剧组，高兴的是投资方放话了，该怎么拍怎么拍，谁再想加戏就自己卷铺盖走人。

忽略掉演技稍欠火候的女二号，一晚上还算相安无事。

凌晨两点，最后一场戏是过跨年夜。

身处 24℃的夜里，演员们身裹厚实的羽绒服在海边放烟花，玩仙女棒。

不能表现出身体上的热和一切不符合当下场景的异样，是演员的基本素养。

他们头戴冬天必备的毛线帽，裹住耳朵，海风让他们打冷战，套着毛绒手套的双手在脸上搓动，依靠道具食物哈出白气。

五颜六色绚烂的烟花飞上天际，绽开在深蓝色的天空。

实际上，一望无际的海面翻涌，哪有什么烟花，正值青春期的男孩女孩面对漆黑的夜做表情——微笑，惊喜，对未来充满期望。

只要把表情做到位了，烟花可以后期做上去。

结束后，年轻演员们汗水涔涔，迫不及待地脱掉蒸桑拿式的外套，再脱掉毛衣。男生不拘小节，连裤子也一起脱下。他们围到摄像机后的折叠小方桌边，吃起七个小矮人的迷你棒冰。

宁赴逐趁大家不注意，将偷偷藏到剧组冰箱里的可爱多塞进今妱的手里。冰凉的包装贴紧手心，很快浮起一层湿漉漉的水汽，蓝色海盐口味的，与当下的大海相配。

但今妱还了回去，因为她尚在生理期。没有岑晏在场，她本应更无所谓才是，这次却破天荒地控制住了自己。

宁赴逐没有强求，在她边上的折叠椅上坐下。

他一手一支可爱多，不想分给别人，也不顾一下吃两支会不会肚子疼。他愤愤地撕开上面的纸片，自己吃起来。

男生有时就是这么执着又幼稚。

大家吃完后收工，今妱穿回自己的衣服，在打车软件上叫车。

甜筒最外层的华夫壳被宁赴逐咬出脆响，他大胆猜测，问道："你不会在吸引我的注意吧？"

今妱的眼睛随着屏幕上等待司机接单的圆圈缓慢转动，冷不防地被问及，她有一瞬的迷茫，直截了当地说道："你不是我喜欢的类型。"

宁赴逐很受伤。

人的情绪容易在夜晚变得感性。

宁赴逐比今妱小一岁，沉不住气，嘴快地问："那你喜欢什么样的？"

今妱曾经听过一个说法——被问及这问题时，脑海里跳出的第一人极大概率就是你的理想型。

然后，岑晏在她脑海里跳出来之前，不由分说地闯进了她的视野。

少年戴着口罩和鸭舌帽，身形优越，由远及近地走过来，短袖下露出的双臂劲瘦有力，因为皮肤白，轻易可见蜿蜒的青筋野蛮地通向手背。他的那双手，是好看到随便发条 Vlog（视频博客）就弹幕爆屏的程度。

岑晏自然拎过今妱手里的背包，说："走了。"

手机里的打车软件还在旋转，她脑袋一空，突然想不起来自己的理想型到底是什么样的了。

接下来无论去哪里，她都跟他走了。

橙黄色路灯不断倒退，今妱眼皮打架，额头轻轻磕在车窗上，面前空荡荡的马路让她有一种全世界只剩下他们二人的错觉。

"不是说好了，结束打我电话吗？"

今天岑晏顺道送她来剧组，临走前提醒了句。

今妱那时只当他随口一说，而且现在是凌晨两点四十五分，按照常人思维，不会有谁没眼力见到这个点给人打电话。

"我以为你睡了。"今妱合眼，疲惫地打起哈欠。

早就超过学校的门禁时间，考虑到岑晏最近不住家里，今妱在酒店长包房和家之间选择了前者。

她年满十八岁就考了驾照，考出来后那张证就一直躺在她的背包夹层里吃灰，到现在都没有派上过用场。

至于为什么考了证却从不自己开车，因为她平日的出行不是有他们接送就是打车，自己驾车还得做保养、费劲找停车位。

也是懒出了新境界。

今天这事让她心里打起算盘，思考是否要买一辆代步工具。

到达酒店大门，车辆熄火，岑晏的额头抵在方向盘上，看上去有点疲惫。

疲劳驾驶是危险的。

今妱搭上门把，又坐了回去，问道："你要不要也开间房？"

岑晏点点头。

今妱进酒店前戴好口罩，陪岑晏去前台订房。

前台微笑告知："实在抱歉，先生，我们酒店的预订已经排满了。"

近两天附近体育馆在办演唱会，房源紧缺。今妱忘了这茬。

岑晏收回身份证揣进裤兜，手顺势插在里面，面朝电梯口示意了下，对今妱说："你上去吧。"

今妱望见他眼下淡青色的痕迹，出于人道主义问了句："那你怎么办？"

他下榻的酒店离这儿可有半小时的路程。

岑晏平淡地说道："在车里凑合一晚吧。"

深更半夜孤男寡女，前台的视线在两人身上打转，他们戴着口罩，光看外形和气质也能感觉到是帅哥美女。

前台忍不住小声说："让男朋友在车里睡一晚上不太好吧？"

对于无关紧要的人，误会就误会了，今妱没有解释的习惯，想起昨天她也是睡在了他的房间，总不好"见死不救"。

"你要跟我上去吗？"

"看你方便。"

闻言，今妱转头和前台说："麻烦送一套洗漱用品和被子到1608。"

岑晏登记好身份信息，和她一起上楼。

一路无言，岑晏的手机振动。

三点多了，能在这个点消息轰炸，不是出了大事就是闲的。

寝室群里，他们的老大宋澜发来无助连问。

宋澜：怎么办？怎么办？怎么办？怎么办？

宋澜：我朋友好像看到我女朋友跟别的男生去酒店。

夏热也还没睡，送给对面沉重一击。

夏热：实不相瞒兄弟，我好像也看见她和一男生逛街。

跟自己没多大关系，岑晏把手机静音，重新揣进兜里。

"嘀"一声打开房门，入目便是铺着白色床单的大床，衣柜就设在玄关处，对面是卫生间。今妱的长包房相比较岑晏的要简陋许多。

好在落地窗边还有一张长沙发，岑晏从客房服务的推车里接过被子和洗漱用品，十分自觉地将被子铺在沙发上。

今妱实在困倦，强撑睡意拿着睡衣去了浴室。

她洗完澡出来，发现一米八几的男生蜷缩在沙发上背对她睡着了。

那么晚出来接人，恐怕家人都做不到像他这般毫无怨言。

哦，不对，他有怨言的。

唯一一句怨言是质问她为什么不给他打电话。

似乎永远都是这样。

今妱一沾床，几乎接近宕机的大脑容不得她想太多事情，抱住被子沉沉睡去。

翌日清早，处在熟睡中的两人被一阵急促的门铃声闹醒。

今妱把头蒙在被子里，恨死了门口的动静，可门铃并不会因为她捂耳朵的动作就消失。

岑晏也困，双眼迷蒙地掀开被子，不爽地踩着酒店的一次性拖鞋去玄关。

从猫眼望出去，是身穿酒店工作服的员工，他拉开门，问道："做什么？"

他话音刚落，外面的人来势汹汹，门也因为外力不受控制被推开，一句咬牙切齿的脏话冲破房门砸进了他的耳朵。

岑晏反应敏捷，堪堪躲过对面的袭击，拳头带起的风贴着他面颊刮过去。

岑晏看清来人，开口："宋澜。"

"老三？"宋澜也看清了他，有些惊讶。

夏热从门框外探出头，一脸震惊地喊了一声："阿晏？"

结合十秒前宋澜一进门就要揍人的狠样，岑晏明白过来，他们是来抓奸的。

等他想拦住他们继续往里探索的眼睛为时已晚，穿着吊带裙的今妱不满地从床上坐起来，眼神幽怨地锁定两个外来者，起床气很大。

夏热看一眼床上的今妱，又看一眼睡眼蒙眬的岑晏，再看一眼今妱，再看一眼岑晏……人傻了。

"你再睡会儿。"岑晏沉着脸过去把今妱重新塞回被窝，再帮她把被子拉到肩部以上，顺走桌上的房卡，推着门口两人的肩膀出去。

走廊上，岑晏揉着眉心，问："怎么回事？"

夏热终于回过了神，说道："我还想问你们怎么回事呢。"

他上上下下扫视岑晏，上身很整齐，下身也很整齐，脖子很干净，外露的皮肤都很干净，一点不像有发生什么的迹象。

最后他把视线定格在岑晏光裸的脚踝，以及光脚穿着的酒店一次性拖鞋上，实在没什么地方能让他骂的，但他还是一定要骂一句——

"你有伤风化啊！"

岑晏无语。

若放在平时，岑晏和一个女生住在酒店，宋澜早过来八卦了，今天情况特殊，宋澜看见手机里朋友发的定位，提高音量骂了声："发错了，不是这家，是市中心那家。"

　　到此，他们为什么会来今姈房间的误会就此解开。

　　"哎？这戏剧性不错，可以写进剧本里。"作为导演系一员的夏热跳脱道。

　　"神经病。"岑晏不跟他们多啰唆，回了房间。

　　门关上前，夏热的嚷嚷声从门缝里泄进来："阿晏，你和姈妹这事还没完呢！"

第三章

/

爱的号码牌

1

岑晏不是没和今妱一起过过夜，和最近两次不一样的是，以往的每一次夏热都在场。

她给夏热画过一床头柜的画，在他不知情的情况下。

她和夏热相处时，是不是也跟他相处时一样？

他们是不是也单独过过夜？

这些岑晏都不得而知。

岑晏站在玄关望着床上睡着的身影良久，呼吸渐重，抽丝剥茧的感觉从心底蔓延，无法再细想下去。

今妱凌晨才睡，连每天必备的出晨功都顾不上了，这时候只想睡觉。

她上午满课，岑晏洗漱完点亮屏幕看了眼，还有时间，也就由她睡了。

微信在这时连着进来消息。

夏热：你和妱妹什么情况？

夏热：老大今天要没搞错，你们还不打算告诉我吧？

夏热：这事要不说清楚，我跟你没完！

此刻坐上出租车的夏热感觉自己被全世界抛弃了。

岑晏倚着床尾的书桌，漫不经心。

岑晏：没情况。

他向来不习惯解释，但事关今妱，他便简单把接她的事概括了一下。

鉴于之前今妱和岑晏待一个空间无话可说，需要自己来烘托气氛，以及今早岑晏衣冠整齐的种种场面来看，夏热信了，还以为岑晏终于转性了。

夏热：阿晏，你长大了。

夏热：这个家的担子终于有人都我分担了。

夏热：你懂得照顾妱妹，阿爸很是欣慰。

严格说起来，今妱比岑晏大一个月，岑晏才是他们仨里最小的，但他们都下意识地把她宠成了最小的那个。

岑晏送今妱回学校后便驱车离开了，她继续一成不变地上课和下课，每日在住处、学校以及剧组三头跑。

表演系的课程排得满满当当，任佳在一旁仰天抱怨："本以为上了大学就能脱离苦海，结果是从一个火坑跳进另一个火坑。"

的确，莫非热爱，也很难坚持下去吧。

今妱抬高腿架到镜前的横杠上，弯腰压腿。

中午吃完饭回寝室休息，今妱发现自己桌上莫名多出两只粉白色的桃子。再看看别人的桌子，任佳和陈楠也有，余莺莺桌上有半袋——出自谁之手显而易见。

余莺莺为了不让自己显得尴尬，正一边啃着桃子，一边在床上练瑜伽。

昨晚拍戏前今妱收到了她的微信小作文，洋洋洒洒几行字总结下来就是"对不起，不该随便用你的床位"，一句话就可以说明的事，她却七弯八拐绕了一大圈。

其实倒也能理解，让一个被从小宠到大的大小姐跟你说对不起，是怎么也拉不下脸的，可她却主动找今妱说了。

今妱仰头对她说："谢谢。"

"嗯。"余莺莺借着做瑜伽的动作别扭地撇开头。

"谢了啊。"任佳也觉得稀奇。他们关系闹得有点僵，她的突然示好让人所料未及，不过该有的礼节还是不能少。

余莺莺"咔嚓咔嚓"啃两口桃子，含混地回道："小事。"

之前那点不愉快，在她给出桃子后算是就此翻篇。

中午寝室就三个人，陈楠不在。

任佳看着陈楠的桌位，奇怪道："她最近怎么也神出鬼没了？"

余莺莺和另外三人的关系都淡薄，但不妨碍她加入闲聊，问道："有新戏面试吧？"

说起来，陈楠是班里女生这边的负责人，女生有什么事都可以找她。她也是班里有目共睹最努力的那个，除了在学的表演专业，课外还读法律、心理方面的书籍。

当大家还在抱怨的时候，殊不知她早就把他们甩到了身后。

"要被卷死啦。"任佳哀号一声，趴倒在桌上。

然而到了下午，陈楠依旧没出现，连上课都缺席了，问了班长才知道她下午请假。

任佳回到今妱身边，看着其他寝室的人黏黏糊糊的样子，她抱住今妱，说道："上大学前希望分到一个相亲相爱和谐美满的寝室的梦也破灭了。"

她们寝室还真和相亲相爱和谐美满没什么关联，顶多就是勉强的和平相处互不干涉。

今妱不太习惯别人动不动就挽她的手，或者抱她这样的亲密动作，又害怕大幅度的拒绝伤到别人的心，她便只能忍耐。

可仔细想想，除了亲近的家人和朋友，她哪会害怕别人怎么想，她做什么从来都是自己高兴的。

夏热经过今妱班的教室门前，像发现新大陆一样，说："妱妹好像和这个新朋友关系不错啊！"

岑晏也装作不经意往里面看。

这个朋友似乎有点黏人啊，蹭今妱的肩膀算怎么事？

再望一眼嘴角挂着浅淡弧度，眼睛弯成月牙状的今妱。

她是喜欢黏人一点的？

下午的课程在汗水与欢笑中度过，痛并快乐着。

今妱回寝室洗了个澡，手机里进来岑晏的信息。

他们最近的联系次数肉眼可见地增多。

岑晏：**什么时候走？**

今妱盯着这句话，有点费解。

岑晏：**你起床前说的，要我送你去剧组。**

今妱半信半疑，根本没有印象。今早睡觉莫名其妙被夏热他们闹醒，她的起床气又严重，或许是在意识不清醒的时候说过，只是她忘了。

今妱：**需要一点时间，要先和室友去吃晚饭。**

岑晏：**那我等你。**

今妱收起手机，背上斜挎包和任佳一起出门。

去食堂的路上，她越回想岑晏那句话，越觉得有些过意不去，于是再次拿出手机看一眼，确定刚才跟她聊天的是岑晏，而不是岑晏的阿拉斯加。

她百思不得其解，为什么总有种把自家大狗晾在家里可怜兮兮的错觉？

向来主张吃饭要细嚼慢咽的今妱，拿到饭菜后，进食速度不禁加快。

任佳吃完饭要去图书馆，今妱和她一起出食堂，临走前打包了份凉皮外带。

今妁走出校门，还是老地方，一眼望见岑晏的车，上去后把他爱吃的凉皮放到了中控台上，说道："给你点的。"

"着急吗？"岑晏突然问她。

今妁想了想，故意反着说："着急。"

岑晏不说话了，启动车子打算先把她送过去。

今妁不知道他什么用意，说完就反悔了，问道："我开玩笑的，你是有什么事吗？"

岑晏观察后视镜，打方向盘，很快汇进车流，不紧不慢地说："你着急，我就开快一点。"

今妁了然，说道："不着急，安全最重要。"

谁知，行驶到一半，他们所在的道路前出了车祸，造成交通堵塞。

他们的位置恰好在中路段，前不能进后不能退，像是被困在孤岛，发动机失灵的船只。

周边的喇叭声络绎不绝，尚未落山的太阳挂在天边，仿佛世界末日前的最后一束光芒，大家的心被照得焦躁难耐。

"一时半会儿出不去了。"岑晏去拿今妁面前的那盒凉皮，拆开塑料袋和一次性筷子吃起来。

今妁调出拍照功能，拍摄车窗前快要掉落下去的硕大的火红色太阳。

这时候，她还有闲心把拍的照片拿给他看，说："像挂在天上的荔枝。"

岑晏咽下凉皮，也发表意见："还有点像樱桃。"

荔枝是他爱吃的，樱桃是她爱吃的。

那火红的荔枝，亦是火红的樱桃，不知被哪只调皮的怪物吃掉一口，如今只剩半颗了。

"我想吃樱桃了。"她盯着那半轮太阳叹息。

"现在只有凉皮。"岑晏端着盒子向她示意。

今妁以为岑晏要喂她，纠结一秒，勉为其难地说："那就凉皮吧，一口就好。"

夹起凉皮准备往自己嘴里送的岑晏愣了一下，动作很快地将这一口朝她的方向送去，自然又顺畅。

今妁把散在额边的碎发撩到耳后，就着他的动作，嗫住挂在两根筷子间宽长的条状。

她小心翼翼，与吃东西大大咧咧的男生不同，如同开启静音模式，一直没有发出过声音。

岑晏看了眼那张沾上油后显得越发明亮鲜艳的红唇，抽了纸巾递给她。

他们路上花了点时间，好在到达剧组时没有迟到。

下车前，今妁向岑晏讨要车钥匙，说道："结束后我自己开回去，明天再开来还给你。"

这不失为一个好方法。

岑晏没说什么，把车留给她。

然而今姈等结束去开岑晏那辆车时，还以为自己看错了，居然没油了。

与此同时，她的手机铃声乍响，停在她对面的车辆按响喇叭，打起前照灯照亮她这边。

今姈眯了眯眼，从包里拿出手机，是岑晏打来的。

"下车，我在你对面。"

看来他知道。

今姈下车锁门，上了对面开灯的车。

"你知道车没油了？"

"安全带。"岑晏提醒她一句，将车开出去，淡声说，"回去了才想起来。"

怕她不信，他又加了句："给你发微信了。"

今姈一整晚都没时间看手机，她拿出来一看，还真有一条，在两个小时前。

2

正逢亲生父母的忌日，今姈被今母差遣去了陵园，排列整齐的松柏如同这里的守卫员，肃穆森严地监视着她这个外来者。

如今她看见他们，心里的感情已经慢慢淡去，那些亲戚好像把他们遗忘了，这些年从未来探望过。

今姈把准备的食物放在墓碑面前，然后和电视剧里播放的情节一样，拿一块布，将他们的照片擦拭干净。

照片上面的两人微笑着，眉目柔和。

今姈对他们的印象少之又少，最清晰深刻的竟是他们当着她的面肆无忌惮大吵一架，母亲强势摔门而出，父亲气得叉腰在原地打转，她哭喊着跑回房间，却在拉上窗帘时意外发现母亲买给她的手扶式滑板车。

就在不久前，她还羡慕着邻居家的弟弟有这个。

有的记忆无须刻意去记，它就像生命的一部分，无论何时都能准确无误地跳出脑海。

她在他们墓碑前站立片刻，想了想，拿起一个苹果来，徒手擦掉上面并不存在的灰尘，咬出一个个牙齿的痕迹。酸甜的汁水涌出，她细嚼慢咽后吞下。

直至吃完整个苹果，饱意从喉间冒上来，见他们依然冲着自己微笑，今姈才似乎有了那么点被父母溺爱的味道。

今姈将果核扔进垃圾桶，头也不回地离开。

出了白色大理石的陵园大门，她看到岑晏和夏热倚在并不低调的轿跑旁。路人纷纷被他们吸引去视线。

两人置若罔闻。

夏热笑得宛若看见老熟人的柯基，嘴角快扬到天上去了，两只手臂举高挥舞成雨刮器，大喊："晏晏，这里！"

今妱的神色终于染上了人间烟火气，快步走过去，问道："你们怎么来了？"

"就猜你在这儿。我们今天剪出成片了，邀你过去看看。"夏热拉开后座，迫不及待地跳上去。

今妱时不时有晕车的毛病，为了照顾她，副驾驶成了她的专座。

岑晏上车后系好安全带，夏热兴冲冲扒住他的椅背，右手伸向天空做出超人冲锋陷阵的动作，说道："阿晏，一会儿踩上一百八十迈，让我们一起感受速度与激情！"

"是和交警大队的速度与激情吗？"被指挥的岑晏冷笑一声，"想去牢里就直说，你还能感受《肖申克的救赎》。"

到此，来陵园的沉闷一扫而空，今妱手肘搁在窗沿支起下巴，无声地笑了。

风和日丽，阳光被参差的绿叶过滤成一圈圈律动光晕，跳跃在万物之上，如同打开魔法药水时瓶口飘出的奇异光彩。

岑晏启动发动机，轿跑引擎声洪亮，他们在守陵人"缺了个大德！谁把韭菜塞到了石狮子牙缝里"的怒骂中冲出重围。

"谁能干这缺德事？"夏热居然来了兴致，"阿晏，咱回去看看被韭菜塞牙缝的石狮子长什么样吧！"

岑晏在后视镜里露出微笑，好像忍他很久了，咬牙说道："你跳车吧，回去还能跟它来张合影。"

两个男生你一言我一语地拌嘴，平日里话不算多的岑晏也被夏热带动起来，今妱知道这是他们安慰自己的方式，用来转移她的注意。

妈妈在这时发来信息询问探望进度，今妱回以一个拥抱的表情包，表示心情不算太沮丧。

今妱：现在和岑晏、夏热一起回学校。

妈妈："校园三剑客"是不是太形影不离了一点呢？

家庭聚会里，家长们常常拿"校园三剑客"打趣他们。

妈妈：不过没有关系，大学四年能一起玩就畅快地玩吧，毕竟以后可没有那么多时间了。

今妱：感觉现在时间也不太够了。

他们不是每天都形影不离的，每人都有自己的课要上，有自己的作业要完成，还有各自的拍戏和跟组计划，算起来，三人能凑在一起的时间真的不算太多。

有时导演系的作业也会来找表演系合作，今妱因为拍戏刚好错过了他们短片拍摄的内定女主角，问道："你们这次又是什么题材？"

岑晏在呼啸而过的风里吐出三个字："机器人。"

夏热恶狠狠地补充道："没错！机器人要统治地球！"

"会被毙的吧？"头发被风吹起，今姐不禁加大说话声，才不至于被风压了音量。

岑晏和夏热毫不在意地说："拍都拍了，管他呢。"

他们借了学校顶楼空教室的钥匙，投影仪的画面映在面前的白色幕布上。

三人找到中间位置，岑晏和夏热坐在今姐的两边。

影片在打工人清晨的第一缕阳光中拉开序幕，但视角却是从机器人的独白中切入。人类因为拥有先进的电子技术和智能机器人让生活变得便利与井井有条，而在各类机器人的眼中，人类是如此懒惰又娇气，所以高级别的机器人开始谋划统领地球。

投影仪一帧帧的光亮闪烁在今姐脸上，她目不转睛，全程将自己代入。

影片的最后是机器人自相残杀，冷静睿智的人类为最大赢家。像所有电影一样，他们将黑色滚动字幕放入结尾。

夏热去开教室的大灯，问道："怎么样？是不是科幻又惊险？"

的确，科幻有了，惊险也有了。

今姐很给面子地对他们做出一番夸赞，而后话锋一转："前面对人类的描述比较反面，会有争议吧？"

夏热打了个响指，非常乐观地说："咱们人类就是多样性的嘛，否则就不会有好人和坏人、正派和反派了。"

岑晏也说："如果只拍传统的人类大和谐，不加一点反面角色，观众会以为这个世界真有那么和平。"

夏热接道："是啦，其实不然。"

岑晏总结："大家震惊、愤怒、声讨，在我们看不见的地方，不好的事情可能时常发生。"

今姐望着讲台前神采奕奕的少年，就是这样的两个人，他们率真又热烈，正义而无畏，在她的世界陷入昏天黑地时，义无反顾地闯入，将她从黑暗拉向光明。

不希望将气氛搞得太沉重，岑晏拔出电脑上的 U 盘，关闭机器后，说："走吧，请你们吃东西。"

"好！"夏热和他的名字一样，对生活拥有无限热情。

他在今姐出来后锁门，说道："我想吃蟹肉煲。"

同一时间，今姐说："想吃烤肉了。"

二人的声音重叠，岑晏做出最后决断："我和晕晕一样。二比一，那就去吃烤肉。"

夏热不服气地说："昨晚才吃过，阿晏，你偏心！"

3

反正夏热再怎么抗议，还是被岑晏像逮犯人一样架上了车。

三人去往城南新开的网红店打卡，老板是父母的熟人，他们干脆线上点菜，顺便订好包厢。

烤肉店的装修以原木色为主基调，整体偏旧时代风格。

落地玻璃擦得一尘不染，三分之一靠墙的座位安装了热炕，炕桌排列整齐，另外三分之二的座位为不愿脱鞋坐炕头的顾客所准备。

门口风铃乍响。

"欢迎光临！"训练有素的服务员打开门，字字抑扬顿挫、铿锵有力。

与客人攀谈的老板远远瞧见三个崽子，笑眯眯地迎上来。

夏热不拘小节地助跑上前给了老板一个熊抱，然后一行人穿过大厅踩着红木地板前往包厢。

走廊上别有洞天，90年代复古老上海街道的装修映入眼帘，每个包厢门上方立了一块炫彩灯牌。

夏热与老板勾肩搭背，说道："老何，可以啊，这装得比影视城还真。"

最近线上的预约爆满，开业到现在已有不少人前来打卡，替他间接性地宣传了一波。

夏热与老何聊得火热，另外两人渐渐落在了后面。

察觉到边上人刻意放慢的步子，岑晏扶了扶今妱的手臂，用只有他们听得见的声音问："脚怎么了？"

他的手掌宽大燥热，贴在皮肤上好似不敢太用力。今妱低头就能看见他的手指圈住她手臂的画面。

她讶异于他的观察仔细，说："可能是鞋的问题，有点疼。"

岑晏顺着她的腿往下看，她今天穿的灰色短裙，意外地与他裤子的颜色相似，短裙下的双腿细长……他立马移开视线，问道："哪儿疼？"

"脚踝。"今妱稍微侧身抬了抬右脚，借着他的力站稳，虚指了一下，"就这里。"

前面的夏热还在拉着老何夸装修，老何也是有耐心，这小子说什么，他就亲和地应什么。

"嘿嘿嘿，感觉像来花天酒地的。"五颜六色的灯光打在他们身上，夏热和老何开起玩笑。

"你个臭小子。"

夏热的后脑喜迎一巴掌。

老何把他们带到走廊尽头专为熟人保留的包厢，服务员推着推车将备好的菜送上来，他招呼道："随便吃啊，不够再叫，这顿当我请你们的。"

屋内清淡的葡萄味香薰环绕，年轻男女跟回家一样踢掉鞋子，跪坐在炕上异口同声地说："谢谢老何！"

"没大没小！"老何是看着他们长大的，嘴上责怪，实则宠爱得紧，离开包厢前又嘱咐了一遍，"想吃什么就叫啊，不用跟我客气。"

帮忙烤肉的服务员面戴透明口罩，看起来和他们差不多大，一问，原来是他们隔壁体校的，趁着空闲时间出来兼职。

"明天又是36℃。"看着雪花牛排在滋滋声中冒出细小的油光色泡泡，炭火猩红，烟雾缥缈，夏热抱怨道，"越来越热了，还烤什么肉，烤我吧。"

"虽然……"今妱的眼睛黏在被服务员翻面的牛排上，迟疑地说，"可能还是牛肉好吃一点。"

潜意思是如果真把夏热烤了，也不好吃。

夏热的眉头和嘴巴一皱一噘，露出问号脸，哭唧唧地抱住岑晏的手臂，说："阿晏，她居然还真想烤我，好狠毒的心。"

服务员被他的模样逗得要笑不笑，眼观鼻鼻观心地将烤熟的牛排剪成块，用公筷夹到他们碗里。

今妱不太适应陌生人对她做这样的动作，虽然这是他们的服务。

她伸出手，将筷子横在餐盘上阻止了他，说道："谢谢，我自己来就好。"

岑晏抽出胳膊，不留情面地打击边上的人，说道："我的想法和晕晕一样。"

服务员应景地夹了一块牛肉放进夏热的餐盘，仿佛无声挑衅。

夏热眼神呆滞两秒，当即捂住胸口，肩膀往他们的反方向缩，大惊失色地说："你们是变态吗？"

"是你先提的。"今妱淡定地蘸酱，将牛肉送入口中。

服务员不愧是受过专业培训，烤的程度刚刚好，鲜嫩细腻不粘牙。

这时，包厢门被从外推开，隔壁蟹肉煲店金黄色亮澄澄的打包袋晃荡在老何手间。他气势汹汹地进来，咬咬牙，将东西放到他们桌上，质问："我的烤肉满足不了你们？"

隔壁老板亲自将打包袋送过来的那副嘴脸，不要太嘚瑟。

在他的烤肉店居然还点了隔壁的外卖，典型的胳膊肘往外拐！

"他点的。"今妱和岑晏嗅到危险气息，从没这么默契过，出卖起朋友毫不手软，筷子一致指向正胡吃海喝的夏热。

夏热咀嚼的动作顿住，说："我可以解释……"

"我不听我不听我不听。"谁知，拥有一颗十八岁少男心的老何一手捂住耳朵，另一只手疯狂向他们摇摆。

他面朝他们,脚下一路后退,戏精上身似的。

到达门口,他撂下狠话:"臭小子,吃着碗里的看着锅里的,看我以后还放不放你进来。"

门重新关上,服务员两眼冒光地说:"恭喜您成为本店的第一位黑榜客人。"

夏热不解地问:"你好像很高兴?"

服务员一定是看他们好说话才笑得那么肆无忌惮,露出上下两排洁白的牙齿,说:"见证历史谁不高兴?"

"我可以投诉你吗?"夏热咬牙。

服务员无奈地说:"榜一大哥没有话语权呢。"

既然这样,带着在这里最后一顿午餐的伤感,夏热豪气一挥手,说道:"再来两盘生蚝、仙贝、鱿鱼和大虾。"

服务员点点头,回道:"好嘞!"

在此之前,今姑点了几串现成的奥尔良口味的鸡翅,一根竹签上串了两个。

今姑啃完了一个,觉得与自己印象中的味道不太相同,下意识地倾过身将另一个没啃过的连带签子一起放进鸡翅爱好者夏热的盘里,说:"还真是不客气啊。"

"最后一顿,当然要吃得尽兴。"夏热拿起鸡翅正要送到嘴边,动作自然得不像话,却被突然横过来的一只手截和。他眼睁睁地瞧着快到嘴的鸡翅被抢过去,进了岑晏的嘴里。

"大哥。"夏热不可思议地端起放在中间的一盘鸡翅给岑晏看,"还有这么多,你跟我抢啥呢?"

"哦,没看到。"岑晏睁眼瞎。

这回换夏热恶狠狠骂他:"神经病!"

不过他也没有放在心上,把盘子搁回去,拿了串新的啃起来。

而在一旁全程为他们烤肉的服务员翻五花肉的动作略显僵硬,好像窥破了什么天机,脑中的思绪比猫咪玩的毛线球还要乱。

这是什么情况?三角恋吗?

被误会成三角恋的三人还在你一言我一语地聊天,看上去关系很好的样子。

夏热把心心念念的蟹肉煲打开,他同意陪他们吃烤肉,必然是想好了不苦着自己的万全之策。

烤肉他可以吃,蟹肉煲他必须吃。

今姑的指甲昨晚刚剪,打不开可乐的易拉罐。

对面的岑晏朝她伸了伸手,她递过去。他单手掐住罐顶,骨节分明的食指指尖勾着易拉罐环,"呲"的一声,轻而易举地打开,然后把易拉罐放回她手边。

"晕晕的戏什么时候杀青?"夏热边嗑蟹脚边问。

今妱小酌一口可乐，回道："快了，还有两三天吧。"
夏热的表情突然高深莫测起来，问道："听说会有吻戏啊？"
岑晏吃东西的动作停住，蓦地抬头。
一旁的服务员从他们进来后就一直悄悄打量今妱，长得漂亮是其中一个原因，另一个原因是他觉得好像在电视上见过她，却一时想不起来。
他突然有些激动，将烤肉钳敲到烤盘边缘，"哆哆哆"响了三下，说："你是那个《小青春》里演学霸的女生啊？！"
《小青春》算是部比较火的都市家庭教育剧，也是今妱出演的第一部作品，在里面饰演主角的闺密，因为形象和人设讨喜，播出后被很多家长喜欢。
见今妱点头，服务员脸颊微红，不太好意思地说道："我妈那时候可喜欢你了，恨不得冲进电视机里让你做她儿媳妇。"
"谢谢。"今妱忽略掉后半句，兀自笑起来。面对不甚熟稔的外人，她的话少得可怜。
夏热却在这时接茬："想让我们晕晕做儿媳妇的多着呢，让我算算，你妈妈应该排到了……"
"1886 号。"岑晏无缝衔接。
"啊对，没错！"夏热身为今妱的家属，与有荣焉地继续说道，"想让我们晕晕做媳妇的也多，排到了……"
岑晏插话："187187 号。"
服务员一愣：是我的错觉吗？怎么感觉这人在叫我一边儿去？
服务员刚才被相认冲昏了头脑，差点忘了在座的另外两位也拿着爱的号码牌。他抹汗，说："你们不要误会。"
岑晏和夏热齐声反问："我们误会了吗？"
他们见多了这种人。
服务员感觉需要暂时回避一下炮火，连忙借着去拿食材的名义落荒而逃。
今妱的胃本来就不大，每一种肉尝了遍，已有七分饱。她放下筷子，女演员的自我控制时间到了。
岑晏也吃得差不多了，左手拿起饮料仰头喝了口。只有夏热还和无底洞一般在"嗨皮"地进食。
今妱盘腿的姿势维持良久，到这时接近麻木，想抻抻腿活动一下，忘记对面坐了人，一抻，就不小心抵到了岑晏的腿上。
岑晏抬眼望过来，眼里情绪淡淡的。
她投去抱歉的眼神，正想收回，不由得一怔——
脚踝被捉住了。

4

今妱歪头露出不解的神色，下意识地瞟了一眼斜对面的夏热。

她的脚被按到岑晏的腿上，前不久圈住她胳膊的手捏住脚踝最细的地方，拇指轻柔按压她指过的那块凸出的骨头边缘。

按第一下的时候，她忍不住绷紧了神经，像电流通往全身，引起一阵战栗。

按第二下是平静过后的习惯，她双手放在桌面上，想要抓住好让她的心不再怦怦乱跳的救命稻草。

最后她重新拾起筷子，尽量装作无事发生，夹了一块鸡胸肉送进口中慢慢咀嚼。

他们这样的小动作以前不是没有过。

她在鬼屋被吓到后撞进他的胸膛，他一下一下轻拍她后背；看恐怖片时她害怕地抓住他的手臂，到后面两手自然交握；闹别扭时她不服气地在桌下踩他，他心甘情愿递过来脚尖……

当一切发生得水到渠成又司空见惯了，便不足为奇。

其实她脱掉鞋后，脚上的痛感就削弱了，本来也不是什么大事。

服务员端着餐盘进门，冷不丁看见桌下的一幕。

这顿饭，三个当事人吃得心情愉悦，殊不知站在边上内心戏丰富的服务员到后半程每一分每一秒都在煎熬。

回到车上，今妱在她和岑晏中间的扶手箱里挑出一支与嘴上颜色相近的口红，又翻出一面迷你的圆形镜子，将吃饭时蹭掉的口红一点点补上。

岑晏耐心等待，后座的夏热却看着手机咋咋呼呼起来，问道："阿晏小舅和今曦姐领证了？"

圆形的镜子里，睫毛卷翘的眼睛露出迷茫，今妱的肩膀往夏热的方向挪了挪，质疑脱口而出："谁？"

夏热一字一顿地重复："你姐！和阿晏他舅！"

他调高手机亮度，在今妱眼前一晃而过，说道："今曦姐在'相亲相爱一家人'的群里官宣了。"

今妱的手一颤，原本细致描唇的轨迹偏了。这事可以说是一道惊雷。在印象里，这两人可是一点接触都没有的，居然闪婚了？

今妱转头，看向现场唯一镇定的岑晏，正对他的反应感到奇怪，脑中有什么一闪而过，脱口问道："你知道？"

岑晏垂下眼睫，视线落在她唇边划出的那道口红印上，抽了张纸巾递给她，说："现在才知道。"

今妱的眼睛本就大，不费吹灰之力就能让人感受到她的震惊。

她呆住时，如同没有灵魂的精致洋娃娃。

"真是想不到啊。"夏热不停放大结婚证照片，上下左右看，"怎么看都是没可能的两个人，就像你们俩，不可能的嘛！"

岑晏忍了忍，刻意忽略他的后半句。

见今妁迟迟没有动作，估计是在拼命消化，岑晏迟疑一秒，倾身过去。

他将两人的距离把握得恰到好处，认真地沿着她唇边擦掉红色的痕迹，直到看不见。

他说："他们也算有迹可循吧。"

"怎么说？"今妁眨了眨眼。

岑晏白净修长的指尖把沾染了一点红的纸巾叠成一个小方块，扔进车内的垃圾桶里，然后挑了一件微不足道的事说："年夜饭那天，今曦姐戴的围巾是我小舅的。"

"这你都能发现？"夏热被他折服。

"那天之前刚好看见了小舅戴。"他作为围巾所有者的家属，很难不注意。

原来不算闪婚，今妁还以为有什么隐情，看来是地下恋转到了太阳底下。

夏热读着群消息："今曦姐叫咱们晚上回去吃饭，特别是最近因拍戏不着家的今妁。"

今妁下午还有戏要拍，岑晏把她送到剧组后就离开了。

自从"跨年夜"那一晚，今妁和宁赴逐说开了"你不是我喜欢的类型"后，宁赴逐对她再没有释放出半点有意思的信号。他对戏时就好好对，下戏后也不再纠缠，倒和剧组员工之间的互动多了起来，整日嘻嘻哈哈不着调。

剧组将游乐场范围包了下来，清场工作做到位。

这时候的时间线在高考后，男女主角即将在一起之前。

今妁饰演的江初夏元气满满，睫毛如同蝴蝶翅膀扑闪，伸手去拉慢条斯理走在身后的陈厌，说道："我们去玩碰碰车吧？"

然而，本应该被拉着走的男主演躲开了。

还不等今妁做出即兴反应，监视器后的导演举着喇叭探头，问道："陈厌怎么回事？你向后退一步的动作是认真的吗？啊？"

今妁狐疑蹙眉，宁赴逐双手合十，给大家鞠躬，说："对不起，刚才走神了，再来一遍。"

之后的状况层出不穷，且均为宁赴逐那边的问题，连场外的员工都看出了他今天不在状态。

导演再一次发飙，把剧本卷成筒状敲了敲监视器，没好气地说："梦游了你，搞什么东西，是不是看要杀青了故意在拖时间啊？"

进入状态后的导演，管你是什么背景，不认真工作就得把腰背挺直了挨骂。

一顿轰炸完，剧组进入短暂的休息。

今妁对于宁赴逐的异样虽有疑惑，但也没有上前安慰。

一下戏，他的周围围上几个助理鞍前马后，以及其他演员关心地慰问。

今妁找到个僻静角落——不算高的假山后，趴在桥上的栏杆边，放松地盯着波光粼粼的湖面下游来游去的鲤鱼。

挨了不少顿骂的男演员躲过其他人，钻进假山，刚好与她撞上。

今妁听见动静回头，高挑的男生看见她先是一顿，而后若无其事地走过来。

两人在湖边，手臂支着栏杆的动作如出一辙。

怎么说也一起拍了一个多月的戏了，手也牵过，背也背过，短暂到只有一秒的拥抱也有，可下了戏依然像陌生人。

宁赴逐不说话，今妁也没话说。

今妁给人的感觉就像浸在寡淡白水里的羊脂玉，长得漂亮，却从不在颜值上做文章，为人谦虚，不卑不亢，很容易让人把她和学校的好学生联系在一起。

然而，宁赴逐说："给我支烟吧，妁妁。"

一条红黑相间的鲤鱼忽然跃出水面，"扑通"一声，涟漪渐渐漾开。

今妁眉梢一跳，歪头，身子无形中慵懒了几分，腰际压向栏杆。

"我看见了，进组第一天，你躲在天台上拿着烟。"阳光大男孩笑起来，脸颊边陷进一个酒窝，笃定又势在必得的样子。

今妁将意外隐藏得很好，无所谓地耸一下肩膀，慢慢地摇头否定："不是我，你看错了。"

傍晚，岑晏这边的跟组接近尾声。

这里地处荒郊，带学生来的老师居然早退，眼瞧着有车的人快要走光了，班长跑过来请求道："我们今天没开车，蹭个车可以吗？"

说着，边上的另一个女生把手机呈过来，手机界面再熟悉不过，说道："五分钟了，还没有司机接单。"

"拜托啦。"班长双手合十。

岑晏的手机进来消息，他看了一眼，是夏热带着另外两名女生先走了，还问要不要去接今妁。

岑晏：我去吧。

"走吧。"他慢条斯理地打完字，从桌上拎起背包，率先朝自己的车走去。

他身后的两个女生发出得救了的兴奋声音。

来到车边，岑晏随手把背包放在副驾驶座位上，两个女同学识相地坐进后座。

他们行驶在路上，班长眼尖地看见前面中间的扶手箱里躺着口红和气垫，还有耳饰等女性用品。

班长用手肘碰了碰旁边的女生，示意她看。两人在后座仿佛发现新大陆，用眼神交流。

"咳咳……"班长在另一个女生的怂恿下，清清嗓子，纯属出于同学间的好奇，旁敲侧击，"哇，这口红我也有一支一模一样的。岑晏，这是你女朋友的吗？"

另一个女生默默捂了捂脸，用手机给班长发信息：你这话套得太生硬了……

好在认真开车的岑晏并不在意，手搭在方向盘，眉目间是她们看不见的柔和，说："也许吧。"

班长坐在他的斜后方，即使看不见他的表情，但也听出他声音里面是透着笑意的。

可"也许吧"又是什么鬼啊？

班长颤抖着手，非常激动地给班级里的女生传递第一手情报：岑晏有喜欢的人了！而且还没追到！

八卦是人类的天性，只单独拉了女生们的班级群顷刻间炸开锅。

岑晏将她们送到市中心的商城，转而去接今妁。

得到准许后，戴着口罩和帽子的他进入拍摄场地，与导演你来我往地寒暄两句后，今妁和宁赴逐并肩从另一边出来。

岑晏觉得今妁旁边的男生莫名刺眼，他站在原地，等待她一步一步走近。

到了跟前，宁赴逐认出岑晏是之前凌晨接今妁的男生，于是故意当着他的面小声和今妁咬耳朵："我们也算是有秘密了吧？"

因为是故意的，所以这句话一字不落漏进了岑晏的耳朵里。

今妁不咸不淡地睨了宁赴逐一眼，眼里全是警告。

岑晏突然感觉到牙酸，明明也没有吃柠檬。

一时间做不出什么表情来，口罩下的他放弃表情管理。

"走了。"不等今妁有进一步动作，高出半个头的少年抬手捏了捏她的后颈，手心冰凉，轻而易举地转移了她的注意力。

即便来的路上岑晏给车里通过风，今妁上车后仍旧闻到了不属于他的香水味道。她将他的背包放在腿上，不自觉地轻嗅，问道："你买香水了吗？"

耳边风声呼啸而过，岑晏感觉宁赴逐的声音无孔不入。

究竟是什么秘密？

心里面像是有拳手在打拳击，一拳一拳直击要害。

岑晏深吸口气，前一秒想的是再也不要像只小狗一样看见主人就眼巴巴凑上去，后一秒直接破防，自我愈合能力高超。

只要今妱主动和他说话，他就据实以告："郊外打不到车，送了两个班上的女生。"

今妱了然点头，手上不自觉地玩起岑晏的背包带子。

姐姐今曦在家人不知情的情况下突然领证，先斩后奏引起父母不满，帅气的准女婿带着歉意和礼品登门道歉，差点被以温柔著称的妈妈打出家门。

得亏有今曦、夏热和今父拼命阻拦才没有造成"惨剧"发生。

餐厅的灯光被调成白炽灯的颜色，一家人坐在饭桌前。

"阿晏，记得欠我一个人情。"桌底下，夏热踢了踢对面岑晏的小腿，用气声说道，"刚才咱小舅像过街老鼠一样。"

之所以叫小舅，是因为他是他们那辈里年纪最小的。

今曦今年二十六岁，岑晏的小舅周晚章年长她三岁。

夏热自认为说话声很小，殊不知全桌都听得见。

彬彬有礼的周晚章脾气很好，今妱在桌底下扯了扯夏热的衣服下摆。

长方形餐桌，今父坐主位，岑晏和自家小舅坐一边。嫁出去的女儿泼出去的水，今曦自动加入他们，另一边则是今母、今妱和夏热。

一大家子人面面相觑，气氛微妙得仿佛在开重大会议。

今父作为一家之主，主动破冰拿起筷子指挥道："看着能饱？都别看了，吃菜吃菜。"

今曦趁今晚大家都在，清清嗓子，说起自己的恋爱历程："你们别觉得他老牛吃嫩草，是我一见钟情。"

她极力维护已经成为她丈夫的男人。

一石激起千层浪。

今母冷笑道："你还挺能。"

今妱冷静地发言："那为什么瞒着我们？"

今曦是市内一所私立小学的老师，从小到大温顺听话，没做过出格事。她突然结婚，今家父母第一反应是她被人威胁了，第二反应则是归因于迟来的叛逆期。

今曦完美复刻了母亲的温婉笑容，如同一碗洁白鲜美的豚骨汤里加入一味从未有过的佐料。她调皮地眨了眨眼，说道："追到就立马拉着他去领证了呀。"

岑晏母亲的家族基因一向出彩，不论外貌还是气质都是上乘，此刻温文尔雅的周晚章郑重承诺："我会照顾好小曦的。"

今母与岑母是好姐妹，她一度把他当自己的弟弟看，结果他把自己女儿给拐了。

所有人都觉得这事蹊跷，只有两个当事人沉浸在领证的喜悦中。

今父自从知道这事后，"草率"两字已经说累了，他时髦地讲了句网络用语：

"你们开心就好。"

结婚证都领了，也不能绑着他们去民政局离婚。

一个晚上，今母都没有好脸色，一顿饭小辈们吃得战战兢兢。

夏热在三人群里说话。

夏热：这顿饭吃了，消化不良。

今妱感到手机振动，草草咽下食物，拿起手机。

今妱：我姐姐嫁给了岑晏的舅舅。

夏热：你还是接受不了吗？

今妱：不接受也得接受了。

今妱：我想说的是……

男人的第六感从未如此强烈。

岑晏隐隐猜到今妱想发什么，但切到设置页面禁言已经来不及了。

最新一条群消息跳出。

今妱：那我也算是岑晏的小姨了吧？

岑晏咬了咬后槽牙，绝不承认：你想得挺美。

第四章

/

剥一把枇杷

1

夏热被今妱的话打通任督二脉。

夏热：@岑晏 那你是不是也得喊我一声小叔？

只见对面的今妱和夏热一致放下手机，莫名端上长辈的架势，两人连嘴角微笑的弧度都一样，用一种慈爱的眼神看着岑晏。

岑晏无语，眉头轻抬，瞪了他们一眼。

群里。

夏热语气欠欠的：哎哟，居然敢瞪你小叔。

今妱难得起了逗弄心思：大逆不道呀，外甥。

莫名其妙多出一个小姨和一个小叔，岑晏皮笑肉不笑。

群里系统提示：岑晏退出群聊。

两秒后，系统又提示：夏热邀请岑晏加入了群聊。

夏热：敢退群，罪加一等。

还没完了。

岑晏一个“三连”——删除，拉黑，退群，将手机反扣到了桌上。

看到群里面夏热哎呀呀叫着“岑晏这个狗把我拉黑了”，今妱眉眼带笑，下意识地望向斜对面。

皮肤白皙的少年单手支着下巴，右手用筷子挑起肉丝百无聊赖地往嘴里送，感知到什么，他漆黑的双眼飞快捕捉到她。额前稍长的碎发有些戳到了眼皮上，他的喉结上下滚了滚，赌气似的向他吹一口气。

他在桌下撞了撞今姈的脚尖，仿佛在说——想让我叫你小姨，门儿都没有。

今姈也伸脚准备撞回去，不料夏热在这时伸展长腿，她一不小心就踢到了夏热的小腿肚。

夏热"嗷"一声，上一秒塞进嘴里的豆芽菜差点尽数喷出来。

"晕晕，你踢我做什么？"

坐在主位的今父严肃着脸，教训道："别欺负人啊。"

今姈赶紧对夏热说："对不起。"然后随口胡诌，"脚抽筋。"

导致这一切的始作俑者掩了掩唇，嘴角止不住扬起，肩膀一颤一颤的，隐忍地发笑。

岑晏明显猜到那一脚是夏热替他挨的。

有时候这人蔫坏的，暗戳戳幸灾乐祸。

今姈像只要发怒的小奶猫，朝他发送眼神飞镖。

岑晏被她扎得"体无完肤"，实际上无伤大雅，他好心情地撇开头，在手机上给今姈发消息：**一会儿陪我去剪头发？**

晚餐结束，大家惯例在客厅闲聊片刻，而后各回各家。

夏热有个朋友酒吧开业，他答应过去充充场子，顺便带上他的好友。

今母以为他们仨是一伙的，在他们身后说："别玩太晚啊。"

他们朝两个大家长挥手，出门。

车辆行驶到半路，岑晏和夏热分道扬镳，而今姈还坐在岑晏的车上。

打开微信，今姈看见她和岑晏聊天框里的对话。

岑晏：**一会儿陪我去剪头发？**

今姈：**不去。**

岑晏：**那我让你重新踢一脚？**

聊天停在岑晏的问话上。

真是打脸啊。

明知道目的地是他常去的那家理发店，今姈却看着前面的路说："走错了，夏热刚才转弯了。"

岑晏配合她，说道："嗯，不仅走错了，你还被我绑架了。"

短暂的沉寂。

岑晏语气平淡地问："你是想跟夏热去酒吧，还是想跟我去理发店？"

现在问会不会太晚了点？

今姈张口，但傲娇的"绑匪"不给她说话的机会，轻呵了声，说："你也只能跟我了。"

上了他的贼船，主动权在他手上。

几缕发丝被吹到嘴角，今妱撩开，闭上眼，缓慢举高双手伸了一个懒腰。肆意的风穿过手指之间，她顺着他的话说："反正我现在是你的'人质'。"

有种任凭你处置的感觉。

岑晏握住方向盘的手紧了紧，又松开。

男生剪头发很快，岑晏这次没像之前一样让理发师修短头发，而是单刀直入地表示剃个寸头就好。

他每年夏天都是这样，今妱习以为常。

都说寸头是检验男生颜值的标准之一，岑晏这张脸，什么发型都支撑得住。

与他之前相比，剃完头发后的他越发透着让人无法抵挡的干净少年感。

他嘴角放平，眼皮耷拉的时候更是一个没有感情的酷哥，理发师忍不住说想在他的左眉上剃两刀——断眉，酷上加酷。

岑晏无情地拒绝。

"为什么？"今妱歪着头凑过来。

她突如其来的靠近惹得岑晏心脏漏跳一拍，距离近到可以数清对方的睫毛。

清淡的甜牛奶香味霸占鼻尖，他对她的味道早已形成肌肉记忆，呼吸不自觉地放轻，背脊与椅背严丝合缝。

而她，注意力全在他的眉毛上，指尖在上面轻划两下，说道："感觉应该会不错。"

他们的姿势从镜子里看去，如同拍戏时的借位。

不明所以的人路过，还以为女孩在强吻男孩。

今妱说完便退开了，却不知自己的无心之举在别人那里激起多大的海浪。

岑晏对理发师说："那就剃一刀吧。"

今妱安慰他，说道："放心，肯定好看，要是毁了，我可以把眉笔借你。"

"后半句就不用说了。"岑晏无奈。

结果可想而知，帅翻了，就没有他这张脸接不住的造型。

看着今妱眼前一亮的表情，岑晏反倒耳尖透红，别扭地抬手捂住了她的眼睛，转到她身后。

今妱的肩膀抵着他的锁骨，硬邦邦的。

他半揽着她，她感觉他指缝里的世界突然变得光怪陆离。

岑晏这回真成挟持人质的绑匪了。

"眼神控制一下。"岑晏的嗓音像冰块落进玻璃杯，还是装满热水的玻璃杯，声音清脆。

"怎么了？"今妑拉下岑晏的手臂。

"像要吃人。"

至于这个人是谁，自然不必多说。

今妑回身狠狠地踹了岑晏一脚。

岑晏没躲。

北怀电影学院最不缺帅哥美女，导演系的大一新生岑晏却备受关注，其中不乏同年级和高年级的女同学大张旗鼓地追求他，一个个信心满满地去，最后都灰头土脸地回来，追过他的女生曾这么评价道——

"真是块难啃的骨头，唐僧来了都自愧不如。"

岑同学意志坚定，战绩显赫，从此以后大家只敢远观，彻底对他死了邪方面的心。

现在他一张上课时的寸头照被同学们疯传，传得满大学城沸沸扬扬。

傍晚，篮球场的观众席坐满了围观群众。

夏热把球传给岑晏，瞭了眼场外眼睛黏在岑晏身上的女生们，问："怎么突然弄成这样？"

篮球"砰砰"击打在塑胶地上，岑晏身上是件宽松的黑色背心，肩膀挺阔，薄肌有力，劲瘦的身材不似健身教练那般壮硕，却也荷尔蒙爆棚，迷死了一圈人。

他一点都不避讳地说："晏晏说好看。"

"合着是她忽悠你干的啊？"

"嗯哼。"

"嗯哼？"夏热夸张地重复这两个字，"你最近跟妑妹关系不错啊？"

"你上次说我对她不上心。"意思是他要开始上心了。

他们的聊天随意而悠闲。

"这也太不把我们放眼里了！"士可杀不可辱，敌方队伍的男同胞们包抄而上，过来截断。

岑晏没给他们反杀的机会，灵巧躲过，三步上篮。

观众席热闹得掀翻了天，不知大家是因为岑晏投进了这个球而激动，还是因为他投篮时衣服下摆上掀不小心露出的有料的肌肉而激动。

或许两者都有。

岑晏扫一眼场外，没看见想看的人，瞬间觉得索然无味，抓起胸前的布料随意擦一把汗，往场外走，说道："你们打吧。"

精神十足的男生们在后面喊："再打一局呗，阿晏。"

岑晏步子没停，背对他们摆手，谁也无法改变他的决定。

没了岑晏，篮球场看球的女生少一大半，夏热也没心思打了，把球丢绐其他人，说："下次再约吧。"然后和宋澜勾肩搭背地离开。

岑晏回寝室洗了个澡。剪寸头后连洗头都方便了，他擦干身上的水珠，穿回那件和今姑同系列的白色T恤。

夏热和宋澜还没回来，反倒隔壁寝室的同学匆忙过来，把门拍得震天响。

岑晏拉开门，不耐烦的神色呼之欲出。

拍门的人焦急地说道："夏热他们跟人打起来了。"

岑晏问了位置，揣上手机往那地方去了。

他到的时候，两帮人都挂了彩，夏热的脸被打青几块，宋澜比夏热惨，都流血了。

他们还有个室友叫黎戈，今姑的表弟，寝室里排行老四，虽然平时和他们不怎么热络，但看见室友被揍，二话没说就上来帮忙了。

此刻他打架打上瘾，疯了一样冲上去，大喊："来啊！上啊！四个打不过三个，要我都没脸活了。"

黎戈小时候被家里扔去柔道馆练过，不过是半吊子，但对付他们算过得去了。

作为全场最厉害的，他就青了块嘴角。

在场七个人，除了他，我方二人和敌方四人的伤势是半斤八两。

围观的人群越聚越多，还有人拿出手机拍照。

岑晏让他们别拍了，脸色阴沉地上去拉架。

谁知对面的人一见到岑晏，其中一个直接来阴的。原先挥向黎戈的拳头转了个方向，岑晏单手拉开黎戈，反应敏捷地躲开。那人不依不饶，被冷着脸的岑晏一个侧身横踢踹倒，痛得缩着身子在地上嗷嗷叫。

黎戈是半吊子，岑晏可不是。

2

白天又是一成不变的上课下课，任佳接受导演系同学的邀请参演短片女主角，服化道和摄影都由学生自己完成。今姑这段时间忙于拍摄无暇顾及这样的课余生活，所以一有空便陪任佳过来看看。

岑晏和夏热是这部短片制作的决策人，看见今姑，也不是什么意外事，三人遥遥用眼神做了个简短交流。

这一幕恰好被雷达强大的任佳捕捉到，问："姑姑，岑晏刚刚是在看你吗？"

今姑做不出对好友撒谎的事来，佯装向后看了看，说："这里都是人，不一定吧。"

"但我觉得他在看你。"任佳神秘兮兮的，"之前一起上课也是，教授让他们坐到前面去，他每次第一眼都往你的方向看，然后才选了第一排能一转头就看到你的位置。"

任佳："你别不信，我的第六感很准的。"她右手摩挲下巴，模仿起福尔摩斯，就差拿个烟斗了。

"巧合吧！"今妁只能这么说。

这样的事怎么能作为依据？实在站不住脚。

而且他看她又怎么了吗？他们经常对视。

"那你就没想过他为什么每次都坐最后一排吗？那排肯定会被叫到前排去，大家都恨不能抢中间的位置。"任佳依然坚持她的论据。

"侥幸吧，好位置都没了，做最后的挣扎。"今妁的想法也不曾改变。

事物都有两面性，他们各执己见，谁也没能说服对方。

任佳志在必得地说："那就等着瞧吧，我总觉得他看你的眼神有猫腻。"

今妁想：能没有猫腻吗？我们是认识的啊。

她突然想告诉任佳实情。

作为执行导演的同学这时用扩音喇叭召集演员，任佳临走前不放心今妁，百般交代一番才跑去集合。

当初进大学和岑晏、夏热装不认识，今妁就是想在没有他们的光环下结识朋友，如今想来却觉得自己愚蠢，朋友间不应该有欺骗的。

她想，等大二开学就坦白吧。

到时岑晏和夏热也不用辛苦帮她隐瞒了，他们也是她的朋友，没有必要为了新朋友放弃老朋友。

任佳平时看着开开心心不着调，演起戏来倒有模有样。

当今时代并不缺演技好的演员，今妁看着任佳完全沉浸其中，一颦一笑都是挑不出错的模样。

昨晚经纪人发来信息给今妁看新剧本，与她之前演过的角色大同小异，让人审美疲劳。

她坐在遮阳棚下，撑着下巴，有一搭没一搭地思考要怎么应付。

中途休息，今妁去洗手间，任佳和另外几个同学围坐在折叠桌边，看见她出来，高举起手向她招手，说："妁妁，吃枇杷，倩倩家里种的。"

任佳口中的倩倩，就是上次搭岑晏车回来的其中一个女生。

倩倩跟着笑起来，说道："过来吃吧，刚才光顾着忙了，都没和你打过招呼。"

现在正是枇杷结得茂盛的时候，今妁家里也有一棵。她走过去与倩倩领首，道了声谢。

不过没有位置给今妁坐了，夏热刚想站起来，岑晏就把他边上放摄像机的座位空了出来，示意今妁坐。

除了夏热，其他吃枇杷的人动作像按了暂停键，他们各自交换眼神——岑晏居然给一个女生留位置。

这其中最喜出望外的要数任佳。

空气中暗流涌动，岑晏都看在眼里，他的手边摊了一张纸巾，上面躺着几颗剥好的枇杷。

"不吃了？不吃就开工吧。"

他一句话让气氛再次活跃起来。

"吃啊，咱这不是在吃嘛。"

"今妱你也吃啊，甭客气。"

今妱家里有枇杷树，不代表她会吃枇杷，她笑着说："你们吃吧。"

"你不吃吗？"有人问。

作为和今妱相处了小半年的室友，任佳福至心灵，说："她是嫌剥皮麻烦。"当即把手上剥好的那颗不由分说送到了今妱嘴里。

今妱没有拒绝，张唇含住，含混地说："谢谢，我还是自己剥吧。"

任佳毫不在意地说："小意思啦，跟我客气什么。"

然而过了会儿，大家再次惊奇地发现他们上天入地的岑大少爷竟然只剥不吃。一群人你看看我我看看你，八卦因子跳动起来。

而默不作声、沦为剥枇杷机器的岑少爷脑中想的是：去年晕晕一次吃了多少颗枇杷？应该够了吧？要不再剥点？

今妱在桌底下无声碰了碰岑晏的鞋子。

任佳擦了擦手，噼里啪啦打字，不一会儿，今妱的手机进来信息。

任佳：这就是明目张胆地偏爱吗？

任佳：要不是看你们不熟的样子，我还以为岑晏在追你。

夏热完全没有感受到大家的眼神交流，他一边嚷嚷着"还是阿晏你最爱我"，一边旁若无人地从岑晏手里捏起一颗橙黄的枇杷塞进嘴里。

大家的视线在夏热和岑晏之间来回转，局面好像变得有些捉摸不透了。

这次岑晏没有口下留情，率先站起来，说道："休息得差不多了，开工吧。"

"哎？"大家舔着唇看向桌上剥好却没人动的枇杷，各个蠢蠢欲动地抬起"爪子"，想碰又不敢碰。

岑晏勾起笑，天使般的面孔背后暗藏恶魔，用轻飘飘的语气说出杀伤力极大的话："我自己要吃，少一颗我都不会放过你们的。"

虽是玩笑，但大家还是打消了偷偷拿一颗来吃的念头。

毕竟还有一笸筐没剥皮的枇杷，就是麻烦了点。

"一定要守口如瓶。"夏热临走前顺走一颗岑晏的枇杷，并且让今妱保密。

今妱无所谓，比了个"好"的手势。

然而等人走后，被要求守口如瓶的人趁大家都无暇顾及这儿，快速拿起一颗塞进嘴里，保持镇定环视一圈，没人发现。

吃完一颗，再吃一颗。

忙碌中的岑晏抽出空隙往今妁那儿瞧了眼，发现后者像偷吃的小松鼠，正吃得不亦乐乎。

他们短片拍摄结束时，今妁帮忙收拾好桌面先行离开了。

岑晏拿出手机看了一眼微信，消息很多，置顶最上面的人安静得很。

他重开数据刷新了一遍，他们的聊天记录依然停留在上一次。

正巧有个倒霉鬼从边上经过，岑晏恶劣地想要找个"替罪羔羊"短暂地转移下注意力，他一把抓住那个人的后衣领，兴师问罪："我的枇杷呢？"

夏热疑惑地嘀咕一句"被出卖了"，抓了抓头发，小心翼翼地说："阿晏，就吃一颗，不至于吧？"

存心找碴的岑晏才不管他吃了几颗，指了指空荡荡的桌面，冷冷地问道："这是一颗？"

夏热顺着岑晏指的方向看过去，当即头脑风暴几秒，迅速锁定嫌疑人，说："一定是妁妹！"

岑晏松开了他，仿佛找到了主动联系人的理由。

明知故问给今妁发消息。

岑晏：**你吃我枇杷了？**

经过那么多年相处，对面的人多少摸索出了些规律——

故意问你是想要夸奖，故意找存在感是害怕被落单，故意说不在意那就是特别在意。

今妁能屈能伸，秒回：**谢谢，很好吃。**

因为是你剥的，所以很好吃。

岑晏收起手机，蝴蝶振动翅膀，树上摇晃的枝叶都雀跃了几分。

哪怕知道是哄骗他的鬼话。

日子悄无声息地流淌。

杀青那天今妁本来是有两场吻戏的，一场是古灵精怪的江初夏趁陈厌趴在课桌上睡觉，偷偷吻了一下他的侧脸；另一场则是高考后陈厌主动表白，两人坐在阳台的矮墙上晃荡着腿，少年倾身过来一吻。

结果两个主演在那天被告知导演把吻戏砍掉了。

今妁乐得自在，宁赴逐叹息道："可惜啊。"

"唉！可惜啊——"一道拖腔拉调的声音从门外传来，幸灾乐祸又欠揍，然后夏热大摇大摆地进来。

此刻的他比教导主任还教导主任，大放厥词："只要我和阿晏在一天，别说亲嘴，牵小手都不行。"

岑晏随后进来，脸上兴致缺缺。

知道岑家和夏家在圈内颇有威望，宁赴逐满脸惊诧，问道："你们认识？"

"当然认识。"夏热夸张地扬起眉，一拍脑袋，"哎哟哟，忘记介绍了！我们三个都有三个妈。"

听着像句废话，乍一听还是像废话。

只有今妁和岑晏听懂了。

他们喊对方的父母为干爸干妈，可不就是每一个人都有三个妈？

夏热整了整衣襟，风流倜傥地指指自己，说道："鄙人夏热，今妁她哥。"

在宁赴逐的认知里，今妁和他们八竿子打不着。

之前岑晏来接今妁都是口罩鸭舌帽全副武装，今天脱下装备，宁赴逐根本没把他和接今妁的人联系在一起。

"他，岑晏，原先是今妁她弟，不过现在荣升成今妁的外甥了。"

"今妁的外甥"脸色一沉。

丝毫没注意到微妙气氛的夏热继续说："况且你比妁妁小一岁……"他连连摇头，努起嘴像个小老头，略带嫌弃，"小的不行，太不稳重，我们不会同意的。"

一旁比今妁小一个月的岑晏差点把牙咬碎。

3

剧组一起拍完杀青照，岑晏和夏热两个护花使者没脸没皮蹭了顿杀青宴。

临近期末，今妁住回了寝室，所有人都像安装了马达的陀螺，在学校里连轴转。

期末考试试题里有吵架戏，今妁的寝室好巧不巧安排到了这场，平时表演课上也不是没演过，可这次实在刁钻，让同个寝室的人吵架，这以后感情怕是更难维系。

任佳用眼神给另外三人传达"这是演戏，不要伤了和气"的精神。

另三人相视一笑，看样子是懂了。

等到真正演起来，场面一波三折，从开始到结束，高潮到小高潮，小高潮到大高潮，几人吵得脸红脖子粗，还揪起了对方的头发，很难说这里面没有带上私人恩怨。

"看来平时积怨不少啊，回去可别又打起来。"结束时，她们头发凌乱、衣冠不整，把老师们看乐了。

"不！会！"她们互相瞪着对方，恶狠狠的语气传遍每个角落。

考完试回到寝室，几人开始算账。

余莺莺的嘴噘成开水壶，说："就演个戏，至于吗？"

任佳把手臂上的瘀青横到她眼前，目光凶狠地问："至于吗？也不看看是谁掐的。"

"那……那你不也揪我头发了！"余莺莺顿时语塞。

任佳据理力争："你没揪我头发吗？"

每人身上多多少少有些伤痕。

今妁胳膊上还有刚刚陈楠掐的指印，陈楠走过去拿了个药膏给她，说道："对不起啊。"

道歉的话她们在路上已经互相说过了。

今妁细皮嫩肉的，轻轻磕碰就会留印。平日的练习里还有武打戏，她早就习惯了，接过药膏意思意思涂了下，回道："一会儿就消了。"

这段日子她们每天一起上下课一起睡觉，同寝室抬头不见低头见，关系比之前缓和许多，余莺莺提议："晚上我们去吃部队火锅吧？"

任佳前天刚和体校的一个男生确定恋爱关系，脸上挂满幸福的笑，姿态扭捏地说："人家要去跟男朋友联络感情啦。"

"男朋友有姐妹重要？"余莺莺不解。

任佳郑重地点头，说："他一直在兼职，好不容易今晚有空，部队火锅我们可以明天吃。"

"好吧。"另三人对视一眼，没有意见。

任佳兴冲冲地拉开柜子，拿出衣服在镜子前比画，问道："我穿什么好？你们帮我参考参考。"

各人有各人的喜好，今妁没有给建议。

余莺莺的脸蛋可爱，穿衣风格上也往可爱靠拢，指了指最边上的娃娃领格子裙，说："我喜欢那件。"

任佳不拘小节，脱了衣服在她们面前换。陈楠赶紧把窗帘拉上，开灯。

余莺莺对任佳的恋爱有点好奇，问道："你男朋友帅吗？"

任佳的脑袋从衣领里钻出来，再穿袖子，回道："情人眼里出西施，我觉得帅。"又对着镜子理了理衣领和裙摆，"好像有点幼稚了，你们再帮我挑挑。"

陈楠挑了中间墨绿色的森系连衣裙，规整的圆领搭扣设计，裙摆和袖子边缘缝了一圈白色镂空小碎花。

余莺莺插着缝问："有岑晏帅吗？"

任佳忍不住翻了个白眼，反问："姐姐，岑晏那种是极品啊，整个大学城你挑得出几个比他帅的？"

"这倒也是。"余莺莺有些挫败，"他是真难追啊，我之前说和他一起吃过饭，其实是他朋友组的一个多人局。"她撇了撇嘴，"一点谣言都不让传，生怕被误会一样。"

任佳说："前面追他的那些失败例子还不够你看清现实？况且，不是都说他在追人吗？"

现在都有谣言了。

岑晏在追人的消息就是上次他送的两个女同学传出来的，女生们对那个让他追的人到底是谁可好奇了，可惜一点风声都没漏。

"假的吧？"余莺莺才不信。

"管它真假，这种'神仙'，趁早放弃吧，余莺莺同学。"任佳换好裙子，在镜子前侧身打量，"还可以。"

但她依然问了下今妱的意见："妱妱也挑一件呗，一人一件。"

今妱下巴扬了扬，看向柜子里唯一的一条吊带裙，V领，休闲又性感。

"这件有点露，我只是去约个会。"任佳面露难色。

今妱"啊"了一声，说："我就觉得吊带好看，还凉快。"

天气越来越热，今妱的柜里吊带占了大半。

大家齐刷刷地把头扭向今妱，上下扫视她的身材。

今妱不解，问道："怎么？"

任佳羡慕地说："前凸后翘，大胸薄背细腰。"

"我一女的都想摸。"余莺莺很忌妒。

陈楠表示赞同："确实。"

今妱低头看了看自己的胸和腰。

最后，任佳还是穿了陈楠选的那条绿色森系裙赴约。

岑晏和夏热比今妱早放假三天，当今妱为期末考试忙得焦头烂额时，夏热在家庭群和大家讨论暑假是否要报名《快乐大闯关》，那是北怀市制作的夏日闯关节目。

今妱第一个拒绝。

谁料夏热还有后手，以迅雷不及掩耳之势帮今妱填好了报名资料，惹得今妱频频退群，被拉进群，退群，又被拉进群。

今妱期末考完，辅导员宣布完暑期放假事宜，同学们的假期就此拉开帷幕。

任佳挽住今妱的手臂往寝室走，问道："暑假你出去玩吗？"

那日说要报名《快乐大闯关》的时候，今曦在群里冒泡，提议三个孩子和他们夫妇一起去周晚章的故乡海市——一个沿海城市，度过一个快乐的暑假。

在此之前，夏热的父母刚好也有去探望老人的打算，于是夏热最先一口答应下来。

时间回到现在。

今妱说："会去半月湾。"

未来两个月，经纪人没有给她安排工作，非常人性化。

“海边啊。”任佳想到沙滩、海浪和蓝天，继而又不小心联想到了什么画面，手上抱得更紧，像说广告词一样，“一定要穿比基尼，好身材就要秀出来！”

“我怕晒黑。”今妱失笑。

她们回房间拿行李，任佳神秘兮兮地从自己背包内层掏出一个长方形盒子，塞进今妱的链条小挎包里，拉上拉链，说：“祝你有个艳遇，这是来自姐妹千里之外的保护。”

“什么？”任佳动作太快，今妱没看清，下意识地想拉开拉链看一眼。

任佳阻止了她的动作，将背包挂上她的肩膀，说道：“回家再看。”

今妱就没再说什么，随她去了。

岑晏和夏热接今妱回家，两人在她家就跟在自己家一样来去自如，顺便蹭了顿午饭。

今曦给他们订了明早一起去海市的机票，席间今父不止一次感叹女大不中留。

今曦用叉子叉了块比萨送到嘴边慢慢吃起来，说：“就两个月，我留学的时候怎么没见你们这么不舍呢？”

眼瞧着饭桌上硝烟渐起，今妱赶紧给要发作的妈妈夹了菜到碗里，说道：“听说冬瓜能美颜。”

今母不跟今曦一般见识，话头转向了今妱：“晕晕啊，答应妈妈，如果谈恋爱了，请让我和你爸有知情权。”

今曦的事给了他们不小的打击，生怕今妱以后也来个先斩后奏，他们可受不了再来一次。

今妱应下。

夏热探出脑袋给今母打包票：“放心吧，干妈，我和阿晏会看着妱妹的，一有动静第一时间报告。”

今母终于喜笑颜开，感叹：“一转眼，你们都到恋爱的年纪了。你和阿晏谈恋爱了吗？学校里有没有喜欢的女孩子？”

夏热边吃饭边摇头，说道：“无。阿晏就更别说了，学校那么多女生追他都看不上，心比天高。”

今妱突然抬头，想起前不久室友说过的话，不过没有当着父母的面说，而是发在了他们的三人群里。

今妱：岑晏不是在追一个女孩吗？

斜对面的岑晏秒回：？

今妱：？

不是吗？

她抬眼，只见斜对面的少年眼眸沉沉望着她，用口型认真地说：不是。

今妱眨了眨眼，不是就不是，凶什么？

手机在这时又亮起来，是岑晏和她的私聊界面。

岑晏：没凶你。

这人有读心术吗？

今妱不承认：没说你凶我啊。

岑晏：哦，那我看错了。

今妱正要打字，又跳出来一条消息：看起来委屈巴巴的。

今妱将手机反扣在桌上，还来不及做出其他反应，一边的夏热一惊一乍叫起来：“阿晏，你在追谁？”

岑晏低头扶额，怪头疼的。

这顿午餐，大家在谈论恋爱和岑晏的解释中度过。

因为明天就要启程，夏热要利用剩下的时间和他的狐朋狗友玩个痛快。

岑晏对喝酒划拳没兴趣，婉拒了夏热的邀请。

今妱蹲在地上收拾从学校带回来的行李，以及明天外出度假的衣服。

岑晏靠在落地窗边的沙发里玩游戏，指尖操控着人物，偶尔抬眸看一眼她的进度，顺便提醒道：“身份证别忘了。”

今妱最近都没有用到身份证，起身去梳妆台的小抽屉里翻找了一下，结果只翻到了银行卡。

她绕过床头，拉开衣柜翻看她常用的几个背包，对岑晏说：“你帮我看看沙发上那个包里有没有身份证。”

岑晏没什么游戏精神，找个草丛隐身后丢开手机，长手捞过被今妱随手扔在角落的女士斜挎包，打开。

今妱还在一个个包翻找，岑晏却没了动静。

“有吗？”她问。

沙发那儿的人这才不紧不慢地回道：“有。”

今妱放下手里的背包转身时，岑晏朝她走过来，喊道：“岑晕晕。”

“啊？”今妱不明所以地等他走近，伸手要身份证。

岑晏深吸了口气，脸上的表情有一种山雨欲来风满楼的压迫感，但又不想吓到她，最后只能轻声问：“可以解释一下吗？”

“什么？”

他把手伸到她面前，与此同时，一个长方形的蓝色盒子躺在手心，干净修长的手指虚勾住它的边缘。

今妱看清了包装盒上的字，瞳孔放大。

"你打算和谁用？"他问。

今妱的脑中一晃而过任佳那张别有深意的脸，她伸手想去抢回来，盒子被岑晏举高，她抓了个空。

这是今妱第一次和这东西扯上关系，以前在便利店、超市结账的时候不小心看到，就会迅速移开视线，从没认真地看过。

他退一步，她就进一步，身子向他的方向倾，踮起脚去够那盒东西，说："别说了，还给我吧。"

岑晏并不给她拿到的机会，手肘弯曲向后吊着，将距离拉得更远，问道："背着我们谈男朋友了吗？"

午餐时今母才说谈恋爱的事，她也答应了一有情况就如实告知。

"没有。"今妱的注意力全在他手上，一心想拿回来毁尸灭迹。

她的手臂穿过他的肩膀往后够去，眼瞧着要碰到了，他侧了个身，再一次功亏一篑。

她双手攀住他的手臂，硬邦邦的薄肌触在手心，使了点力往下拉，可女孩的力气哪抵得过男孩，他根本纹丝不动。

她整个人挂在他身上，硬的不吃，就来软的，柔声道："我不是上课就是拍戏，要么就是和你们在一起，哪有时间再去谈个男朋友来？"

"这可说不定。"岑晏今天不问清楚是不会轻易放过她的，他垂眸看着半个身子都挂在他身上的女孩。

室内开了空调，房间门紧闭，他们现在的距离实在说不上有几分安全。

这句话一下把她惹急了，问道："哪里说不定？"她趁他不注意，绕到他身侧。

岑晏迅速换了只手拿，原先的那只手拦在她身侧呈防守的姿势。

然而今妱的小腿不小心撞到床脚，整个人跟跄一下，带着岑晏一起摔到床上。

为了防止她掉到地上，岑晏防守的那只手牢牢箍住她腰，另一只手下意识地松开，那盒东西顺着他们的方向掉到了头顶的不远处。

这是拿回来的绝佳机会，今妱趴在他的胸膛上，撑起身子，左腿抵在他的双腿之间，右腿跨在他身侧，借着力往前去了几分。

她今天穿了件米白色短款镂空设计的宽肩带吊带，下身是打了点毛边的牛仔热裤，经过刚才一摔，吊带斜斜地挂在身上，此刻更因她伸展手臂的动作而往上去了几分。

岑晏的掌心触到她腰后的肌肤，指尖恰好落在腰中间略微骨感的那根脊椎上，她向前的动作带动他的手掌一起往上，身上那件薄而宽松的吊带的布料擦过他的鼻尖，带起她身上的香气。

他呼吸重了重，彻底放弃抵抗，松开手躺在她身下任由她去了。

今妲终于够到了那个盒子，心上一喜，翻开身麻利地退开，下了床。

今妲抓住岑晏的手腕把他从床上拉了起来，趾高气扬地继续刚才的问题："哪里说不定？"

岑晏坐起来后，女孩那截白润的细腰就晃在他跟前，他僵硬地别过头，背脊也不禁躬起一个弧度，让她往边上去。

他的手肘搁在微微敞开的大腿上，闭着眼睛揉了揉自己的太阳穴，开口时的嗓音略带嘶哑："我们又不是每时每刻在一起，谁知道你有没有背着我们去认识什么人。"

"真没有。"今妲诚恳地说。

她随手将盒子藏在身后柜子的衣服里，发觉了他的不对劲，问道："你怎么了？不舒服吗？"

岑晏却不说话了，低着头一言不发地抿着唇。

今妲望着他头顶的发旋，看到他的耳朵泛红。室内冷空调呼呼运作的声音被无限放大，她蹲下来想看看他到底怎么了，他却突然站了起来。

今妲头顶落上一只手，没什么力地按压了一下。她保持蹲在地上的姿势，想抬头，又被按了下去。

"别看。"岑晏此刻像冬日里燃烧的炭火，直面而来的冷气无法阻止他心里窜起的火苗越烧越旺，他安抚地拍了拍她的脑袋，声音不受控制，哑得不像话，"我没事。"

说完，他快步迈向里间的卫生间。

奶白色边缘的磨砂门被关上，今妲疑惑地望着那儿，若有所思。

4

岑晏要去海市的事还是传进了他爹耳朵里，自从老头子再婚，今家隔壁的那栋别墅他再没有踏足过。

他曾想过如果那个女人住进去，一定要她和老头子好看，母亲却平和地教导他勿与他们起冲突，不喜欢就远离，讨厌他们就眼不见为静，无烦无忧地过好自己的生活比什么都重要。

父母分开那年岑晏十四岁，哪听得进这些，只要一有时间他就去老头和那女人在外的房子捣乱，导致老头经常给那女人换房，最后换着换着，弄巧成拙让老头一气之下带着女人搬到了家里。

那女人没名没分地跟了老头五年——暗地里一年，老头离婚后四年。去年岑晏高考完，她终于吹着枕边风哄着老头把结婚证领了。

岑晏的母亲姓周，如今在国外。

周女士当年离婚离得非常果断，但也没亏着自己，和老头私下谈判把岑家产业划了一大半到自己名下（念及老一辈旧情和岑晏，才没有让老头净身出户）。至于剩下的部分，老头以后要全部留给岑晏，否则就等着周氏和今、夏联手，哪怕把岑氏搞破产也不会让那女人和那女人的孩子好过。

这些年岑晏见识过那女人的手段，柔弱不能自理又十分有心计，和老头子苟且了一年才被周女士发现。

仔细想来，这个发现必然也是那女人算计里的一环。连周女士都自觉没她心计深沉，否则也不会和她姐妹相称处了好几年。

关于老头让自己回家吃晚饭的要求，岑晏二话不说拒绝。他母亲是这段婚姻里的受害者，一段被插足破碎的婚姻里，第三者有错，出轨的那人也理应和第三者一起被钉到耻辱柱上，所以他看不爽那女人的同时，对老头更是充满抵触。

下午今姈收拾好衣服将行李盖盖上，一抬头，看到岑晏不知什么时候倒在沙发上睡着了。那儿不是睡觉的好地方，导致他的姿势说不出的别扭。

如果性别互换一下，按言情小说的套路，男主大概会把女主抱到床上去。可惜今姈才没有那个力气，她拿了条毛毯盖在岑晏身上，顺便调高了室内温度。

岑晏醒来时，太阳西斜，落地窗外一片橙黄，仿佛通往另一个世界。

"过来，过来呀。"女孩甘甜清爽的嗓音从屋外传进来。

今家雇佣的阿姨问道："怎么给它取这名字？跟那个叫'随便'的雪糕一样随便。"

"我也不知道，岑晏取的名都奇怪。"

细细碎碎的聊天声不绝于耳，岑晏合着眼睡不下去了，起身将盖在身上的毯子叠好放到床尾，拉开玻璃门走到阳台。

他双手撑在栏杆上往下看，阿姨坐在围墙下的阴影里择菜，今姈在院子里逗狗玩，被暗金色阳光洒满一身，也不嫌热。

他好整以暇看了好一会儿，逗狗的人玩得不亦乐乎，偶然一次抬眼，终于发现了他。她双手遮挡在额上仰起头，喊道："岑晏。"

他心口一跳，问："做什么？"

"还剩一杯绿豆汤，下来喝呀。"

阿姨也笑着抬起头，说："晕晕特意给你留的，还不让我们喝呢。"

今母故意说要喝光绿豆汤，今姈怎么也不肯，把绿豆汤装在岑晏的杯子里放进冰箱，一次又一次警告其他人不许打歪主意。

岑晏不知道这个插曲，只当阿姨在打趣他。

他下楼来到厨房，在冰箱里找到他的杯子，真是满满一杯。他拿出来，低头就着杯沿喝了一口，汤汁与绿豆滑入口中，清凉解渴。

他关上冰箱门，往屋外去。

今妱在院里丢玩具球，大狗吐着舌头傻乎乎地满院跑。

岑晏站在屋檐下，看到她的额头和脖子上覆着一层薄汗，问道："不热？"

"热，但我就想出出汗。"

今妱和大狗在他面前追逐起来，它看起来特别喜欢她，怎么撒欢都不嫌累。

阿姨择好菜进屋准备晚饭。

岑晏静看了一会儿，拿着杯子有一口没一口地喝着。

今妱快要跑过他时笑起来，说："你像个老干部一样。"

他没回，轻轻挑了挑眉，把杯子朝她递过去。

她也正好来到他跟前，接过来就着另一边喝了两口，还给他，继续和大狗玩耍。

岑晏把剩下的绿豆汤喝完，回屋洗杯子。

傍晚吃完饭，太阳刚好落山，西边的云彩是枇杷黄的颜色，开始一点点暗沉。

他们帮忙收拾餐桌，站在客厅里看了会儿综艺。岑晏给大狗套好牵引绳，和今妱出门散步。

路两边的灯盏一瞬间亮起，他们走在深蓝天空和白色灯光下。

大狗好像有无限精力，使出吃奶的劲儿一往无前，岑晏被它拽着走，今妱不忍见它如此艰难，抢过牵引绳，一人一狗就这么在他眼皮子底下像脱缰的野马冲了出去。

好在是别墅区，车辆稀少，岑晏不紧不慢跟着，注视他们的背影越跑越远。只要不跑出他的视野，一切都好说。

跑到尽头时，大狗吠叫几声杀了个回马枪，今妱让它慢点儿。

道路悠长，一人一狗朝他的方向奔了回来。

大狗也有使坏的时候，起先速度缓慢，越接近岑晏越快，到最后带得今妱快要跟不上，跟跄了几步毫无防备扑进了岑晏的怀抱。

"汪汪！"始作俑者在他们身边异常兴奋地叫。

岑晏扶住她，拨开她黏在颈侧沾了汗水的发丝，捋到耳后，问道："放假了很开心？"

今妱气息不稳，一手捂着腰侧，别过头缓了缓。岑晏从她手里接过牵引绳，听见她说："感觉今年暑假会很开心。"

"为什么？"

他们原路返回。

"就是感觉啊，"今妱也说不出什么来，"会跟以往不一样。"

刚才跑起来时还有风，现在慢慢走，一点风也没有了。道路两旁的树叶都是静止的，要不是路上有像他们一样散步的人，还以为世界被按下了暂停键。

他们没有目的地闲聊，岑晏突然问道："你怎么会有那个？"

关于那个盒子，下午出了那个插曲后便被一带而过了。

今妱立即反应过来他说的"那个"指哪个，她据实以告："室友给的。"

"给你那个做什么？"

她转头看他一眼，说道："她知道我要去海边，说不定有邂逅呢。"

气氛突然变得古怪，岑晏不说话了，不知道在想什么。

今妱在这时撞了撞他的胳膊，问："你想不想知道宁赴逐说的秘密？"

岑晏侧头盯着她手臂上被掐出的红色印子——他在她上车时便一眼看到，当即就问了怎么回事，以及那盒不该出现在她包里的东西，他亦是立马问了出来。

可关于那天傍晚宁赴逐在她耳边说的"我们也算是有秘密了"，岑晏对此有些退却了。

他还是不说话，今妱兀自点头，说："不想就不说了。"

而后，她听见身边那道好听的嗓音略显干涩地吐出一个字："想。"

今妱仍旧是点点头，像卖关子一样。

岑晏耐心地等了等，却等不来结果，于是重复了一遍："我说，想。"

"我听到了。"今妱眨眨眼。

人与人的悲欢并不相通，狗和人的悲欢也不相通，大狗昂首挺胸地摇着尾巴在前面领路，好似从没烦恼。

见她又沉默了，岑晏心里乱糟糟的，还有些烦，问道："你在耍我吗？"

远远瞧见家门前的石榴花，就差几步路的距离了，今妱倏然抓住他一侧的手腕往家里跑，回道："没耍你。"

大狗也兴奋起来。

他们快步跑回家，将牵引绳如同接力棒一样交接给在树下乘凉的阿姨。

扇着蒲扇的今母在他们身后喊："跑这么快做什么？"

"岑晏着急。"今妱踢掉鞋子，光脚踩在瓷砖上上楼。

岑晏也脱了鞋，紧随其后，说道："我没说我着急。"

今妱回头，用中午他给她发的微信反击他："哦！那我看错了。"

她仔细端详他的脸，说道："你刚才看起来像热锅上的蚂蚁。"

岑晏两步并一步上台阶，作势要去抓今妱，没几步今妱就落到了他手上。

落到他手上之后要干吗呢？也不能干什么。

今妱推了推岑晏，被岑晏弹了下额头。

他们打打闹闹回房间。

今妱去到阳台边的梳妆台，拉开抽屉，挪出藏在最深处角落的透明磨砂盒。

一股类似于酸奶香的味道飘出，浅蓝色的长方形烟盒整齐排列在里面，盒子上是铁塔与猫的图案。

这个牌子岑晏在便利店见过。

所有人都不会把今妁和香烟联系到一块儿去。

"我不抽烟，但喜欢闻这个牌子这个颜色的味道。"这是她不曾告诉过别人的秘密，算是一个小怪癖，如今堂而皇之地摊开在他面前。

之前那次跟朋友翻脸后，她路过便利店看见码在玻璃下牌子各异的烟盒。

收银台兼职的是个大学生，问道："想要哪一种？"

她回："要味道好闻一点的。"

大学生给她介绍："这个，爱喜，有股巧克力味，不过比较淡。这个铁塔猫，酸奶混合一点淡奶油的味道，感觉还挺好闻。"

然后她选了后者。

本想排解一下最近的不快，然而点燃香烟后，好闻的奶油味散去，只留下不算浓郁的烟草味萦绕。和想象中不一样，她没再准备抽，掐灭烟头，却喜欢上了点燃前散发的味道。

"宁赴逐说看到我拿着烟，以为这是我和他的秘密。"

那晚在天台，她想起岑晏连夜赶回来，心里无由来地倾入一种不知名情绪，习惯使然拿出一支来闻闻。

所以，她和宁赴逐之间的秘密不成立。

"我和你说的，才是秘密。"今妁将盖子盖上。

有这样的怪癖，很奇怪吧？

岑晏在她盖上前，阻止了她，拿出一盒开封的，打开来凑到鼻尖。

今妁抬眼凝视着他的反应。

他平淡地将开启的烟盒盖上，而后揣进了自己兜里，说："这盒归我了，不奇怪，现在我也喜欢上了。"

房间内没有开灯，外面的天际已然落下帷幕，只有落地窗外影影绰绰的灯光透进来。今妁说不出心里是一种什么感觉，像石头落地反弹回天空炸成了烟花，而后这烟花把房间点亮，霎时间火光通明。

今母站在门口，手从门框边的开关上收回，奇怪地问："怎么不开灯？什么事这么着急？"

岑晏眼疾手快地盖上透明磨砂盖，推回原位，关上抽屉。

什么事这么着急呢？

两人面面相觑，余光落到晚饭前没有拔充电器的手机上。

今母走了进来，他们几乎同一时间开口——

"我手机没电了。"

"岑晏的手机要充电。"

完美的应对。

他们看着对方的眼睛亮晶晶。

今母虽有疑虑，却也找不出破绽，只能说："下次慢点跑，还以为是什么事。"

今妱倚靠在梳妆台上，歪了歪头，不解地问："以为是什么事？"

岑晏一同看过去。

望着两个孩子坦然自若的模样，今母笑着说："没什么事了。"

夜深。

岑晏回去后，今妱出来倒水，经过父母的房间。

今母坐在梳妆台前闭眼做护肤，一边开着扬声器的手机里，女人的笑声咯咯咯传出来："你说他们俩谈恋爱？阿晏那小子一碰到晕晕跟哑巴似的。"

今妱听出来了，是岑晏的妈妈周女士的声音。

"你不知道，他们现在不要太熟哦，那样子我看像。我太后悔了，当时开什么灯啊……"脸上涂满精华的今母摇摇头。

她突然凑近手机屏幕，双手的拇指和食指一捏，对碰了碰，说："不然肯定亲上了！"

"阿晏要回去你怎么没拦呢？直接住下啊。"对面一时激动起来。

门外的今妱听了汗颜，这都什么和什么？

她抱着杯子准备"飘"走，屋内的今母突然"嘭"一声拍了下桌子——也是激动的。

今妱肩膀一抖，吓了一跳，只听她妈妈说："不着急，我们冷静，冷静一点。明天他们去海市，同居两个月呢！"

短暂的沉默，倏地，电话前的两人暧昧不明地笑起来，一发不可收拾。

第五章

/

去海边别墅

1

岑晏从出发到机场全程面无表情，提不起兴致的样子。

今曦看了他一眼，回头压着声问刚打完电话的夏热："他怎么了？"

夏热的神经粗得很，挠了挠脖子，说："没睡好吧，他和妱妹的起床气都大得很。"

"我懂。"今曦收回视线，表示深有同感。

而夏热口中起床气大得很的今妱此刻在家睡得正香，不久前她答应了摄影社的学长今天去做模特，随口让姐姐把机票改到了下午。

这事她没和其他人说，一是因为没找到机会，二是不想让大家为了她把行程延后，三是基于一的基础上给忘了。夏热和岑晏也是今早才从今曦口中得知。

今妱一觉睡到自然醒后心情格外明朗。她到达和学长约好的地点时，他们已经把各种拍摄器材准备就绪。金发碧眼的学长用不算流利的中文表达了一番"你能来真好"，随即视线落在她的行李箱上，问道："打算去度假吗？"

"算是吧。"今妱额首，废话不多说，"所以需要抓紧一点。"

面对稍显生疏的人，她的语言系统总是容易出现漏洞。今母将其称为选择性社交障碍；一年到头见面屈指可数的姑姑毫不避讳地认为她情商有待提高；岑晏和夏热表示无所谓，他们会包容她，她有他们就够了。

今妱同意此次拍摄，经纪人占了大部分原因。学长是经纪人的侄子，又恰巧运营着一个摄影方面的自媒体账号，偶然发现今妱是姑姑手下的艺人，便变着法缠着姑姑从中牵了这条线。

化妆师帮今妱化了个贴合她长相和气质的温柔甜系妆容，化完后非常满意，把今妱夸得天花乱坠，顺带把自己也一起夸了进去。

一套校园写真，拍起来还算顺利，不过……

"给我个侧面，头往上仰，再仰一点……"

"对对，然后闻花，要自然，nice（很好）！"

"哎？叼花这动作太漂亮了！"

今妱此时的脑袋很空，突发奇想衔住了树上白色花朵的花瓣，仅一秒松开，但还是被定格进相机中。

三十多摄氏度的高温下，汗湿的衬衫贴在后背，做完最后一个动作，今妱抻了抻后颈，顺便撩开额边有点黏腻的发丝。

本以为到此为止，后半场全程保证"这是最后一个动作"的学长抱着相机兴冲冲地说："学妹，叼花的还能拍个正面，真的，这是最后一个动作了。"

今妱乏味地眯起眼，视线定在对方晒成高原红的脸上，怀疑他究竟知不知道"这是最后一个动作"是什么意思。

"不拍了。"她离开树下去拿自己的手机，看时间差不多了，背上小方包，抽出行李箱拉杆走人，"再拍真赶不上了。"

踏出灰色树荫，午后的阳光蒙了层柠檬黄的透亮，带着想要灼伤万物和报复社会的决绝。

飞鸟四面埋伏，叽叽喳喳清脆地对接暗号。

学长这才想明白什么，抱着相机跟上来，说道："Sorry，你实在太漂亮了，情不自禁让人想一直拍下去。"

"谢谢。"今妱的网约车在这时来电话，人家已经到达校门口，她和学长告别，拖着行李箱健步如飞。

从北怀飞海市需要四个多小时，今妱出航站楼时是下午七点。周家的司机成功与她会面。坐上车后，她看见姐姐的消息。

今曦：你知道吗？

今曦：阿晏说要来接你，我说不用麻烦，司机会去，结果他现在闷闷不乐地坐在客厅剥枇杷。

十分钟后——

今曦：他不仅剥了枇杷，还要剥葡萄、荔枝、无花果，剥好后排在茶几上跟摆摊一样。如果不是樱桃可以带皮吃，我怀疑也难逃他的魔爪。

又十几分钟后——

今曦：剥了自己又不吃，我们吃几个他就要收起来。小气鬼，喝凉水！

车窗外的天色如同倾倒而下的深蓝色墨水，玻璃窗映出今妫的侧脸。看到结尾时，她笑了出来，给姐姐回复。

今妫：想吃就自己剥，不要占用别人的劳动成果。

今曦：你是哪一边的？胳膊肘往外拐呢！

今妫：都是一家人，我往哪里拐？

今曦发了个"小松鼠举平底锅敲另一只小松鼠脑袋"的表情包。

今曦：我看你就是想往岑晏那儿拐！

周晚章的别墅不止一处，临近海边的这套今妫未曾来过——布满绿植的围墙，整体为米白色外墙的三层楼高建筑，冷淡风，大面大面的落地窗。

今妫一眼就能望见屋内明亮灯光下的今曦和周晚章。

看见她，今曦转头和周晚章说了什么，笑容满面地迎出来。

姐妹俩进了大门。

开放式厨房里，周晚章腰上系着围裙在给家人洗手作羹汤，今妫靠着姐姐的肩膀看了会儿，揶揄道："贤惠啊。"

"谁让他是我老公呢。"今曦还念着她胳膊肘往外拐的事呢，拍拍她的肩膀，脸上说不出的自豪。

今妫抖了抖身上的鸡皮疙瘩。

周晚章是一个温润如玉的男人，此时面上挂着淡笑。他和今曦学坏了，第一句话竟然是："阿晏给你留了水果在冰箱，可以先吃点垫垫。"

他也是吃不到岑晏亲手剥的水果的人员之一。

今曦回到周晚章身边，举起手和他击了个掌。

两个坏人欺负小孩呢。

今妫环视一圈客厅，没看见剥水果的人。

今曦说："阿晏被夏热拉出去打球了。"

"马上要吃饭了。"她回身指了指外面，"从别墅后面一直走有条大路，然后左转直走到便利店，再右转往里走一点就能看到篮球场了。"

今妫听出了今曦话里的意思，不理解地举起手机，划开锁屏，找到岑晏，说："一个电话就能解决的事。"

今曦耸耸肩膀，做了个"你请"的手势。

谁知打了两通都无人接听，今妫放下手机。

今曦用一种"你还是太单纯"的语气说："男生打起球来可听不见电话铃声。"

今妫认命，按着她的意思出门了。

别墅前面不远处就是沙滩和大海，绕到别墅后，周围房屋高低错落，棕榈树伸向天空绽成绿色烟花的形状，涌动的风混合海盐味，小孩们在"火焰树"下追逐打闹。

一个最小的孩子差点撞过来，今妱弯腰伸手扶了扶，反倒被孩子抱住了大腿。

一两岁的孩子正是可爱的时候，仰起童真的脸朝她笑。大人见状连忙过来把小孩抱走，不好意思地道歉。

今妱摇摇头，继续往前走，按照姐姐说的路径走了大约五分钟，路过便利店，远远瞧见打篮球的岑晏。

篮球场上不止他一个人，很奇怪，她就是一眼望见了他。

"阿晏！这里！给我！"夏热的大嗓门方圆几里都听得见。

岑晏精准地把球传给他，打得正激烈本不应该分心的时候，他看见了今妱从蓝色铁网围成的篮球场入口进来。

不止他看见了她，周边打篮球的青年们也看见了她。她的入场在他们眼里就像电影里的慢镜头，照明灯在这刻离奇地聚拢在她身上，风吹得她长发轻荡。一帮大老爷们儿，好像大老远就能闻到她头发丝上飘出来的洗发水香味。

一共四个打篮球的场地，原先篮球撞击地面的激烈声逐渐平息。

岑晏不打了，没什么体育精神地直奔观众席拿自己的运动包，在其他人上前要今妱的微信前，背起背包朝她走去。

他走得很急，没几步就来到她跟前。

篮球场上夏热猴急喊道："阿晏，还没打完呢！"

岑晏回头，说："不打了，晕晕喊我回去吃饭了。"

今妱可还一句话没说呢，她的肩膀就被他虚虚扶住，带着在原地转了个圈，脚不自觉地跟着他的力往外走。想起了什么，她回头问："夏热不和我们回去吗？"

"他跟他爸妈住姥姥家。"

夏热此时像个二傻子般双手举在头顶朝今妱挥手，继续大喊："明天来找你们玩啊！"

今妱也向他挥挥手，算是说拜拜。

脑袋被身后的人不轻不重拍了拍，提醒道："看路。"

今妱的头转回去，慢下步子和岑晏并肩走。

走了几步路，她又后仰努了努嘴，在身前摆起手。夏日夜晚的小飞虫成团成团地往人脸上和身上扑，特别是树下，异常聚集。

岑晏拉开胸前的斜挎包，从里面掏出一次性口罩和平光镜给今妱戴上，问："我们走快点？"

走慢和走快都有虫，倒不如快一点，缩短回家的时间，免得成为蚊虫的移动粮仓。

不知名的茂盛树下，路两边花团锦簇，月初的月亮细成一道弯弯的钩子。他们走着走着就跑了起来，这次换成岑晏拉着她穿梭在林荫小道上。

两人气喘吁吁跑进了院里，踩上鹅卵石铺成的彩虹路段。

今妱的胸口上下起伏，一阵口干舌燥："你看我们现在像什么？"

不等岑晏回答，她自顾自接下去说："像在被人追杀。"

与此同时，岑晏的心里默默补了一句——亡命鸳鸯。

他们换好鞋进到上下三层楼打通的大客厅。

今曦坐在悬浮式不规则的白色大理石餐桌边，兀自尝起味道。周晚章将最后一道柠檬酸辣虾端上桌，叫他们过去洗手吃饭。

今曦双手支着下巴，目光在他们身上来回，打趣说："刚才让晕晕叫你回家吃饭，她说这是一个电话就能解决的事。然而两个电话后，她还是乖乖出了门。"

如此打脸，今妱埋怨地叫了声："姐！"

想到他们之间很少通电话，平日微信交流较多，岑晏低头拉开背包翻出手机，锁屏上果然躺着两条今妱的未接电话。

今妱去水池边洗手，然后手伸进烘干机，背对他们无奈地说道："现在知道了，男生打篮球接不到电话。"

她其实是说给今曦听的。

也是她想法简单了，谁会在比赛的时候下场呢？

殊不知，他们对话时，岑晏打开购物软件，果断下单了一个运动通话手表。

用完餐，今曦安排房间，说："晕晕和阿晏睡三楼吧，我们老两口就睡二楼。"

今妱哪有选择权，在她来之前，他们已经收拾好了房间。

岑晏抽出今妱的行李箱拉杆往电梯走去，在此之前，今妱去厨房打开冰箱。

今曦和周晚章嘴角上扬，态度暧昧不明。

岑晏倒是一副习惯了的样子，进到电梯里，手扶住门框问她："在找什么？"

今妱上下扫视冰箱里的东西，水果酸奶零食饮品应有尽有，就是没有今曦说的岑晏剥的枇杷、葡萄、荔枝和无花果。

今妱反应过来自己被耍了，咬牙大喊："今、曦！"

今曦是有点妈妈的遗传在身上的，"哎哟哟"叫唤起来："敢直呼我大名，长本事了你。"

当着岑晏的面被打了一次脸，不能再打第二次，今妱装作若无其事地拿了瓶酸奶出来，往电梯走去。

周晚章替自己的媳妇伸冤，温和地笑道："阿晏给你留的水果在三楼冰箱，怕我们偷吃呢。"

今妱身形一顿，进电梯前死鸭子嘴硬道："我就拿个酸奶。"

电梯门关上前，坏姐姐的声音从门缝里钻进来："那酸奶阿晏也给你拿一半放在三楼了。"

电梯里寂静无声，三楼很快就到，岑晏推着行李出去，嗓音清淡："放三楼比较方便。"

意思是不止给她一个人拿的，不用感觉尴尬。

今妱跟出去，问道："我住哪一间？"

岑晏的行李箱没拿进房间，想等她先选房间，说道："你看吧。"

三楼的两个房间都是套间，都配备了卫浴和书房，且均面朝大海，似乎没有好坏之分。今妱选了左边墙纸为浅蓝色的房间，把灰色那间留给了岑晏——她以为男生应该不会喜欢颜色亮丽的墙面。

今妱从岑晏手中接过行李箱，他则推着自己的行李，进了她对面的房门。

2

深夜，万籁俱寂。

岑晏出门接水，被盘腿靠在冰箱边挖冰激凌吃的今妱吓了一跳。冰箱门打开亮起的黄色灯光照得她像一只浑身发光的小精灵，湿漉漉的长发披散在肩头，闻声叼着勺子无害地望过来。

睡眼蒙眬的岑晏清醒了过来，蹙起眉，过去将水杯放到一边的桌上，双手穿过她的腋下，将睡裙下摆快要缩至腿根的今妱提了起来。

这动作太像在抱小孩，而他已经把自己脚下的拖鞋踢到了她脚下。

今妱抱着冰激凌踩在他的拖鞋面上，整个人都是蒙的。

"地上凉，下次……"

猜到或许是责怪的话，不等他说完，今妱挖了勺冰激凌喂进他嘴里，顾左右而言他地阻断道："好吃吗？"

浓郁香甜的草莓味冰激凌，顷刻融化在舌尖。岑晏的手上沾了她发梢流淌下的水珠，在她还想讨好地挖第二口来贿赂他时，手掌虚握住她手腕，把那勺冰激凌推回去，送进她口中，没有直接回答："好不好吃你尝不出来？"

意思就是好吃，只是不会那么轻易地如她的意。

"上次五十个仰卧起坐还没做吧？"岑晏关上冰箱门，没了灯光的客厅陷入黑暗，今妱不希望的事情还是发生了，他像个冷酷无情的教练，"明天我监督你。"他方方面面都是模范生，记忆力自然不用说，隔了将近一个月才开始翻旧账。

今妱把脚下的拖鞋踢了回去，说："我例假快来了。"意思是就别让她做了。

谁知岑晏在她面前蹲了下去，掐住她的脚踝提起，把拖鞋穿回她脚上，起身漫不经心地说："所以才要在来之前做了。"

不过到这里，他也稍微松了下口："谁让你做坏事被我看到了。"

喝酒吃辣算哪门子坏事？不过又确实是今妱理亏，她吃冰激凌的动作加快，赌气似的，把在生理期不能做的赶紧趁现在做了。

岑晏拿了水杯到冰箱边接水，墙上发亮的夜光时钟正好走到十二点。他问她："怎么才洗澡？"

今妱踢踏着拖鞋等他，说："睡不着，和任佳玩了两把游戏。"

结果玩完更亢奋了。

这句话她没说出来，但岑晏听出来了。

"看电影吗？"他突然问。

今妱惊讶："现在吗？"

"嗯，现在。"岑晏拿走她手里的冰激凌盒，"去把头发吹干吧。"

冰激凌今妱只来得及吃到一半，要吹头发，剩下的都给岑晏吃完了。

吹完头发出来，见对面房门敞开，她敲了敲门，探进半个身子，问道："在你房间看吗？"

房子内冷空调开得充足，岑晏从柜里随手拿了件外套挂在臂间，走出来说："负二层有家庭影院。"

"除了家庭影院还有什么？"

今妱来得晚，还没参观过这栋房子的构造。

下午夏热来找岑晏打球时顺带兴冲冲地把房型摸了一遍，然后转告给岑晏听。

进电梯前，岑晏去冰箱里拿出剥好的水果，事无巨细地报给今妱听："负三层有游泳池、KTV、酒窖，负二层除了家庭影院，还有健身房、游戏室，负一层是休息室和下沉式花园。"

他说得太一板一眼，今妱觉得他有点像房产销售。她从他手里接过两个透明乐扣盒，戏精上身，端起贵妇的架子点点头，做出思考的表情，说："好的，小岑，我回去和老公商量一下要不要买。"

说完，脖颈后面就被岑晏不轻不重地捏了一下。

他问道："你叫我什么？"

"小岑，有什么不对吗？"今妱掰开乐扣盖，电梯到达负二层，他们一前一后出去，"我现在是你的长辈。"她和夏热都属于给一根竿子就跟窜天猴一样向上窜的类型，这事还揭不过去了。

岑晏忽略掉她的后半句话，把她手上的盖子接过去，问道："那你又哪儿来的老公？"

今妱不认识路，站在原地四处张望了一下，脑袋转到岑晏的方向的时候，眼中写了一句话——年轻人，你还是太年轻。

她说："所以买房这事，没得商量。"

"真把我当房产小岑了？"岑晏带着她走进右手边第二扇门。

家庭影院注重舒适感，随着人员进入，房内灯光自动打开。三张宽敞柔软的长沙发拼成一个半环绕的形状，他们把水果放中间的茶几上。

今姁坐下后盘腿窝进沙发里，说："刚才你介绍房间就挺像的。"

"那小岑努努力，让你能买房。"岑晏把外套盖到她的大腿上，拿平板电脑打开选片页面递给她。

"啊？"今姁接过来，狐疑地看了他一眼。

"啊什么？"

"没什么。"岑晏坐在她身边一起翻看屏幕，"我说我努力干到老板，给你打个优惠价，不用靠老公就能买。"

说到这儿，他停了手里的动作，问道："你在想什么？"

今姁忍了忍，总不能说误会了他的意思，以为他要当她老公。

"没想什么。"她倾身去够茶几上的枇杷，"你加油，我等着你给我优惠。"

"哦。"岑晏继续选片，"你想看哪部？"

今姁点开一部校园电影，说道："这个。"

影片开始，房间内自动熄灯，只剩大屏幕的光影影绰绰切换着。

岑晏开了罐巧克力味旺仔牛奶递给今姁，后者没接，像往常一样低头就着瓶口喝下第一口。

岑晏收回手，自己又喝了两口，然后放回茶几。

他们并肩坐在沙发上，期间他偶尔会打哈欠。本来就是中途睡醒，还有些困意，而边上的人不知道是不是因为换了个环境，今晚异常亢奋。

牛奶是145毫升小罐装，他倾身拿回来又喝了几口提神，一下便见了底。他把罐子扔进沙发前的垃圾桶里，撑着眼皮看向大屏幕。

今姁转头，隐约可见他的眼角挂着两滴泪，瞬间于心不忍，说："你还是上去睡觉吧，我自己看也可以。"

岑晏仰了仰脑袋，后颈贴在沙发沿，回道："没事，困了我就睡。"

影院内环绕音量适中，今姁抱着膝盖看得认真，偶尔吃一两颗枇杷。枇杷核掉落进垃圾桶，碰到易拉罐，丁零当啷的。

她把下巴搁在膝盖上时，却闻到了她喜欢的那个味道，很淡，不算浓烈。她不确定地凑近盖在腿上的衣服轻嗅，的的确确是铁塔猫酸奶的味道。

在外面摸了摸衣服口袋，空空如也，没有烟盒。

"怎么？"一旁的岑晏轻声问。

今姁将衣服拿到他鼻前给他闻，问道："怎么做到的？"问完又盖回了自己腿上，感觉这味道会上瘾。

岑晏才不会告诉她，只说："不知道。"

今妱为了验证什么，跪坐在沙发上，斜了些身子，低头凑到岑晏肩膀处，长发几乎全散落在他手臂上。

她抬起头时，屏幕的亮光照得他的脸通透亮，白皙面颊隐约可见细细的绒毛，皮肤很好，睫毛也很长。他们在忽闪的光中对视，她说："你身上也有那味道。"

不过要凑很近才能闻见。

她的鼻尖快要碰到他了，只要他稍稍偏头，说不定就会亲到。

与此同时，今妱没注意的大屏幕上，男主推掉女主递过来的汽水，以和她一样的姿势靠近，一个吻划过女主的侧脸。

悸动而悠缓的背景音乐中，今妱要坐回去，被岑晏扣住了脑袋。她不明所以，问道："怎么了？"

不知道算不算得上慌张的情绪，他躲避她的眼神望向别处。

电影里在播放男主靠近女主的慢动作，男女主接吻的十秒钟突然变得异常漫长。今妱用了点力想挣脱，但放在她后脑的手纹丝不动。

男生的喉结近在眼前，诱人的凸起。她以前没有留意过，那里上下滚动时，脖颈一侧绷紧的那条筋牵扯一起涌动，好似夏日柏油路上的一层热浪，顿时叫人口干舌燥。

伴随耳边细微的吞咽声，她下意识地也跟着吞咽了下口水。

"到底怎么了？"

一吻结束，男主坐回原位，今妱身子后仰，拿掉了岑晏的手。

岑晏方才浑身紧绷的神情跟着电影剧情放松下来，抽回手，若无其事地扯了个谎："你说喜欢那个味道，所以想让你多闻一会儿。"

这算什么？

"你这件上也有那味道。"今妱扬了扬手上的外套，坐回去。

虽然刚才漏看了一点，好在不影响大致剧情，她抱着膝盖继续看电影。

时间无声无息地流逝，到后半场，今妱的左肩突然一重——岑晏终于还是靠着她睡着了。

房里凉快，中央空调吹在头顶，温度控制器安装在门口，今妱想调高温度的心作罢，手臂艰难地抬起，小心翼翼地圈住他，将腿上的外套披在他身上，自己则是依靠他的体温取暖。

两人最后倚靠着对方双双睡过去，期间无意识换了几个姿势。岑晏被别扭的睡姿弄醒了一次，发现今妱毫无防备地倒在他怀里，呼吸均匀地睡着，睡裙裙摆滑到腰际。

岑晏顿时一阵头疼，想当场把她叫起来上一课。她是根本没把他当异性吧？

他揉揉太阳穴，将早就掉到地上的外套捡起来抖开，盖在她身上，小心翼翼地挪开她搭在他腰际的手，去楼上休息室找了两床被单下来。

给她盖好后，他拎着被单去另一张沙发睡下。

3

漆黑的影音室暗无天日，早晨八点多，岑晏还在睡梦中，“咚”一声，有东西掉到了地上，室内灯光应声亮起，刺眼而猝不及防。

过了一会儿，听到今妱痛苦地“嘶”了声，他倏地拉开蒙住脑袋的被子，半眯着眼望过去，只见原先好好睡在沙发上的今妱此时撑着地毯迷茫地坐了起来。

岑晏的大脑启动了好一会儿，眼神逐渐清明。他掀开被子揉了揉还困倦中的眼皮，踩着拖鞋走过去把今妱半抱了起来，嘀咕一句：“这么大沙发还能掉地上。”

今妱的眼睛只半睁开了一只，又困得闭上了，任凭胳膊被人前后翻看着。

“有没有摔到哪里？”

她倚在他怀中摇头，只想睡觉，像咸鱼一般趴进沙发继续睡。

岑晏却在这时看到了她睡裙后面的一块红色印记，彻底不困了，弯腰晃了晃今妱的胳膊，喊道：“晕晕，快起来了。”

刚进入梦乡就被吵醒的今妱气愤地甩开他的手。

岑晏则在她起床气发作前，按住她的胳膊，说：“你生理期来了。”

这句话比什么都管用。今妱猛然睁眼，四肢并用地爬起来查看自己的睡裙。在看见睡裙后面和沙发上的血迹后，她定住一动不动，仿佛被雷劈了一样。

影音室内瞬间一阵兵荒马乱，岑晏把外套系到今妱腰上，今妱丢下一句“沙发我自己处理”便趿拉着拖鞋冲出了房门。

去他们房间没找到人，找到这儿来的今曦看着两人慌慌张张的样子还以为出了什么大事，想问问今妱怎么回事，结果这丫头跑得比一阵风还快。

她疑惑进屋，下一秒，看见了浅色沙发上的那一抹红。

今曦呆滞地张了张唇，再结合岑晏一副不知所措的样子，她人傻了，问道：“你把晕晕怎么了？”

落后一步的周晚章闻声赶来，就听见他的老婆严肃地质问道：“你对晕晕做了什么？”

今曦的声音具有十足穿透性，打算录制一部暑假生活短片作为纪念的夏热在楼上听见动静，双手双脚划起桨，拎着数码相机踏下楼梯，拨开周晚章挤进影音室，大喊：“哎哟哟，怎么回事怎么回事？阿晏把晕晕怎么了？”

摄像头跟随他的眼睛一起转向沙发。

岑晏觉得这人是临时过来捣乱的，今妱若知道那处被拍进了视频里，估计一个月都不会再理他们，说：“好了，别拍了。”

此次事件的男主人公压下唇角，抬手挡住镜头，就像电视里爆出绯闻的男明星警告看热闹不嫌事大的记者，冷冷地问："机器还想不想要了？"

镜头一阵轻晃后，画面变黑，但依然运作，录制着他们的对话。

凌厉的女声问："到底怎么回事？你们在这儿待了一晚上？你们做了什么？"

立体磁性的男声回："就是看电影啊，至于到底怎么回事……"

岑晏渐渐欲言又止。

女孩来那种事多少会有些不好意思，被那么多人围观着，哪怕是家里人他也有点说不出口。

三双求知若渴的眼睛等待他继续说下去，周晚章最先反应过来，把夏热叫了出去。后者对好朋友的事情非常关心，还想等一个答案，不料在场三人都发射出暂时回避的信号，他只好作罢，抱着机器不情不愿地出了门。

屋内只剩下岑晏和今曦，他无奈地解释沙发上的痕迹，并且一而再再而三地保证昨晚和今妱什么事也没有发生。

"这样啊……"今曦的表情这才好看了些，但似乎又有些失望。

岑晏不明白她在纠结什么，说："是这样。"

回房的今妱匆忙换下带血迹的睡衣和底裤，等她把一切都处理好，神经放松下来，终究没逃过生理期磨人的疼痛。冷空调温度适中，冷气却像吹进了骨头里，她周身越发寒冷。

今妱套上外套，先去对面的门里看一眼岑晏在不在，没有找到人让她心下一慌：不会是在楼下处理那张沙发吧？

她微微弓了弓背脊，缓解下腹疼痛，正想去楼下，电梯门打开，岑晏从里面走了出来。

他一眼看出她的不适，把装好的热水袋按进她怀里，问道："还困吗？"

今妱摇摇头，再困也不困了。

岑晏将另一只手上的生姜红糖水递过来，说："先喝点吧。"

今妱双手抱着热水袋捂在疼痛部位，低头就着眼前的杯子喝了一口，耳边传来岑晏的嗓音："慢点喝。"她头微微仰起，顺着他逐渐倾倒的弧度，半杯红糖水不一会儿就见了底。

知道今妱还想着沙发的事，岑晏在她喝完后收起杯，说："今曦姐让家政收拾好了。"

他在叫"姐"和"舅妈"的称呼上纠结了一秒，私心让他选择了前者。

热水袋的温热让今妱好受了些。

夏热从电梯上来，又像战地记者般阴魂不散地扛着相机对准他们，第一句话便是责问："好啊你们！居然背着我看电影！"

"你不住这里，难道要我们给你打视频电话？"岑晏带着杯子去阳台清洗了，今妱在客厅的沙发坐下，姣好的面容失了血色，扬起笑时如同虚弱的林黛玉妹妹，

"昨晚不知道是谁为了带妹妹，拒绝我的游戏邀请。"

此人非夏热莫属。镜头后的他心虚地"嘿"一声，欲盖弥彰地说："我那时在直播啊，说好带粉丝，总不能出尔反尔吧？"

什么都不知道的岑晏放下杯子出现在他们中间，眼睛盯着今姱，和夏热身份对调，语调上扬："你居然邀请他，不邀请我。"

这就是三人间的友谊，只要有一人落单就会引起不满，害怕看见另外两人的关系比跟自己的更好，害怕三个人的行程里就算缺席了自己也无伤大雅，害怕在未来的某一天突然无法融入。

"可是你晕3D啊，'吃鸡'你又玩不了。"今姱没有邀请岑晏也是有原因的。

哪怕玩不了，岑晏的手机里也下载了这款游戏，他固执起来，说："那也好歹问一下吧，打一两局还是没问题的。"

对于玩游戏的人来说，一两局根本不尽兴。如果知道岑晏晕3D，还硬邀请他玩游戏，这里面的逻辑该多不正常，甚至有点强人所难。

明明站在他的角度替他着想，却被莫名其妙地指责，今姱把热水袋推进了他怀里，抿着唇一言不发地向电梯走去。

其实岑晏没有指责的意思在里面，语气里稍微带了那么一点点的着急，真的只有一点点。就好比一大桶水，按一下出水按钮，流出来的那一点点凉水而已。

今姱的离开也没有生气的意思，她现在不适合处理这番局面，每次来生理期脾气都莫名变差，她怕他们真吵起来，便打算去楼下的小花园晒晒太阳透透气。

而夏热也没想到，自己的一句玩笑意味的埋怨会导致如今的场面，相机还在拍摄着，本想拍一些高兴的暑假生活，谁料第一天就出师不利。

他连忙关闭机器，无措地叫了声："阿晏……"

结果他视野里只捕捉到一片衣角，岑晏就拔开腿冲下了楼梯。

"阿晏！"夏热有些懊悔，"这都什么事……"拎着机器追下楼。

岑晏到了一楼，视线在客厅里寻找一圈，没看见人，可电梯确实是停在一楼。

夏热跶拉着拖鞋噔噔噔地从楼梯上跑下来，正准备煮冰糖雪梨的今曦手掌撑住中央岛台的台面，探出身子问："怎么了？跑这么着急。"

"晕晕呢？"岑晏尽量让自己的语气显得不那么焦灼。

今曦顿时了然，说："她在前面花园呢。"

她回身，端出为他们准备的三明治，说道："你们饿了吧？吃一点……"

"早餐吧"三个字自动消了音，因为岑晏和夏热跟猫抓老鼠似的一前一后跑出了大门。

"什么啊？"今曦放下餐盘，漫步到落地窗前往外看，"这几个孩子又在搞什么鬼。"

坐在沙发上看新闻推送的周晚章推了推眼镜，平淡地回道："应该出了什么大事。"

　　的确没出什么大事。铺满草坪的花园地面高低起伏，连带那条彩虹色的鹅卵石路段也蜿蜒又逼真，今姈靠在香樟树下的秋千椅里吃着三明治，左腿弯曲垫在右腿下，右脚脚尖轻轻点地，斑驳的阳光从树叶缝隙里顺流而下，秋千跟着她的动作轻晃。

　　今姈无疑是个挑不出错的模特。

　　夏热举着相机在岑晏身后喊："晕晕，看这里！"

　　今姈的镜头感仿若天生的，她循着声音望过去，歪了歪头，一边脸颊微微鼓起，那双大眼睛里永远有小鹿般的纯真。

　　一张富有生活气息的照片便此定格。

　　夏热和往常一样，再次充当起活跃气氛的那个，说："暑假就要开开心心地过啦，别因为小事伤了十几年的和气，来来来，一起合张照吧！"

　　岑晏被他半拖着走过去，还好秋千椅够长。夏热按住他的肩膀把他安置在今姈左手边，自己则坐到今姈右手边，相机的液晶屏翻转，三人的脸颊出现在屏幕里。

　　夏热兴致高昂，一边挤眉弄眼，一边老土地下达口令："来！茄子！"

　　今姈被他逗笑，口中咀嚼不停。

　　岑晏看着镜头里女孩的脸，脑袋不自觉往她那边靠了靠，弯起唇角勾勒出一个官方笑容，有点像寄宿在今姈家的阿拉斯加，一时间竟不知道到底是狗随主人，还是主人随狗了。

　　快门按下的同时，今姈忍不住撕下三明治的一块边角，反手塞进岑晏的口中。

　　看见此情此景的夏热叫起来："晕晕！你什么时候和阿晏这么要好了？"

　　岑晏露出得意扬扬的笑，两只白色蝴蝶震颤着翅膀从脚边掠过，他心中的那点隐晦一扫而空，双手交叠在脑后，仰面，视线跟随树叶间的光晕跳动。

　　今姈在夏热不满的声音里撕下一块三明治，伸到他手边，雨露均沾道："你不是吃了早饭过来的？"

　　夏热接过去三明治，面包在空中被丢出弧度掉进他口中，含含混混地说："是啊，吃过就不可以再吃吗？"

　　"可以。"今姈弯曲的左腿膝盖搁在岑晏的大腿上，右脚荡在空中，不过此时有了他们两个坐在身边，用不着她点地就可以荡起秋千。

　　夏热举着相机拍花草树木，突然发现一栋冷淡风别墅的花园里有条彩虹小路。这是什么混搭风？他放大焦距，惊讶地说："小舅居然允许它出现在这里？"

　　今姈侧头看了一眼他的屏幕，当即明白过来他在说什么。

　　其实她还挺喜欢这条路的，猜测道："应该是我姐的杰作吧？"

　　"看样子像。"夏热深感赞同。

　　这从侧面反映出一个问题，今曦和周晚章早就"暗度陈仓"了，否则怎么会有这栋已经装修好的别墅呢？

三人面面相觑，并排靠在秋千椅背上，顿时心领神会。

今妱是肉食主义者，不管吃什么，最先把食物里面的肉挑出来。她吃完三明治里裹着沙拉酱的肉片，剩下的两片面包开始变得乏味且难以下咽。

忽然，岑晏趁她不备，右臂揽在她后背。她喜欢的那股淡香凑近，眼睁睁地看着他从她手里叼走了那两片面包。

她跟随他向后靠的动作惊愕看过去，斑驳跳跃的阳光如同奇妙绚丽的万花筒，少年干净的脸庞在此刻变得明媚，唇红齿白，笑容张扬，嘴角两边映出的小括号弧度平白增添几分夏日里的可爱。

另一边的夏热探出头，"哎哟哟"叫唤起来："阿晏，你怎么搞偷袭？"

4

他们在花园里没坐多久，日头越来越晒，气温越来越高，如果再不进屋，就会如夏热所说，他们屁股下面的秋千也许就是烧烤架，而他们则是烧烤架上被烤熟的肉。

太具画面感，今妱瑟缩一下脖子，在变成烤肉前，脚着地率先向屋内去。

下腹仍旧隐隐作痛，打开大门，舒适的冷气扑面而来，好不容易暖了一些的身子又跟作对似的发冷起来，仿佛下沉到冰冷的海底。

今妱想回房拿件外套，今曦叫住他们："还有两个三明治你们过来吃掉。"

今妱回头对岑晏和夏热说："你们吃吧，我上楼拿件外套。"

而岑晏比她快一步进入电梯，堵在门口，拦住她的去路，说："我正好要上去，顺带给你拿，你在沙发上休息吧。"

本就不想动的今妱不疑有他，电梯门关上前见缝插针加了句："还有手机也帮我拿下，在床头柜充着电。"

末了，觉得语气有点使唤人的感觉，她弱弱加了句："谢谢。"

电梯门快要合上时，岑晏单手插兜，表情看不清晰，另一只手扶住了门框，门再次打开。

"见外呢？"

"没有。"

岑晏不跟她计较，说："再想想还有什么东西要带。"

今妱想了想，回道："没有了。"

"行。"岑晏的下巴朝客厅一扬，"等着。"

半开放式的厨房里，夏热弓着腰，像专业人士一样举起相机拍煤气灶上的火焰。看他那副架势，好像下一秒就能拍出一幅绝世大片。

他扭腰撅屁股的动作不忍直视，今妱默默别开眼，刚好碰上今曦别有深意的眼神。后者的手放在台面上敲了敲，眼睛向电梯的方向瞟，耐人寻味地说道："你们俩刚才跟演苦情剧一样。"

今妱不解。

今曦解释："关门时候依依不舍的劲儿好像生离死别。"

哪有什么依依不舍？

今妱漫不经心回怼："姐，你这么会脑补，不去拍电视可惜了。"

集中注意力拍摄的夏热只听见了最后一句，他迷茫回头，问道："今曦姐要转行吗？"

今妱替今曦答了："也许吧。"

今曦咧起嘴笑，说："敢替你姐姐做主了。"小包抽纸巾划过大半个客厅扔过去，被今妱侧身躲过。

"姐，我现在是病患啊。"

"管你是病患还是什么患。"

自从今曦向家里摊牌领证后，性格越发豪放不羁，今妱感叹："我还是怀念原来的好姐姐。"她又将话头指向周晚章，"小舅，领完证，有没有觉得婚前婚后就像卖家秀和买家秀？"

这是个好问题，"暑假生活栏目组记者"小夏把镜头对准周晚章。

今曦也抱胸看过去，面上春风和煦，眼中写着——要是敢说有你就死定了。

周晚章波澜不惊地说："她什么样我都喜欢。"

今曦满意点头。

今妱和夏热顿觉自取其辱，他们就是那两盏 250 瓦的大灯泡。

不多时，一楼电梯门打开，岑晏拿着东西出来。

他不仅拿了外套，还拿了一条薄毯。

薄毯可以全身上下都盖住，有更好的选择在，今妱盘腿窝在沙发里，毫不犹豫裹住了毯子，顺便下意识低头嗅了嗅，没闻到熟悉的味道。

岑晏又把外套给她。依然是他的外套，不过不是昨晚那件，而是拿了件新的。

今妱接过外套叠好抱在手里，凑近又离开。后来因为长时间抱着，她外露的手臂上也隐隐覆盖了那层味道。

今妱刚拿到的手机振动了两下，是昨天的摄影师发了消息。拍摄时大家都叫他"Symon（西蒙）"，听经纪人说，她这位子刚来中国那年，语言还不精通，一度想给自己取个叫"席梦思"的中文名，幸而被她极力制止才打消了念头。

今妱点开聊天框，昨天拍照的成品图被他打包成文件发过来。对面问她有无需要美化的地方，问完还表示她已经很漂亮了，不修图也很漂亮。

今妱对修图的执念不算深重，一张张滑过去。不得不说，就学校那个蔫了吧唧毫无美感的景色，经过他的拍摄和参数调试，俨然成为日系清爽的校园大片。

因为生理期不能和往常一样抱着膝盖，今姀习惯性屈起的双腿恢复原位，手指敲击屏幕。

她和 Symon 加上好友后，对面曾试图找她聊过天。奈何她有礼有貌，对外人从来都秉承"你不找我我绝不主动找你，且你找我我就客气回一下"的宗旨，Symon 和她没聊两句便放弃了。

不过这次他们根据拍的写真图你来我往聊了不少，主要还是 Symon 技术过硬，每个角度都拍到了女孩的心坎里。

岑晏在今姀身边坐到现在，她一直拿着手机，眼睛和手仿佛长在了屏幕上，不知道和谁聊得火热。

她聊天向来不避着他，所以只要稍稍留意，岑晏就能看见屏幕上明显为男性的潮流头像。

他当即别过头，第一次痛恨自己的视力这么好。

岑晏拿来遥控器打开电视，把音量调大。电视里回放着一部综艺，女嘉宾双手摆动奔跑在前，常驻 MC（主持人）在后面追，不料皮鞋太滑而侧身摔倒。

配合 MC（主持人）魔性的笑声本应是搞笑名场面，岑晏却笑不出来，注意力悉数被旁边聊天的人占据。

聊天有看电视有趣？

岑晏表情匮乏，像被按下了什么不知名按钮，看着电视冷笑了两声，这笑声在偌大的客厅尤为明显及诡异。

不止今姀，在场的各位都被这突如其来的笑声吓了一跳。

今姀愣愣转头，眼睛终于不长在手机上了，摸摸身边人的额头，问："怎么了？"

哪里有动静哪里就有记者夏热，他穿过大半个屋子，镜头对准岑晏采访道："来，这位同志，说说你在笑什么好玩的？"

"哦。"集中了大家视线的某人语气不咸不淡，"就是刚才的电视有点搞笑啊，可惜你们没看到。"

见他那姣好的面容做落叶垂怜状，众人又把目光齐刷刷移到 80 寸的液晶屏幕上。

今曦回忆道："这不是很久前就播过了？"

"你笑点什么时候这么低了？"夏热一脸问号。

今姀张了张唇，该笑的那个场面早就过去了啊，得出结论："你的反射弧好像有点慢。"

被冠上"反射弧慢"帽子的某人心说：还不是因为你。

今曦的冰糖雪梨在这时煮好出锅。夏热精力充沛，再次举着相机乐悠悠地跑回去拍摄。

空气里浮动着甜淡的梨汤香味，今曦给其他人都盛了一大碗，只有今妱是小半碗，引得她频频不满，问道："为什么我的这么少？"

今曦算是彻底贯彻了坏姐姐的形象，微微笑道："性凉，给你尝尝味道就不错了。"

今妱感觉自己被针对了，哪有趁别人生理期煮凉性食物的？她捧着小碗慢吞吞地小口喝着，像幼鸟喝水般。

岑晏端着让人羡慕忌妒恨的大碗过来坐下。

今妱时不时瞥他一眼，刚想说"你这样会引起民愤的"，就听岑晏边吹边说："要不要再给你煮杯红糖水？"

刚燃起的那点不满顷刻被抚平，今妱兴致缺缺地摇头，姿势却像换了一个，整个人面向岑晏，光裸的脚尖在毛毯的遮挡下悄悄挪进了他的大腿下。

岑晏穿了一条运动短裤，坐在沙发上时，长至膝盖的裤腿向上缩了几公分。他喝汤的动作一顿，有点吃惊，回头用口型无声无息问她：怎么了？

中岛台那边，夏热还举着相机对冰糖雪梨一阵乱拍。今曦和周晚章讨论接下来是否要做些手工饼干，假期不应该像咸鱼一样躺在家里，要做些有趣的事。周晚章没有异议，顺口提议一句可以做小熊饼干。夏热不管对什么都充满兴趣，透过镜头望向夫妇二人，举双手双脚赞同。

没人注意到客厅沙发这边的动静。

今妱的冰糖雪梨没喝几口便见底了，她倾身把碗放到茶几上。身上盖的毯子是圣诞树的颜色，此刻的她也确实像一棵小圣诞树，脚尖在岑晏的腿下动了动，找了一个舒服的姿势，同样用口型回道：冷。

男孩喝水不像女孩那般矜持，仰头大口大口地灌下，然后将碗放到她的碗边，后背倚靠进沙发。在别人看不见的角落，他的手伸进薄毯握了握她的脚踝。按理说，大热天不应当这么凉的。

他将她的脚往前移了几分，没了裤腿布料做阻隔，他们肌肤相贴，一冷一热交锋。血气方刚的少年连身体都是滚烫的，像冬日的火炉。

今妱的肩膀贴近沙发背，把毯子向上拉了一点，裹住自己的脑袋，只露出一双亮晶晶的眼睛和光洁的额头，更像一棵可爱的小圣诞树了。

岑晏莫名就想起了春节后的晚上，记不得是大年初几了，他给她当外卖小哥送麻辣烫来，她那时外套内只穿了件睡衣，袜子也没来得及穿就拖着拖鞋下楼进到他车里。

她吃的时候也是这样的姿势，他给她焐脚。那晚她把他的车里弄得全是麻辣烫味，过了好久才勉强散开。

他猜测到她在想什么，沉默地凝视她几秒。她大概以为捂住大半张脸他就发觉不了她在偷笑，其实那双弯起的眼睛最明显了。谁让她的眼睛那么大，好像什么都能装进去，又好像什么都装不住。

　　他装作不知道的样子转开脑袋。

　　大腿下的她的脚趾勾了勾，不带任何情色色彩，只是觉得好玩。

　　岑晏再次抓住她的脚踝，压着声无奈地笑："别使坏啊。"

第六章

/

第一个听众

1

人类最普遍的心理之一即是"逆反"，你不让她做什么，她就非要做什么。

今妱小幅度动一动，很坏，双脚整个推到了岑晏的腿下，岑晏偏偏还不能拿她怎么样。

除了夏热和岑晏，今妱的身边没有其他异性朋友。班里的男生们平时脾气也不错，可一上球场、一打游戏，各个杀疯了一样层出不穷的脏话往外飙，就连夏热有时候被惹急了也是。

可无论是打球还是游戏，在今妱的印象里，岑晏说脏话的次数几近于零。他也会骂人，但不是像其他男生那样气急败坏地咆哮，而是轻飘飘地用一种接近于"哇，你真棒，奖励一朵小红花吧"哄小孩般赞美的语气说出让人膝盖中箭的措辞。

夏热曾经这么评价过他——"绝对是阴阳怪气梯队里的佼佼者。"

由于实在没什么机会见到岑晏发火，今妱自然将他归进了脾气很好的列表里。比如现在，他也只是好脾气地装作要起身的样子，甚至眼睛里还带了笑，云淡风轻地威胁说："我可走了啊。"

今妱便不逗他了，再逗下去会让她有一种欺负老好人的感觉，乖乖把脚丫子放在他腿下面。

过了一会儿，"圣诞树"长出了一只白嫩的手，扯了扯他的短袖袖口。

中岛台那边的三人终于在一众小熊饼干的干货中选择了一个看起来最可爱

的——当然，这个“最”是今曦认为的，另外两位没有话语权。

夏热通过周晚章了解到别墅里还有平衡车，周晚章给他找出来后，他跟岑晏的那只阿拉斯加如愿以偿吃到美食的模样如出一辙，“嗨皮”得不像话，宛若幽灵举着相机在客厅和厨房飘来飘去，这时候飘到了今妱和岑晏这边转圈圈。

夏热对于他俩的姿势没做怀疑，转了两圈后欠嗖嗖地说：“晕晕现在好像只弯起来的大丝瓜。”

今妱和岑晏都愣了愣。

差点忘了，不止圣诞树是绿的，丝瓜黄瓜青椒仙人掌都是绿色的。只是相比较它们，挂满礼物和星星灯的圣诞树比较可爱。

今妱还没想好要怎么反驳，岑晏已经慢悠悠开口：“我看你像只大萤火虫。”

飘来飘去，还冒着电灯泡的光。

没有直说他是电灯泡，是因为岑晏不想表现得太明显。

夏热显然没理解岑晏为什么把他比作成大萤火虫，乐呵呵地以为岑晏在夸他，中二又文艺道：“是吧，我也觉得自己身上闪着照亮世界的光。”

岑晏无语地深吸口气。

今妱的膝盖屈起，凑近岑晏和他耳语：“你想说的不是这意思吧？”

夏热说她是大丝瓜这能忍？大萤火虫多可爱啊。

岑晏不负所望地回道：“不是。”

“那为什么是萤火虫？”

“他太闹了。”

“闹的话不应该是蚊子？”

“那就像蚊子。”

幸好夏热沾沾自喜地飘走了，不然要跟他们拼命。

别墅里备好的食材一应俱全，今曦将平板横靠在装满柠檬水的玻璃壶边，周晚章和夏热一左一右站在她两边观看。今曦双手叉腰，视线射向沙发上无所事事的两人，说：“喂，那边的小两口，家庭活动好歹派个代表参加下吧？”

“妱妹和阿晏什么时候成小两口了？”夏热有点蒙。

岑晏在今妱“去吧，我的脚不怎么冷了”的劝说下，端起茶几上的碗走过去。

夏热继续站在岑晏的角度感同身受地说：“姐姐，我和妱妹关系也很好啊，‘小两口’这个词会让人误会的。”

经他这么一提醒，今曦恍然大悟地说：“也是哦。”

所以妈妈到底怎么得出今妱在和岑晏偷偷摸摸谈恋爱的结论的？为什么不是在和夏热谈？

倒戈为今母和周女士的“间谍”的今曦百思不得其解。

他们做的小熊饼干只有脑袋没有身子，食材简易，做起来步骤也简单，只需要蛋黄、泡打粉、炼乳、低筋面粉过筛拌匀，像搓橡皮泥一样搓成一颗颗圆润的小丸子，再用一小部分搓成米粒大小，捏到小丸子上变成两只小熊耳朵，一个个整齐码在盘上放入烤箱，小熊饼干就算是完成了一半。

烘烤时间需要二十多分钟，够玩好几把斗地主。今曦轻车熟路地从油烟机左上侧的柜子里找出两副牌，跃跃欲试地说："难得今天五个人，我们玩牌吧。"

今妱对牌有恐惧感，临近考试那段时间，除了复习和日常练习，她们寝室的业余活动便是扑克牌。余莺莺和任佳如一有空就掏出副牌要她和陈楠陪她们玩，美其名曰劳逸结合。用任佳的话说就是，再不找点乐子，她们的生活将暗无天日。

今妱面无表情，倒进沙发装病患，说："肚子疼，你们玩吧。"

"三岁小孩都不玩肚子疼的把戏了，快起来。"今曦过去扯了扯她的毯子。

今妱反抗无效，还是被今曦架到了那张不规则形状的大理石餐桌边，兴致并不高涨地摸牌，然而第一把她就摸到了地主。

今曦和夏热在她对面笑得不怀好意，今妱码完牌脸都绿了，她这破手抽的什么破牌？

今妱再次蒙住头把自己裹成一棵圣诞树，自闭了。

岑晏和她坐在一边，今妱习惯把最小的牌先出了，能出一张是一张。

打牌就是消遣，今曦一边和周晚章聊中午吃什么，一边出牌："咖喱炖牛肉怎么样？"

夏热看了看时间，很遗憾地说道："啊，我中午得回去吃，下午要跟爸妈去走亲戚。"

他们的牌都比今妱大，岑晏在她之前出了张，今妱低头看了眼牌，明知道最大的牌是K，却还是期望是自己看错了，然而现实往往与自己想的背道而驰。

"要不起。"她转头看向岑晏，蒙在毯子里的声音闷闷的。

岑晏趁他们不注意，偷偷过来看了眼今妱的牌，本以为可以帮到她，结果他也露出了一副"这牌没救了"的回天乏力的神情。

现实再次给今妱沉痛一击。

夏热发现了他们，说："干什么呢？别交头接耳啊，注意一下影响。"

今曦大概是牌太好了，整个人开始飘飘欲仙，提议道："光打牌也没意思，我们搞点惩罚吧，比如……最后输的人给大家按摩怎么样？"

夏热没有意见，周晚章无所谓，岑晏露出难色——倒不是他手里的牌有多烂，而是今妱的牌烂到了一种境界。

今妱举双手双脚表示不同意。

今曦的视线在岑晏和今妱身上打转，嘴上放宽了一点："那就输的那个给前一个出牌的人按摩，不用给大家，就一个人，够仁慈了吧？"

今妧这才勉强点头。因为如果输了的话，在她前面的是岑晏，她自信心爆棚地认为岑晏一定不会让她给他按摩的。

第一把今妧输得毫无悬念，第二把开始她说什么也不玩了，退到一旁观战。没了她，岑晏可谓大杀四方、片甲不留，抽牌运气好到爆棚，加上会算牌，赢得轻而易举。

二十分钟下来，对面的今曦和夏热甘拜下风，接二连三向岑老板求饶。

今妧莫名其妙多出来两位给她按摩的技师——一位是好姐姐今曦，第二位是记者小夏。

有岑老板撑腰就是爽，今妧狐假虎威地拉下绿色薄毯，露出漂亮脸蛋，得意地笑了。

中途回书房打电话同样没参与到打牌行列的周晚章回来后听见今曦的控诉，俨然没料到自己的外甥差点让他家变成足底按摩城。

打完牌，他们的小熊饼干烘烤完成，今曦戴上隔热手套将盘子端来，说道："接下来用巧克力酱给它们画好表情就可以了。"

今曦规规矩矩地在第一只小熊脸上画上表情，几秒后，可爱的淡黄色小熊脑袋便呈现了出来。夏热觉得可以像画颜文字那种形状的，拿着裱花笔跃跃欲试。

岑晏将装有巧克力酱的笔递给今妧，问道："要不要试试？"

今妧想了想，去洗了个手，戴上一次性手套加入画表情行列。

她拿过笔，趴在桌上小心翼翼地给一只"小熊"画上眼睛和嘴巴。她换了个白巧克力的裱花笔，额边的碎发不停滑下来，岑晏在她身边随手帮她把头发捋到耳后。她将画好的表情举到和脸同一高度，问道："看，像谁？"

小熊饼干太小，只能画上简单的颜文字符号，哪能看得出来是谁？

可岑晏看见她手里的那只小熊居然还戴了一副白色眼镜，微笑的嘴角是小括号样式的，心中隐隐有个答案破土而出。

他却不敢自作多情，装作无意地问："你吗？"

今妧皱起眉，自我怀疑一秒，把饼干拿下来放到他的脸颊边作对比，问："画得不像吗？明明是你。"

哪怕已经猜到，岑晏依然在一瞬间有种被扣下扳机的枪支击中的感觉，穿过胸腔的子弹心花怒放地绽开。

今妧怕他不相信，还特意凑过来指了指小熊的眼镜，说："这是你给我戴的那副。"又指一指它的嘴角，"它的嘴巴也和你一样啊。"

她轻轻触了下岑晏的嘴角。此刻他是她的提线木偶，嘴角配合地挂起浅笑。

"你看，笑起来是一模一样的。"

岑晏跟着她一起看向她手上的小熊。

"真的不像吗？"她又问了一遍。

岑晏觉得自己可能有一点什么毛病，居然很喜欢看她一遍遍追问着他的模样。

他的嘴巴不听使唤地也跟着反问了一句："像吗？"

"不像吗？"

他们像两台年久失修的复读机。

今妁放弃了，重新拿过一只新的来画。

岑晏趁她不注意，偷偷拿过刚刚那块饼干，用红颜色的色素在小熊两颊添了两笔腮红。点睛之笔，没有更像的了。

2

今妁又画了好多个岑晏小熊，有露小虎牙的，有戴小天使光环的，还有恶魔坏笑的……一次次被岑晏无害地问"原来我长这样吗"，她便以为每次都画得不像，不知不觉就画完了一排。

她想着不能再被牵着鼻子走了，管他觉得像不像，不像也得像。带着这样霸道的思维，她画起了其他人——夏热是露出洁白牙齿的大笑，今曦是眼冒火光的愤怒，周晚章是戴着黑框眼镜的儒雅，她自己是两只眼睛超级大的冷酷。

今曦站在主位，捏着自己的那只小熊全方位打量了一遍，冷哼道："我是不会承认的。"

今妁无所谓地耸耸肩，手上画表情的动作不停，说："是你是你就是你。"

夏热迟疑地唱起来："我们的朋友小哪吒？"

临近中午，明晃晃的阳光从豆绿色窗框的玻璃透进来。今妁是被阳光眷顾的小朋友，对接暗号成功，她撑着桌面，半个身子探过去和对面的夏热击了个掌。

屋内冷气加持，就算全身笼罩在太阳下也不觉得有多热。今妁坐回去，薄毯下滑几寸，被她当成披肩裹在身上。

他们从小生活在一起，该有的默契自是不必说。回想这些年，今妁先和夏热熟识，然后再通过夏热接触到岑晏，夏热是他们之间不可或缺的沟通桥梁。

岑晏不是很想承认，他竟然会忌妒夏热和今妁相熟的那几年。

此时的他静默下来，背对光线，阴影将他瘦削的侧脸切割得越发凌厉，双眼皮下的眼睛注视了两秒添了腮红的小熊，在夏热说要给小熊们拍一张全家福的呼吁中，他把饼干扔进嘴里嚼碎。

岑晏没让今妁看见他的害羞小熊。

谁都没有看见。

夏热"哎哟哟"叫唤起来："阿晏，我还没拍呢，你怎么能先吃了？"

不过也不是什么大事，今妁趴在桌上指着那排全是岑晏的小熊说："吃一个也没事。"

"你给阿晏画这么多，给我们就画一个？"夏热这才发现了异样。

"是他觉得不像才不小心画多了。"

今妞把锅扣到岑晏头上，披着绿毯飘回客厅的沙发上，深藏功与名。

其他人目光如炬，倒霉鬼岑晏不得不承认："对，是我。"

中午，夏热与他们告别，今曦如愿以偿吃到咖喱炖牛肉。下午，他们各自回房休息，今妞接到了两千公里外任佳的视频电话。

任佳婴儿肥的脸颊出现在屏幕中，今妞却精神恹恹的。

任佳先是问她怎么了，她坐在房间的飘窗上回道："来例假了。"

"啊，那也太不巧了，这两天不能下水。"任佳露出惋惜的神色，又可恨地在今妞面前吃起了冰激凌，"本来还想问你有没有碰见帅哥来一场邂逅什么的。"

今妞扯了扯嘴角，说："这两天我应该不会出门。"

"出呀，为什么不出？半月湾可是毕业旅行十大必去的景点之一啊。"任佳眯起眼，暧昧地笑起来，"那盒东西你应该带了吧？"

"我用不到的。"今妞当然不会带。

"这可不一定！"阅览言情小说无数，以及历任男友比今妞多的任佳摆了摆食指，"有的人，你见第一面就会让你有不一样的感觉。"

说起这个，任老师不禁要开启她的科普小课堂，继续说道："荷尔蒙的碰撞你懂吧……"

"打住，任老师。"今妞没让任老师说下去，目前她对这方面还没有兴趣，当即生硬地转移话题。

和任佳打完电话，今妞十分难耐，出房间去冰箱门口转了好几圈，好不容易下定决心开门看一眼就行，结果一开，放冰激凌的那几层空空如也。

今妞用膝盖想也知道是谁干的。

算是彻底断了她的念想。

傍晚，岑晏敲响今妞的房门喊她吃晚餐。

今晚吃意大利千层面和苹果蜜汁烤鸡。饭后，他们两个对烹饪毫无贡献的人主动揽下洗碗的活。

但等到真正洗时，岑晏没让今妞碰水——生理期，总归可以拥有些特权的。

今曦和周晚章默契上楼，岑晏低头刷锅，今妞倚在水池边陪他。

簌簌水流和锅壁碰撞发出轻微的声响，在柠檬味洗洁精的飘香中，她侧头凝视他，不由得仔细观察起来。

高三毕业的那个暑假，夏热提议毕业旅行，经过了好多地方，碰到形形色色的人。岑晏收名片收到手软，是被星探打探最多的那个。而他异常坚定，目标是导演，不是演员。

今妱有时非常羡慕他的五官和皮肤，到底怎么长的？

此时，屋外西斜的光线洒在他纤长的睫毛和高挺的鼻梁上，他今天穿着白色T恤和黑色运动短裤，微微躬起背时能明显看见白色布料下中间凸起的那根好看的骨头。

今妱将手放了上去。

清洗的人动作稍顿，问道："怎么了？"

她就是单纯好奇那儿的手感，触到的骨头是硬的，绷紧的背平坦而宽阔。原先是两个人的活，她在边上干看着属实说不过去，她便把手移到他肩膀上，食指指尖虚搭着锁骨的那条线，拇指落在肩后，轻按轻捏。

他们一个面朝水池，一个背对水池。

刚好有消息进来，今妱低着头，用另一只手打字，放在他肩膀的手没停，很随意地说："打牌输了，帮你按按。"

上午今曦说出惩罚的时候，岑晏还真没想过今妱会乖乖履行。当然，今妱也觉得岑晏会放过她的，没想到她自己送上门给人按了。

岑晏手上清洗的速度无声无息慢下来，由她去了。

今妱不是无时无刻都在按，偶尔停一停，手搭在他肩膀，歇够了就继续。

他们有一搭没一搭地聊天，岑晏斟酌着问："那里还痛吗？"

今妱刚按下发送键，把手机反扣到身后的台面上，回道："嗯，不过有好一点。"

"下午睡着了吗？"

"没有，半梦半醒的。"她顿了一下，"太想吃冰激凌了。"

泡沫水呈螺旋状旋转进下水道，岑晏洗干净手，弹了一下她的脑门，说："再忍忍吧，很快就过去了。"

今妱的脑袋随他的动作后仰，入目是天花板上悬挂的云朵吊灯，平淡地反驳道："今天才第一天啊，很漫长的。"

岑晏将她背后的长发拨到身前，以免落进水池里，问道："那要怎么办？"

"你给我想想办法？"

"没有办法，我吃的时候可以让你在边上看着。"

"岑晏，杀人不过头点地。"今妱手上按捏他肩膀的力道加重。

岑晏躲了躲，笑起来，说："那真没有办法了。"

今妱不给岑晏按了，岑晏正好清洗到最后一遍，把残留的泡沫冲掉。今妱站在他身边看后花园的景色，发现不远处两棵大树下安装了一张吊床，有树叶遮挡，还有风，应该不会太热。

她和岑晏说了一声，又看了一眼冰箱，拿着手机从后门出去。

岑晏注意着她的动向。

今妱换了双外出的拖鞋，身上是件浅色蓝白竖条纹的吊带裙，收腰设计使本就纤细的腰际一览无余，外露的肌肤和那一晃一晃的腰肢让人联想到柔软的绸缎。

她坐下后，挥了挥白到晃眼的胳膊，和他打招呼。

岑晏朝她扬了扬手。

她收到信号，再无顾虑地踢掉拖鞋，提着裙摆将双脚放进吊床里。吊床两边偏高，她呈一弯小船摆动在空气海中。

最热的时候已经过去，鸟儿叽叽喳喳清脆地鸣叫，夏蝉也开始工作。太阳缓慢下山，云层和天空从粉色到紫红色渐变，一抬头便能望见低矮的月亮。

岑晏将碗擦干净放进消毒柜，出来时，看到今妱躺在吊床里，双臂搭在眼上遮住光亮，一只脚不安分地落在地上轻点着，裙摆因此缩到了膝盖，又恰好有风经过，使坏地将其撩上去几分，露出白嫩的腿窝。

今妱听见由远及近的脚步声，不用猜就知道是岑晏。倏地，她感到手臂边有阵阵微风，额边的碎发也被吹起来了点。她放下手臂睁眼，看到岑晏好整以暇地站在她身边，手上的扇子对着她的脸颊轻扇。

"舒服吗？"他问。

今妱动了动，侧过身子面向他，说："还挺舒服的。"

然而她说完，岑晏就自顾自扇起来，回道："哦，就是给你体验一下。"

今妱伸手拍了一掌他的大腿，问道："哪里来的扇子？"

"别墅里什么没有？"

也是。

岑晏让今妱往里挪挪，今妱干脆收了腿坐起来。他坐到她边上，换了只手拿扇子，顺带给她一起扇。

他们的肩膀和肩膀靠在一起，傍晚的风像是从蒙了层塑料膜的保温棚里吹出来的，又闷又热。可没有风的话，更闷更热。

院里的灯盏亮起，天还没完全暗下去，灌木丛和树下的蚊虫又开始组团开派对了。今妱摆一摆手，往岑晏的方向躲了躲，说："夏天最讨厌的就是这个时候。"

岑晏用扇子击退它们，率先从吊床上下去，回身把手伸过去，问道："回屋吗？"

今妱坐着，他站着，被灯光照耀的影子倾斜在她身上，伸过来的手掌向上，掌纹和皮肤下的青筋清晰可见。她抓住他的手臂，借力从吊床上下来。

他们穿过草坪向后门走去，黯淡天色下，灌木丛里发出窸窸窣窣的声响，突然窜出一个黢黑的身影，神出鬼没的，纯黑的，像煤球。

今妱被吓了一跳，后退几步，抵到了身后人的胸膛。

岑晏轻按住她的肩膀安抚道："是流浪猫，昨晚也来了我们院子，大概讨到吃的了，今天想来碰碰运气。"

周晚章早在房子角落备好了猫粮，煤球摸到那地方，并不害怕他们，旁若无人地吃起来。

今妲对新事物一直都抱有好奇心，岑晏陪着她安静地看了几分钟小猫，最后实在受不住蚊虫的叮扰，拉开门进到屋里。

才一会儿的时间，今妲的腿上就被叮了五六个包。岑晏上楼询问医药箱所在位置，然后去玄关柜里找到蚊虫叮咬的药膏。他们坐在沙发上，今妲的腿搭在他大腿上，他用棉签给她涂药。

岑晏无论做什么都是悉心认真的模样，不到一分钟的工夫就涂好了。

今妲收了腿，突然叹息一声。

岑晏拧上药膏盖子，疑惑地看过去，问："怎么？嫌叮得少了？"

"不是。"今妲发现他很会破坏气氛，"就是有点想我妈了。"

岑晏愣了愣。

"有时候你跟我妈妈一样。"她说话拐弯抹角的。

"你到底想说什么？"岑晏无语。

"厨房的冰箱为什么要设密码锁？"今妲终于还是问了出来。

"趁我上楼，去看过了？"岑晏把药膏放到茶几上。

"就这么不相信我，怕我偷吃？"今妲那只涂了药的脚抵在他腿面推了推，白润的指尖泛红，裙摆扫过他身前。

"啊……"岑晏很淡定，"你不偷吃，怎么知道上锁了？"

反正，这事怎么都是她理亏。

今妲直白地骂他："狡猾的岑晏。"

"哦。"岑晏反击，"不乖的岑晕晕。"

3

洗完澡的浴室像桑拿房，窗外大棵棕榈树的枝叶如派大星高挂天空。今妲吹完头发，外面的房门被敲响，她顾不得未擦干的脸颊和脖颈，搁下吹风机，跑出去开门。

室内溢满甜牛奶沐浴露的香味，岑晏站在门口，看见她时一愣。

今妲的睡衣花样繁多，她今天穿的是上下两件套的款式，宽松的雪纺吊带，长发没有吹至全干，水珠沿着纤细的脖颈滚落，没入锁骨下的衣领。

"怎么了？"今妲回身去电视柜抽出纸巾覆在脖子上吸水，半干的发梢让她后背湿了一片，随着她的走动，水珠滴在黄绿蓝马卡龙色拼接的六边形地砖上，留下经过的痕迹。

岑晏收回视线，说：“今曦姐叫我们下去吃西瓜。”

今妱按压纸巾的动作停住，侧头疑惑地望去，问道：“我也可以吃吗？”

水果都冰在冰箱里，冰冷的食物，她也可以吃吗？

“你不会想让我看着你吃吧？”今妱把手里的纸巾揉成团，扔进丁香色的垃圾桶里，再抽一张，仰起头从下巴至锁骨缓慢地按压擦拭。

“我有这么坏吗？”岑晏倚在门框边，目光落在她的手上，对于她的恶意揣测持无奈态度。

“有啊。”今妱记仇地说，“你白天还说要吃冰激凌给我看。”

虽然是开玩笑的。

窗帘敞开，屋外的天色是一览无余的黑。

扔掉纸巾，今妱打开身体乳涂抹胸上部位，然后是两只手臂。她倚靠在青白瓷色的储物柜上，挤出硬币大小的乳液，弯腰抹上大腿，一路至没什么赘肉的紧致小腿，再是脚踝。

岑晏解释：“今曦姐特意没放冰箱，放在井水里冷了一下午，但是你好像也不能吃太多。如果你不要吃，我和他们说一下。”

今妱拧上身体乳盖子，去卫生间里洗手，语气有些急：“要吃的。”

岑晏耐心等待，同她一起下楼。

今妱只分到了一小片西瓜，今曦同情又幸灾乐祸地用翻译腔说道：“妈让我看着点你，噢！我的小可怜，所以只能给你尝尝味道。”

她的语气实在欠揍，今妱忍了忍才没有把籽吐她身上。

今天开的西瓜不巧，好像上辈子欠它的，这辈子报仇来了，密密麻麻的西瓜籽镶嵌在红润的果肉中。今妱和岑晏脑袋碰脑袋蹲在垃圾桶旁，吃一口，吐出的籽连绵不绝，仿佛化身豌豆射手。

这只瓜可能就是来治今妱的，今曦试探着递过去第二片，果不其然被今妱拒绝，说什么也不吃了。她还问道：“故意的吗？”

今曦也累了，歇了歇，说：“我哪有这么神通广大，还能提前知道籽多不多？”

他们放在茶几上的手机同一时间响起，是相亲相爱一家人群里，今母发起的视频通话。

别墅四人由周晚章为代表接起视频，镜头对准另外三人。今母和周女士的声音一齐传出来：“哟，两个小孩吃瓜呢？”

今妱已经吃完一片，蹲在岑晏边上用纸巾擦嘴，朝着视频里的妈妈扬起笑，但未来得及说话，就被当丫鬟使了。

“哎哟哟，你怎么能光顾着自己呢？给阿晏也擦一下呀。”

今妱腹诽：他没手吗？

有手有脚的岑晏心说：我手好好的啊。

岑晏吐掉籽叫人："妈，干妈。"

今姈把纸巾递过去，岑晏接过擦了擦嘴边沾到的汁水。

屏幕上是今母凑过来的大脸盘，很是嫌弃地说："谁挑的瓜这么逊，籽多得跟烧烤撒芝麻似的。"

今姈和岑晏一致望向今曦。

罪魁祸首今曦拒不承认，把锅甩向周晚章。

舅舅和外甥的命运出奇一致。

"嗯，是我。"周晚章叹息，心甘情愿地背下这口大锅。

翌日清晨，今姈不忘放假前老师的叮嘱，在负一楼的下沉式花园出晨功。不说十年如一日，自她学习表演后，这是每天必不可少的项目，只是这两天放假有些懈怠了。

周晚章下楼来拿放在健身房里的平板，经过花园和今姈打了照面。

今姈收声，挺直的背脊松了松，略微抱歉地说："吵到了你吗？"

"房子有隔音，无碍。"周晚章摇头微笑，示意她继续。

他拿到平板电脑后回客厅，岑晏刚好从楼上下来，揉着惺忪的睡眼到中岛台倒了杯水喝。

周晚章故意打趣道："怎么不多睡会儿？看你困得很。"

岑晏坐到高脚凳上，大脑还没完全开机，语言系统暂时关闭，摇了摇头，仰头喝一口水提神。

周晚章极少打探小辈们的私事，但在昨晚，他的姐姐，也就是岑晏的母亲周女士，在他回房后特意来电话打探岑晏和今姈之间有无暗流涌动的情愫。

周晚章从冰箱内拿出三只鸡蛋，开火热锅，问道："我没看错的话，你是在追晕晕吧？

"或者说，想追？"

平地一声雷，洪水冲垮堤坝，火山汹涌喷发。

"咳……"岑晏被水呛到，混沌的大脑顷刻清醒。

这类问题小时候不是没有被问过，家长们常拿他和今姈开玩笑，问他喜不喜欢今姈，让今姈长大了做他小媳妇好不好，诸如此类，不过更多是玩笑成分。等到再大一点，情窦初开，懂得了什么是喜欢，家长们大约也意识到该避嫌了，比类打趣便销声匿迹。

可他们不知道的是，岑晏一直默默当真了。在不知道什么是喜欢的时候，他悄无声息地喜欢上了。从年幼的懵懂到后来的明确，有关今姈的一切，事无巨细，小心珍藏。

周晚章不疾不徐地说："不用着急否定，你和我之间还需要隐瞒吗？"

周晚章和今曦之间的牵扯，虽没有明说，但他们之前的种种，岑晏都默默地看在眼里。

在某种程度上来说，岑晏和周晚章的处境相近。岑晏以为自己做得无声无息，目前来说，是在试探阶段，不敢用"追"这个字眼。

周晚章作为过来人，提醒道："如果真要追，可得想清楚了，阿晏。"

他们几家关系特殊，岑晏和今妁又是从小玩到大的情谊，若捅破窗户纸，再想回到从前就难了。周晚章在给他打预防针——十八九岁的年纪，最容易冲动。

"我知道。"岑晏手里旋转的玻璃杯在桌面映出光晕。

所以在此之前，岑晏就算有想法，也不敢轻举妄动。

当前来看，今妁只是把他当成朋友。

一想到这儿，岑晏的心底就涌起乱糟糟的烦闷，老师同学眼里的王牌种子选手，在各类比赛中冠军和一等奖拿到手软的他也有束手无策的时候。

岑晏暗暗安慰自己，要慢慢来，急不得。

煎蛋很快出炉，周晚章将其盛进餐盘。早餐不需要做得太丰盛，岑晏偶尔在旁边打下手。

今妁出晨功回来时，大理石餐桌上已经摆放好了煎蛋和香菇鸡丝粥。岑晏给她煮了热牛奶，温度掌握得刚刚好。今妁嘴叼得很，温的不喜欢，太烫也不行，只有岑晏摸清了她的路数。

周晚章适时上楼，给岑晏留下单独和今妁相处的空间。

今妁喝了两口牛奶，今天生理期的疼痛比昨天好了一些，她两手握拳垒在桌上支起下巴，脑袋一晃一晃地开口："今天你和夏热有什么计划吗？"

按照原先的计划，他们这两天应该是穿上泳衣跑去海边玩耍的，奈何今妁生理期突袭，头两天不宜碰水和剧烈运动，计划也就搁置了。

她话音刚落，桌上的两只手机同时响起。

今妁飞快地眨眨眼，示意岑晏看手机。

岑晏把自己的手机屏幕呈到她面前，是他们三人群里的消息。

"夏热说今天还要去走亲戚，就不来找我们了。"

活跃气氛的人走了，好像就少了几分乐趣。

岑晏收回手机，放到桌上，问道："不开心吗？"

"没有。"今妁抬起右腿交叠在左腿上，舀起粥慢条斯理地往嘴里送，"等傍晚，我们去超市逛逛吧，来这儿都没有好好逛过。"

"好。"

接下来，岑晏回自己的房间剪片子，今妁坐在他的飘窗上晒太阳，偶尔翻一翻有关创作剧本的工具书。

岑晏就坐在飘窗边的矮凳上，笔记本电脑放在飘窗上。今妱安静地陪伴着，像只无聊的小猫，时而卧倒，时而趴在玻璃上赏风景，有时候还会跪坐着，从电脑后面探出头来，长发扫过岑晏拿鼠标的手，歪头看一眼屏幕。

全都是正常不过的动作，却搅得岑晏的心乱糟糟的。

"别乱动。"他拍了拍她的脑袋。

今妱盘腿坐了回去，在他的电脑后不动了，支着下巴盯着电脑的直角边发呆。

岑晏继续剪他的片子，今妱发了一会儿后眼睛聚焦，首先映入眼帘的就是他那张极具蛊惑性的脸。他认真做起事来，眼里好似无法装进其他事物，一心一意的模样比念经时候的唐僧还唐僧。要不怎么说那些追他的女生会把他比作油盐不进的唐僧呢？漂亮唐僧只能看不能吃，可不得把那些人勾得心痒痒？

今妱现在是手痒痒，漂亮唐僧近在眼前，好想摸一摸他的寸头，这个寸头可太接近小和尚的发型了。

她支着脑袋，一直等到岑晏把片子剪完，等到腿都麻了。

他抬眼望过来，眼里很是惊讶，身形慵懒而放松，问道："怎么突然变乖了，让你别动还真不动了？"

感觉他像是释放了某种纵容的信号，今妱终于没忍住，抬手摸了摸他的脑袋——头发又刺又硬，怪扎人的，和她想象的背道而驰。

在他吃惊的视线中，她快速收回手，得出结论："好硬，一点都不好摸。"

4

岑晏默不作声看了她半晌，心说：你想摸早说啊，早说就不剪头发了，之前的头发软。

但他没说出口，却想着让头发快点长长。

今妱坐在他的电脑旁边，脚趾搭在他的膝盖上，不知道从哪儿翻出了一个剪指甲刀。估计实在无聊，他又刚好做完了他的事，她就能肆无忌惮地打扰他了，看着他不怀好意地说道："我给你剪指甲吧？"

"怎么不剪你自己的？"岑晏的指甲前两天才剪过。

今妱把手伸到他面前，说："昨晚才剪。"

"我也前天才剪。"岑晏手上移动鼠标，随手打开一部电影准备扒片，片头音乐响起时，他的手被她牵进手里。他稍稍换了个舒服的姿势，侧头看她一眼。

今妱低头端详他的指尖。

上帝在造人的时候一定有偏心的成分，岑晏的手也漂亮，五指修长，甲床细长精致，是人们常说的弹钢琴的手。他剪指甲的习惯和她一样，喜欢沿着指尖全部剪完，不会留一丝一毫长出来的部分，所以再想剪也剪不了。

指尖处传来温热，岑晏没办法了，这情况就像他的头发一样。他说："等长长了再给你剪。”

今妱松开他，说：“等到下次就不一定想剪了。”

手指尖蜷进手心，岑晏的视线移到电脑屏幕上，问道：“那到时候再说吧，不想剪我求着你剪，可以吗？今技师。”

“今技师是什么？”今妱笑了出来，搭在他膝盖上的脚轻轻推了推，“不好听。”

岑晏也赞同地说：“嗯，还是岑晕晕好听。”

不意外，她的脚尖落到了他的小腿上，如雨点轻敲。

很久之前就有的名号，今妱到今天才想起来要问个明白：“为什么是岑晕晕，不是今晕晕？我也没有叫过你今晏啊。”

岑晏当然不会告诉她原因，只说：“你想叫我今晏也不是不可以。”

今妱却不依了，说：“不要，还是岑晏好听。”

“是吧，我也觉得岑晕晕好听一点。”岑晏顺着她的思维点头。

不知道是不是听习惯了，今妱默读了遍，不得不承认：“确实。”

她今天像满脑子装着十万个为什么的好奇宝宝，又问：“那为什么你们寝室都喊你老三？”

“那也不能喊我小三吧？”岑晏纠结了一秒。

他有时候就喜欢故意曲解她的意思，像逗猫一样。

今妱收了腿作势要走人，被岑晏拉住胳膊摁坐了回去，说道：“没什么特别的意思，按年龄排的。”

“最小的就是黎戈吗？”岑晏寝室里有哪几个人今妱都知道。

“嗯。”他重新将她的腿架到自己膝盖上，收回手，继续看电影。

今妱微微侧过身，陪他一起看。岑晏将电脑屏幕旋转九十度朝向她，挪了挪凳子，和她保持在同一水平线上。

今妱的脚尖随着他的动作移动，他们距离拉近，她只要稍稍转头就能看见他干净利落的侧脸。脚底触着他微凉的肌肤，一想到他身上还有她喜欢的味道，她的心里就像有小狗尾巴轻扫，痒痒的，却不得要领。

这是种难以言说的感觉，她抿抿唇，想把腿收回去，却被看着电脑屏幕的岑晏捉住脚踝，问道：“好好看，动什么？”

今妱后背抵着玻璃，收收心，看向屏幕，不忘回嘴：“看就看，凶什么？”

岑晏的语气好得不能再好了：“谁凶你？”

今妱胡扯：“今晏。”

“今晏是谁？”某人明知故问。

“我也不知道。”她顿了一下，“可能是一只小狗。”

“我是小狗吗？”岑晏气笑了。

“不是我说的啊。”今妱拒不承认，“谁问了谁是小狗。”

闻言，岑晏从喉间溢出一声轻笑，问道："岑晕晕，幼不幼稚？"

"没今晏幼稚。"今昭不看他，把他的语气学了个十成十。

电影将近两个小时，结束时刚好到饭点。

今天的午餐是蜂蜜柠檬鸡爪、菠萝咕噜肉和番茄菌菇汤。

今母一直不提倡汤泡饭，而如今脱离家长的管控，今家姐妹俩对此毫无顾忌，鲜诱橙红的番茄汤淋在米饭表面，混合葱花和各种菌菇拌一拌，让人食欲大增。

今昭左手持勺，右手捏筷子，一口汤下肚后，说："我和岑晏打算吃完晚饭去逛超市。"

今曦挑眉，不解地问："还在吃午饭呢，你们就决定好晚饭后要做什么了？"

周晚章慢条斯理地接话："如果想去大型超市，六公里外有个商场，负一楼是超市，可以去看看，顺带还能逛一逛周边。"

今昭已经顺着他的话打开地图导航，说："啊，看到了。"然后点击分享，发送给岑晏。

其实他们的真正目的是想找周晚章借车，谁料今曦鸡贼地说道："既然这样，那晚饭你们在外面吃吧，正好我和他要去过过二人世界。"

"到时可以麻烦小舅顺便把我们带过去吗？"今昭决定争取一下。

今曦说："不顺路呢。"

"你们都没决定好去哪儿，就知道不顺路了？"

"其实我们昨晚就订好了餐厅。"说着，今曦做娇羞状，捋了捋额边的碎发。

所以无论今昭他们去不去超市，今天的晚餐都要他们自己解决。

这片地儿不好打车，回来简单，出去难，周晚章给出备选方案，说："车库里有辆电动车，如果你们不介意的话。"

别无选择下怎么会介意呢？

傍晚，淡奶油色的云彩包裹下沉的落日，白色电动车像玩躲避障碍物游戏一般，轻巧灵敏地穿梭于沿海公路的车流中。

空气里的味道湿咸，岑晏后背的T恤被风吹得微微鼓起，时不时擦过今昭身前。她单手抓住电动车一侧的横杆，另一只手握着手机给他导航。

到达商场时，正值人流量高峰，找停车位还找了好一会儿。今昭取下头盔挂到把手上，头顶的发丝有几缕凌乱地翘起，岑晏顺手帮她捋顺，两人一起走向商场大门。

"想好吃什么了吗？"人来人往，岑晏虚扶了扶她，生怕一不注意就走丢了。

"简单吃点吧，烧烤怎么样？"今昭也往他身边靠了靠。

"可以，挺久没吃了。"岑晏掀开商场大门的PVC透明门帘，侧了侧身让今妱先进。他正要放下，今妱身后紧跟着两个女生，教养使他停住了动作。

两个女生在看清他的脸时，眼里有明显的雀跃，羞涩地道谢。

岑晏无言，等她们进入后放下门帘。

其中一个女生和同伴悄声讨论要不要上前要个微信，就见他径自略过她们，亲昵地勾住了穿细吊带、身材倍好、颜值也顶尖的女生的脖子。

她们张唇惊叹：“啊，这是什么神仙组合！”

今妱低着头在刷大众点评看烧烤店，岑晏一只手拿手机，另一只手虚揽着她的肩膀帮她看路。

两人在商场一楼漫无目的地走着，经过第二个扶梯时，她将手机伸到他面前询问意见：“这家吧？环境和评价都不错，在三楼。”

岑晏侧头，就着她的手滑动屏幕上下看了看，点头同意的同时还评价了一句：“装修看起来挺适合拍照。”

“那就这家。”

他们站上扶梯。

今妱出门前将睡衣换成了白色搭扣的露脐吊带和烟灰色百褶裙，哪怕知道她裙子里面会穿安全裤，岑晏依然少上一阶台阶站在她身后。他和她外出时，这样的动作没少做，后来夏热被他带着也会少上一阶，跟保镖一样。

今妱整个人转过来面向他，岑晏下意识抬手护在她身侧。现在的他们视线几近平齐，之间也就两个拳头的距离。他安静地凝视她，眉眼深邃，左边剃的那一刀断眉莫名给他冷感的脸增添了几分野性，又痞又酷。

岑晏等了等，见她不说话，挑起单边眉，问：“看什么？”

今妱实话实说：“看你眉毛好看。”

岑晏的嘴角抽了抽，下巴向她身后微扬，扶住她的手臂提醒：“要到了。”

他们下了扶梯，绕到对面，继续踏上扶梯往三楼去。

岑晏依旧站在她身后，如同骗小孩的坏哥哥，玩笑地问道：“你要不要也去剃一刀？”

今妱马上摇头拒绝：“看看你的就好了。”

到达三楼，今妱打开室内导航寻找那家烧烤店，他们七弯八拐走了几分钟，到的时候，两人看见店内的景象纷纷止住了脚步，一致抱胸看向里面。

透过红色田字格窗户，上午在微信群里婉拒逛超市邀请的夏热，此刻咧着一排牙齿乐呵呵地和两个女生坐在一桌上吃烧烤。

今妱回忆道：“这就是他说的，卧病在床不得不去看的姨姥姥。”

岑晏乖巧地说：“按理来说，应该是。”

他们寻思着是否换一家，里面傻乐的人恰巧回头看到了他们，二哈般的笑容僵在脸上。

今妱和岑晏此刻好像上学时站在吵闹的班级门后，露出"死亡凝视"的班主任和教导主任。

里面的夏热咽了咽口水。

见他如此害怕，今妱和岑晏决定不进门了。既然他想瞒着，那就尊重他。两人脚步一转，进了隔壁的麻辣烫店，临时决定随便吃点。

他们点完餐，一墙之隔的夏热在群里向他们求饶。

夏热：我不是故意骗你们的啊！

夏热：我可以解释！

今妱发了张从今曦那儿偷来的表情包——"请开始你的表演"。

夏热：坐我对面有一个是打游戏的队友，另一个是队友的闺密，刚好大家都来这儿玩，我们就约好出来见一面。

岑晏：原来是网友见面。

今妱：不是网恋奔现吗？

里面若是没有点猫腻，夏热是不会瞒他们的。

岑晏趁着夏热反驳前，飞快发了一句：骗人是小狗啊。

今妱也接一句：百分之八十的地下恋最后都会无疾而终。

那边静默几秒。

夏热：我招我招我招！

夏热：暂时暧昧阶段，还没确定关系，两位老大。

今妱抬眸和岑晏对视一眼，一副"这婚事我答应了"的模样，来了兴趣，说："那两个女生都很漂亮，也不知道是哪一个？"

前台正好播报到了他们的取餐号码，岑晏起身前不甚在意地问道："是吗？没有注意。"

他们用完餐经过那家烧烤店时，夏热已经带两个女生离开。今妱和岑晏绕了点路找到升降式电梯，直达负一层的超市。

今妱享受饭后逛超市的乐趣，岑晏推着推车陪她一排排地逛。在膨化食品区域，她看来看去，觉得这个想要，那个也想要。可即便是放假，今妱在饮食上也不能胡来，到最后一样没拿。

岑晏看出她的顾虑，说："想吃什么就拿，吃剩的我可以帮你解决。"

有他这句话，接下来的购物车疯狂吸入各种零食：

岑晏不忘提醒："悠着点啊，晕晕，今天没开车。"

得考虑电动车里放不放得下。

最后结完账，岑晏一手提着一只购物袋，走在帮他拿手机的今妱身边。

他们走出大门时，不远处有流浪歌手唱到高潮——

“我喜欢这样跟着你，随便你带我到哪里，你的脸慢慢贴近，明天也慢慢地慢慢清晰……”

广场商店的灯牌和路灯将夜色照亮，树上蝉声嘹亮。今姈的两袋零食，一袋被岑晏放进电动车的圆形后尾箱，还有一袋放在他前面的踏板上。

他们在歌声中戴上头盔启程回家。

电动车驶入沿海公路，路上车辆稀疏，晚风凉爽，长发肆意地随风嬉戏。

今姈喜欢这样的夜晚，手搭在岑晏的肩膀上站了起来，说：“这个风好舒服。”

岑晏笑着说：“注意安全啊。”

今姈转头遥望几秒漆黑的海面，拨开嘴角的发丝坐下来，捋了捋他后背因风吹而鼓起的衣服，回忆道：“我好像从没有听过你唱歌。”

她细细回想，和他相处了这么多年，还真是一首都没有听到过。她为这个发现感到震惊。

岑晏低低地“嗯”了声，后视镜里，他的侧脸平静。

今姈问：“为什么呢？”

“因为五音不全。”岑晏从未告诉过别人。

谁能想到，所有人眼里全能的岑晏唱歌五音不全。学校里的合唱他从未参加过，音乐课也总是蒙混过关，当他发现自己没有正常人该有的音准时，他也会被称之为“自卑”的海浪席卷。

本想忽悠他唱歌的今姈缄默了，这一刻，仿佛能够听见他的心声。她对自己的认知也算清晰，姑姑常说她情商低，说她口拙，爱她的人却从来都不会在意这些。可她也确实口拙，在这种让人手足无措的时候，她不知道该如何去安慰一个人。

所以，她双手环住岑晏的腰，从背后抱住了他，说：“五音不全没什么的，没有关系。”

她看不见岑晏的表情，她不知道此刻的他神情有多柔软。

在今姈面前，岑晏不想用这样的方式来博取同情，不舍得让她担心，不忍见她为了想安慰他而绞尽脑汁。

于是，他主动说：“要当听众吗？”

“什么？”今姈讶异。

耳边是呼啸而过的风声与海浪声，岑晏轻松地说：“只是五音不全而已，又不是被剥夺了永久唱歌的权利。那么多好听的歌，我也会听的。”

“唱哪一首好呢？”岑晏嘀咕着，最后像是下定了决心，“那就《红色高跟鞋》吧。”

今姈的脑袋倚靠在他肩膀上，少年认真的语调如同主持人报幕：“我没有给别人唱过，岑晕晕是第一个听众。”

他的嗓音化在清爽的风里，悦耳又富有磁性，像金属锤掠过卡林巴琴演奏出的梦幻音调。

“该怎么去形容你最贴切，拿什么跟你作比较才算特别，对你的感觉强烈，却又不太了解只凭直觉……”

周遭的一切，没由来地变得滚烫热烈。

今妱环在他腰际的手在风中抱得更紧，本应该是她安慰他的，却在他可爱又让人啼笑皆非的歌声中，角色对调了。

这一晚，今妱翻来覆去。朦胧灯光透进窗帘缝隙，夜晚好像变得格外漫长。她趴在床上从枕头里微微仰头，露出眼睛，视线不自觉被床头柜上像磁铁的零食抓住，短暂挪开后，仍旧不受控制地望回去。

不是有多么想吃零食，而是望着那儿会想起陪她买零食的人，想起贴在他硬邦邦的肩膀和后背，还有那首她作为第一个听众的《红色高跟鞋》。

今妱重新埋进枕头里，如同掉落海里溺水的小猫一样捂住自己，直到憋不住气了才猛地冒出水面，翻一个身从枕头下摸出手机，打开听歌软件。原唱是个女生，她在一系列的翻唱中一首首听下去，每首只听了第一句就切换——全都无法代替岑晏唱这首歌时的感觉。

今妱又翻一个身，屋外蟋蟀与蝉的鸣叫络绎不绝，小舅居然说房子隔音……哪里隔音了？仔细听，那些鸣叫又与心跳频率没入相同的轨迹。原来这声音并非来自屋外，而是胸腔的震鸣。

今妱无法理解这样的情绪，强迫自己入眠。

寂静无声，大约二十分钟后，她认命地睁眼，打开床头柜灯，翻一翻零食的袋子，找到果干撕开包装，随意拣到片苹果干送进口中。

深夜零点整，还未睡觉的众人在微信刷到了今妱发的这样一条朋友圈——

苹果为什么叫苹果？

最先评论的是任佳：你是说吃的还是手机？

而后是夏热：到点了？开始思考人生了？

再是宁赴逐：你不是单纯想问这个吧？

接下来是经纪人：还不睡觉，你脸不要了？

一条朋友圈炸开了私聊列表，消息源源不断。宁赴逐问她是不是有喜欢的人了，夏热问她碰到了什么人生难事，任佳每日一问有没有邂逅帅哥……

那么多消息里，她也不知为什么一眼就捕捉到“喜欢”两字。

今妱一言不发地潜水了。

临睡前，她迷迷糊糊地想：关喜欢什么事？

第七章

/

小狗的试探

1

清晨，今妱仍旧一成不变地出晨功。她洗漱完出房门时，对面的人如同有心电感应，迅速从里拉开房门，露出白净隽秀的少年脸。

"早。"

"早。"今妱淡定回应，关门和岑晏一起往外走。

岑晏说："我昨晚睡了。"

今妱不明所以地侧了侧头。

他继续说："为什么那么问？"

她当即反应过来他在说什么。

过了一晚上，莫名的情绪消散，今妱无从解释，只是说："可能刚好吃到了苹果干，不是什么重要问题。"

岑晏悠缓地颔首。

他们抬步踏上楼梯去往顶楼的露台，昨晚回房前就约好了一起看日出。其实是岑晏担心今妱一个人起大早孤独，才顺口给出了建议。

多云天，置身大自然歌唱家叽叽喳喳的清脆鸟鸣中，远处东方的海平线映出橙光，光芒四射的云层上方是无法直视的明亮。

今妱眯起眼，双手呈弧形弯在眼周，岑晏将手里的鸭舌帽扣到她头上，听见她没头没尾地说："我还可以当听众吗？"

他现在的姿势和她一样，原先挺拔的背脊微躬，手臂懒散地搭在栏杆上，胳膊肘和她相碰，双手跟没骨头似的垂下，好像只有在她面前才会呈现如此放松的姿态。

　　今妱的话音落下，他稍稍站直了些，侧身低头看过去，显然没料到昨晚在她面前唱歌这事还有后续。

　　似是感受到他的视线，今妱也回头看他，他们在晨光中对视。

　　岑晏的眼中明显写着"你是认真的吗"几个大字。

　　今妱眨眨眼，神情认真得不能再认真。

　　然后，她就看见面前的少年眉眼愉悦地舒展，甚至还露出了一点小嘚瑟，还好没有尾巴，否则得翘到天上去。他问："我是不是唱得也没那么差？"

　　今妱看着他微笑，心里寻思着要怎么来衡量"好"和"差"时，他已经自我脑补她的笑容就是对他最大的肯定，自顾自地说道："岑大歌手的演唱会一票难求，但如果晏晏很想听，我可以放宽一点。"

　　也不知道是谁给的自信。

　　转念一想，可不就是她给的？

　　今妱帽檐下的眼睛弯了弯，故意别过头，说："哦，我就是随口问问。"

　　岑晏的嘚瑟劲顿时收敛，循着她的视线跟着凑过去，急忙改口说："别啊，不收你门票行了吧？"

　　今妱转过头去看他，帽檐差点擦过他的额头，马上后退了点，揶揄道："'行了吧'听起来有点勉强呀。"

　　岑晏立马纠正："那就……不收你门票可以吗？"

　　他的规则总是轻而易举被打破。

　　云层里的太阳在这时完全冒出了头，今妱收回手背在身后，指尖无意识地绞动，点了点头，问道："那我可以点歌吗？"

　　岑晏没有告诉她，昨晚的那首《红色高跟鞋》是他迄今为止会唱，也是唱得最好的一首。他被日出的光照刺了下眼睛，迅速挪开视线，说："可以先点歌，演唱会时间暂定。"

　　至于为什么暂定，两人心知肚明。

　　因为他要练歌。

　　"等我想到了再点吧。"今妱暂时还没想好听哪首。

　　日出看完，岑晏陪着她去楼下花园慢跑。

　　出完功，吃好早餐，夏热为了弥补昨日的亏欠，特意组了个局邀请他们一起去射箭。

　　岑晏：不会打扰你们吧？

今妱：我们去做电灯泡会不会太亮了呢？

夏热干脆摊牌：一个电灯泡是灯泡，三个电灯泡也是灯泡。

此话的意思是，就算他们不加入，也有暧昧对象的闺密在其中当电灯泡，加上他们两个，就是三盏灯泡。

既然这样，岑晏和今妱找周晚章借了车，爽快地答应了。

射箭馆在昨晚那家商场的顶楼，那一层有很多运动场馆，除了射箭馆，还有桌球馆、保龄球馆、网球馆等，不愁没得玩。

和夏热相处的女生叫羌梨，长相偏张扬俏丽，自来熟的性格，和他们年纪一般大，兼职网络游戏主播。羌梨的闺密叫宣佳楹，亲和内敛型美女，课余时间兼职平面模特。

暑假里，各个场所不乏充满青春朝气的年轻人，五人相约来到射箭馆门口，俊男美女，可谓一道靓丽的风景线，惹得周围的人禁不住往他们身上看。

"都是哥的迷妹啊！"作为男生的那点自尊心作祟，夏热可自恋了。

羌梨肩膀一耸，轻呵了声，手势往岑晏的方向偏了偏，开玩笑地说："没发现她们看的是这位帅哥吗？"

其实看夏热的也有，她是故意这么说的。

夏热瞬间化身霸道总裁："女人，给你张支票，去医院看下眼睛吧。"

众人笑开，羌梨挥起手追着他满馆跑。

工作人员带他们去选弓箭。

宣佳楹客气地和今妱寒暄："我们好像见过，在北怀？"

"嗯，应该是在《上岛》总部，我记得你，你是他们的御用模特。"今妱对宣佳楹有一点印象。

《上岛》是面向年轻人的青春杂志，曾邀请今妱拍过杂志封面。

说起拍照，女孩间的话题就多了起来。

宣佳楹说："他们有个摄影师叫小陶，拍照很有味道，排片都排到明年了。"

"啊，我知道，我的那次封面也是他拍的。"今妱点点头。

岑晏在和教练交涉，教练推荐了女士 20 磅的反曲弓，岑晏问今妱："要试试吗？"顾及还有宣佳楹，他又看向教练。

教练有眼力见地取下弓去和宣佳楹攀谈起来。

宣佳楹估计也看出了什么苗头，指指不远处，笑道："你们玩吧，我和教练去那儿看看。"

另一边的夏热早就和羌梨打得火热，无暇顾及这儿。

"我们这样是不是不太好？"今妱望着宣佳楹远去的背影，想起她离开前的温和笑容，整个人还是蒙的。

不远处，教练已经开始教宣佳楹拉弓的正确姿势，岑晏收回视线。

毕竟彼此还不熟悉，他抻了抻脖子，说道："先让她单独玩会儿吧，等教练走了，我们可以过去。"

今姁接过他手里的女士弓，若有所思地颔首。

他们从小就接触过射箭，每年寒暑假，射箭馆是他们的必经之地。今姁戴上护指，从箭囊中抽出一支箭来，推弓瞄准箭靶射了一箭，生疏的手感使她偏了方向——6环。

岑晏去了另一条箭道，第一箭是8环。

今姁又射了几箭，逐渐找到感觉，最好的一次接近十环，欣喜之下转头想和岑晏炫耀，就看见几个女生结伴走到他身边请教射箭的问题。

岑晏向来走到哪儿都是扎眼的。早上扣她头上的那顶鸭舌帽此刻戴在了他的头上，由于射箭，帽檐被他随意反到脑后。他身上是件宽松的白色背心，就因为今姁无意说过一句他穿无袖T恤好看，后来他柜子里的夏天衣服有一大半都是那个类型。

那些女生时不时看向他的脸，以及他外露的手臂肌肉线条。

今姁捏弓的手收紧，慢条斯理再抽出一箭架于弓上，食指与中指夹住弓箭勾弦，眼睛瞄准靶心。该是精神高度集中的时候，却像被施了魔法，怎么也无法聚集，耳朵不听使唤地注意着隔壁箭道。

这时来了几个男生，很明显地想要和她搭讪，他们脸上挂着笑，等待她开弓射箭。

今姁的姿势无疑漂亮又飒爽，男生们一进馆就注意到她了。她的长发披散在身后，有几缕落到胸前，随着松弦带起的一股外力，胸前的发丝飞扬，让她看起来好像从电视里走出来的动漫人物。

在她松弦之前，岑晏漆黑的眸注视着她，下巴微扬，和围上来的女生们说道："看见她了吗？我家的，技术比我好。"

那支飞出去的箭刚好射进10环。

今姁顺势把弓在手中旋转半圈。男生们吹起口哨，既意外又欣赏地为她喝彩。

岑晏在他们要微信号之前，收了弓走过去，一手虚揽住她的肩膀，将她和他们隔开。

今姁还在发愣，回过神来时自己的肩膀已经抵在他臂弯，听见他说："我家宝贝真棒。"

2

那些对今姁感兴趣的男生见他们如此亲昵，自动将他们归成一对，识趣地笑笑走了，倒也不尴尬。

肩膀抵着岑晏的那块地方开始发烫，今姁转头时还能闻见他衣服上淡淡的酸奶香，混合着他原本就有的清爽香味，很奇妙。

岑晏在那些人走后就松开了今妱，揽肩和松手的动作丝毫不拖泥带水，再自然不过。

今妱掀了掀眼皮，目光落在他脸上，问道："你家的？"

"啊。"岑晏抵了抵腮，不疾不徐地说，"我们是一家人嘛。"

原来是这样。

"那宝贝又是什么？"

岑晏还以为她在兴师问罪，视线飘向不远处的箭靶，理直气壮地说："咱妈不是一直叫你宝贝？我叫还不行了？"

原来如此。

今妱缓缓点了下头，注意力重新放在射箭上，这事就算翻篇了。

不过岑晏倒是没再走开，一定要和她挤在一个箭道上。他把自己的弓放到一边，帽檐摆正，有事没事就在她身边转悠，她射完一箭，他就立即递过去一支新的。

如此来回几轮，连来巡视的老板都忍不住多看他们两眼，还问边上跟着的人事经理岑晏是不是新招来的教练，还挺尽职尽责，让大家都跟他学习。

当然，莫名荣升为教练的岑晏对此一概不知。

今妱找到手感后几乎发发都在 8 环之上，岑晏的夸赞相当卖力："我家宝贝太棒了！"

今妱起初听见他那样称呼，还会恍惚几秒，类似于心脏漏跳一拍的那种感觉。不过听他解释后，再加之他左一声"我家"，右一声"宝贝"，跟不要钱似的倒豆子般往外倒，她也就见怪不怪了。最后实在受不了，她一掌拍上他的胳膊，说道："正经一点，好好说话。"

岑晏见她的神态没有要追究的意思，小狗试探的前爪收回，心中吊着的石头终于松动落回了肚里。与此同时，他又有些难受，今妱完全看不出有什么异样。她虽不抵触他，可对他也没有除亲人之外的感受。他希望她能看出他的心意，又不希望她看出来。

很多时候他都掉入了一个怪圈，她真把他当亲人了吧，他会丧气；他借着亲人之名接近她，让其他人误会他们的关系，没有人比他更卑鄙了。他一直以来小心翼翼地试探，怎么都不得要领。有时他干脆想把真实想法说出来，横竖都是一刀，管什么两家关系会不会尴尬，管什么以后还做不做得成朋友。

那天早晨小舅和他说了许多，说到底，他还是没有捅破那层窗户纸的勇气。他想更长远地待在她身边，哪怕就做朋友。能每天看着她，总比弄得关系僵硬后，刻意躲避对方来得好。

遮在帽檐阴影下的脸颊像被抽干了精气神，他沉重地呼出一口气。

今妱不知道他在想什么，还以为刚才那一下打疼了他，跟她闹脾气了。她便也不继续了，把他递过来的箭塞回了他手里，说："你玩一会儿吧。"

岑晏收了收心，垂眸问她："怎么不玩了？"

"累了。"今妱揉着另一只手的手臂示意。

岑晏顺着她的手，帮她轻轻按捏。她的手臂纤细，他用一只手就可以轻松圈住，不敢太用力，生怕会折断她。

今妱下意识地侧头看了一眼他的手。她的肤色比他白些，男生线条冷感的指骨不紧不慢地从上至下地移动。肤色一深一浅的冲击，有种隐隐抑制着的强烈占领和掠夺意味。再瞥一眼他的神态，淡然的，什么也瞧不出来，好像只是自己的错觉。

她抽出手，说道："你玩吧，我歇会儿就好。"

今妱到一边的长椅上坐下，看身形挺拔的少年躬身拾起自己的弓，随意地架上箭，再次把帽檐旋转到脑后，长腿迈开站到她站过的位置，全身心放在箭上，漂亮洒脱地开弓。

周围的视线再一次聚拢。

今妱不自觉咬住下唇内侧的软肉，只一下就松开了，抿抿唇起身来到他身边。箭脱离弦倏地飞出去扎上箭靶，众目睽睽下，她抽出新箭泰然自若地递过去。他们的角色，再一次对调。

但岑晏从不在众人面前让人误以为今妱是处于下风的那方，所以接过箭时，他揉了揉她的头顶，问道："不是累了？"

"那也不能白让你给我当递箭小弟吧？"今妱把手背到身后，屈起一条腿，右脚脚尖点在左脚后拉伸脚腕。

"这有什么。"岑晏并不在意，视线向她身后示意，"去坐着吧。"

今妱站在原地没动，逆反心理严重得很，说道："你玩。"

岑晏拿她没办法了，要递就递吧。

所以夏热他们过来的时候就看见了这么一幕——今妱站在一边，像来射箭馆里兼职的递箭小妹，岑晏居然臭不要脸地稳如泰山，每射完一箭就顺手伸过去。

夏热不依了，走过去截和今妱手里的箭，没好气地说："你就这么照顾妱妹的啊？你玩得开心，让她搁边上看着？"

"走走走，咱们去玩，不带他。"他揽过今妱就要往另一条箭道上去。

今妱的余光里，羌梨站住了脚步，于是她不着痕迹躲过夏热的手，走到岑晏边上，说道："哎，是我玩得手酸，想歇一歇。"

夏热没有察觉到气氛的微妙。

岑晏松了松筋骨，问道："你们不玩了？"

"光这么玩也没有意思呀。"羌梨挽着宣佳楹走上来，提议，"我们过来就是想问问你们来不来比赛。当然，友谊第一，比赛第二。"

“不是我说，跟他俩比，咱们就是自取其辱。”夏热对于岑晏和今妱的技术相当熟悉。

“哪有长他人气势，灭自己威风的？”羌梨怒瞪他，“我就不信邪了，咱们分组比，看看哪队分高。”

宣佳楹主动表示为难地说：“那就你们比吧，我一个新手不给你们拖后腿。”

“那怎么行？”羌梨对她的技术很有信心，“刚看你的命中率也不错，佳楹，你还是很有天赋的！”

夏热和今妱、岑晏交换视线，说道：“不太好吧，咱们几个老手，万一赢了也是胜之不武。”

羌梨不服气地说：“你也太小瞧我们佳楹了。”

夏热问道：“那你说吧，五个人怎么分组？总不能把一人劈开，一组半个吧？”

羌梨转了转眼珠想办法。

宣佳楹摇头，回道：“还是你们玩吧。”

今妱觉得他们三个算东道主，怎么也不能把客人晾一边，打算主动退出。不料岑晏先她一步做出决断，手肘虚搭在她肩膀上示意：“我们家出一个就行了。我当裁判，你们自己看要怎么分组。”

夏热觉得行，注意力都在他后面一句话上，完全没注意他的那个“我们家”指谁家，说：“那就这样，阿晏你可不能偏心啊！”

岑晏懒得理夏热，脸上写着“你看我像是干那种事的人吗”。

夏热眼皮翻了翻，别说，岑晏还真像是能干出那种事的人。最近夏热发现了，岑晏这人对上今妱，底线就会降得很低很低。

在场的众人都知道夏热和羌梨之间暗流涌动，今妱有意撮合，主动和宣佳楹组队，并且大放厥词：“放心，我们能赢。”

“要不输了的在朋友圈发张喜欢的人的照片吧，并配文‘我的另一半’？”

今妱烦恼地问：“没有喜欢的人怎么办？”

羌梨指了指一旁坐直身体的岑晏，说：“那就发他。”

岑晏第一次希望今妱队能输了比赛。

比赛规则很简单，男子射程 18 米，女子射程 13 米，两局三胜，每人一局连射三箭，以夏热、宣佳楹、羌梨、今妱的顺序射箭，加起来总分高的队伍得一分。

有了羌梨的赌约，岑晏去裁判席之前拍了拍夏热的肩膀，鼓励道：“加油。”态度比起刚才端正不少。

但这举动落在夏热眼里，就变成了岑晏看不起他，觉得他赢不了今妱，觉得岑晏是在挑衅！他当即就燃起了战斗之火。

今妱见岑晏鼓励了夏热，不由得乖乖等待他过来给自己打气，结果那人目不斜视地走了。

没错，直接走了。

今姈不可置信，视线跟着他的身影一直跟到了裁判席。确定他的确忘了给她加油后，她的内心燃起了愤怒之火，暗暗发誓一定要赢给他看。

一时之间，两队剑拔弩张。

羌梨化身气氛组："打起来打起来！"

第一局，羌梨和夏热代表的"枪下"队共计 56 环，今姈和宣佳楹代表的"晶莹"队共计 52 环，"枪下"队赢得首局。

第二局，"枪下"队骄傲自满，马失前蹄，共计 49 环；"晶莹"队发挥稳定，共计 51 环，险胜一分。

两支队伍比分扳平，比赛来到如火如荼的第三局。

羌梨和夏热的情侣纽合摩拳擦掌，男女搭配，干活不累，羌梨射出最后一箭——10 环！

"哦耶！"她回身和夏热击掌，激动得满场跑。

他们这儿聚集了不少围观群众，裁判岑晏在不远处计分，"枪下"队总计 52 环。

"晶莹"队的宣佳楹排在羌梨之前，共计 22 环，最后上场的今姈除非三箭都射准 10 环，不然就输了。

宣佳楹很无奈地说："抱歉啊姈姈，给你拖后腿了。"

"没关系，看我的。"今姈心态稳重，放松了下酸涩的手指和胳膊。

围观群众一起跟着紧张，恨不得当场开个赌局押注，他们口头讨论着谁赢谁输……只有少数人站今姈赢。

今姈使劲眨了眨眼睛，单闭眼瞄准。

第一箭，10 环。

群众唏嘘。

今姈趁着有感觉，不做停顿，果断抽箭，箭杆搭上弓箭箭台，拉弓、瞄准、撒放的动作一气呵成，箭头堪堪射进 10 环内侧的边缘线！

群众哗然："有点意思啊，这姑娘。"

"看看人家多厉害，又漂亮又飒！"

"牛啊。"

虽然没有射在正中间，但连续两箭都是 10 环，说明了并非运气。

今姈深呼吸，心态依然平稳。其实输了也没什么，不就是发张照片嘛。只要不涉及生死，一切都是浮云。

人总归是有好胜心的，她当然希望自己能赢。

今姈准备放第三箭了，大家不禁睁大眼睛。

箭头射进箭靶的一刹那，各类惊叹和失望的声音层出不穷：

“是 10 环吗？还是 9 环？”

“有没有视力好的看一下是 10 还是 9？”

“好像是 9 环吧？”

“我看着感觉像 10 环啊。”

今妱眯起眼睛，箭头射在“9”和“10”的圆圈边缘线，远看难以分辨。

夏热期待又焦急地朝那边大喊：“阿晏，‘10’还是‘9’啊？你做裁判得公平公正啊！”

今妱希望是 10。她和岑晏隔空相望，耳边窸窸窣窣的讲话声很吵，细细想来，她发现这么多年他似乎永远无条件地站在她这方。她心中隐隐有预感，哪怕她的箭头偏向 9 环，他也一定毫不犹豫地让结果变成 10 环。

大家看着计分器一点点变化，越到最后越像电影慢镜头，时间被拉得无限漫长。最后，总分停在了“51”。

众人等了几秒，确定不会再变了，叹息道：“啊，是 9 环。”

今妱愣了愣，她刚才想的什么来着？

羌梨和夏热如同赢得世界冠军般拥抱在一起。今妱还是蒙的，她提着弓箭进了箭道，一步步地走向箭靶，她要亲眼看看自己射的那一箭。

看见箭头插在 9 环边缘线的内侧，她转头看向岑晏。后者神情无害地朝她眨了眨眼，要多无辜有多无辜。

真是公平公正大裁判。

今妱耸耸肩，也不是输不起，只是因为某人没有像以往那般偏心她。郁气上涌，她恨恨地举起弓把，向岑晏发射一箭空箭。

后者鸭舌帽下的神色讶异，随即单挑起左边的断眉，配合地张了张唇，无声地“啊”一下，上身后仰捂住心脏做中箭状。

正回身子时，他的脑袋侧偏，干净的笑容不似往常那般规整，只勾起单边小括号弧度的嘴角，隐隐露出一颗尖锐的小虎牙，又痞又皮，像高中班里那群最爱捉弄人的坏男生。可他的心眼一点都不坏，比窗外天空飘过的最洁白的一片云还要纯净。

耍完宝，他收了笑，不忘过来揉揉她的头发，安抚道：“生气了？”

3

感受到手掌在头上的温存，哪怕刚才有那么一点小情绪，现在也趋近于零了。可今妱还是得寸进尺地耷拉下嘴角，不情不愿地说：“啊，生气了。”

岑晏帮她拿弓，和她沿着箭道边缘往外走，苦恼地说：“那要怎么办？我让你打一拳出出气？”

不远处的三人站在起始点等待，羌梨老远就对他们挤眉弄眼，眼冒小星星地期待着朋友圈惩罚。

今妲顿觉头疼，假意道："要不，朋友圈就不发了吧？"

射箭馆人来人往，有人因射不到环靶苦闷，有人因射到满意的环数沾沾自喜，还有小情侣闹脾气，男朋友死乞白赖地哄女朋友……

身边的人没了声音，今妲疑惑转头，高挑俊逸的大男生隐在帽檐下的侧脸莫名覆盖了一层闷闷不乐。她的脑袋往他那儿探了探，就看见小狗眼睛里有她看不懂的情绪。他瞥她一眼，清了清嗓子，问道："你怎么输了还耍赖呢？"

今妲一时间哭笑不得，和他解释："那样的朋友圈会引发误会吧？我列表好友很多，到时候肯定会传开，让学校里那些喜欢你的女生怎么办？"

本只是想单纯地陪他们玩玩，等到了射箭的时候才后知后觉联想到，若是输了，发朋友圈会造成什么样的后果。

她补充道："会断你桃花的。"

"喜欢我的人多的是，顾及她们做什么？况且我都不介意。"岑晏才不管那么多。

既然被发朋友圈的当事人都无所谓，今妲便不再多说。

他们和夏热三人会合，眼看到饭点，一行人脱掉装备去楼下觅食。

商场内冷气充足，他们逛一圈后选了家氛围不错的私房小炒。趁着还未上菜，三个女生打开二维码添加微信好友。

好友通过，羌梨目光暧昧地回旋在今妲与岑晏之间，说："妲妲，发朋友圈哦。"又转头看向宣佳楹，"你也休想逃。"

宣佳楹无奈，和要好的单身朋友通了个气，在朋友圈发了张照片，配文：我的另一半桃子呢？

而照片中的男生恰好在啃桃子。

十分之狡猾。

惹得羌梨敲了敲碗，说道："佳楹！你居然钻空子！"

宣佳楹淡定捧起杯子喝了一口大麦茶，回道："我是按照你说的发的呀。"

不过就是多了几个字。

她这举动，把原先想这么干的今妲的后路给堵了。

羌梨幽怨地说道："妲妲可不能跟她一样啊，朋友圈只能发'我的另一半'这五个字，多一个字少一个字都不行！愿赌服输！"

以免再有什么漏洞，她又加了句："要挂一个月的全部可见，如果有分组就不好玩啦。"

"不行吧？"夏热在这时插了一嘴，"妲妹是演员啊，万一以后火了被抓把柄就麻烦了，到时候长一万张嘴都说不清了。"

“啊？”羌梨确实没有考虑到这一点，“可只是发张岑晏的单人照应该没事吧？就算有心人爆出来，也可以说是修图，做不得真的。”

今妱笑道：“你们想得真久远啊，我都没想到这一层呢。”

她说这句话前，动态已经发了出去。

众人的朋友圈那栏多出个红点，点进去，是她现拍的一张岑晏的背影。

岑晏的心突地一跳，看见自己的照片出现在她头像下面，胸腔里骤然蹦出一只小狗上蹿下跳。虽然就堪堪露了线条锋利的下颌和帽檐外的耳朵，那也足够了。他飞快截图，把手机反扣到桌上，嘴角的笑意不断扩大，说：“居然搞偷拍啊。”

另几人也在看照片，如果放大了看，还能看见照片里男生的耳垂上有一颗清淡小痣。

羌梨这才反应过来，趴到桌上喊道：“啊！又被钻空子了！”

她只说发照片，没有硬性要求是正面还是背面。

“防不胜防啊。”她不甘心。

赌约发起人羌梨还在懊悔着，发朋友圈的今妱可是惨了，私聊列表接近爆炸，一个个不常聊的新头像都跳了出来，消息一条接一条。她轻叹一声，屏息，决定吃完饭再处理。

和她相邻而坐的岑晏接下来一整顿饭都显得异常乖巧，其实在夏热说出顾虑的时候，他都想开口说算了，或者换他朋友圈发张今妱的照片也一样。既然她发了，他想，至少短时间内应该不会有男生打她的主意了。

吃完饭，今妱不得不面对来自父母、姐姐、任佳和经纪人的连番轰炸，家里人个个眼尖得很，一下认出那人是岑晏。经纪人和任佳无非就是问她照片里的人是谁，什么时候谈了恋爱。她给每个人回复过去原因，除了他们，无关紧要的其他人一概没回。

下午五个人在商场闲逛，从一楼逛到四楼，一天下来走了将近一万步。几人吃完晚饭，夏热送两个女生回酒店，今妱和岑晏在商场里慢走消食。

他们逛饰品店时，有几个女高中生认出了今妱。

她的微博粉丝在圈内并不算多，每条点赞五六千，走在茫茫人海中，哪怕别人看见她会微微一愣，也一定是觉得这女孩长得真漂亮，而不会将她和出现在电视上的演员联系在一起。切断网络回到现实，谁还认得谁呢？

坦然自若地和几个女生合完照，今妱注意到她们悄悄打量着沦落为摄影师的岑晏。她惯性地扬起微笑，将手机还回去，打断她们的探索欲。

大约也觉得偷看人不好，女生们朝她摆摆手，羞涩地告别离开。

岑晏将鸭舌帽扣到今妱头上，说：“等以后再火一点，我们出门是不是要全副武装了？”

今妧对着饰品架上的镜子捋捋头发，笑道："还是不要了吧，现在这样就挺好。"她不是很想过偷偷摸摸全副武装的生活，现在正好达到理想状态——粉丝不多，没有狗仔偷拍，和朋友逛街也不用遮遮掩掩。

他们逛到头饰区域，一整面都是花花绿绿的颜色，让人眼花缭乱。今妧看见高架上挂着的小狗耳朵的头箍来了兴致，踮起脚尖拿下来，不怀好意地对岑晏勾勾手。

后者猜到了她要做什么，歪了歪头，一副拿她没办法的样子，笑着说："不要了吧？"

"要吧。"今妧也歪头，像哄骗小孩的坏姐姐。

岑晏别开头扫视周围，很多人啊……他抬手挠了挠后颈，弯腰别扭地说："就一下。"

今妧大惊小怪地叫起来："呀，这是谁家的？"

岑晏骨节分明的食指和中指并拢弯曲，没用什么力地敲了敲她的头顶，手掌扣住她的帽檐压下去不准她再看，说："谁家的你不清楚？"

他将耳朵拿下来，放回原位。

"我怎么会清楚？"今妧故意反着说，整了整帽檐，跑开。

岑晏追过去时，今妧在转弯处恰好和一个手握甜筒没看路的男生撞在一起，甜筒里的冰激凌一大半沾到了她的肩膀上。

男生一边着急忙慌地道歉，一边想要上手帮她擦干净。今妧也慌乱，下意识道歉退开，她刚才走得急，说不上是谁对谁错。

岑晏上前拦了下男生的手，从斜挎包里掏出小包纸巾给今妧处理。

男生和朋友站在旁边手足无措，今妧再一次道歉，和他们说了没关系后，拉着岑晏往店外走。

"这个味道太甜了。"她今天难得穿了件T恤，只要稍稍侧头就能闻到肩膀上沾着奶渍的冰激凌味，"正好也逛够了，我们回家吧。"

岑晏拉着她的手腕去往不远处的品牌衣服店，说："买件衣服换了吧，这样穿着不难受吗？"

"一会儿就到家了。"今妧倒是觉得没什么，就是湿掉的那块有点黏腻。

说着两人已经到达店外。今妧拗不过，和岑晏一起进去。

"想要看看什么样的？"导购微笑着上来迎接，一眼瞧见她的肩膀，"哎哟，这是碰到了哪里？"

今妧目的明确，视线锁定在靠墙的一排短袖上，回道："T恤就可以了。"

她走过去，指尖果断地勾过一件白色T恤，导购却极迅速地拿出另一件白色无袖的运动T恤展示在身前，说："这件跟这位帅哥身上的很配啊，美女要不要试试看？"

"一起试下？"不等今妏回答，岑晏已经接了过来塞进她手里。

导购觉得有戏，一个劲儿地说："试试吧，美女穿什么都好看，而且今年也很流行这种运动风的。"

今妏脱下衣架，把两件都拿上了。

此时逛街人数众多，几个试衣间都被占用了，他们在外面等着。

一起等待的不止他们，今妏百无聊赖地拉着岑晏的斜挎包带子，和他在试衣间外的衣架前逛了又逛。试衣服的女生一个出来接一个进去，她扫了眼，还有三人在等。

她想了想，说："有没有可能，等我们到家了，我肩膀那块也差不多干了？"

岑晏的手上拿着她的两件衣服，回道："那就当逛街买衣服了。"

今妏在等待这件事上耐心告捷，加之肩膀上的味道时不时飘进鼻腔，她都怕太甜了会招虫。幸而等的这间拉开了门帘，里面的人出来，她立马拿了衣服进去。

她在有袖和无袖间犹豫一秒，最后换了无袖的出来，另一件没试。她也不清楚自己为什么会选择无袖，是第六感让她想穿上看看。直到看见岑晏明显眼前一亮的表情，她照了照镜子，觉得第六感诚不欺我。

岑晏去前台付了款，两人回家。

但今妏忘了，家里还有个今曦。

他们一到，跷着二郎腿倚在沙发背上吃水果的今曦回头见到他们的穿着，阴阳怪气了起来："哎哟哟，情侣装啊，还说没在一起？"

她顺便生死时速举起手机，咔嚓拍了张照片发给今母：**妈妈呀，您嗑的CP成真了！**

今妏去抢手机为时已晚，今母的 5G 网速如同火箭发射打来了视频电话。

前一刻钟认为第六感诚不欺我的今妏，在这一刻发誓再也不要相信第六感，抱着手机和妈妈解释了好一通只是玩游戏输了，没有在一起。

并未出镜的岑晏在一旁全程保持甜蜜的微笑，惹得今妏频频疑惑转头看他：笑什么？

岑晏神情单纯：我笑都不能笑了吗？

"还说没在一起？在我跟前眉来眼去，以为我看不到？"

彼时，"间谍"今曦正和今父打着视频电话，镜头全方位对准今妏和岑晏，今母一人监测两部手机。

今妏发现后深呼吸，挂断电话，抄起抱枕扔过去，大喊："今曦！"

场面一时混乱不堪，两个幼稚的女同志差点在客厅展开一场抱枕大战，得亏岑晏和周晚章一人抱住一个阻止了战役蔓延。

因着一个月期限，岑晏的背影就这样留在了今妏的朋友圈。她发朋友圈的频率不高，所以只要点开她的头像，就能在她的资料界面看见他。

夜晚，洗漱完毕的岑晏躺在床上，觉得自己着了魔，总忍不住打开今妱的朋友圈看一眼。和朋友聊天，聊两句就变成了今妱的朋友圈；切出去刷微博，没刷几分钟又变成了今妱的朋友圈；连看电影都集中不了精神，没看到一半又开始盯着她的朋友圈发呆。

不是有多自恋看自己的照片，而是自己的照片出现在了她的朋友圈里，再配上那几个字，百看不厌。

真是上瘾了。

幸好朋友圈看不见访客记录。

4

夏日晴空，永远是幅曝光度拉满的油画。别墅后院里，露天游泳池派上用场，蓝绿马赛克瓷砖将水映得清透，水花深深浅浅地绽开涟漪，如星光碎片闪闪发亮。

岑晏和夏热在泳池里一决高下。

香蕉黄的沙滩伞落下阴影，今妱倚在藤摇椅里和任佳有一搭没一搭地打电话。

"是岑晏吧？你的朋友圈，群里好多人讨论呢。"

今妱的视线下意识跟着话题主人公的行动轨迹移动，在此之前，夏热嚷嚷着要比赛游泳，不自量力，很快就被虐得体无完肤。

朋友圈的照片，经过一个下午和一个晚上的发酵，还是被有心人看出猫腻。

戴久了蓝牙耳机，耳郭酸涩，像窄小的瓶口被不符合尺寸的东西撑开，硌得微疼。她拿下耳机揉了揉耳朵，重新佩戴，还未想好要怎样和朋友坦白，于是问道："为什么猜岑晏？"

任佳哼笑一声，说："学校里明里暗里喜欢他的女生还少吗？不仅校内，还有校外的呢。那些人火眼金睛，连岑晏耳朵上有痣都记得清楚，再加上照片里的穿搭，那衣服那帽子，还有那光看着就让人眩晕的肱二头肌，他们班女生天天看，能认不出来？"

今妱缄默，鬼使神差地点开自己的朋友圈，放大岑晏的照片。那颗痣那么小，别人竟然能注意到，喜欢程度不亚于追星了。

夏热因为赢不过岑晏，手臂装了发条似的在水里扑腾，耍赖地泼了岑晏满脸水，后者不甘示弱地挥起手回击，两个幼稚鬼像落水小狗般玩起泼水游戏。

姐姐今曦在楼上阳台晒被子，探出半个身子，将被子拍打捋顺后，和周晚章一起欣赏小狗戏水。

今妱尚在生理期，对水上项目敬而远之，丢开手机仰躺在摇椅上。头顶黄色的伞布反射着波光粼粼的水光，任佳的声音从蓝牙耳机里传出来："你那边什么声音？"

今姬合上眼睛思索着……坦白吧。

"他们说的是对的。"

任佳静默几秒，大概在消化，反应过来后如同见鬼了一样尖叫连连，一口气噼里啪啦地盘问："岑晏现在就在你身上？你们什么时候背着大家暗度陈仓的？好啊你，今姬，金屋藏娇，居然瞒这么久？这么一大帅哥，你不拿出来跟大家炫耀炫耀，藏啥呢？"

如果把她比作枪支，把今姬比作枪靶，恐怕一眼望去，枪靶上全是连发子弹留下的弹孔。

今姬组织措辞："不是金屋藏娇，我和他，还有夏热，是一起长大的发小。昨天和你说过的，朋友圈是玩游戏输了的惩罚。"

"你们是发小？那为什么在学校一点互动都没有，跟不认识一样？"

今姬避重就轻地回答："嗯……不想太惹眼吧。"

"如果是我，恨不能天天和两个大帅哥同进同出。你就不心动吗？"任佳不理解。

心动不动这问题，之前好像也有人问过她，不过那时候是宁赴逐。

今姬笑了，顾左右而言他："谁的心不动啊？"

心不动，人不就挂了？

任佳没好气地说："你别曲解我的意思！"

今姬只好说："表演系每天同进同出的帅哥也很多……"

忽然，眼前光亮一暗，熟悉好闻的气息倾入鼻尖，手臂上滴到的水珠像烫进皮肤里。她的心怦怦直跳，睁开眼就是岑晏披着浴巾的上半身，还有隐隐约约半露的肌理线条。

他倾身去拿放在圆桌上的手机，垂荡下来的浴巾一角扫到她的锁骨。

今姬条件反射地撑着椅子坐起来，鼻尖不小心擦过他的肩窝，当即吓一跳。

耳机里，任佳还在说："他们哪有岑晏绝啊，话说，他怎么没和你一块儿报表演呢？"

拿到手机的岑晏站直身体，眼中有欲言又止的复杂情绪，抿唇一言不发地垂眸看了她两秒，转身走了。

什么啊？明明可以绕到另一边拿的。

"姬姬，你在听吗？"

"啊……在听。"今姬的目光跟随着岑晏，直到他的背影消失在门口。

"我觉得我还是要和你说一下，其实我知道你和岑晏、夏热有来往。"

"嗯？"

"就……我男朋友不是体校的嘛，他看见我的锁屏是咱俩合照，认出你来了。他在烤肉店兼职，说你和他们一起去吃饭，关系很亲密的样子。我想着你不说应该有你的难处，所以就没问。”

今妱经常和岑晏、夏热一起吃饭，说不定也有其他人看见了。转念一想，这样也好，下学期开始就不用偷偷摸摸的了。

夏热在这时扶着泳池扶手爬上来，全身是水。他比岑晏正常多了，绕过今妱的摇椅，来到圆桌边仰头喝一口鲜榨葡萄汁，用闲聊的口吻说：“你有没有觉得阿晏怪怪的？”

今妱已经挂断了电话，问道：“什么？”

“他刚才连招呼都没打就进去了。你们闹矛盾了？”夏热用毛巾擦着头发上的水珠，阳光照在他身上微微发亮，年轻的身体朝气蓬勃。他的肤色比岑晏深一点，在锻炼上没有岑晏那么有追求，但也练出了满意的肌肉。

每年夏天大家一起游泳玩耍，又是像亲人一样的关系，哪怕全身上下只有一条泳裤，两人面对面也再正常不过。

今妱的脑海里跳出岑晏离开时的神情——那双向来神采奕奕的眼睛仿佛被划开一道细微的口子，作案刀具却不知所终。她无解。

“我也不知道，不过看起来好像是心情不太好。”

脚落地，踩在柔软的草坪上，她和夏热一起回屋，问道：“是不是你刚才泼水泼得过火了？”

话音落，她又想起自己嘴唇差点碰到他肩窝的一幕，好像离得太近了。仔细回想他的表情，再前后联想，她恍然，可能是他觉得不妥，想避嫌吧！

半面玻璃的拱形门映出他们的身影，夏热拉开门，让今妱先进，说：“可你也知道，他从不是在这种事上计较的人。”

屋内的冷气钻入毛孔，心中隐约得出答案的今妱陷入沉默。

夏热去会客室换衣服。

岑晏已经换好衣服，此刻正在帮周晚章把午餐端上桌。他今天难得穿了件浅蓝色 T 恤，宽大的圆领露出冷白的锁骨肌肤，下身是居家白色休闲裤，裤腿松松垮垮挽起两圈，瘦骨嶙峋的脚踝悠然自得地荡在其中。

今妱没像往常那样等岑晏帮忙盛饭，神情自若地走过去洗手，从碗柜里找到自己的碗，打开电饭煲，余光里，本该来盛饭的浅蓝色身影定在原地。

她盛完自己的，又拿出其他人的碗，一个个盛满，最后再是岑晏的。

“辛苦了。”周晚章的嘴边挂着温润笑容，过来端饭，一碗是今曦的，一碗是自己的。

今妱摇摇头，端上自己和夏热的碗筷上桌，目不斜视，没有发现岑晏一时的手足无措。

今曦坐在对面打趣她：“今天这么勤快啊？”

今妱将夏热的碗放到斜对面，说："我每天都挺勤快的。"

"哎哟哟，让我看看今天吃什么？"饭菜可口的香气飘散，换好衣服的夏热风风火火地从会客室出来。

他屁股还没碰到凳子就想拿筷子吃菜，被今曦打了下胳膊，大声说："要死啦，去洗手。"

夏热掐着嗓子学电视里的太监"喳"一声，一溜烟跑去洗手。

岑晏默不作声地端着自己的碗筷在今妱身边坐下。一整顿饭，两人的互动几近为零，但有今曦和夏热两个话痨在，倒也不曾冷场。

今曦感叹，说起听见的八卦："昨夜里来了救护车你们听见没？"

夏热当然没听见，最先搭腔："怎么了？"

正午的阳光从大面的玻璃窗里透进来，今妱兴致缺缺地挑着山药乌鸡汤里的香菜到碗里。

今曦说："听说隔壁小夫妻俩打架呢，哎哟，那战况叫一个激烈。"

夏热追问："为什么打架？"

"说是男的情人找上了门，妻子气不过。"

"啊，这男的真不是东西。"

八卦是人类的天性，今曦来这儿没几天，把方圆几里的八卦都听了个遍。要问是从哪里听来的，只要抓一把瓜子揣兜里，出去散散步和跳广场舞的阿姨们聊聊天，就能获得最新八卦资讯。

今妱的手机振动，又有新消息进来。她的消息列表还停留着"99+"的红圈提示，有同班同学，有学长学姐，还有合作过的演员，实在无力回复。她一下下戳着碗里的米饭，没去看。

忽然，左手肘被旁边的人轻轻碰了碰。她转头，他又收了回去。

今妱以为是他不小心，不禁坐直身子，收敛手臂往反方向挪了挪。

用完餐，依然是小年轻们刷锅洗碗。今天有夏热在，速度提高了不少。

下午，夏热拉着岑晏在房间打王者，今妱回自己房间睡觉。

然而真正躺到了床上，她又睡不着了，脑中不受控制翻来覆去地播放着岑晏在泳池边拿手机的一幕。

她正想得出神，房门被轻轻敲响。

这个力道和习惯，一定是岑晏。

心上莫名开朗，像泡腾片落水，咕噜噜炸开起泡，她踢掉被子滑下床，粉嫩圆润的脚尖踩在马卡龙色跳脱的地砖上。

"怎么了？"

她刚打开门，话才落音，一个高挑的身影从外面挤进来，反手关上了门。

"岑晕晕。"他的背脊抵着门板，面色沉重，似是酝酿了很久。

　　"啊？"

　　关闭了窗帘的房间光线暗淡，今妱和他拉开距离，心想着不是要避嫌，这样又是哪一出？

　　岑晏奔拉着嘴角，不情不愿地问道："你对谁心动了？"

第八章

/

万分喜欢你

1

今妱一时没反应过来他在说什么。

望着她浮起迷茫的浅茶色瞳孔，岑晏扣住门把的手垂在身侧，声音很轻地复述她躺在泳池边时说的话：“你说你们系每天都有同进同出的帅哥，你也心动了。”

今妱很费解，她当时是这意思吗？她静默地看了他几秒，似乎想从他的脸上分析出更深层次的东西来。

靠着月牙白色门板的岑晏受不了她探究的目光，转头躲避，这才不禁懊悔起来，自己太冲动了。他屏住呼吸，生怕她看出什么。

今妱问：“你不开心吗？为什么？”

她这个状似避重就轻的问题，落在岑晏的耳朵里就变成了故意转移话题。

“谁不开心了？”他转回头，声音稍稍提了提，不过依然不大。哪怕是自己一个人闷闷不乐地生闷气，他也顾及着她。

“我先问你的。”意思是她要先回答他的话。

今妱踩着一格格的六边形地砖回到床尾，盘起双腿坐下来，仰头看他，回道：“我那时是说，谁的心不动？不动的话就没有生命体征了。”

她的一条腿荡下，单手撑在蒂芙尼蓝的小碎花床单上，身子闲散地倾斜，无奈地问：“你说的心动和我说的是一个意思吗？”

显然不是一个意思。

这让岑晏猛然想起六月初的某天，他的父亲要给插足他家的女人大办生日宴，还把地点设在他住的酒店。他知道这是上位者对他的挑衅，再加上熬了好几天都不见好的重感冒，使身心脆弱的他万分迫切地想见今妁。

　　他那时还故意装作发错信息给她又撤回。也许她是手机不在身边，也许是根本就不在意他发了什么，自我煎熬都等不来她的一句问话，最后他忍不住跑去了她的剧组。

　　初夏，悸动燥热的季节。舞台妆造使她整个人闪闪发光，十分吸人眼球。拍摄镜头下的她比平日里鲜活，在台上又唱又跳，甜美得不像话。下台前她还大张旗鼓地比心，正好对着他的方向，简直犯规，然后便是男主演握住她的手腕把她拽离现场。

　　岑晏知道那是演戏，可演完后男主演不知道说了什么，她就那样无所顾忌地当着所有人的面和男主演亲近。站在角落的他几度想抬步离去，心里却一遍遍告诫自己，眼睛看到的不一定都是真的。直至他来到她的休息室外，听见门里日思夜想的熟悉嗓音说："心动啊。"

　　前一句，是另一个女声问她——"就没一点点心动过？"

　　她竟然就那样从容自若地坦白了对一个异性的心动。他不敢再听下去，终于逼迫自己离开。

　　今妁到今天都不知道他那天去剧组找过她，也许永远都不会知道。他不会和她说的。

　　岑晏的睫毛在眼下扫过一层阴影。以前有类似情况，他一定会自己慢慢消化，最近和她的接触频率增多，他的克制力也在此之间悄无声息地削弱，一有什么不对劲，总想急切地印证答案。

　　他像是要确认什么，任由着自己问："一直都是这个意思吗？"

　　今妁对于他的问话茫然了几秒，见他如守门员一样立在门口，她往里面挪了挪，拍拍身边的位置，脑中思索着，回答："一直是这个意思。"

　　岑晏压了压不自觉想上扬的嘴角，说不清是因为她的一个小小动作，还是因为她的这句话，眼中神采奕奕的光亮又回来了。他一脸"这可是你叫我坐的"的傲娇表情抬步走过去，嘴里嘀咕着："吃饭那会儿还看起来不想和我坐一起。"

　　他在她身边坐下，用稀疏平常的语气问："中午又为什么一句话不和我说？"他都不知道哪里惹到她了，正好趁这机会全问出来。

　　今妁简直冤枉，但没有马上回答，试探着回到以往的相处模式，用手肘轻撞了他胳膊一下，说："先回答我问的。"总不能什么话都被他问了去。

　　岑晏的视线在她脸上掠过，回忆她问了什么，回答："没有不开心。"

　　他的语调让人联想到剥掉外皮，露出白色果肉的荔枝，触感是软的，口感是甜的，适合解渴，心情也不由自主地放松下来。

　　今妁突然有了困意，打个哈欠，身子直挺挺地倒进浅蓝色被窝，说道："是你那时候一句话都不说，我以为你不想和我说话。"

空气中弥漫着一股浅淡的青柚香薰味，清爽甘甜，来自她的床头柜——昨天逛街时顺手买的，岑晏的房间也有瓶一模一样的。其实这个牌子的香薰葡萄味和白桃味也很好闻，可他态度坚决，就任由着他拿了和她同味道的青柚放进购物篮。

"你就不能主动和我说一句吗？"岑晏回头看今妱一眼，又马上转回去——她对他总是不设防。

今妱朝他的方向翻了个身，困倦地将枕头拉到脑袋下垫着，放下的膝盖擦过他身侧的衣角，当时猜测岑晏要和她避嫌的想法烟消云散。两人的距离缩近，视野里是他宽阔挺直的背脊，今妱想起一句不知道从哪里听来的话——"把后背交给对方，是无条件的信任"。

沿着硬朗的背脊往上，是他 T 恤圆领外露出的一截后颈，线条清晰流畅，特别是他转头的那一刻，有一条冷感凌厉绷紧的肌肉线条让人移不开眼。真奇怪，感觉他全身上下的每一块地方都很漂亮。

"我怕撞枪口上，万一你心情不好呢？"今妱闭上眼睛，不看了。

听夏热说，岑晏可是和她一样有起床气的，她虽没见识过，但只要想到自己的起床气有多厉害，她大概就能脑补出岑晏发起脾气来是什么样。很不想承认，她没睡好的话，连自己都觉得脾气大得吓人。

"岑晏的枪口不会让你撞上来的。"也永远不会对准你。

今妱一只耳朵埋进了枕头里，床尾坐着的人的声音听不真切。

昏暗的蓝色房间里，岑晏一直背对今妱端坐在床尾。

今妱的声音越来越弱，脸颊闷在枕头里，无意识前不忘说道："我好困，岑晏。"说完就没了声音。

岑晏盯着不远处储物柜上的小黄鸭时钟看了一会儿，秒针嘀嗒嘀嗒地走过一圈，他回头，看到今妱蜷缩着身子，呼吸清浅地睡着了。

她怎么就能对他这么没有防备？

每当这时候他又气又无奈，心底又不可遏制地冒出一点点希冀——她有没有可能是对他有感觉的？一点点也行，他不挑。

岑晏认命地掀开被子为她盖好，调高空调温度，退出房间。

岑晏回到自己房间时，夏热幽怨的眼神化为利剑直射向他，说道："就因为你挂机，我一局诈了八百次尸。"死了活，活了死，游戏体验感倍差。

说完，夏热的视线落在岑晏空荡荡的手上，问："不是说去拿雪糕？雪糕呢？"

岑晏一愣：哦，忘了。

"没有了，都吃完了。"从对面房间回来的岑晏面不改色地坐回阳台边的懒人沙发。

夏热气死了，说："我吃完饭还看见有呢。"

岑晏淡淡抬头，回道："我刚才吃完的。"

　　彼时的夏热自己新开了个路人局，手里人物正好在复活状态。他凝视岑晏几秒，突然笑了声，说："三抽屉的雪糕你说吃完就吃完，你咋这么能呢？你实话说吧，刚去干了吗？"

　　岑晏怎么可能跟他说实话，懒散地敞着腿，整个人没骨头似的陷在沙发里，满嘴跑火车："说了吃雪糕了，不信你下去看看冰箱是不是空了。"

　　夏热还真不信，他有时候说谎连眼睛都不眨一下。他觉得岑晏好像有事瞒他，不禁疑神疑鬼起来，问道："你别是背着我偷吃了什么好东西，不想告诉我吧？"

　　岑晏掀起眼皮瞥他一眼，不凑巧，他开启的游戏语音里，队友操着一口东北口音歇斯底里地喊道："嘛呢猴子！都偷家了，你搁泉水瞅啥呢？"

　　猴子就是夏热。他"哎哟哟"叫唤起来，无暇顾及岑晏到底有没有背着他偷吃，手忙脚乱地操控着游戏人物出水晶和敌方英雄展开厮杀，边打边骂："哎哟喂，这个老六，差点让他把家偷了。都怪你岑晏，没事吃什么雪糕，吃雪糕你还选个玩游戏的时间吃，你也是个老六。"

　　岑晏确实没什么游戏精神，他自己也承认。有些男生玩游戏特别真情实感，一言不合就会开骂，但岑晏没有，所以碰到这些都无所谓，也不会跟谁较眼。

　　之前在班里和夏热他们开黑，别的男生骂骂咧咧，惹得女生们特别反感，就来了句"你们看看岑晏脾气多好，打游戏从不骂人"，其实她们不知道的是，那些男生骂的就是没有游戏精神的岑晏。为什么他们明知道岑晏这样还愿意拉他玩？谁让他是全能王呢，虽然他有时候会带他们反向上分，但更多的是正向的。

　　"唉。"岑晏突然叹气。

　　夏热抽空从游戏里抬起眼皮瞧他，问道："怎么？突然良心发现了？"

　　"想做老六了。"岑晏摇头。

　　夏热震惊地问："你什么时候不是老六？"

　　岑晏补了一句："想偷家。"

　　总感觉道德精神也岌岌可危了。

　　2

　　"你在说什么奇怪玩意儿？想偷家你就上游戏。"夏热玩游戏时喜欢跟着人物一起晃动，他倚在沙发里左摇右晃，拇指用劲点着屏幕，仿佛要把钢化膜戳穿——又菜又爱玩的典型选手。

　　岑晏不知道该怎么和夏热形容自己对今昭的感情，加之夏热的恋爱史也不容乐观，说不定还会反过来添乱，于是他退出游戏点开未看完的电影，说："没什么。"就是刚才有那么一瞬间有感而发一下——已经数不清有多少个那样的瞬间了，生怕哪天一冲动就什么都交代了。

　　夏热闷在房里和羌梨组队打了一下午游戏，岑晏骨头散架似的倚在书桌旁，开着电脑看电影，期间两人会交谈几句电影的构图和色彩。黑色水笔在岑晏指骨修长的手里转过一圈又一圈，偶尔竖起来写写画画留下观看感受。

太阳将窗外的世界照成橘色，傍晚悄悄来临。

夏热抬头见岑晏这么认真，忍不住揶揄："暑假要不要这么拼啊？"

岑晏的笔没停，淡声回道："老蒋留的观影作业你们都写完了？"

"还没动。"夏热说，"你又不是不知道，假期当然是能玩一天是一天。"

和岑晏的先苦后甜比起来，夏热属于不到最后一刻绝不妥协的类型，他的寒暑假常常以快乐开始，以痛苦结束，放假最后一天悬梁刺股挑灯夜读，开学时同学们准能不意外地见到他顶着两个熊猫眼的憔悴面容。

但上了大学就不一样了，夏热突然想起什么来，说："糟糕，还有实践作业，我俩进组是什么时候来着？"

"好像就这几天了吧。"如果岑晏没记错的话。

夏热已经找到时间表丢开手机叫了出来："就是明天。"哀号着哀号着，他唱了起来，"哦，多么痛的领悟！"

岑晏无语。手机在这时进来消息，他看一眼，把旋转椅往后转了半圈，起身说："今曦姐让我们下去包饺子。"

夏热收起手机感叹："这暑假生活真是多姿多彩。"

"呵。"岑晏笑了，开始揭老底，"是不比你小学那会儿乏味。"

这事得追溯到夏热小学二年级的暑假，语文老师给他们班布置了八篇周记作为暑假作业，一周一篇。这小子艺不高但是人胆大，写了八篇一模一样的流水账交上去，老师批阅的时候还以为自己眼花了。问其原因，小夏热理直气壮地回答："因为妈妈制定了一张作息表，每天只准做一样的事，就是这么乏味。"

他那个年纪能用出"乏味"这词怎么看都像小大人，装老成。不过后来周记之事东窗事发了，老师叫了家长，本意是想和家长沟通孩子的生活问题，谁料夏母一点不给面子，当场戳穿："乏味？这小子溜冰、滑板、射箭、骑马、游乐园一天一个不重样，会乏味？什么早上六点起晚上八点睡全是扯。"

扯淡的夏热回到家后就挨了他爸妈的一顿"男女混合双打"。

屋外落日低垂，天空的云朵雾化成柔和的粉橘色。月亮灰的男生房间内，青柚味的香薰弥散。

夏热举起手作暂停的手势，说："打住，往事不堪回首啊。"

走出房间，岑晏来到对面轻敲了敲门。今曦刚才在微信上让他帮忙叫今绍，估计是睡着了，给她发信息石沉大海般得不到回复。

夏热咽了咽口水，说道："还在睡的话就别叫了吧，你又不是没见过绍昧的起床气。"简直六亲不认啊，管你是谁，闭着眼就开骂，所以一般没人会在她睡觉的时候喊她。

岑晏回头给夏热一个"你怕可以先下去"的眼神，夏热见他执迷不悟，立马脚底抹油跑了。

今妱睡着的时候是下午两点，现在将近六点，怎么说都该醒了，再睡下去晚上得失眠。

岑晏耐着性子又敲了两下门，里面传出今妱蒙在被子里含混的声音，仿佛打开冰箱飘出的冷气：“岑晏！”虽然语气很不好，但拖拖拉拉的语调有点像小猫撒娇，“你自己进来。”意思是懒得下床给他开门。

岑晏半打开门，没有进去，只看到昏暗房间的床中间有一小团人影，还是他离开时的样子。

“今曦姐喊我们包饺子，你是想继续睡还是和我一起下去？”他每次这么问就是不想让她再睡了，偏偏还用一副很好商量的语气说。

实际上，今妱在他敲门前就醒了，只是大脑启动缓慢，眼皮还撑不开，介于想睡又不想睡之间。

今妱哼哼唧唧打哈欠，捂着脸没动，觉得还要再缓一下。

她没有拒绝就是想和他一起下楼。

岑晏倚在门口等她，低头看了眼手机信息，夏热问他有没有被骂。他退出聊天界面，没回。

过了几分钟，今妱从床上坐起来，赤脚下了床飘去卫生间洗漱。洗漱完出来，她觉得眼睛清明许多，走近岑晏往外看了眼，问道：“夏热呢？”

“他怕你生气殃及池鱼，先下去了。”岑晏弹了下她的额头，率先朝电梯走去。

今妱理了理头发跟上去，问道：“那你就不怕？”

“怕啊。”岑晏的脸上哪找得到“怕”的痕迹？

电梯上来得快，他走进去按楼层，无所谓地说道：“我都做好你不开心被你打的准备了。”

“怎么说得好像我有暴力倾向一样？”今妱立马拉下脸，一拳敲在他肩上。

“没有这个意思。”电梯关上，岑晏直了直身子，左右转动脖颈活动下筋骨，“好久没跟你打架了，还挺怀念的。”

岑晏唯一一次见识今妱的起床气是在前年，他被夏热那孙子骗去叫今妱起床，那时候他并不知道她还有这么一面。等到楼下的人听见乒乒乓乓的动静上去一看，都惊呆了，今妱把岑晏反手制伏在床里，眼睛通红，是被吵醒的不爽。

那次岑晏是让她了。

今妱说：“还没见过谁上赶着找架打的。”

睡梦中被叫醒，她气得说：“想打架吗？”

本以为岑晏会识相就此关门离开，结果他不按套路出牌，还惊讶地问道：“可以吗？”

岑晏的脑回路有时也挺让人费解，后来今妱找他道歉，问他为什么，他的回答竟然是没和女生打过架，想试试。换来了今妱的一句“神经病”——这同样是岑晏的口头禅，全是跟她学的。

他们来到一楼，厨房的位置在房子一角，两面墙上装了硕大的玻璃窗，使光线变得开阔通透，豆绿色的窗框让人联想到生机勃勃的春天，不过只要太阳一照进来就会立马变成夏天，坐在餐桌边刚好可以晒到。这栋房子今妱最喜欢的就是这里。

夏热正在擀面皮，今曦和周晚章坐在一起包饺子，一个个饺子小巧精致，码在圆形的竹筛里。

今曦拿过一张新面皮，手指灵巧舞动，说："夏热刚还说要不要上去看看，怕你们又打起来。"

那次今妱可谓在家庭群里一战成名，无人不知无人不晓。今母还怕岑晏自那之后心理受到创伤，差点给他请心理医生。被摁在床里的岑晏倒没觉得丢人，心态倍好，该吃吃该喝喝，该玩照样玩。只是苦了今妱，岑晏总时不时在她面前装可怜，装打架后遗症，让她良心不安，背地里被他差遣当了一个月的"海螺姑娘"。

"怎么会呢？"今妱挂起笑，吃过一次亏，才不会在一个坑里栽两次。

岑晏还是有点遗憾的，今妱的一大优点就是太长记性，从不做坑自己的事。

他们洗好手来到桌边，帮忙一起包饺子。夏热擀皮擀得差不多后，也加入其中。有年轻人的地方，就有不正经的时候，三人包着包着，最先偏题的是今妱，她包出了一只小笼包。然后是夏热，用面团捏出了个小茶壶。最后是岑晏，捏了个小猫脑袋。

今曦眼皮一翻，当即发作："你们玩橡皮泥呢？"

看着三个隐隐泛着裂缝的作品摆在竹筛正中间，夏热期待地说："到时候一起煮了，我要吃我的茶壶。"

不等今曦反驳，周晚章笑着说："等开锅了，恐怕会变成一团。"

"那就等开锅了再说。"

等到真正下锅再捞出来，真如周晚章所说，除了今妱的那个神似小笼包的还有馅可以当作调味，夏热的"茶壶"和岑晏的"猫头"已经面目全非。

今曦怨气深重，阴森森地从他们背后飘过，威胁道："吃吧，我看着你们吃，谁敢不吃试试看。"

两人表情悲壮，夏热蘸醋，岑晏蘸酱油，一口吞下。在其他人没注意时，岑晏额外得到一枚今妱的"小笼包"，是猝不及防喂进来的，这家伙喂之前还做了个往自己嘴里送的假动作迷惑人。此刻他万分庆幸她当时没捏个大包子。

今曦从柜子里找出一次性打包盒，捞了两大碗饺子进去，要去送给后面的邻居，因为他们在几十分钟前送了海鲜过来。

他们尽管还只在这儿住两个月，但邻里关系得维系好。

今妱支着下巴吃饺子，斜对面的夏热突然叫岑晏看手机，还说："哎，他们说九点报到，群里要咱们回复下。"

岑晏看手机，其他人一溜烟回复"收到"，就他和夏热俩刺头回了个"1"。

今妱知道他们有暑假实践作业，叼着筷子问："你们被分到哪个组了？"

饺子的汤面洒满葱花与生菜，芝麻油的鲜香让人食欲大开。

岑晏抢在夏热前头漫不经心地说道："万分喜欢你。"

3

听者无意，说者的心反倒猛然一跳，喉咙好像有一把火在烧，几近干涸。岑晏端起手边的杯子仰头喝了一口水。

闻言，今妱了然点头，说："看过一点。"这名字还算印象深刻，它是星台自制的恋爱社交节目，主要围绕一同居住的8位单身素人嘉宾的日常生活和情感走向展开。去年刚入校时，任佳拉着她一起看过，目前一共播出了两季，每季最后都会有一两对嘉宾牵手成功。

他们分到的这组刚好处在邻市，开车两小时抵达。节目组租了两套套房，大的一套供素人嘉宾居住，小的一套则是摄制组专用，节目拍摄21天。

今妱问："那你们明早就要出发了，在那儿住三周吗？"

"对。"夏热打了个响指。

岑晏默默低头吃着碗里的饺子，夏热嘻嘻哈哈地笑起来，说道："晏晏不要太想我们啊。"

"不会啦。"今妱也没心没肺地笑起来，"你们走了，我还能和羌梨她们约着一起玩。"

她刚说完，后脑就被旁边的人不轻不重地拍了一下，问道："合着我们就是来陪你玩的啊，除了玩没有其他事做了？"

也不是，今妱自己待着的时候就看片练台词，钻研演技和剧本，但她唱反调说："对啊，没其他事做了，放假不就是玩？"说完，她学着岑晏，给他的后脑还回去一巴掌。

可他的寸头实在扎人，像长满一根根小刺的仙人掌，刚触上就让她蹙起眉头，她在心里暗暗发誓再也不碰他的头了。

岑晏眯起眼看她，随即笑开，问道："扎到了？"下楼时还想着她记性不错，从不让自己吃亏，可没出两小时她就栽了。

今妱没说话，搓了下手，当什么也没发生，安分地趴在一边吃饺子。

夏热嚼着虾仁馅饺子看群里的人聊天，惊叹道："嚯，听说这季的女嘉宾一个赛一个好看啊！"

女生之间会聊哪个男生长得帅，男生之间也会暗戳戳聊班里的女生哪个最好看，今妱听了没感觉稀奇，回道："我比较好奇男嘉宾帅不帅。"

夏热放下筷子，十指翻飞，说："等着，我给你问问。"

岑晏在这时囫囵吞枣一样把剩余的饺子塞嘴里，起身走到厨房里打开水龙头洗碗，水声哗哗响。不过一会儿，他觉得浪费水，又把水流调小了些，一心扑在碗上。

身后餐桌上，夏热身子凑前把手机递给今妱。今妱也凑过去，好奇宝宝一样翻看上面的照片，说："都不错，男帅女靓，等播出了收视率一定能上去。"

这才哪到哪，还没开拍就知道收视率好不好了？岑晏不自觉捏扁了手上的清洁海绵，帅是有多帅？她好像从没用过这个字夸过他。

"是吧。"夏热指了指其中一位男嘉宾，"这个又高又帅，肯定最受小姑娘欢迎。"

今妱赞同地说："确实是小姑娘喜欢的类型，看着好像和我们差不多大。"

纵使岑晏再怎么拥有一颗平常心，这时候也听不下去了，空气中洗洁精的柠檬味越发浓重。他洗完碗，擦干净手坐回去，一只手腕搭在她的椅背上，问："你们小姑娘喜欢什么类型？"

今妱吃东西讲究细嚼慢咽，漫着油光的鲜汤里还剩大半碗饺子没吃完，她朝夏热勾勾手，后者把手机塞过来，她把屏幕放大给岑晏看，说："就是这种类型。"

岑晏面朝着她坐，就着手机屏幕又放大了点照片，看架势好像要把照片里的男生研究个透——只见上面的青年站在大学操场上，满脸亲和力的笑容，一手叉腰，一手抱着篮球，青春阳光，运动有型，和前阵子拍戏的那个宁赴逐是一个类型。

夏热见他这样，眼神不禁复杂了几分，问道："你怎么了？你看女生照片都没那么认真过……不对，我好像也从没见过你看哪个女生的照片。"

今妱的身子向后仰了仰，换上了夏热的同款表情。

夏热蹭完饭回家，临走前和岑晏约好明早的出发时间，别墅里再次只剩下今妱和岑晏两人。按理说，今曦和周晚章去后面送完饺子也该回来了，他们看一眼时间，心照不宣，恐怕那两人又背着他们出去过二人世界了。

今妱吃吃停停，碗里还余下三四个饺子，她放下筷子准备再歇一歇，就听岑晏问："吃不下了？"

今妱捧着肚子靠在椅背上，回道："过会儿再吃。"

岑晏还不清楚她的德行？他伸手把她的碗拖过去，说："早吃完早结束。"以前他吃她的东西她问过他"难道不嫌弃吗"，他回了句"嫌弃什么？你口水有毒吗"，把今妱噎得没话说，也就由他去了。

十一点洗完澡，今妱站在浴室里对着窗外高挂"派大星"的棕榈树擦头发。擦着擦着，视线透过反光的玻璃聚焦到自己身上，她贴近玻璃上下打量着自己的脸，怎样才算好看？

从小在赞美声中长大的她，有时也会怀疑那些赞美的真实性，到底是真情还是假意？是因为本身就足够优秀，还是因为她是今家的孩子？但无论怎样，她都暗暗告诫着自己，切勿在赞美声中迷失方向。

把头发吹到半干，她跑去敲了敲岑晏的房门。男生同样刚洗完澡，一身湿气从里面打开门，上衣像着急忙慌套上的，皱巴巴地挂在身上。他问道：“怎么了？”

今妱指了指他往里缩的短袖袖口，示意衣服没穿好。她也说不清此刻来找他是出于什么目的，就觉得如果今晚不找，睡一觉后再想见他得到二十多天后了。

“明天你走了就没人陪我玩了。”

岑晏低头整理了下衣服，语气淡淡地问：“怎么净想着玩了？”

这不过是随口一说。

她双手环胸，回道：“对，我就老想着玩。”

眼瞧着她要生气了，岑晏眼里的光软和了些。小时候长辈们开玩笑让他叫她姐姐，他总不服，觉得谁是哥哥谁是姐姐应该按身高体型算——今妱小小一只像小奶猫一样，分明是妹妹。没想到长大后，她竟然逆袭了，一米七的个子在女生里也不算矮。不过在他眼里，她一直没变，比他大一个月算什么？那也是妹妹。

可他又不想她是妹妹。

所以他问：“你是在舍不得我吗？”

“怎么可能？”今妱一惊。

反正她喜欢跟自己唱反调，岑晏没放心上，就当她是了，反手关上房门推着她往外走，问道：“去上面坐坐？”

今妱就算不答应也被他带着走了。

上去前，岑晏从冰箱里拿出两片西瓜放进盘里，还顺便在客厅柜子里找了驱蚊手环，一人一个戴上。

除了一楼的厨房，今妱还喜欢顶楼的露天阳台。她和岑晏仰躺进沙发，满眼繁星，就像掉进了银河。今夜有风，不热，刚好，耳边起伏的蝉鸣乐此不疲，昭示着夏日进行时。

从冰箱拿出来的西瓜岑晏没让她马上吃，等冷气散去，他才陪着她一人一块蹲在垃圾桶边吃完。

他们小时候对男女有别的概念还不清晰，几个小孩就喜欢把凉席铺在阳台上，一起睡觉数星星，今天睡你家，明天睡我家是常有的事。等上了生物课，懂得一些道理后，这样的日子便少了。

今妱和岑晏并肩躺在柔软的沙发里，今天的夜太美好了，真是天公作美，可能有数不清的人希望这夜能漫长一点。

兴许是放松下来，岑晏轻哼起他的拿手歌曲——

“我爱你有种左灯右行的冲突，疯狂却怕没有退路……”

今妱朝他的方向歪了歪头，后脑勺枕在软得不像话的沙发背里。少年努力还原的曲调仍旧偏了轨，不着调地轻哼像独家制作的梦幻八音盒，仅限今妱拥有。

这是从未有过的瞬间，他将费尽心思隐藏的弱点展现在她面前。是该说他不在乎呢，还是说因为对方是她，所以才如此坦然？

不等今妁细想，楼下突然响起汽车引擎声，歌声戛然而止。

应该是今曦和周晚章回来了。

他们的沙发就贴在露台边的围栏玻璃上，今妁从岑晏身边爬起来，手臂搭在栏杆上往下望。结果一看就收不回来了，她还屏住了呼吸。

岑晏发现异样，和她一样的姿势探出头去。

布满爬山虎的围墙内，周晚章把今曦压在车门前亲吻，因为是在自家院里，他们就无所顾忌。

岑晏觉得再待下去他也得疯，一只手穿过今妁的腿窝把人打横公主抱起来，快步往屋内去。

今妁心口一跳，下意识地环住他的脖颈，整个人都是蒙的，被及时切断的画面配合着楼下的声响在脑中循环播放。岑晏抱着今妁从楼梯下去，两人气息紊乱，身子随着他的走动颠簸。

来到三楼，两扇房门近在眼前，她一紧张，改抓住他胸前的布料，小声问："做什么？"

4

岑晏没打算抱今妁回房间，到门口就放下了。女孩还保持着抓他衣服的姿势，他弯腰，一手拉下她环着他脖子的手，一手解救自己的衣服，冷静地给她做心理建设："就当什么都没看见。"

说完，他直起身，手越过她的腰际，"啪嗒"一声，她身后的房门打开。他按住她的肩膀转过去，将她推了进去，说："别多想，去睡觉。"

这一晚无疑是个不眠夜。

翌日，遮光窗帘紧闭的房间幽暗寂静。

打开微信，最先入目的就是岑晏的信息，哪怕他的上面还有其他人的对话框。

早晨六点半——

岑晏：我和夏热出发了。

岑晏：我们不在，你可别玩疯了。

然后是八点四十分——

岑晏：到了。

岑晏：走第一天你就睡懒觉，好样的。

若按照往常出晨功的时间，他们今早其实来得及见一面的。

群里夏热也发了信息。

夏热：晕晕，我们到了啊，你可别太想我们。

夏热：给你看看咱这儿的环境。

然后是三张图片。

夏热无论有什么事都是在他们的三人群里发。再看岑晏，他的信息是从什么时候开始变成了私聊？

今妁绝望地闭起眼，有种说不清的异样盘桓在心头，看见岑晏的对话框更是本能地让她当起鸵鸟逃避。

感觉手机像烫手山芋，她连忙塞进枕头下，掀起被蒙住脸，谁都没回复。

今妁很少赖床，就这样一直窝到中午饭点。下楼来到客厅，今曦和周晚章都在，饭菜也刚端上桌，周晚章招呼她过去用餐，她面上不露声色地坐下。

昨晚岑晏让她别多想，怎么能不多想？躺在床上脑袋里一团乱麻。她也明白，男女之间情到深处发生关系是再正常不过的事，况且学校开设过相关的教育课程，没什么好稀奇的。

对，没什么好稀奇的。

今妁有一下没一下地戳起碗里的米饭，心里只能怪罪起姐姐和小舅。

餐桌上少一个人，仿佛一切变得空荡而寂寥。

今曦与周晚章对视一眼，瞧着今妁心不在焉的模样，用公筷敲了敲她的碗沿，打趣道："这人一不在，就魂不守舍啦？"

"哪有魂不守舍？"今妁让今曦别开玩笑了，从小到大他们就喜欢拿她和岑晏打趣。

"这还不魂不守舍？"今曦挑眉，筷子虚指了指她要往嘴里送的那片洋葱，"你什么时候吃过这个？"

今妁垂眸一看，不小心夹错了。她动作没停地送进嘴里，嘴硬道："我当然吃过。"丝丝甜味从齿尖溢出，之前很抵触的一道菜，如今发现竟然没有想象中的难以接受，真是意外收获。

对面的今曦和周晚章但笑不语，今妁受不了他们用这种一切看在眼里的暧昧眼神看着她，不知道的还以为她和岑晏之间真有什么说不清道不明的关系。向来慢动作吃饭的她加快了速度，吃完去洗碗。

今曦突然哎呀了一声，故意大惊小怪地说道："岑晏不在，那之后的碗都要你来洗了呀。"

哪怕人不在，但还有留下来的生活痕迹无时无刻不提醒着她岑晏这个人的存在，之前洗碗他从来没让她碰过……今曦简直坏死了。

今妁将自己的碗放进碗柜，说："你们吃完放水池，我会洗的。"说完拿过手机跑去客厅的沙发里躺下。

人在客厅总要弄出些什么声响来，她打开电视播放综艺，想起醒来时收到的信息，不回复反而显得她反常，指尖犹豫一瞬，点开他们的三人群，然后是岑晏的。

岑晏这边刚好结束三位女嘉宾的单人采访镜头，他在监控器后确认了遍拍摄画面和对白的流畅性，对于女嘉宾频频往他脸上瞥的目光视而不见。

夏热的工作做完，端着盒饭过来找他，他们和组内其他员工交接好工作，把嘉宾送出采访室，两人就着角落的小方桌吃饭。

岑晏掏出手机看了眼，一上午手机频繁振动，他趁休息间隙看过好几次都不是今妲的回复。经过前几次的消磨，这次没抱什么希望，没想到恰恰是她的信息。点开是一张小熊猫吃西瓜的表情包，然后就没了。对，没了。

失落，很失落。

等了一上午只有一张表情包，连条主动问起的消息都没有，明明昨晚还一副依依不舍的样子。他把手机调静音揣回兜里，夹起大块的饭菜往嘴里塞，腮帮被撑得鼓鼓囊囊的。不发就不发，他也不发了，谁爱发谁发。

一旁的夏热手可快，早在今妲回消息的刹那打了语音电话过去："晕晕，我和你说，你喜欢的那个男嘉宾感觉本人也就那样，还没我帅呢。不过几个女嘉宾确实不错，当然，肯定是没有你漂亮的。"

说着，他不禁压低了声音："而且我发现她们没事就往阿晏身上瞟，戈寻思着我也挺帅啊，怎么没人看我呢？还好阿晏不是嘉宾，不然这屋里没一个能打的。"

他没开扬声器，但听筒音量调了最大，岑晏依稀听见对面温婉的笑声："你们男生好像都很自信觉得自己天下第一帅。我没见过真人，不予置评。"

"哎，你别不信啊。"夏热将手机伸到岑晏嘴边，"阿晏，你和她说，我说的是不是实话？"

岑晏胡吃海塞，含含混混"嗯"了一声，不想说话。他本来就挺难受的，结果对面那没良心的转头就能和别人说说笑笑，一点没被影响，他这心里就更不是滋味了。

夏热瞧他这样子，把手机拿了回去，说："唉，阿晏估计一上午累到了，这吃饭跟饿死鬼投胎一样，都没空搭理我。"

手机那头的今妲看了眼时间，十二点半了。

"你们很忙吗？"

"嗯。"夏热边吃边回，"刚开机肯定有这样那样的状况，而且还是拍素人，屋里摄像头全方位监控，不说上百个，几十个起码有的。有的人不是专门从事媒体行业的，会不习惯，还要磨合。"

夏热和今妲有一搭没一搭地聊天，岑晏快速解决完盒饭，收拾好桌面起身，拍了拍夏热肩膀，说："你先吃着。"

夏热以为他要开工了，嚷嚷道："阿晏，你也太积极了吧。"

岑晏背对夏热摆了摆手出门，找到垃圾桶，将空掉的一次性饭盒扔进去，而后去卫生间。他拿出手机看了一眼，对话框停在今妲发的那只吃西瓜小熊猫表情那儿——两只耳朵随着咀嚼的动作摆来摆去，笑得没心没肺的样子。

完全忘了吃饭前立下的"谁爱发谁发"的豪言壮语，他点开表情包一栏，也发了个表情过去。

然后又是漫长的等待，左上角的时间像被放慢，每跳一个数字都让他煎熬万分。他点进她的朋友圈，最新一条依旧是他的照片，他却没有之前看到时的兴奋和愉悦了。他真的好贪心，他不想只挂一个月。

岑晏从卫生间出来，去监控室，经过客厅时，3号女嘉宾叫住了他。至于为什么是3号，是根据嘉宾的出场顺序排列的。对于无关紧要的人，岑晏自有他的一套记法，她恰好是三位女嘉宾里头发最长的，波浪鬓发弯弯曲曲像个"3"，还算好记。

3号给摄制组叫了奶茶，拿了一杯过来给他，说："上午辛苦你们了，一下要面对那么多摄像头，我还真有点不习惯，给你们添麻烦了。"

那么多人，她却只亲自给岑晏送，其他人暗地里悄悄观察。幸亏男嘉宾们不在，否则得酸死。

岑晏没接，本来今婠就够他心烦意乱了，别人对他有没有意思他一眼就看得出来，才分不出心思给其他人，一点都没有。他冷着脸道谢，直接略过人走了。

女嘉宾脸上的笑容也维持不住了，挺尴尬的。

夏热出来丢垃圾恰好撞见这幕，"啧啧"摇头，跟在岑晏后头进了监控室。

监控室里摆满了屏幕，都是连接"喜欢你小屋"里安装的各个机位，方便幕后工作人员全方位拍摄嘉宾的互动。

夏热把岑晏拉到角落里说悄悄话："刚那位可是里面最漂亮的，人家对你有意思，你就一点没感觉？"

"关我什么事？"岑晏无语。

听这语气，看来是对人一点感觉都没有。

岑晏心里的秘密无处可说，也无人可以讨论，很烦，感觉糟糕透顶。

夏热一把揽住他的肩，问道："跟兄弟说说，你到底喜欢什么样的？"

岑晏的脑中立马跳出今婠那张没心没肺的脸。

不等他回答，夏热又问："你知道咱们学校的那个'校园丘比特'吗？"

岑晏想了想，不解地问："怎么？"

夏热说："就咱学校的一大特色啊，情感咨询大师兼职月老牵线，听说找他咨询和牵线的人最后成功率高达百分之九十。"

见岑晏满脸不信，夏热问道："你要不去试试？"

"你看我需要？"岑晏轻嗤。

夏热上下打量他，狠狠点头，诚恳地说："需要得不得了啊。"

岑晏不留情面地拍开他，没好气道："一边去，我暂时没有那方面困扰。"

下午，大家扛着机器各就各位，岑晏主动提出做男嘉宾组的外景跟拍。

坐上节目组的车后，没有那方面困扰的某人缩在车后座的角落偷偷摸摸创了个微信小号，然后在校论坛找到"校园丘比特"的微信，一键添加。

第九章

/

变一个魔术

1

在房间练完台词，空闲之余不可避免想起岑晏。今妱俯趴着看了会儿书，随即把书本盖住脸颊，仰躺在冰凉的飘窗上晒太阳。她感受着日光浴的暖意，会想到岑晏在飘窗边认真看电脑的模样，阳光掠过他的眉眼、鼻尖和唇瓣……

以前她可从不想这些的。

今妱蓦地睁眼，书本滑落。她跪坐了起来，因为动作太快，导致一阵头晕眼花。

等到无端的黑影散去，户外明亮的光线使她眯了眯眼。小花园里，草坪与爬山虎的围墙绿意盎然，院外，一道白色身影跃入眼帘，似乎让周围的光线都黯然失色，所有都不及他惹眼。青年嘴角挂着浅笑，好像在仰头看她。

右肩带在刚才起身时滑落，今妱皱了皱眉，撑着身子下了飘窗，再往外看，那人已经收回视线。

不得不承认，没有岑晏的下午，无趣，提不起精神。随便套了一件白色雪纺衬衫，今妱踩着拖鞋下楼。突然想吃巧克力，她在厨房的冰箱上层找到岑晏常吃的那款，他好像特别爱吃巧克力味的食物，常喝的牛奶也是这个味道。这么想着，她又拿了罐旺仔牛奶。也不知道他回来后，发现东西都被她吃完了会不会生气？不过，她才不管。

黑色独立包装撕开，巧克力送进嘴中。天气炎热，巧克力拿出来一会儿边缘便有些融化，深咖啡色的酱沾了些许在指尖上。今妱下意识张唇衔住，也是这时，从大门口进来的今曦唤了声："晕晕，来认识下新朋友。"

两边墙面的大玻璃窗光线透亮，被包裹在光中的女孩回头，宽松的白衬衫下依稀可见牛油果绿的贴身细吊带，纽扣扣到胸前，下摆刚好遮住热裤，暴露在空气中的双腿细长且笔直，远看像是没穿裤子。

是刚才围墙外的那人，此刻笑望向她。今妁发现他笑起来竟然和岑晏有些相似，但少了几分少年的调皮，多了一点成年男性的沉静。

他和她一样穿着白衬衫，目测和岑晏差不多高，率先开口打招呼："你好。"

巧克力味的苦涩散布在口腔，今妁收回嘴边的指尖背到身后，淡然颔首回应，眼睛看向一边的今曦。

后者为他们做起介绍："我妹妹，今妁。"手势的方向移到男生，"许池，后面的邻居，昨晚送海鲜过来的就是他爸妈。"

说着，今曦的目光转向许池，问道："听你爸妈说你今年刚好大学毕业？应该比晕晕大三岁。"她不怀好意地示意今妁，"叫哥哥。"

今妁受不了今曦一上来就跟人攀亲，无奈地控制表情。

"叫名字就好，不用勉强。"幸好许池没那么多讲究。

今曦招呼他去沙发坐，看见今妁手边的罐头，顺便使唤道："也给客人拿一罐哦。"

今妁转身在水池边洗干净手，去冰箱拿了两罐橙汁，今曦一罐，许池一罐。她来到一旁的单人沙发坐下，拉开易拉罐环，听见今曦问："怎么不给我们拿一样的？"

今妁睁眼说瞎话："我这是最后一罐了。"

今曦毫不留情地拆穿："因为那是岑晏的吧？小气鬼，就许你喝还不准我们喝了？你这叫监守自盗。"

她拿起橙汁抠易拉罐环，指甲抠了两次没成功。许池伸手帮忙打开，今曦道谢，接过喝了一口对他说道："哦，岑晏是她从小到大的亲亲竹马，他俩小时候还有娃娃亲呢。"

今妁喝牛奶的动作一顿，无奈地说："分明是你们闲的，老拿我和他开元笑。"

昨夜今曦和周晚章去后面送饺子，碰巧许池在家，临走前他们客套地留下句有空可以来家里玩，没想到待业中的许池今天就来他们家碰运气了。

"刚好在家也没有事做，从小晕船，对于父母的打渔业爱莫能助。"许池微笑着说。

今妁捧着易拉罐，眼中是不解：这人为什么总是笑？

"你是学什么专业的？"今曦接话。

"美术绘画方面。"

"哎？那你画画一定不错吧？晕晕对绘画也挺感兴趣，你们可以交流交流。"

"是吗？"许池含笑的眼睛望过来，他的笑眼有种让人无法拒绝的魔力，"晕晕？我可以这么叫你吗？"

今妱想：不可以你也已经叫了。

一组的工作人员过来接替岑晏，岑晏和对方简单聊两句后到旁边休息，打开手机，"校园丘比特"通过了他的好友，发来一串问好消息并询问他想办理什么业务，还附带了一张业务表。

岑晏快速扫一眼，发了个"0"过去——"答疑解惑"业务。

校园丘比特：亲亲想问什么呢？

这个问题他从好友申请发出去那刻就开始想了，他有很多问题要问，但最重要的只有一个。

岑晏：怎么让喜欢的女孩喜欢上自己？

校园丘比特：亲亲，这个有点广泛，具体情况具体分析，每种情况对应的方法不同。

岑晏盯着对话框里的"亲亲"看了半晌，怎么一股浓郁的网购客服风？

校园丘比特：请问亲亲和那女孩的相处模式是什么样的呢？

岑晏一边回想一边打字：一起长大的青梅竹马，普通相处。

见对方正在输入中，岑晏等了等，对面输了停，停了输，就是没有消息发过来。在煎熬的等待中，他补了一句：比普通朋友亲近点，感觉她把我当亲人了。

对方依旧正在输入中，岑晏继续等，大约五分钟后才发来消息。

校园丘比特：亲亲能否发下你们的聊天截图？我看一眼她对你是什么感觉。

岑晏快速退出小号，本就不明朗的心情在看见今妱毫无动静的聊天框后更加阴云密布。他负气地截了张不带头像的聊天记录，切换到小号发过去。

一分钟都没到，对面秒回：亲亲，听我一句劝，你们没可能的。

岑晏：你不是情感大师吗？

校园丘比特：亲亲，强扭的瓜不甜的。

谁说我要强扭了？

岑晏：所以我才来找你咨询怎么让她喜欢上我。

校园丘比特：唉，亲亲，你这情况，对方喜欢上你的几率很小。

岑晏再次登上校论坛查看帖子，确定楼内好评如潮，没加错人，再切回微信，看着聊天框陷入沉思。怎么到他这儿就不灵了？

他很苦恼，非常苦恼。

岑晏：那有什么办法能让她对我有一点好感？就算几率很小我也要试试。

岑晏：我可以加钱。

校园丘比特：看你们的记录都是你主动居多，那就欲擒故纵吧，亲亲，从现在开始不要发任何信息，一定要等她发了，你才能发。太主动会让人家不把你当回事的，你要装冷淡，装不在乎，若即若离，距离才能产生美！

岑晏回想之前和今妱的聊天，突然同意得不能再同意，确实是他主动居多。

他醍醐灌顶，悟了。

晚餐时，岑晏仍旧和夏热一起吃剧组的工作餐。夏热给今妱打视频电话，铃声响了三次被接起来，他将手机靠在餐盒前的背包上，问道："晕晕，晚上吃的什么？"

视频里，今妱切换后置摄像头拍给他看，缓缓说道："水煮肉片、蒜蓉扇贝、泡椒鲈鱼、丝瓜蛤蜊汤。"

夏热差点当场晕厥，这简直是自取其辱。看完今妱拍给他们的菜系，手上的盒饭突然不香了，他边掐人中边抓着岑晏的胳膊让他看。

岑晏本来不想看的，他好不容易下定决心要在今妱面前走高冷人设，决不能主动。可转念一想，"丘比特"只让他不要发信息，又没说不可以视频聊天。一番激烈的心理斗争后，他勉为其难，实则飞快地抬望瞟过去。

那边刚好切换回前置摄像头，今妱毫无瑕疵的白皙侧脸，以及倾身时，未扣好扣子而露出的锁骨和胸线在屏幕中一闪而过。她对准自己拿远了手机，确定画面里可以看见她吃饭的动作，然后舀了一口汤看向他们，安慰道："别难过，我吃给你们看，你们可以跟着我一起云吃。"

"杀人诛心啊，晕晕。"夏热愤愤地戳着自己的盒饭，泪目。

今妱露出一个友好的笑容。

岑晏吃饭的动作无意识地慢下来，心中因为她泛起的烦恼一扫而空。

今曦突然插话："哟，一下午都板着张脸，终于舍得笑了？"

屏幕上，今妱抬头瞪了对面一眼，不等她开口，今曦又说："你筷子拿这么高做什么？"

今曦这么一问，今妱拿筷子的手都快到顶上了，赌气说："拿得高嫁得远。"

"呵。"今曦一声冷笑，"远是有多远？咱们国内现在交通可便利了，难不成你还想嫁国外去？"

眼瞧着姐妹俩又要你来我往地斗嘴，夏热适时出面打断："呃……晕晕，今曦姐，你们怎么了？"

今妱闷闷不乐地看了镜头一眼，不知道是在看夏热还是岑晏。

岑晏的心里莫名有只小狗一撞，略显慌张，面上却不动声色。

"哦，也没什么。"今曦扬了扬语调，"下午有邻居哥哥来串门，我让她拿点巧克力和零食出来跟邻居哥哥分享下，结果这小气鬼还不愿意。"

今妱沉重地呼出一口气，为自己辩解："谁是小气鬼？我明明拿了。"

“对，你是拿了。”今曦声音带笑，还有些咬牙切齿，“你拿的全是我老公给我买的零食。”

今妱也不甘示弱地回嘴：“那我的零食还都是岑晏给我买的呢，巧克力也都是岑晏的。”

“哦——”今曦拖长了语调，一语激起千层浪，“那你的意思是，岑晏是你老公咯？”

幸亏今妱没在吃东西，她惊得差点把筷子扔出去，质问道：“有你这么偷换概念的吗？”

2

手机另一头的夏热咬着筷子，说话都不利索了：“这……这玩笑开得有点大了吧。”

虽然他们常拿今妱和岑晏开玩笑，但那是小时候的事。小孩懂什么呀？现在不一样了，长大成人了开这玩笑就不太适合了。

“倒也是。”今曦没再为难今妱，“我就是跟你们控诉一下这个小气鬼。”

“是，我是小气鬼。”今妱无语。

她没好气地嚼着肉片，腹诽：我就是要吃独食，就是不想把岑晏的零食给其他人吃，行了？

几人隔着手机又聊了一会儿，岑晏和夏热没有大鱼大肉和海鲜，吃起饭来三两口就解决了，吃完后挂断电话。

夏热收拾好桌面，准备出门扔垃圾，才后知后觉岑晏好像全程没怎么说话，转头一看……

“有这么热吗？你耳朵这么红？”

“是挺热的。”岑晏难得比他吃得慢，咀嚼速度仿佛电影里的慢动作。原先今曦偷换概念的那句话就够让人心猿意马，结果今妱又承认了她的护食。

才一下午，“丘比特”就灵验了。

夏热要出门的动作猛然僵住，看着岑晏抖了抖身子，问道：“你莫名其妙笑什么玩意呢？怪瘆人的。”他伸手探了探他的额头，“给你热傻了？”

岑晏的笑意根本收不住，拍掉夏热的手，说：“你才热傻了。”

“我发现你最近跟以前很不一样啊。”夏热放下垃圾坐回岑晏边上，认真地瞧着他，“你肯定有事瞒我！”

“没有。”岑晏心情愉悦，和下午的时候判若两人。

夏热学着他眉飞色舞的表情重复了句：“没有？你这叫没有？”

岑晏继续吃饭，因着对方是从小玩到大的发小，他稍稍松口：“有一点吧，但现在不能说。”

"什么事这么神秘？难道说了就不灵了？"夏热可好奇了，不过他很快反应过来，激动地一拍桌子，"我知道了！"

岑晏的心蓦地收紧，他露马脚了？

夏热嘿嘿一笑，凑过来悄声问："是不是有投资方找你合作了，还没谈成？"

岑晏愣了愣。

在夏热眼里，岑晏最重要的事就是拍电影。

他一脸"我懂"的表情，竖起食指做了个"嘘"的手势，小声说："没成的时候是不太好说。"

岑晏敷衍地笑了笑，看来马脚也不是随随便便能露得出来。

然而高兴没多久，他又想到了一件悲伤的事——哪里冒出来的邻居哥哥？

岑晏拿起手机刚准备给今妧发信息询问，打开对话框就看见信息还停留在中午，他又蔫了。"丘比特"再三告诫他要欲擒故纵，她不发信息的话，他一定不能主动。不发消息这事，对他来说很难熬，可他不在，今妧知道要看住他的零食，就说明"丘比特"的话没错。

这么一想，他按捺住了发信息的欲望。

最近气温越发升高，今妧每天在家避暑，自娱自乐，偶尔上线和任佳、羌梨打打游戏。夏热除了第一天会给她打电话，接下来的几天他都在群里见缝插针地抱怨忙得脚不沾地，连通话时间都挤不出来，吃饭也是草草了事。

她和岑晏的聊天停留在出发那天便没再聊过，她有时也想给他发信息，但一看到群里面夏热的诉苦，她就放弃了要找岑晏聊天的想法——他们这么忙，她还是不给他添乱了。

很少看朋友圈的今妧手指不小心碰到朋友圈那栏，红点提示的头像让她挑了挑眉，不是岑晏是谁？她疑惑地点开。

太阳好大，快被晒成岑晏干了。

今妧愣了愣，不是说很忙？岑晏还有心思拍风景照发朋友圈？

她鬼使神差点进他的主页，瞬间瞠目结舌，宛若发现新大陆，向来半年一更朋友圈的某人这几天的更新快要赶上超市倒闭的清仓大促了。

今天：

赶上看日出。

凌晨：

听导演吵架挺有意思，但蚊子太多老吸我血，我踩踩脚赶它走吧，导演组以为我对他们有意见，连我一起骂就没有意思了。

昨天：

今晚没星星。

昨天：

没有世俗的欲望了。

昨天：

买了鸭脖，老鼠啃一半给我留了一半，还挺有人道主义精神。

…………

今姈一条条看下去，没有点赞，也没有具体点进去看其他人的评论。看完后她平静地退出，对着他的对话框发了会儿呆。

以前这些小事他才不会闲到发朋友圈，通常都是直接发给她的，可如今却不发了。

她抱着膝盖坐在沙发上挠了挠后颈，突然有些无措，还有不想承认的不舒服。就像岑晏养的那只大狗，每回看见她都高兴地摇尾巴，如果有一天不冲她摇了，跑去了别的女生的怀抱……想到此，那种无端升起的忌妒情绪好像要把她淹没。

恰巧任佳和羌梨在这时邀请今姈上游戏，她们通过今姈组了一次队后就加了好友。每次和她们一起玩，今姈都感觉耳边如同有几百只大狗在嚎，不过她现在需要暂时转移注意力，便同意了游戏组队。

她们几个女生玩游戏反而很刚，有了羌梨这个技术主播保护，任佳更是天不怕地不怕，把把跳伞跟不要命似的往人多的地方跳，害得跟随她的今姈不得已一起冲锋，每局都死在她们前头。

听筒里，任佳说："姈姈，怎么感觉你今天不在状态啊？"

今姈的游戏人物已经阵亡，她把下巴搁在膝盖上，单手持手机观战，沉默一瞬后，迟疑地开口："问你个问题。"

"嗯嗯，说。"

今姈用了最俗套的开场白："我有一个朋友……"

羌梨率先笑出声："这个朋友就是你自己吧？"

今姈直起身子，辩解道："当然不是。"

"你继续说。"任佳忍住笑。

今姈组织措辞："我那朋友有一个朋友原本总是给她发消息，有一天开始不发了，很久不更新的朋友圈突然变频繁，这是为什么？"

"男生吗？"

"嗯。"

任佳很有经验，说道："可能之前在养鱼，就是养备胎，现在有了新备胎！"

今姈心想：竟然和我想的八九不离十。

料事如神的羌梨问道："不会是岑晏吧？"

今姈下意识地接话："你看到他的朋友圈了？"

"我没他好友，宝贝。"

"什么什么？岑晏？我没听错吧？"任佳尖叫起来。

今妱这才意识到自己说漏嘴了，此地无银三百两地回道："冷静，不是他，是一个朋友的朋友。"

"哦——"任佳了然。

羌梨也意味深长地"哦"了声。

下午，夏热和导演沟通完采访脚本后才有空吃饭，期间收到羌梨的微信。

羌梨：你们这两天不是很忙吗？

他最近没在群里和今妱通话，还有一个原因是这几天的通话对象变成了羌梨，他在"色"和"友"之间权衡了下，最后忍痛割爱选择了"见色忘友"。

夏热：是很忙啊。

羌梨：那岑晏怎么有时间天天发朋友圈，你回我消息要半天？

夏热赶紧退出聊天，点开岑晏的朋友圈查看，然后给羌梨回过去：他半年没更新了，你在哪儿看见的他天天发朋友圈？

看来今妱说的不是岑晏啊。

羌梨就是想诈一诈夏热而已，随便找了个男生微信改成岑晏的名字截图发给夏热。

夏热：这不是岑晏的微信。

羌梨：哦，那是我弄错了。

岑晏喜欢今妱是个人都看得出来，偏偏夏热没发觉。

羌梨是把今妱当好朋友了，生怕她被骗，拐弯抹角地给夏热解释：我朋友的暗恋对象喜欢上了别人，正跟我哭呢。你和岑晏如果有喜欢谁可别憋着，该出手时就出手啊！

羌梨又给今妱发信息：告诉她别在一棵树上吊死，要多看看周围。

羌梨给夏热发信息的本意是想让他提醒下岑晏，结果他盯着手机看了半天，和岑晏说道："她这是什么意思？她是不是等不及了，想让我对她表白？"

岑晏也正烦恼着呢，"丘比特"好像不灵了，今妱是一条消息都没给他发。他随意扫了一眼夏热的屏幕，根本没仔细看，应付道："好像是。"

"那我得找找表白攻略。"夏热激动地打开搜索软件。

就在岑晏忍不住点开今妱的微信时，"丘比特"显灵了，她主动给他发微信了！

今妱：你们那儿的地址给我一下。

岑晏快速找到地址发给她。

今妱：可以收快递吗？

岑晏抑制住内心的小雀跃：可以。

岑晏：你要给我们寄快递？

今娼：是给你寄。

接下来哪怕今娼没再发来信息，岑晏在工作时也依旧心情愉悦外加干劲满满，就因为她说要寄快递过来。

他当时还问她寄了什么，她回了“保密”二字，一时间更让他好奇极了。

翌日晚，收到取件码的岑晏飞快去取了快递回来，然而打开一看——

香酥小黄鱼干、香辣蜜汁鳗鱼丝、咸味鸡腿鱼干、超辣千岛鱼……

全是鱼？

3

水波潋滟，今娼在后院的泳池游了几个来回，一直游到快脱力，她才放松身体将自己浮出水面，漂在倒映着晚灯的蓝绿色泳池中。

她还是有自己的判断的，以她对岑晏的了解，他不可能像羌梨和任佳说的那样。可在相信他的基础上，她依然给他寄了一堆鱼类食品。

她闭上眼睛，张开双臂，感受着水漫过全身的凉意。他不是那样的人，却又变得反常，那么或许只有一个解释说得通——他想引起谁的注意。

那么这个人是谁呢？一定不是她。

想到此，今娼深吸气没入水中，水里的世界轻飘飘而光怪陆离，像掉进装满水的瓶子里，又像跌入迷幻太空。

她止不住想，是组里的女嘉宾吗？夏热说过她们很漂亮。

意识到思想开始不受控制地发散，她忽然冒出水面，抹一把脸睁眼。

“晕晕，许池来了。”通往后院的门打开，今曦带领着一个高挑俊逸的男人进入今娼的私人地界。

今娼还未从刚才的情绪中脱离，胸口轻微起伏，身子向后与他们拉开距离，仰头看向来到泳池边，好似永远都带有春风和煦微笑的男人。

许池微微侧身示意背上的画板，说：“本来想找你画画，看来好像不太方便。”

今娼想说是不太方便，今曦抢在她的前头说：“晕晕，你游得也够久了，换项活动让身体歇会儿吧？”

今娼缄默，游到扶手边出了泳池。她撩过一边的浴巾披上，侧头扫了一眼许池，抱歉地说：“可能也没有力气画画了。”

“没关系。”许池摇头。

今娼去休息室冲澡，换了身舒适的居家服出来时，今曦正和许池聊到海市的一条酒吧街，兴冲冲地说可以约着一起去喝酒，被旁边的周晚章勾住脖子拉进了怀里。

“也不知道是谁在上个月和我发誓说再也不去酒吧，嗯？”

今曦耍赖地说：“喝醉后发的誓做不得数啊。”

她刚说完，就被周晚章掐着腰挠痒痒，她笑着逃脱。

小夫妻俩打情骂俏真是一点不避讳外人。

今妱倒了杯柠檬水走过去，依旧坐在单人沙发上。

许池看着他们，无声地笑了。他笑起来总有种温和的力量，见她坐下，礼貌地投来目光。

今妱颔首，捧起水杯战术性喝水，而后拿过手机，上面是岑晏发来的询问——怎么全是鱼？

他对她的小心思一概不知。

今妱没有特别解释其中的含义，输入对话框的内容修修改改，试探着发道：**是邻居哥哥拿过来的。**

等待。

那边没了回信。

也许去忙了，岑晏从不会不回她信息。

岑晏没回信息，他丢开手机瞪着快递盒里的食物仿佛要凿出个洞。什么邻居哥哥叫得这么亲？邻居就邻居，为什么要加个“哥哥”？所以他不在的日子，她都和那个邻居哥哥一起？

夏热刚好扛着机器从外面进来，看见岑晏那一箱吃的，颓废打工人的眼睛霎时间亮了一个度，问道：“哪儿来的，背着我吃独食呢？”

原先岑晏是想吃独食来着，现在不这么想了。既然是那个什么邻居哥哥的东西，那他就不想要了，他才不稀罕，于是负气地把那一整箱鱼干扔给夏热，说道：“晕晕寄的，你要吃就吃。”

夏热低头翻了翻，开心地说：“还是妱妹好啊，干啥都想着咱们，这种类还挺多。”

岑晏沉默。忌妒使他面目全非，完全忘了在此之前今妱特意说的是寄给他的，而不是他们。

夏热掏出里面的一大包小鱼干，征求岑晏的意见：“我拿出去跟他们分分？一个剧组的，人情世故咱也得有。”

岑晏含混地“嗯”了声，摆了摆手。全分掉他都没意见，恨不得它们快点消失。

夏热出去分完回来，拆开还剩下的一小部分来吃，边吃边感叹：“妱妹真是太为我们着想了。”

岑晏抬了抬眸。

“知道我们剧组人多，寄的量很足嘛。”夏热吧唧吧唧吃得可香，还把小鱼干递到他面前，“你怎么不吃？还挺好吃的。”

岑晏恹恹推开，没兴趣地说：“好吃你就多吃点。”

夏热没发现他的不对劲，有吃的就心情愉悦，心情一愉悦，话就多了起来："不知道妩妹喜欢什么样的男生，以后谁要娶了她那不得是八辈子修来的福分？"

　　虽然话题扯得有点远，但他们也到了恋爱的年纪，再过几年结婚也近在眼前。今妩是他妹妹，他怎么看都觉得没有人配得上她。

　　岂料岑晏在这时忽然抬头，眼睛亮晶晶的，别有深意地眯了眯眼看着夏热。

　　夏热一愣。

　　岑晏企图用眼神提醒他——娃娃亲。

　　夏热不懂，把小鱼干往自己怀里收了收，问道："怎么了？"

　　岑晏继续发送脑电波——我和她小时候有娃娃亲。

　　看着他急切又暗含深意的眼神，夏热的眉毛扭成两条毛毛虫，当即抱胸，说："兄弟，你怕不是有什么非分之想？"

　　岑晏当即满意地点了点头，不愧是多年兄弟，两三个眼神就看懂了。那什么邻居哥哥让他的警铃大作，心想：我不装了，我摊牌了，我就是喜欢今妩。

　　谁知夏热一下退出好几米远，压低声号道："不是吧兄弟？你别想，咱俩没可能，永远都没可能，收回你的小心思！我可是快名草有主的人！"

　　岑晏无语得满房间找武器想揍他。

　　夏热惊恐地问："干什么你？得不到我就想毁掉我？"

　　"你神经病啊。"岑晏忍无可忍，破门而出。

　　夏热的脑回路让他血压飙升，进卫生间时不小心失了力道，"嘭"一声，吓了自己和大家一跳，但他管不了那么多了，掏出手机不管不顾地给今妩发消息。

　　岑晏：才认识几天就喊哥哥？我们认识这么多年，怎么没听你喊我一声哥？

　　他单手叉腰原地打转，看见朋友圈那栏今妩多年不变的头像出现了个红点，马上点开。

　　今妩：哇哇，邻居画画好看。

　　他一眼认出画里的人是今妩，再看看时间——这么晚了那邻居还在他们家？

　　等不及回信，他拨出语音通话，全然忘记"丘比特"的忠告，也不在乎这些天的忍耐是否功亏一篑。他释然了，喜欢是无法忍耐的，暗恋又怎能奢求回报？今妩这堵南墙，哪怕撞得头破血流，他也可以擦擦头，等伤好了继续撞。墙的那头是终点，若回头那就真的连最后百分之一到达终点的可能性都失去了。

　　倔强的他好像忘了墙也是可以翻过去的，或者绕过去也行。方法很多，他却来不及思考，选了最笨拙的一种。

　　那边接通得还算快，清澈嗓音如同拂过水面的微风。

　　"怎么了，岑晏？"

　　热锅上的蚂蚁煮熟了，前一刻还焦灼等待的心在这刻听见她的声音后平静下来，快要抑制不住的冲动也顷刻间平息。

听筒里出现从未听过的男声，小狗有种家被入侵的无力感，低声问道：“那是谁啊？都快十二点了还不回家？”

今妱说：“住后面的邻居呀，之前今曦和你们说过的。”

“而且……”她顿了一下，“现在才七点，哪里快十二点了？”

岑晏语塞，强硬道：“那也快了，很快了。”

“打我电话有事吗？”今妱不跟他计较。

“没事就不能打电话？”

“能。”今妱反讽道，“我才不像某个大忙人，早上看日出晚上看星星，凌晨听导演吵架，白天还有空赏风景。”有空发朋友圈，却没空找她聊天。

“你看我朋友圈了？”岑晏没注意她的语气，重点全在她的内容上，恐怕他都没发现镜子里的自己眉眼和嘴角快要扬到天上去了。

这没什么好隐瞒的，她大方承认：“是啊。”

电话那头的人每时每刻牵动着他的情绪，他开心一会儿又失落下来，说道：“那你一条都没给我点赞，连个评论都没有。”他还以为她没看到，后来一天比一天发得多。

今妱轻哼：“岑晏人缘多好啊，走到哪儿都有人要微信，去了剧组又有美女嘉宾姐姐，应该不缺我那一个点赞和评论吧？”

岑晏可太缺了，不禁加重语气，急切地解释：“我发的是仅你可见。”

屋外有人走动，有其他人讨论工作，听筒里突然没了声音。

岑晏以为今妱不信，拿下手机快速截图自己的朋友圈，每条都截了发过去，没一会儿，他们的聊天框就被他的图片填满。

“看见了吗？”

那头的今妱蒙了，声音在夜里变得很轻：“看见了。”

岑晏俯瞰十八楼窗外的风景，楼下红色的车尾灯将道路照成一条丝带，不断向前方延伸，看不见尽头。

陌生的温润男声说：“那妱妱，回见。”

今妱也说：“回见。”

“他怎么叫你妱妱？”岑晏不依了。

今曦送客人出门，今妱心情明朗，从冰箱里找到岑晏的旺仔牛奶上楼，反问道：“难不成叫我晕晕吗？”

许池察言观色的能力尚可，意识到或许叫“晕晕”让她有些不自在，之后便改成了妱妱。

“当然不行。”岑晏立马反驳。

“为什么不行？”

“反正就是不行。”

"哦。"

"哦什么？你还没回我微信。"

今姶笑起来，故意问道："你说哥哥吗？你比我小一个月，我为什么要喊？"

出生时间没办法改变，岑晏被堵得哑口无言，却气不过她叫其他人哥哥："你会喊的。"

今姶不甚在意，声音要比刚接电话时轻快："哦，那我等着，弟弟。"最后两个字，她故意拖长音，缓慢、逗趣。

就在岑晏想好好和今姶掰扯一下这个称呼时，固定闹铃振动，提醒他交接班的时候到了，他只能不得不挂断电话，咬牙说："你等着吧。"

岑晏从卫生间出来，微信切换小号，按照"丘比特"第一天发过来的价位图给对方结了款。"丘比特"说具体情况具体分析，事实证明，除了具体情况，还有个人的性格特征。"丘比特"只能做到大致的情感导向，却不能代替他谈恋爱，所以，遵从内心吧，没有谁比自己更了解自己。

发完转账，切回大号，岑晏看到今姶回过来的信息。

今姶：唯一一次叫邻居哥哥，就是给你发的上一条消息。这一条是第二次。

今姶：还有，鱼是我买的，不是他送的。

岑晏心想：现在去把鱼干要回来还来得及吗？

夏热大刺刺从房里出来，大概觉得刚才的猜想不太可能，视线扫了一圈看见岑晏后，主动过来跟他俩好地勾肩搭背，说道："哥刚跟你开玩笑呢，别往心里去啊，你也知道我有时候脑子转不过弯，但你当时看我那眼神确实挺让人难以理解。"

岑晏现在悲喜交加。

哦，他还忘记考虑了一件事——他喜欢今姶这事到底要不要和夏热坦白？

然而没等他细细衡量说与不说之间的利弊关系，夏热看着手机又出了声："这哥们终于打算放弃了。"

他们离得近，岑晏一转头就看见了夏热的高亮度手机界面，而后，他沉默了。

夏热的界面可不就是他的小号和"丘比特"的聊天界面？只不过两人的位置对换了。

岑晏需要冷静一下，后槽牙咬紧，问道："校园丘比特就是你啊？"

"啊。"夏热有点不好意思，"原号主大四实习没空管理，我没事就应聘了下，谁能想我瞎猫碰上死耗子聘上了呢？"

他没发现一边的兄弟后槽牙都快咬碎了，吐槽道："我接管了这号才知道什么人都有啊！最近一个算好的了，但我也理解不了，怎么有人会喜欢上一起长大的小青梅？你说他们这种我能给他们出法子吗？当然是搞黄一个是一个。"

岑晏尽量让自己显得平静，不解地问："那你前几天还让我找丘比特？"

夏热嘿嘿一笑，说："我这不是想让你给我刷刷业绩嘛！你想啊，你找到了女朋友，我业绩也刷上去了。"他撞了撞岑晏的肩膀，"这不就是两全其美，一举两得，一箭双雕，一石二鸟？"

"一石二鸟？"岑晏一掌薅上他的后脑勺。

亏他能想出欲擒故纵，原来是根本没想让自己成。这哪是"校园丘比特"！

岑晏一想到自己这几天忍得那么痛苦，就想暴打夏热一顿，恨恨地说："把我的鱼干吐出来！"

第二天清晨，今妲醒来收到了很多岑晏的消息。没错，是很多，昨天那通电话好像把他的话匣子捅开了。她一点没觉得讨厌，反而兴致勃勃，一条条如同批奏折般看下去，全部回复完后，换了衣服下楼出晨功。

晨功结束吃早餐，她发现昨晚临睡前的想法仍旧盘旋在脑海。她鲜在夜晚做决定，通常那个时候的人都会变得感性，如果睡一觉起来想法不变，就会去做。

回房间后，她进到书房，找到问卷平台人气最高的情感问卷打印出来，开始做题。

这份问卷的结果是用来区分你对他／她是友情还是爱慕之情，今妲在感性上不可避免地承认，她对岑晏似乎有对其他人不一样的感觉——从始至终的习惯，无端靠近的依赖，无条件的信任，无从解释的占有，以及无法宣之于口的……喜欢。

最后一个还有待考量，她不是很确定。

昨晚思考了半晌，决定以做卷形式给自己一份答案。其实当她打开这份问卷时，答案已经呼之欲出。

今妲开始做题，所有题目都是"会或不会""是或不是"的二选一题型。

问题1：和 ta 单独相处时，会觉得无聊吗？

当然不会，一点都不觉得无聊。

问题2：ta 不在时，觉得索然无味吗？

嗯，感觉少了好多乐趣。

问题3：如果 ta 身边出现异性，会心烦意乱吗？

确实会担心他会喜欢上哪个漂亮女嘉宾。

问题4：会不断回想和 ta 的肢体接触吗？

啊，好像有。

问题5：想和 ta 牵手吗？

挺想的。

问题6：想和 ta 拥抱吗？

也挺想。

问题7：想和ta接吻吗？

今妱不禁咬起唇内的软肉，就没有“想”和“不想”之间折中的一个答案吗？

她一道道题做下去，终于做到最后一题。看清题目，她差点忘记呼吸……

——想和ta的关系更进一步吗？

4

感性与理性均为同一个答案，今妱从书房出来后如同鲤鱼跃入水中扑进床上，整张脸埋进阳光混合青柠味的被褥里，质量优良的床垫上下颤动两下。岑晏，岑晏，如今不是一个简单的朋友的名字了。

他们每天忙忙碌碌，但岑晏从不因为忙就断了联系，常常趁着短暂的休息时间见缝插针地发微信。今妱每每打开新消息，他最后一句永远是——到时间了，回来看回复。侧面表达他不是突然消失，也不是故意不回复信息。

今妱看着他的微信发呆，止不住想：他应该对我有好感吧？

她开始渐渐期待他的微信聊天，每天和他交换一日三餐的照片，会在经过冰箱时下意识数一数挂历上的日子，捧着饮料倚靠在花园的秋千椅上时也会想起他偷吃她三明治时的明朗笑容。

时间就这样悄无声息地过去一周，距离岑晏回来还有九天。

这天傍晚，今妱收到一个快递取件码，抱着疑惑的心态出门，路过许池家被他叫住：“要去哪里？”

她站在许池家小花圃的矮栅栏外，举了举手机，回道：“去拿快递。”

“可以一起吗？我刚好也有。”许池正在小菜园里摘青椒和小番茄，烟灰色的裤腿卷至膝盖下，随意居家的装束，俨然一副好亲近的邻家哥哥派头。

今妱没多想，颔首。

“稍等一下。”许池在路灯下展开笑容，走出泥泞，“我去换双鞋，很快。”

今妱等待的间隙，刚好遇见他回来的父母。他们看见她先是一怔，而后对她绽放许池同款笑容，流淌着岁月痕迹的脸颊透出慈爱与温和。遇见他们，今妱便明白过来，许池浑身上下散发的亲和力原来是有迹可循的。她礼貌地打招呼。

夏日缤纷的晚霞令人心旷神怡，从爬满丝瓜花的围墙旁走过，今妱问出了一直以来的疑惑：“你好像很爱笑？”

“习惯吧，以前比较内向，后来遇到位老师说我面无表情的样子像全世界欠我几百万。我想了想，与其让别人这么觉得，倒不如反过来欠别人钱，心里会好受一点。”许池嘴角笑容不变，显然这样的问题被问过许多遍。

今妱第一次听见这种说法，沉默了下，说：“其实不用管别人怎么想的。”

“嗯。”许池很是赞同，“不过已经有肌肉记忆了。”见到人会忍不住展露笑颜，或许给人的第一印象有点奇怪，但也仅是奇怪而已。

风吹动绿叶，树影晃动。下午刚下过一场雨，他们避开水坑沿着路边走下坡路，骑儿童自行车的大爷慢悠悠经过，哼着小曲儿，硕大背影与矮小单车形成滑稽的反差萌。

他们一同笑出声。谁都有奇怪的点，所以管别人怎么想呢，自己开心最重要。

终于来到社区站的快递柜，今妲怎么也想不到自己的快递竟是个大箱子。找到盒子上的关键信息，她恍然记起来，是昨天和岑晏随口抱怨了一句零食快吃完了，没想到他挂完通话就给她"补货"了。今妲无奈又好笑，其实她自己去就近的便利店买也一样啊，这个傻子。

回去路上还是麻烦许池帮忙搬运，而他的快递只是一个小扁盒子。

"买了钢化膜，前天手机不小心磕地上碎了。"说着，他习惯性掂了掂手里的大箱子，没有其他意思，只是因为真的很沉，"是你那个小竹马寄的？"

今妲一边道谢一边问："这么好猜吗？"

"显而易见。"许池转头看了她一眼，"你从刚才笑容就没下去过，自己买的东西可不会有这反应。"

今妲正在给岑晏发信息，闻言笑弯了眼，摸了摸唇角，回道："是他买的。"

"听你姐说他在邻市？"

"嗯，他们有暑假实践。"

"想去找他吗？"

"啊？"今妲不免疑惑。

许池耐心地说："我过几天要去云市，会经过那儿。"

今妲不确定地问："你的意思是可以捎我过去吗？"

"是这个意思。"许池还有后半句，"不过回程的话要你自己回来了。"

今妲要搭车去邻市的事谁也没告知，因为许池还不确定具体几号出发，没确定的事她通常习惯等到万无一失、板上钉钉后再说。

在这期间，节目组发生了件棘手的意外，原定男四被匿名举报并非单身，私生活混乱，原定女四是千金小姐，在上节目前找到了真爱，而且候选人也各有各的状况。一时间，女四男四的位置空出，导演组病急乱投医，把主意打到了岑晏身上。

岑晏当然宁死不屈，好在最后夏热出马，解救岑晏于水火。与此同时，夏热"买一送一"撺掇了羌梨一起上节目，他在三人群里宣布，没有什么告白能比上节目更有意义了。

岑晏和今妲通话时告知她虚惊一场，顺便暗暗打探："我说导演组让我参加节目，你就没什么想说的吗？"

此时的今妲退出打车界面，一颗紧绷的心放松下来，故作轻松地回道："说什么？"

岑晏听着她的语气，默不作声地下压了嘴角——她对他要和异性参加情感恋爱类节目竟一点都不在乎，连一丝一毫的紧张都没有。他还以为这些天他们之间好不容易有了点进展，原来都是错觉。

"没什么。"他有些挫败。

"岑晏。"一个温温柔柔的女声响起，"你觉得这套上镜比较好看，还是这套比较好看？"

正在吃水果糖的今妲瞬间咬碎糖果，齿尖摩挲糖渣。

岑晏说："问服装老师，她比我专业。"

甜味融化在舌尖，今妲支着下巴无声地笑了。

她想见他，比任何时候都想。

她给许池发去信息：我可能要先走了。

许池很快回过来：巧了，刚要问你想今天走还是明天。

今妲毫不犹豫地回复：今天。

"晕晕，你在听吗？"耳机里，岑晏在叫她。

今妲慢一拍回道："在听。"

"你明明走神了。"岑晏的嗓音像糖果被瞬间咬碎，清脆、悦耳。

今妲已经来到衣柜前，找此次出行要穿的衣服，说："岑晏，我给你变个魔术吧。"

"什么魔术？"

今妲没回，指尖从衣架上勾出一条香芋紫的吊带裙扔进行李箱，问道："你觉得我穿紫色的裙子好看，还是蓝色的好看？"

那头的岑晏大概是蒙了，她在穿衣上从来只顾自己喜欢，何时问过旁人的意见？他斟酌开口："要看上身效果。"不是男士口中千篇一律的"都好看"的回答。

今妲将蓝色的那件也扔进行李箱，说："你刚才不是这么说的。"指的是女嘉宾问他上镜穿着一事。

岑晏脑子转得快，马上接话："那你把上身图发过来，我找服装老师问问。"

今妲把内衣也扔进箱子里，说："我是在问你。"

"哦，那也要看上身后。"

今妲拉上行李箱内层，故意不按他说的来，回道："哦，那算了。"

"你要出去玩吗？"岑晏不明白她是什么意思。

"算是吧。"今妲去卫生间拿洗漱用品。

"和你那个邻居哥哥？"

今妲惊讶地问："你怎么知道？"

"还有别人吗？"岑晏不想和她聊天了。

今妱不确定地说："有吧。"

"吧是什么？"

"就是没有。"

"哦，那你去吧。"岑晏彻底不想聊了。

今妱想给他个惊喜，忍了忍笑，"嗯"了一声。

嗯，她居然还嗯。

岑晏真的不和她聊了，嘴硬地祝福她玩得开心，挂断电话。

今妱在行李箱里多放了几身衣服，又将那条香芋紫的吊带裙拿出来换上。许池的车很快抵达楼下，她听见喇叭声，跑到窗边朝他挥了挥手，拉过行李箱下楼。

正在客厅的今曦看见她拉着个行李箱还以为她要离家出走，赶紧追出来，喊道："不至于吧，小妹？"

今妱难得没和今曦拌嘴，笑眯眯地说："我出去玩几天。"

今曦就这样看着今妱上了许池的副驾，两人微笑着朝她挥手告别。她感觉这个世界魔幻了，当即上楼直奔书房，喊道："晕晕跟着许池跑了！"

周晚章一愣，还以为自己听错了。

今曦又重复了遍："晕晕跟许池跑了，还拖了个行李箱！"

午后的阳光肆意，晴空万里的天气昭示着一场好心情。

车上，许池将空调温度调低，问道："就这么跟我出来，不怕我把你拐跑？"

今妱着急见岑晏，倒是忘了这茬，认真问道："你会吗？"

不等他回答，她又悠悠补了句："我会散打和柔道。"好像只要许池点头，她就能立马制服他。

许池当然不会，被她的反应逗笑："对不起，不该开玩笑的。"

今妱摆摆手。

手机里，岑晏发来信息：你还没说要变什么魔术。

这个魔术应该算是大变活人？

今妱卖关子：晚上打电话变给你看。

去邻市的车程两个小时，恰遇下班时段，路上堵了二十分钟的车，今妱到达时天色将暗未暗。

和许池道谢告别后，她给岑晏打电话，那边几乎立马接了起来——这个时间段也刚好是他们吃饭的时候。

今妱说："有个快递在你楼下，我填了我的手机，你下去拿一下呗。"

岑晏深信不疑，和同事招呼一声后，出了房间坐电梯下楼。

他们的通话在电梯里因信号不良自动挂断。

今Ｏ拉着行李箱藏在墙角微微探身，看到身穿白色T恤的高挑少年从单元门里跑出来，他四处张望，没找到她所说的快递员，清冽的眼眸浮起些许迷茫，单手无措地扶在骨感的后颈，另一只漂亮的手拿着黑色手机拨电话。

一阵熟悉的音乐铃声响起，他怔在原地。

铃声跑到了他的身后，手机的主人捂住了他的眼睛。

“岑晏，我来送魔术了。”

女孩柔软无骨的手像棉花糖，岑晏握住她的手拉下来，直到回身看见她甜美的笑容，依然觉得不真切。

今Ｏ来到他面前，抽回手背在身后，慢慢地说：“你不是要看上身效果，我来了。”吊带连衣裙包裹的身姿婀娜。

第十章

/

小狗吐舌头

1

原来这就是她的魔术。

下午还在生她的气，怎么也没料到她会给自己这么大的惊喜。岑晏的心里好似被倒进一大罐跳跳糖，密密麻麻的细碎火热地跳动，不过片刻就酥麻了。

“傻了吗？”今妱抬手在他眼前挥了挥。

岑晏的眼睛里能装进一片星辰大海，定定望着她，实话实说：“是傻了。”

今妱很满意他的反应，回身去墙角把自己的行李箱拖出来。不过今晚住哪儿又成了问题，节目组有保密协议，她不可能和他一起进组。来时的一腔冲动褪去，她才意识到自己这举动大概会给他添麻烦。

“你晚上还有工作？”

岑晏露出些许难色，说：“有的。”

今妱塌下肩，听见他问：“怎么来的？”

“搭的许池的顺风车。”她外加了句，“就是我们后面的邻居。”

岑晏了然，脑中快速生成接下来的解决方案，和她商量：“先陪你去找住的地方，我们再去吃饭好不好？”

今妱点头。

两人走出去几步路，岑晏又突然改口：“先等我五分钟，我上去拿个东西。”

得到允许，他疾步进到楼里。

今妱看着他的背影消失在转弯口，呼出一口气，心想：下次还是不搞突袭了，还好他不介意。

她坐到行李箱上，脚尖抵住地面，有一下没一下地沿着灌木丛路边滑动，滑出去一段路，又滑回来，三岁小孩都没她贪玩。

经过的路人不免被这漂亮姑娘吸引视线，岑晏下楼时刚好撞见有个男生举着手机想扫今妱的微信。后者正准备递手机过去，脚下还在无意识滑动，行李箱滚轮磕到路上的石子，眼看着要翻车，男生伸手去扶，却被突然出现的高个子帅哥截和。

今妱摔进了岑晏的怀里，背脊肌肤与他胸膛的布料贴紧，惊魂未定。她大半边腰被他揽住，劲瘦有力的手臂横亘在她身前稳稳托住她。

“我就走开一会儿，第几个了？”他一手抱她，一手扶住行李箱，说话时胸腔细微震动，细长的食指指尖报复性敲了敲她腰间，语气散漫。

今妱站稳，他适时撤走，后背失去遮挡，风一吹，丝丝凉意拂过。

原先要微信的男生见这阵仗立即收起手机离开，临走前嘀咕：“有男朋友还给二维码。”

今妱腹诽：你要不要再喊得大声点？

她从岑晏手里接过行李箱，强调道：“就一个。”

岑晏轻呵：“你好像还挺遗憾？”

今妱抬眸瞧他一眼，说：“确实算少的了。”

岑晏回想她递手机的画面，不免气结地问：“别人问你微信你就加？”

“加的都是小号呀。你看过‘女子因拒加联系方式被男子殴打’的新闻吗？我是真怕哪天我这漂亮的脸蛋会出现在社会新闻上。”

“小时候散打柔道都白练了？”

今妱惭愧地说：“柔道白带，你说呢？”

岑晏不跟她贫了，回身往楼里走。

今妱以为他生气了，当即松开行李箱追上去，把手机解锁递到他眼前，解释道：“我想给他看的是这个，不是二维码，明明是他不依不饶要微信。”

岑晏定住脚步，只见屏幕上是他们在今年春节的合照——穿着毛衣的两人手臂相抵，看向镜头的今妱发着愣，侧头看她的岑晏刚好嘴角带笑。

那时几家聚会拍完家庭照，今妱被今母推到他身边，都没反应过来，就被拍下了这张照片。前几天今曦无意提起此事，今妱去家庭群翻了好久的聊天记录才找到保存下来。

“什么意思？”岑晏不走了，“拿我当挡箭牌啊？”

今妱端详了一阵他的脸色，不显山不露水，根本看不出什么情绪来，于是无趣地收回手机，说：“不可以吗？不可以就算了，我换个。”

她收回手机，不拦他了，转身就走，却被岑晏捉住了手腕。

"可以，我什么时候说过不可以？"

在他看不见的地方，今妁的嘴角上扬，又赶紧收住，"哦"了一声。

松开她的手腕，岑晏继续往她身后的大门走。今妁蒙了一瞬，回头盯着他的背影，语气稍稍急了起来："你不陪我了？"

下一秒，岑晏踏上大门前的阶梯，那边立了个黑色行李箱，他抽出拉杆走下来，回道："拿个行李。想什么呢，岑晕晕？"

"你上去就是拿这个？"

"不然呢？"让她一个人住在人生地不熟的地方，他不放心。

岑晏走到她身边，指节搭着她肩膀将人带进里道，顺手接过她的行李箱拉杆并到自己手里，一只手推两个。

今妁的脚步轻快，如同踩在云端上。两人走出一段路后，她听见他闷声问："不用我的照片，你还想用谁的？"

今妁早就留好后手，屏幕上刚才的照片右滑，在他面前晃了晃，上面还是他们的合照，不过换了个场景。

"我说换一个，是换张照片。"她屏息收回手机，把他先前在大门前的口吻学了个十成十，"你想什么呢，今晏？"她轻而易举拿捏了他的情绪开关。

岑晏在这一刻不得不举白旗投降，别过头。

今妁笃定地说："你在偷笑，我看到了。"

岑晏才不想被她看见他这副样子，不然一会儿她又得顺竿子窜到天上去。他抬手，把温热的手掌轻抵她额角，将她脸摆正看前面，说道："都说了是偷笑，不能给我点面子？"

"那你笑吧，我不看。"今妁捋顺额边的碎发。

头顶的复古路灯散发着橙黄色光亮，耳边是滚轮摩擦地面的聒噪声响，今妁喜欢这样的夏夜，一定不是因为身边跟着的眼角带笑的少年。

他们在附近的连锁酒店定了套房，两室一厅，高楼层，站在窗前能够俯瞰城市夜景。酒店楼下就有餐厅，今妁不想耽误他时间，决定速战速决。

点了四道菜后，今妁问："夏热知道我来了吗？"

岑晏将问题丢回去："你想让他知道吗？"

今妁把木筷轻轻搭在唇瓣上，思索着："你应该和他说了吧，不然突然住外面，就很反常。"

"还没说。"岑晏解释，"他做嘉宾，我们行程就错开了。

"所以，要让他知道吗？"

"那就顺其自然吧。"她过来的目的是见岑晏，其他人无暇顾及。

服务员将菜上齐，起先岑晏点的全是今妁爱吃的，今妁认为不能这么霸道，便把其中两道换成了岑晏的喜好。

从他们坐下，两部手机就像摆设一样放在手边，谁都没有再拿起过。岑晏的手机振动，整张桌子可以感受到，他却没有要查看的意思。

今妁示意他，说："看下吧，万一有重要信息。"

他看了眼，笑开，把屏幕呈给她看。是今曦发来的。

今曦：晕晕和她的邻居哥哥跑了。

而其中一位主人公就坐在他对面。

今妁扯了扯嘴角，没好气地说："就她会脑补。"

岑晏笑着收回手机，下一秒，今曦又发来消息。

今曦：你对此什么看法？

今妁问道："她又说了什么？"

岑晏打着字，说："问我什么看法。"

今妁好奇追问："什么看法？"

岑晏淡淡地说："没有看法。"

今妁给他出主意："那你就回，现在和我跑了的人变成了你。"

岑晏不会告诉她，在她说出这句话前，自己正在输入的就是这行字。

他低头掩了掩笑，本来觉得不妥都要点删除了，最后如同获得特赦令，点击发送。

用完餐，岑晏就要回节目组，临走前不放心地嘱咐她锁好门。

客厅里开着电视，今妁窝在沙发里玩手机。羌梨拉了个四人群，成员为今妁、宣佳楹和任佳。

羌梨：不参加不知道，一参加吓一跳，我有摄像头恐惧症了，姐妹们！

今妁：不会吧，难道不是隐藏摄像头？

羌梨：都有。

羌梨：哎，你出来得正好。妁妁，你知道我刚进来那会儿，女嘉宾们的话题主人公是谁吗？

今妁：岑晏？

羌梨：这你都知道？

羌梨：就冲她们这日思夜想的劲，感觉这季没一对能成，有人还和节目组抱怨下次别招艳压嘉宾的工作人员，笑死。

今妁：不一定吧，这不是还有你和夏热吗？别人不成你们也得成。

羌梨：可别说了，夏热一进去，成男嘉宾里最帅的了，已经招惹上一个了。

羌梨：呵，男人。

今妱：呵，男人。

今妱：不过，他不是始乱终弃的那种人，枪枪稳住。

羌梨：枪枪稳不住。

从小到大，夏热是什么样的人今妱还算清楚，但人和人之间的感情实在经不起推敲。曾经的她以为朋友就是朋友，但自从发现自己对岑晏有别样的情感后，她又不甘于简单的朋友关系了。

岑晏回来时已是后半夜，来到客厅看见沙发上拢起一道人影，他放下背包，蹑手蹑脚走过去。

兴许是新环境睡不习惯，轻微的动静都会把今妱吵醒。

她迷糊睁眼，抬手遮了遮壁灯散发的微弱灯光。

岑晏将她拢在他的阴影下，单膝蹲在她身边，轻声问："去房里睡？"

今妱困极了，侧过身，顺手攀上他的脖颈，小猫撒娇似的，鼻音浓重："抱。"

岑晏才不如她意，坏心眼地说："不抱，自己起来。"

说是这么说，为了让她更轻松地环住他的脖子，他身子稍倾。

他们的距离拉近，可今妱一蹙眉，他就投降了。

抱之前，他问："我是谁？"

今妱半梦半醒也依然记仇，嘟囔道："今晏。"

"你自己回房吧。"

她哼声改口："岑晏。"

岑晏从来都好哄，抱起她往房里去。

2

今妱初到今家时，今父给她买了只哆啦A梦玩偶作为礼物。缺乏安全感的童年时期，她每晚抱着这个玩偶才能安睡。后来长大了，玩偶却还是原来的大小，她便改掉了睡觉抱玩偶的习惯。

昨晚岑晏差点迷失在伴随牛奶香味的房间，今妱环住他就不松手了，俨然把他当成小时候抱的那只玩偶。他再喜欢她，也不能在两人感情刚有苗头的时候胡来，哄了半宿才让她把手给松了。

今妱早晨醒来，入目是酒店陌生的房间，依稀记得睡着后岑晏把她抱回了房里，下意识翻身找人，再掀被子打量身上的睡衣。很好，一切都是正常的模样。

想到此，她又对自己无语，这是在期待什么？

出房间前她理了理头发，顺便揉揉眼睛，确保没有不得体的地方，再拉开房门。

餐厅无人，正要去的卫生间已经被占用，瘦高的男生站在镜前，使较小的空间看上去越发逼仄。他刚给牙刷挤上牙膏，听见动静回头，身子往里挪了挪。

一面镜子，堪堪容纳两个人的身影。

今妱还有点迷糊，岑晏往后退了一步，看她缓慢地挤牙膏，把电动牙刷塞进嘴里，所有动作慢得像树懒。

他刷着刷着笑了出来。结果一笑，口中的泡沫随他吹出的气息变成小泡泡飘浮在空中。

今妱看着镜子里的他，含混道："原来你是金鱼。"说完，她低头吐泡沫，长发不小心掉落在身前，差一点沾上泡泡水。

岑晏扫视了眼置物架，在上面找到发圈，冷感的眸微垂，嘴里含着牙刷，站在她身后空出两只手，指尖灵活地勾转发圈，替她把头发扎上。

今妱刷牙的动作没停，在镜子里打量两人的身形。平时注意不到，没想到和他站在一起，体型差凸显，她竟然也跟"小鸟依人"沾了点边。

洗漱完，早餐正好送到，两人并肩坐到了茶几边。

岑晏问道："打算玩到什么时候？"

今妱打开打包盖和餐具，避开粥里的虾仁，舀一勺粥吃起来，说："你想我玩到什么时候？等你结束，我们一起回去？"

"看你。"岑晏求之不得。

今妱想为所欲为也不能不顾他，跟组本来就忙，还要节目组和酒店来回跑，累得慌，于是说："我明天就回去了。"

"为什么？"岑晏眨眼的速度快了一瞬。

今妱只说："我认床。"这是事实，她去周晚章家的头几天都没睡好。

岑晏便不再多说，把刚打开的粥里的虾仁挑到她碗里。她吃虾仁总喜欢留到最后，舀一大勺进嘴里，满口的虾肉，很有满足感。

陪今妱吃完早餐，岑晏就背上背包去了节目组。

世界很大，有时又小得可怜，今妱的经纪人得知今妱来到这个城市，高兴得差点摆个席面欢迎。

"这不是巧了吗？妱妱。"

今妱觉得没那么简单，波澜不惊地问道："您有何指教？"

经纪人话语间带着谄媚："你看，暑假我都没给你安排工作吧？像你这么佛系又漂亮的女演员空出两个月的档期不是暴殄天物吗？"

"我算哪门子的女演员？"今妱的指尖搭在玻璃台面轻点，"跟我还要绕弯子吗？"

经纪人也就直说了："我一朋友公司今天开年会，正愁请不到演员表演，你给个面子帮我去镇镇场子？"

“今天年会，今天表演？公司不用事先彩排吗？”

“这不，上午彩排，下午上场，你的业务能力应付一下肯定够。”

今妱无语地说：“你们真是太儿戏了。”

“是我那朋友儿戏，不要带上我，谢谢。”经纪人听她的语气就知道是答应了，当即说，“我把地址发给你，公司包午餐，结束后演出费现结。放心，我给你敲了笔大的。”

今妱想着正好也没事，在微信上和岑晏说了声，换好衣服出门。

年会在市中心一家酒店举办，今妱一下车就有挂着员工牌的女生上来询问，她跟着人往里走。她来之前，经纪人再三保证只要让她唱首歌就好，她的水平和专业的音乐人比起来自然比不过，但放在年会上绰绰有余。

负责节目这块的是个女经理，正愁不知道选哪首歌，一见着今妱，思路就打开了。

今妱原以为这么正经的场合会让她唱点积极向上又饱含祝福的歌曲，她一路上给自己做足了心理准备，直到看见歌名……她挑了挑眉，除了儿戏，这家公司在短时间内给出了第二印象——有点离谱。

今日的天气阴晴不定，上午如同夫妻吵架时的阴郁，下午就和好了，阳光明媚。

今妱演出完收到岑晏的信息，他跟拍的一组嘉宾约会地点在游乐园，问她要不要去看看，费用他报销。

她明天就要离开了，不想错过和他一起的时光，快速打了车赶往目的地。

岑晏白天不间断地拍摄，在不耽误工作的情况下和同事沟通好时间，来到游乐园门口等待。

因为要见想见的人，他翘首以盼，哪怕只是眺望人群，也不觉无聊。

今妱抵达时，一眼就望见了门口的少年。阴影下的他皮肤很白，由于头发长长了点正值尴尬期，他戴了一顶白色鸭舌帽，宽阔平直的肩膀有一边微塌，站姿很随意。他们在茫茫人海中相望，他瞬间挺直身体，迈出平稳的步伐向她走来。

但只有他自己知道，看似稳定的步调其实早就乱了阵脚。

岑晏顺手接过她的小挎包，带着她进门，问道：“有想玩的吗？”

游乐园到处是人们兴奋、恐惧、发泄的尖叫，感官刺激下，今妱仰头，眼睛一眨不眨地盯着不远处的云霄飞车，问道：“你会陪我吗？”

有时他们的交流简单而直接，岑晏看懂了她的指示，说：“你不怕的话……”就陪你。

他还未说完，就被她拉住手腕往那边跑。

"那去吧，我们在太阳下山前坐上去，我想体验一把'落日飞车'。"

落日在褪色的蔚蓝天空中一点点下坠，坠入云海，云海驱散，整个游乐园笼罩在亮闪闪的金色下。身穿薄藤粉背心搭配浅蓝色背带裤的女生，跑动下飞扬的发丝被太阳晒成暗调的棕，全然不知身后被她拉着跑的少年的视线只顾落在她的侧脸，以及他们接触的手上。他们追着落日，此刻，无论她想做什么，他一定都是追随她的人。

他们穿过人群排队等待，成功坐上落日消失前的最后一趟云霄飞车。弯曲起伏的轨道设在广袤无垠的湖边，出发的预备铃提醒着人们再无回头路。只有这一班会播放乐队"落日飞车"的歌曲——《我是一只鱼》。他们迎着落日上升，音乐前奏与"哐当哐当"底部滚轮碰撞铁轨的声音混合，如同秒针行走，每响一声，距离顶点就近一分。

"可不可以不想你，我需要振作一下，七八九月的天气，像我和你需要下一场雨……"

几乎快要与地面垂直时，有人控制不住尖叫，今妱望着深蓝的天空，感觉像要冲到天上去。

岑晏问："害怕吗？"

她抓住了他的手，说："不怕。"

他们是彼此的唯一。他指尖穿过她的指缝，他和她十指相扣。

终于到达最上方，突然，飞车快速而激烈地俯冲下来。人们大声尖叫，刺激的、快乐的、崩溃的。不远处的摩天轮上有情侣在接吻，今妱的耳边是风，眼前是落日，天空开始下起毛毛细雨，湖面倒映着世界。不重要，这些都不重要，重要的是，此刻在身边牵着她的人。一直以来，岑晏给今妱的安全感从未缺失。

下来后，今妱如释重负。

"怎么样？"岑晏虚扶着她手臂，他们绕过惊魂未定的人们。

今妱顺势闭眼，歪头靠在他肩膀上，虚弱地说："难受。"

"你装吧。"他轻轻弹她的额头。

今妱就知道逃不过他的法眼，掀起眼皮看他一眼，不装了。可她脑袋刚抬起来，又被他按了回去。他说："装就装得像一点。"

一开始，她只是想简单地靠一下，后来情况不受控制，就像这阴晴不定的天气。她试探着倚进他怀里，脑袋贴在他肩窝，眼睛自始至终不敢看他。最后一步是由他来完成的——他温热而有力的手掌扣住她的手腕，带到他骨感的腰间环住。她脸颊开始发烫，心跳愈演愈烈。

云霄飞车的后劲来得猝不及防。

这天，他们一直玩到游乐园关门，默契地谁也没提那个拥抱。

翌日一早，今妱便收拾行李。原先下午回程的决定临时改到上午，如果昨天傍晚没有拥抱，或许她还能坦然自若地面对他。

他们间的气氛变得微妙，岑晏送她到汽车站，陪她安检，一直送到检票口。

他突然开口："你前天问我，你穿紫色好看还是蓝色好看。"

今妱今天穿着瓦尔登蓝的连衣短裙，岑晏从没告诉过她，她穿裙子时精致得像洋娃娃，特别是那双眼睛注视着你的时候，有让人不管不顾沉溺其中的蛊惑。

他不可避免地落俗了，回答她："都好看。"

今妱心上泛起涟漪，抬眸，睫毛如同蝴蝶震颤的翅膀。临走前，她抓着行李箱拉杆的手不断收紧，小声说："那我再问你一个问题，你好好想想要怎么回答。"

她酝酿了许久的问题脱口而出："为什么那几天的朋友圈仅我可见？"

3

发车在即，检票员举着喇叭催促："小姑娘要不要上车啦？再不上开车了啊。"

来往走动的人声嘈杂，这样杂乱的环境下，俨然不是回答问题的好时候。司机已经发动引擎，真要赶不上了。

"你好好想想，想好了再告诉我。"前半句话今妱加重了语调，拽过行李箱，在检票员的帮助下放行李上车。

她狠了狠心才没回头看岑晏。也不是什么生离死别，却又有点害怕他的答案不是自己想要的。

今妱找到座位坐下，班车准时发车，车身缓慢经过那道门。终究没忍住，她偷偷瞥了一眼窗外，精准搜寻到他的身影，身高出挑的男生站在检票处一动不动。他们的视线在空中相触，他朝她踏出一步，又收回。直到看不见了，她才靠回椅背，闭眼持续不断地回想。

岑晏知道她晕车，出发前不忘去药店买了晕车药监督她把药片吞下去。她不喜欢吃药，但还是听话地吃了。一颗黄豆大点的白色药片，她却难以下咽，喝一口水，嗓子冒烟般的苦味立马呛在喉咙里。她那时的表情一定很难看。

他立马喂进来一颗水果糖，甜味和苦味混合，特别奇怪的味道，像小时候姥姥家馊掉的葡萄汁。他看她时的眼神里有心疼，有后悔，她把一切看在眼里，所以更想知道他是什么意思，想问清楚，想让他们的牵手和拥抱都变得名正言顺。

他还在她的背包里放了陈皮、晕车贴、晕车糖、青草膏和风油精，他恨不得将每一种药都买全。

也不知是不是心理作用，她感觉难受的劲儿缓缓从胸口爬上来。

手机振动，他给她发来信息，但不是回答她问题的答案，只说了到家后报平安。她感觉越发难受，把手机扔回包里，闭眼强迫自己睡觉。

她前十几年的经历，福祸参半。她以为对原生家庭的记忆早就淡去，时至今日也一直是自欺欺人的想法。有些事不是那么容易就能忘记的，当你独自安静时，它们冷不丁跳出脑海，让你一遍遍想起，去加深印象，直至再也忘不掉。

她从未和人提起过这部分记忆，以前不会，以后也不会。

她的亲生父母应该是爱她的——开饭时，第一只鸡腿妈妈永远先夹给她，每年生日都为她准备一大桌子菜肴庆祝。因为羡慕别家小孩有玩具，妈妈总能心意相通地制造惊喜，比如遥控飞机、滑板车、溜冰鞋……妈妈从未说过爱她，却给她一种“别家宝宝有的，我们家宝宝也要有”的宠爱。妈妈还会在她生病发烧时，不顾腿脚不便，在深更半夜焦急地背起她前往医院。

再说说爸爸，他不像其他父亲会把孩子高架在肩上，自家孩子被欺负了，他也不会据理力争。记忆中，他总是点头哈腰居多，但他会给她轻轻柔柔地涂药，吹着伤口说“晕晕要坚强，呼呼就不疼了”。印象深刻的是爸爸画画很棒，展翅翱翔的鹰、衔着柳枝的白鸽、枝头唱歌的喜鹊……他画起鸟来最在行，今妱的美术作业几乎全由他指导，画画技能脱颖而出应该也是遗传了他。

但是，这一切看似温馨的童年生活，中间要用“但是”来转折。她想不明白，为什么总给她买玩具、满足她一切欲望、温柔爱她的妈妈，会趁爸爸不在家时对她拳打脚踢。起先是因为她在房间唱歌，她以为是歌声吵到了妈妈；后来是画画，她以为是没有达到妈妈满意的程度；再后来，记不清了，反正，妈妈总有理由打她。

大人在小孩面前，有种自然而然不怒自威的气势，站在家庭食物链顶端的女人更甚。今妱害怕，不敢告诉爸爸，只能默默承受。事情终于在爸爸因为公司停电，提前下班回家后出现转机，向来柔软懦弱的男人第一次和妻子吵红了脸。这事成为父母离婚的导火索，又意外地变成了杀死他们的蝴蝶翅膀。

收养她的今家无疑是她的救命恩人，夏热和岑晏则是她低谷时漏进来的一束天光。起初她和岑晏的相处模式与现在截然不同，他看起来全身上下冷冰冰的，面对她更是板着张脸能吓死人。今妱很害怕岑晏，便刻意避着他，只跟夏热玩。夏热又是个热心肠的，偏偏每次都带上岑晏。

今妱小时候害怕狗，放学回家路上有条狗挡道，还不停对他们大叫，吓得她双腿发抖。

那天夏热刚好不在，只有她和岑晏，本以为他会冷眼旁观看她笑话，结果他抓住了她的书包带子带着她往前走，稚嫩的嗓音老道地安慰她：“这狗看着吓人，其实不咬人。”她对着男孩的后脑勺眨了眨眼，心上陡然出现一个认知——岑晏只是看着吓人，其实很好相处。

她浑然没发觉那时的自己把岑晏和狗画上了等号。

今妱不喜欢欠别人的，那天晚上岑晏在今家吃饭，她把她最爱吃的最后一只虾让给了他。之后他们的关系好像亲近了点，又好像没有，因为岑晏那张扑克脸实在喜怒不形于色。

两人看似井水不犯河水地友好相处一直持续到岑晏翻进今家，爬上树给她送面包的那晚。后来他暗地里压榨她，变着法让她给他带早餐。大概是见她不会反抗，便愈加过分，吃她的零食，喝她的水，让她不得不养成吃喝买双份的习惯。岑晏这人还很奇怪，其他女生送给他的零食和小吃历来不感兴趣，最后都进了今妱和夏热的肚子。

就是这样一个奇怪的人，在今年寒假喝醉酒千里迢迢从外地赶回来见她，破天荒地在她面前失态。他那时说了句“你想谈恋爱……”，后面还有一句，可风太大，任今妱怎么竖起耳朵听都没听全。

经过这两天的相处，她不断试探，不断得寸进尺，隐隐得出一个“无论在他面前怎么撒野，他都会包容她”的结论。难道所有异性朋友之间都是这么相处的吗？这让她想起夏热，至少她和夏热之间的相处才不像和岑晏那样。

思绪一旦飞出去，晕车的症状在无形中缓解。今妱想着想着就睡着了，还是坐在里座的乘客拍了拍她，她才发现到了目的地。她道谢下车，拿出手机看了一眼，除了上车后的那句报平安，岑晏什么也没说。两个小时过去了，让他好好想想，需要想这么久吗？

上车前心里的那点躁动的火苗顷刻被浇灭，原以为他也喜欢她，再不济对她应该也有一点点男女方面的好感。往往一个问题得不到回复就是答案了，今妱冷静了，他对她没有那方面的想法，她不顾晕车去送惊喜就是感情里的自我感动和瞎折腾，她和那些眼巴巴送上门的求爱者又有什么区别？没区别。

坐上出租车回家，路上她又给岑晏找到了个合适的借口，万一是他遇到紧急突发状况了呢？他那个行业可能发生的事太多了。

她决定再等等，低头打字给他报平安。

到家赶上午饭，今曦大约是感受到了今妱的不在状态，没像往常那样说笑揶揄她。今妱吃了两口后和他们说一声便上了楼，把衣服收进衣柜，指尖勾过床头的烟盒进到书房，随便找一部剧开始练台词。闲暇时她可以满脑子都是岑晏，自然也能调整好心绪做自己的事。

电影里，Dan 对 Alice 说：“我爱你。”

Alice 问：“在哪儿？给我看。你的爱在哪儿？我看不见，摸不着，也感觉不到。”

对话出自美国电影《偷心》。这个世界偶尔让她产生怀疑，为什么情绪低落期间，无论刷短视频，还是其他软件，推送内容都那么符合当下心境，就像在人类的大脑里安了监控。

今姁的英语发音很正，她感受着 Alice 说这话时的语境，一遍又一遍地重复。

看不见吗？

但是岑晏对她的好像可以看见。

摸不着吗？

昨天他握住她的手腕带到他腰间的力道，仿佛还有余温。

感觉不到吗？

如果感觉不到，她就不会那么迫切地想要一个答案。

喜欢和爱一定是有迹可循的。

今姁的心突然趋于平静。

屏幕上方跳出昨天年会女经理的微信：忘记把视频发你了，咱们这摄影师构图还是不错的，把你拍得美上加美。

视频点开就是今姁一身妖艳的礼服红裙，慵懒而随意地唱着首名为《致命情人》的歌曲。

"入夜我们谈恋爱，心里花儿开……"

唱出第一句，台下就开始起哄地捧场。而唱歌的人只感觉尴尬，听在别人耳朵里的慵懒和随性是因为她尴尬得不知道该用什么情绪演唱，索性就没有情绪。

她赶紧退出视频。

客气地回复完消息，返回消息列表看见岑晏的头像框，她又鬼使神差地保存了那个视频发到朋友圈。

一下午眨眼而过，天空被墨色渲染。

今姁洗完澡躺在床上刷剧，小黄鸭时钟的秒针乐此不疲转过一圈又一圈，时针到达"9"时，她打开微信，终于在朋友圈那栏刷出了个红圈"1"。

消息来自五分钟前。

岑晏：？

今姁刷新了下，确定他只给她评论了个问号，于是她回了个"？"过去。

没有回复。

小黄鸭的分针如同年过花甲的老人，缓慢地向下移动，停留在"5"时，今姁好像听见了什么动静。但小舅说过房子有隔音，就当是幻听。

又过去一分钟，她的房门被敲响，是独属于岑晏的敲门方式。

今姁的心怦怦直跳，倏地从床上坐了起来。他这时候应该在节目组才是。

下一秒，寂静的房间里响起她的微信提示音。

岑晏：睡了吗？

两人就一门之隔，今姁傻傻地回复：没有。

岑晏：开门。

今妱同手同脚地下床开门。

上午才在另一个城市告别，晚上他们在家里相遇。

岑晏站在门口低头看她，鸭舌帽换了顶黑色的，配他身上的黑色潮牌 T 恤，走廊没开灯，房内的白色灯光勾勒出他线条清晰的下颌。他抬手掀了掀帽檐，隐在阴影下的是一双令人心疼且动容的眼睛。

今妱还是没有缓过神来，他怎么就回来了？

岑晏本该是疲惫的，这时候满意于她的反应，白天为了回来的累也就忘了。他微微倾身，帽檐轻轻磕在她额头上方，他们距离近得像在接吻，只一瞬就收回。

"傻了吗？"

今妱相信因果有轮回，善有善报恶有恶报，虽然这句话放在这里不太合适……多少次了，他们角色互换。

今妱问："你怎么学我说话？"

"嗯。"岑晏漫不经心地点头，"我不仅学你说话，我还学你大变活人。"

今妱抿着唇，硬是不让自己在他面前显出高兴的样子。可又觉得他都站她跟前了，该有的反应得有，于是她朝他勾了勾唇，但只一秒就恢复原状。

"笑得还能再敷衍点。"他抬手捧住她要别过去偷笑的侧脸，固定住，霸道地只许看他，大拇指抚了抚她的嘴角，"朋友圈什么意思？你还想和谁谈恋爱？鱼塘里的鱼是不是都开心得沸腾了？"

"你是因为朋友圈才回来的吗？"

"你觉得呢？"

"我觉得是。"

"别转移话题。"

今妱拉下他的手，较着劲，说："你先回答我的。上午，车站。"

岑晏不紧不慢地说："急了？"

今妱作势要关门，被他的手掌挡住。

"你说让我好好想想。"岑晏的嗓音干净清透，"我就想着这么重要的事，得当面说。"

他们同时开口——

岑晏说："我想了很多。"

今妱说："所以你就回来了？"

"先别打岔。"

"哦。"

岑晏在车上打了一路腹稿，有满腔的话要诉说，满腔的情意要倾吐，可话到

175

嘴边绕一圈又回了肚里，觉得没太必要说出来。说他这些年是怎么喜欢她的？喜欢到控制不住想要占有，满脑子都想她？太肉麻，不合适。她才刚喜欢上他，他就说那些让人有负担的话未免强人所难。

他凝视着她的眼睛，就着最近的事说："岑晏的手不是谁都能牵的，岑晏的身体不是谁都能抱的，普通朋友间能做这种事吗？为什么朋友圈仅对你可见，因为我只让你牵手，只让你抱我，只给你提前开放了体验男朋友的权利。直白来说就是……"

"岑晏喜欢今姁。"

4

今姁从小到大听过太多太多告白，唯有此刻，心脏的跳动是因为一句"岑晏喜欢今姁"而变得急速猛烈。前天坐在云霄飞车上的感觉好像又回来了。

"现在换你回答我了。"他们之间有许多交换问题答案的时候，这次变得异常严肃。空调运转着，时钟走动着，每一声都像是急促的心跳。

他问道："你想和谁谈恋爱？"

她还能和谁谈恋爱？她身边除了岑晏和夏热就没有其他男性朋友了。为什么没有？因为好几次以为会成为朋友的人最后都会跟她表白诉衷肠，一个个掏心掏肺"看我对你多好"的模样，好像她不答应就成了罪大恶极之人。

但岑晏和他们不一样，今姁发现自己根本招架不住，眼前是他清瘦性感的脖颈，颈侧的脉搏在热烈跳动。她惊觉，原来脉搏也是能看得见的。

"行吧。"迟迟等不到答案，岑晏打算走人。

今姁伸手拽住岑晏的T恤下摆，满心都是他，可就是不看他，轻声开口道："和你。"

在她看不见的地方，小狗的尾巴快要翘到天上去了。

岑晏又问："发朋友圈又是什么意思？"

今姁回身去床边，单膝跪在床上够到手机，翻出朋友圈，回到门口递给他看，说："仅对你可见，跟你学的。"

她的耳尖微红，面上倒是一副淡淡的样子。其实她和岑晏有挺多相似的地方，没接触过的人对她的评价无非就是花瓶、寡淡和无趣，接触多了就会发现她也有可爱的地方，还很好说话。就拿她在蒋教授课上画画来说吧，下课后同学们找她画画，她最后捡着空闲也给他们画了。

而岑晏，是所有人眼中的狗脾气，外表绅士，发起脾气来谁都不敢招惹，从小到大就是这样。只有今姁以为他脾气很好，那是因为他从不把枪口对准她。他对待无关紧要的人堪称一面镜子——你对我好，我自然敬你三分，你若蹬鼻子上脸，我也能比你还横。可他对着今姁时，这面镜子就失效了，他似乎能无限包容她，哪怕她惹他生气，他也能自愈，把自己哄好后继续对她好。

他不会告诉她，他等这一天等了多久。

岑晏的呼吸放得很轻，问道："那我们现在是什么关系？"

他看似把决定权交给了她，实则想从她口中听到她对他们关系的定义，新的定义。

今妱却没按他想的来，把问题抛回去："还能是什么关系？"

"你好好想想。"

今妱得到了想要的答案，白天胡思乱想的劲一扫而空，彷徨不安的心也落到了肚里，装傻充愣道："朋友？"

"你说什么？"岑晏沉沉地吐出一口气。

某人此时如同玩弄感情的渣女，不认账了："家人？"

既然她要玩，那就陪她玩。岑晏勾起一个面如死灰的微笑，从牙缝里挤出一个字："行。"

不等她有所反应，他果断拉着行李箱进了对门。

今妱一愣，这和她预想的不一样啊。

她站在门口呆滞几秒，没等来他重新开门。

她走到他门口轻轻敲了敲，微信进来信息。

岑晏：男女授受不亲，这么晚开门不合适，有事明天说。

很官方，很冷淡，很避嫌。

可是视线往上移，上一条就是他让她开门的信息，这人翻脸比翻书还快。

今妱就站在门口给他打电话。

响了一声被他挂断，他又发来信息。

岑晏：今女士，请勿在半夜给单身男士打电话。

岑晏：以及敲单身男士的房门。

"今女士"的称呼都叫了出来。

今妱有些蒙。

怎么办？她好像玩脱了，到嘴的男朋友飞了。

清晨，万物苏醒的时刻。

今妱出完晨功，岑晏还没从房里出来。她想起昨晚他风尘仆仆赶回来当面告白，她那时实属不该跟他对着干，不知道他睡一觉起来气消了没有。

坐在餐桌边，今妱有一搭没一搭地吃着早餐，一口包子无意识嚼了十几次。

今曦在户外浇花回来，目露嫌弃地说："你这粥和包子从七点吃到九点还没吃完？"

今妱幽怨抬眸，还不是想等岑晏一起下来吃，谁知道他到现在都没起来。

周晚章托着笔记本电脑下楼，别墅的楼梯由透明玻璃建造，他傲人的长腿让今妱想到岑晏，他们家人的基因都这么优秀？

今妱看见他走楼梯还不忘看电脑，后知后觉想起来问道：“小舅陪我们度假都不用上班吗？”

周晚章从数据里抬起头，礼貌地分给她一眼，回道：“可以线上办公。”

今妱感叹：“如果所有工作都能这样就好了。”

今曦插嘴：“异想天开呢？你拍戏能线上拍吗？单论你的职业，就不可能。”

今妱更幽怨了。

今曦也上楼拿电脑，和周晚章一起坐在客厅的茶几边办公。

岑晏直到中午吃饭才打着哈欠下楼。他离开后，今妱揽了他盛饭的活，她给每人盛好饭。周晚章道谢，照常端自己和今曦的碗。岑晏的鸭舌帽反扣在脑袋上，他今天穿了件身前带只小狗吐舌头的T恤，狗狗的肚皮上印着英文单词“SINGLE”。

单身？

今妱惊讶他真是什么衣服都有。

岑晏从她手里接过自己的碗，淡声说：“谢谢。”

一个从不跟她说谢谢的人，突然有一天改性了。

看来昨晚的气还没消。

午餐丰盛，对面的今曦和周晚章聊着现在还有没有粽叶卖，她想尝试包粽子。

果然，人在空闲到极致时往往都闲不住。

期间今妱用余光瞄了几眼身边的人，他规规矩矩地低头吃饭，想和她互动的信号没放出一星半点，看样子是真想和她避嫌划清界限。

如果他没穿身上那件单身狗衣服的话，她差点就信了。

桌下，今妱的脚挪到他的脚边碰了碰他。

岑晏纹丝不动。

很好，很有定力。

她又推了推他的脚外侧。

他从容自在地拿起左手边的手机，打字。

今妱的手机进来消息。

岑晏：别对单身男士动手动脚。

这一刻，今妱的逆反心理极其严重，当即抬起一条腿，挂在了他的腿上。他们的大腿上下交叠，她的脚尖微勾，脚背若有似无地轻蹭他硬邦邦的小腿肚。

岑晏不动声色地倒吸口冷气。

今妱：不喜欢吗？

岑晏违心地回复：不喜欢。

今姁：哦。

她发完就准备收回腿，被岑晏眼疾手快掐住膝盖两侧。

呵，男人。

今姁冷笑：不是说不喜欢？这算什么？

——系统提示：岑晏撤回了一条消息。

岑晏：什么时候说了？

口不对心，今姁反扣手机，当时真应该截图给他看看。

岑晏面上稳如泰山，腿往她这边敞了敞，方便她挂着舒服。

今姁余光见他脸不红心不跳的样子，寻思着以后他要是骗她，她估计也看不出什么来，说不定被卖了还帮着数钱呢。

手机振动。

岑晏：好看吗？

今姁：谁看你。

岑晏：谁说你看我了？我问你前面那碗汤好看吗？

这才是他啊，尝到了点甜头就开始耍坏。

今姁踢了踢他：神经病。

岑晏：刚在想什么？

今姁反呛：在想你哪天背着女朋友偷腥，肯定能瞒天过海！

岑晏只看到了前三个字：原来在想我。

今姁无语：你看看后面。

岑晏还真回头看了眼身后的水池。

今姁扶额合了合眼，腹诽：你还能再明显一点。

对面的今曦见状，问道："怎么了？"

今姁放下手机，缓缓地正襟危坐，落在岑晏眼里俨然一副干亏心事被抓包的模样。

他忍了忍笑，回道："没事，想看看电饭锅盖上没。"

周晚章挑眉，眼神中透露着说不上的别有深意："盖上了。"

岑晏"嗯"了一声，手上漫不经心给今姁打字。

桌面上手机振动，今姁用吃菜转移注意力，在吃到第三块糖醋排骨时，她定力渐失，打开手机看了眼。

岑晏：我们现在不是在"偷腥"吗？

周晚章关心起小辈的工作生活，问岑晏："回来还走吗？"

今姁入戏太深：不怕你女朋友生气吗？

岑晏一心两用，边回信息边说道："不走了，囤了两天假刚好到结束。"

岑晏：生什么气，她又不想承认我。

桌下，岑晏再次接收到来自今女士的踢腿。

周晚章说："那是连轴转了十几天啊，年轻也要爱惜好身体。"

岑晏的心思全在手机上，含混应了句。

今妲抱怨：你腿怎么长的，这么硬？

都踢疼了。

岑晏面不改色：别的地方更硬。

今妲：？

岑晏：你又在想什么？

今妲：没有。

岑晏：我说我胳膊也很硬。

今妲：我没想歪！

岑晏：我也没说你想歪，激动什么？

这天没法聊了。

怎么感觉是岑晏在跟她得寸进尺呢？

两人暗地里你来我往，殊不知对面的今曦咬着筷子，奇怪的眼神在他们身上转了一圈又一圈。

一餐结束，周晚章和今曦起身。今妲一秒收回了腿。一旁的岑晏撑着侧脸，别过头掩着嘴闷笑。

岑晏回来，洗碗的工作自然落回他的手上。

今妲被今曦拉离厨房，问道："你俩什么情况？"

"啊？"

今妲还说岑晏能瞒天过海，也不看看自己有多能演，餐桌上神色自如，全程和岑晏零沟通，连个眼神都吝啬给。今曦观察了半天，还以为他们的感情出了状况。

"怎么你去了趟回来，你俩就没交流了？"

今妲不知道该怎么解释，她现在还处在哄岑晏的阶段。

想到此，她眉心一跳，这个"哄"字真是用得无比自然。

今妲说："过段时间就好了。"

今曦根据她以往的经验，压低声音出主意："咱们女生要自爱，他不理你的话，你也别热脸贴冷屁股。他不主动，你就不主动，好吗？"

"好。"今妲其实没听进去，她和岑晏的情况显然不是今曦理解的那种情况。她也相信，如果她不理他，他一定会坚持不住主动来把台阶垒在她脚下。

可是，总不能每次都让他递台阶。

目送今曦和周晚章上楼，今妲回到厨房。刚才周晚章说的话大概是想侧面提醒她，岑晏没日没夜连续工作了十几天，他也会累，要体谅体谅。她看着岑晏洗碗时微躬的身影，想起去邻市那天就发现他好像瘦了一点，下颌的棱角越发分明，他们拥抱那天，她都能摸到他背后的骨头。

岑晏早就察觉今妧回来的动静，一直在等她上前。没等到，他禁不住开口问："傻站着做什么？"

看，他就是会忍不住给她台阶下。

今妧走过去，说道："我来洗吧。"

"马上好了。"岑晏没让。

今妧想做点什么，就给他按摩肩膀，又被他阻止，说："没事做就去看电视。"

今妧就去看电视了。

岑晏气结，他就是随口一说。

洗完碗，他带着气去客厅，懒散地倚在离今妧最远的沙发里，长腿随意敞开，鸭舌帽摆正挡住脸，低头玩手机，还故意关闭静音模式，把铃声调到最大，微信提示音一条接一条响，聊天聊得可欢，似乎在无声宣告，再不来哄我，我就跟别人跑了。

幼稚又好玩。

因为他的脸挡在帽子下，今妧大大方方欣赏他的别扭样，反正他看不见，也不知道。她就看他什么时候抬头。

然后他抬头了。

两人视线意外碰上，他赶紧低头去看手机，才没想看她，就是巧合。过了几秒，他反应过来，看就看了，有什么好心虚的？他顿时理直气壮了起来，丢开手机，下巴上扬，漂亮冷感的眼睛不甘地瞪着她。

今妧从头至尾没有收回目光，把他的小动作全看在眼里。她望着他笑起来，得意扬扬的。岑晏可太讨厌她的笑了，继续用眼神震慑她。

可震慑力为零，今妧缓缓吐出三个字："两分钟。"

岑晏一愣，问道："什么？"

今妧站起来，走向他，说："每次都是两分钟不到。"

你就自我投降了。

岑晏听懂了，一时间更加气闷，就像被拿捏了七寸。他在内心煎熬的时候，她居然在偷偷计时？他不看她了，把帽檐压得更低，烦躁地滑动屏幕，心旦暗暗发誓接下来无论她做什么，他都不理她了。一理她可把她得意坏了，一得意她就容易忘形。

他再理她，他就是小狗。

然而小狗怎么也没想到，女孩白嫩的细腿挤进他的双腿间，手指勾了勾他的帽檐喊他："岑晏。"

她站在他身前，惹得他下意识想抬头，抬到一半，脑中闪过自己发的誓，便硬生生停在半路，决定这次无论如何也要超过两分钟再说。他的眼前，宽松的短款 T 恤下摆里面，是她纤细的腰，低腰牛仔热裤的扣子竟然是颗小熊脑袋。女孩的衣服都这么可爱吗？他微微蹙眉。

不等他继续发散思维，左边的大腿传来柔软的触感。今姳坐在了他的腿上，一手扶着他的肩膀，歪头探到他帽檐底下叫他："今晏。"

她的五官里，眼睛最好看，如同太阳光下清透闪亮的琉璃球。他喜欢她看他时候的眼神，不论开心还是生气。可他现在不能看，一看又得破功。所以对视上后，他迅速别开了脸，不给她看。

今姳柔软无骨的手便攀上他的脖子，身子跟随他脸颊的转向往前倾，问道："你为什么不敢看我？"

岑晏周身的温度越来越高，被她触碰的肌肤像有火球滚过。她就是抓住了他的命门，知道他舍不得推开她。他抬手轻轻将她的脸掰过去，抿着唇做最后抵抗，不和她说话。

今姳看他能忍到什么时候，拉下他的手，指尖挤进他的指缝和他十指相扣。这个动作还是跟他学的，他对她做过两次，一次在游乐园，一次在去他小妈生日会的电梯里。她恍然意识到，原来那时候他就喜欢上她了。

男生的喉结上下滚了滚，今姳整个人贴在他胸膛前，使坏地发出大招，说："岑两分钟。"

果然——

岑晏倏地转头，惊讶地问："你叫我什么？"

今姳弯了弯唇，双手穿过他腰间抱住他，脑袋倚在他肩窝，仰头直视他的侧脸，呼吸随着说话洒在他颈侧："你不是不理我吗？"

岑晏铮铮铁骨，确实不想理她，被她坐着的那只腿往上颠了颠，说："起来，男女授受不亲。"

"男女朋友授受得亲。"

"哪儿来的男女朋友？"岑晏装傻，还记着昨晚的仇呢，"是谁说的，我们的关系是朋友，是家人？"

今姳自知理亏，不甘示弱地拿出手机找聊天记录贴到他面前给他看，回道："我后来马上找你，是你说的今天再说。"

岑晏抽出她的手机放到一边，捏住她侧脸的软肉，左右薅了薅，不承认地说："我不让你进门你就不过？不让你打电话你就不打？这些事上挺听话，怎么其他事老跟我对着干？"但凡你敲第二次门，打第二次电话，我就服软了。

"再不济，我们又没锁，你直接进啊。"

今姳被他掐着脸，两只眼睛眨巴眨巴，说起话来像只漏风的小气球："那多不礼貌？"

岑晏被气笑了，腿上又颠了她一下，无可奈何地说："你这样就礼貌了？别抱了，起来吧。"

今姌扭了扭腰，跟只扑棱蛾子似的双手抵在他胸口借力，有恃无恐道："那你倒是把手撒开啊！"

第十一章

/

晕晕和呼呼

1

为了避开今妶腰间的肌肤，岑晏单手掐在她胯骨的位置。隔着层薄薄的牛仔布料，今妶的侧腰严丝合缝地贴在他身前。他没用多大力，那只手却比一面墙还牢固。她推了两下，没挣开，上身曼妙的曲线后仰，殊不知挺得更高。

"你们男生都这么口是心非吗？"

岑晏姿态闲适地靠着沙发背，胸口的布料经过刚才一闹，乱糟糟地皱起，领口歪到一边，露出半边能盛水的锁骨。怕帽檐磕到她，他一直稍稍仰着头，睫毛上下颤，眼微垂，睨她，故作平静地说："没你口是心非。"

昨晚那事好像过不去了，小心眼的男人。

岑晏瞧她这不服气的样，肩膀懒懒一耸，笑了，问道："在心里骂我？"

"没有。"

"都写脸上了。"他看穿了她。

今妶见他没有要松手的意思，索性又靠回他肩窝，抱住他。她身子纤细，小猫一样，男生宽阔的胸膛像海上漂泊的木筏，他是承载她的人。

他们安静地抱了许久，岑晏一直很安分，骨节分明的长指规矩地搭在她胯骨上，未动分毫。反而是今妶，一会儿整张脸都面朝他埋在他肩上，一会儿又侧过脸，耳朵贴住他的胸膛。她喜欢他身上的味道，勾着她上瘾似的，但又不满于他的过分冷静。没过一会儿她就消停了，趴在他身上。

岑晏如释重负地缓缓吐出一口气，就听今妱大方地问："气消了吗？今妱的男朋友。"

今妱的男朋友？

"没有。"岑晏被这几个字狠狠地愉悦到。

今妱不惯着他了，佯装要起来，问道："你们男生都那么难哄吗？你要适可而止。"

"抱一下也叫哄？你对'哄'有什么误解？"

今妱就敷衍地又抱了抱他，说："哪里一下，这都二三四五六下了，岑呼呼。"

他再次喜提新绰号。

"岑呼呼又是什么？"岑晏用帽檐磕了磕她的脑袋。

今妱理直气壮地回道："因为你总是气呼呼的啊，还哄不好。"

"换一个，太幼稚了。"岑晏放在她腰上的手收紧。

"你不就是幼稚鬼？"今妱摇头晃脑，坚持不换，"多好听啊，晕晕乎乎，和我是情侣名。"

谁说他哄不好了？这不挺好哄吗？她随口一个情侣名就让他飘了。岑晏压住上扬的唇角，笑意关不住，从眼角眉梢溢出来。

他问道："岑晕晕，你真是第一次谈恋爱？"

今妱胡诌："不是，你是我谈的第 93 个男朋友。"

"把你能的。"岑晏忍不住问，"怎么得出的 93？"

今妱手指卷着发梢，面不改色地说："九除以三等于三。除了你，还是你。"

这是很久之前流行的网络梗，但不妨碍岑晏被她哄得晕头转向。

巧舌如簧岑晕晕，情场老手都没你脑子转得快。

"少看些乱七八糟的。"

今妱抱着他，用撒娇的语气说："不看怎么哄岑呼呼？"

岑晏掀了掀帽子重新戴上，回道："哄男朋友不是这么哄的。"

余光里是他露出的锁骨，今妱微微侧头，视线落在上面，没想到男生的皮肤竟然也这么好。

"那你说说要怎么哄？"

"自己悟。"

今妱可太喜欢他别开脸抬下巴的幼稚样了。自己悟就自己悟，情侣间无非牵手拥抱接吻，前两个他们已经做过，那么就差最后一个了。他都是她男朋友了，她当然也不害臊，也没有突然从朋友升级为情侣的尴尬，很奇妙。或许得归功于岑晏提前给她开放了和男朋友相处的权利，也或许是他们之间的牵手拥抱接吻已经在她脑海中过了一遍，只差实践。

都说男人在谈恋爱时会无师自通，女人也不赖。她的气息扫着他的肩窝，手从他的腰抬到他脖后攀住，借力支起些身子，饱满的曲线快要贴上他，歪头钻入

185

他的帽檐下。他们呼吸交缠，好像再凑近些，他的睫毛就可以扫到她的眼睛。今妡手里的皮肤变得滚烫，他脸红了，一路红到脖子，这样子着实少见。应该是直接亲嘴的，她却坏得很，路过那儿，亲了亲他的下巴尖。

"这样？"

岑晏高涨到山顶的肾上腺素掉落到半山腰，反应过来又被她玩弄了。他正要板起脸，她的唇瓣上移到他的下唇，还问道："还是这样？"

逼仄的帽檐下像是为他们重开的一个世界，氧气被不断汲取，甜牛奶味包裹着他，怎么都不够。女孩的唇瓣柔软得像果冻，还是在暖箱里温热过的那种。他呼吸沉重，胸腔闷着一团烫人的火焰四处流窜。周围的空气变得又湿又热时，她却停了，离开他，抿了抿唇笑看他，问道："哄好了没？"

"继续啊。"被她亲过的地方燎起一片火星子，他的背早离开了沙发，抱着她还想要。

今妡学着他的样子，下巴尖往上一扬，撇开头。

撇就撇，还把头发甩他脸上，活像个盘丝洞女妖精。

岑晏的喉结上下滚了滚，帮她将发丝捋到耳后。不等她哄，他掰过她的脑袋双手捧住，在她那张巧舌如簧的嘴上印下一吻。前面的液晶电视还在播放节目，响亮的一声亲嘴比主持人讲话还清晰，回荡在客厅里，明显是蓄意报复。

他没接过吻，心怦怦直跳，亲起来也就没轻没重的，像横冲直撞的小兽。不知道是不是所有女生都这么娇嫩，才啄了一下，那唇的颜色就深了些，粉红色的菱形唇一张一合，唇角悄悄上挑，让人想到月初的月牙，细细的一弯。

"幼不幼稚？"今妡捶他。

"没你幼。"亲吻会上瘾，他还想要。他扣住她的后脑往下压，两人的唇重新贴上。

不等他细细研磨，今妡手忙脚乱地推开他，小声说："有人下来了。"她从他腿上起来，来不及坐到沙发上，演员的良好修养使她快速变脸，双手环胸站在窗前装作看风景的样子。

岑晏沉沉地呼出口气靠回沙发背，心口被撩拨得七上八下，久久无法平息。他刚才腿敞着，抱她时还特意留了点空隙在他们中间，这会儿她一走，他捞过抱枕，手搭在上面看手机。

周晚章下来帮今曦拿电脑，感觉客厅里的气氛微妙，他挑了挑眉，问道："阿晏，怎么脸这么红？"

生怕他说出什么惊世骇俗的话，今妡回头抢答："我们吵架了。"

岑晏单手覆住脸搓了搓，躬着身，另一只手滑动手机屏幕，偶尔发出指甲戳屏幕的敲击声，俨然一副吵架没吵赢被气得不轻的模样。

周晚章笑了笑，临走前说："阿晏，要让着点女孩啊。"

岑晏含混应下。

两人同时竖起耳朵听上楼的脚步声。

今妱看见岑晏手里拿着手机，蓦地想起什么来，问：“你和谁聊天聊这么欢？”

岑晏已经把楼下客厅划入阻碍情侣接触的第一个不能待的地点，拿开抱枕起身，伸手把手机给她，说：“是群消息。”

今妱没接，只粗粗扫了一眼，意外发现她是他的唯一置顶。

“上楼？”岑晏收手。

今妱天真地问：“上楼做什么？”

岑晏把手机揣进裤兜，想到她对他又哄又撩的熟稔样，哼笑一声，说道：“不上楼，在这里也行。”

今妱趁他抓住她前赶紧跑开。

岑晏关了电视走出客厅，看到她倚在电梯门口等他，还能神色自若地打字回消息，除了耳朵尖有点红外，脸上根本看不出一丝一毫的心猿意马。

岑晏心里乱成一团毛线球，她这无师自通的情场老手样，让他这做男朋友的真是自愧不如。

今妱本想回自己房间，结果岑晏牵着她的手进了他的房间。他们的关系更进一步后，两人之间想做的、能做的事情自然也就变得多得多。

岑晏把今妱带到衣柜前，脚边还放着他昨晚回来来不及收拾的行李箱，他倒是一点不客气地说：“麻烦女朋友帮我收拾下。”说完，他绕过床头，惬意地窝进了沙发里。

今妱转身面向他，问道：“这就使唤上女朋友了？”

岑晏露出个无害的笑容，身子一歪，倒进沙发，喟叹一声：“累。”

今妱腹诽：刚才在楼下抱来抱去亲来亲去也没见你多累。

他能空出两天假期提前回来，她大概可以猜到其中的原因，不禁泛起心疼，小声说：“下次别这样了。”没日没夜地工作就为了见她，累坏了身子不值当。

岑晏摘下帽子扔到一边，换了个舒服的姿势平躺在沙发上，胳膊覆住眼睛，“嗯”了一声。

今妱蹲下身打开他的行李箱，他一直很爱干净，箱子里的衣服也叠得整齐。她听见他又闷闷地接了句：“因为这次很重要。”他想快点回来见到她，生怕他再晚一步，她就跑了。

今妱的内心柔软成水，把一件一件 T 恤挂到臂间，起身，拉开衣橱门。

滑轮摩擦轨道带起轻微声响，她在看见衣柜里的景象时差点忘了呼吸，随后笑开，平复了下心底蔓延的欣喜，说道：“岑晏，你这套路还能再老一点吗？”

云峰白的衣橱内，星星灯串环绕着数不清的大大小小五颜六色的礼物盒，堆叠在一起像棵小圣诞树。“树”前摆放着一束用迷你哆啦 A 梦玩偶组成的蓝色花束，微笑、大笑、眨眼笑……各种可爱的小表情层出不穷。“树顶”是一束由黑纸包裹的鲜艳欲滴的红玫瑰，用满天星点缀。花语是什么，不言而喻。

岑晏起身来到她身边，解释道："昨晚就想给你了，谁让某人这么听话？"

原来昨晚她在房间听到的动静是这个。

"时间仓促，原谅我只能这么准备。"岑晏站在一侧，无奈地塌下肩膀，食指轻勾住她的手，然后一根根细长分明的手指穿过她指间与她十指相扣，"所以，岑晕晕愿意做我的女朋友吗？"

今妱晃了晃他的手，没立即回他，只是问道："时间仓促你还能准备这么多礼物？"

岑晏凑到她耳边，压低声音："其实都是空盒。"

今妱刚涌起的一点感动飞到九霄云外，甩开他的手，又被他抓回去牵住。

"骗你的。"

"什么？好好说话。"

"哦，好好说话就是，以其人之道还治其人之身。"

她再次抽手，恨恨地说："这个女朋友谁想当谁当吧。"

"只能你当，我替你答应了，不能反悔。"岑晏再把她抓回来。

今妱挣了挣，挣不开，没好气地问："怎么还强买强卖？"

2

他们该庆幸今曦和周晚章给足了他们私人空间，从不上三楼来。

今妱把两束花抱回房间，将花束摆在床头。因为是岑晏送的，她不自觉欣赏了好一会儿。

她又回到岑晏房间，岑晏将准备的礼物搬出来，让今妱去一边拆着玩，他则收拾着行李箱和衣柜。

"这多不好意思。"今妱盘腿坐在他的床上，边拆边向他投去关切的目光。

岑晏回头，说："我看你挺好意思的。"

今妱身前摆着一堆礼物，像个身处金钱堆里的小财迷，问道："怎么买这么多？"

"啊，每个月14号都是情人节，一年就是十二个，我想都给你补上。"

"那其他多出来的呢？"

"你就当是额外赠送。"

今妱从他那儿收到的礼物可不少，一到重要节日就是收礼物的时候，贵重的有，实用的也有。之前的情人节与他们无关，所以她只有情人节没有礼物，与其说是把今年每个月的补上，倒不如说是把往年的都补上了。

今妱突然不拆了，膝盖往一侧屈起，双手举高伸懒腰仰躺进了他柔软的床里，天花板上的不规则吊灯像她此刻杂乱无章的心跳。

"岑呼呼，你真是第一次谈恋爱？"

床垫挤压床板发出咯吱声响，岑晏循声转头，猝不及防撞见了旖旎一幕——

女孩呈"S"形，上半身是平躺的，并拢交叠的两条细腿如同美人鱼上岸化身人形的那一刻，往上是平坦细腻的腰腹，短款 T 恤的宽松下摆软趴趴地搭在身上，露出若隐若现弧度饱满的曲线，因她的呼吸而细微地起伏着。她大而无辜的眼睛注视着他，左眉轻挑，等待他的答案。

以前怎么没发现她这么能撩拨人，她以为她的男朋友定力能有多好？

岑晏粗重地呼出一口气，过去将她从床上拉起来。

"怎么了？"今姁目露疑惑。

岑晏的第一反应是"你衣服太短了，别这样躺在男性的床上"，但转念一想，穿衣自由，行动自由，更何况他们是男女朋友。他不想约束她，该约束的应该是他时不时窜出脑海的龌龊思想。

他松手，避而不谈，回答上一个问题："是第一次恋爱，除了你，还是你。"

能从他口中听到煽情的话并不容易，至少他会活学活用。

实践结束，不意味着这个假期就没有作业了。收拾好一切，今姁陪着岑晏倚在沙发里拉片，手被他牵着，时不时手指纠缠两下。她的视线落在他们手上，一想到暑假作业就头疼，说："不想写影评。"

拉片要反复观察它的节奏、运镜方式、剪辑和画面结构，这部电影岑晏看了不止一遍，对于接下来会发生什么了然于心。他把玩着女朋友小巧细长的手指，分了点神给她，说："嗯，那就不写。"

"不写就完蛋了。"今姁想听的不是这个。

岑晏还能听不出她想表达什么？他偏了偏头，好整以暇地和她对视，问道："想让我帮你写？"

今姁点头如捣蒜。

岑晏毫不留情地拒绝："想得挺美。"

今姁抱住他的胳膊，拖着腔调轻轻叫他："岑晏。"

"不可能。"

"今晏。"她晃了晃他的胳膊。

"想都别想。"

她继续软着声撒娇："岑呼呼。"

"没用，我不吃这套。"

"今呼呼。"她整个人贴着他。

"你死心吧。"

今姁松开他，双手抱胸，拧眉，河豚似的鼓着腮帮看电脑屏幕。

岑晏敞着腿，用膝盖碰了碰她，问道："继续啊，怎么不继续了？"

知道这人可憋着坏呢，今姁不让他得逞，说："你说得对，我自己写。"

"好孩子。"岑晏笑了笑，手掌盖住她后脑轻揉。

今妱身子一塌，拍开他，没好气地说："我比你大，弟弟。"

"叫声'哥'我就给你写。"

今妱把话还给他："想得挺美。"

"你会叫的。"

"我不会。"

写作业这事便在今妱的"决不屈服"中待定。

他们重新看起电影，今妱也看过这部，不禁打起哈欠，手往后伸，从飘窗上的盒子里拿出指甲剪，目光炯炯地看向岑晏。

后者把手伸过去，说："求你帮我剪。"

他还记得和她说过的话。

今妱的笑容像从糖罐子里捞出来似的，牵起他的手，说："那我就勉为其难给你剪下。"

"嗯。"岑晏的注意力放在电影上，任由着她在一边玩。

"好了。"

等都剪完，他粗粗扫了一眼，蓦地定住，问道："这什么？"

今妱早就丢下指甲剪逃之夭夭了，从他房门口探出头，回答："行为艺术。"

他就该猜到她会趁机报复。

岑晏无奈，拿过指甲剪，将十根手指指甲上的尖尖剪掉。

临近傍晚，今曦点的包粽子食材送到。

他们下楼时，今曦和周晚章包的粽子已经出锅。

今妱欣赏着他们的成果，问道："有什么馅的？"

每样馅各对应一种颜色的系线，今曦顺着黄、红、紫指过去，说："蛋黄肉馅、蜜枣馅和豆沙馅。"

黄色系线的粽子明显居多，今曦附加了句："包的时候用错线了，所以黄线的肉粽里混了几只豆沙粽，就看谁能中奖了。"

今年端午节今妱没吃粽子，她是肉食主义者，很少吃甜粽，在肉粽间犹豫了半晌，盲选了一只，很不希望抽中甜粽。

岑晏就随意多了，拿了只最外面的肉粽。他咸甜都吃，却在拆粽叶时被今妱叫停："等等，我们来猜猜看。"

"猜中有奖励吗？"

"没奖励，但有惩罚。"

"霸王条款啊？"

"来嘛。"

岑晏能预想到今妱没猜中会耍赖的情形，但还是顺了她的意，说："那我猜肉粽吧，我们不能猜一样的啊。"

今姁立马反驳："不行，猜拳赢的人先猜。"

岑晏笑道："我看你就是想猜肉粽吧，那我让你好了，我猜甜的。"

今姁被戳穿小心思，顿时公平公正起来，说："就猜拳！"

由一局定胜负，到三局两胜，一定要猜拳的某人最后惨败。用今曦的话说，今姁就是自取其辱。

周晚章淡笑着提醒："阿晏，要让着点女孩啊。"

不提还好，一提让岑晏想起了下午在客厅里的接吻，不等深入就被突然下楼的小舅打断。岑晏毅然决然选择肉粽，今姁最后只能不情不愿地猜甜粽。

众目睽睽下，今姁转动粽身，撕开一层层粽叶，晶莹剔透的糯米如同被挖掘出来的宝藏，闪着胜利的光亮，都不用筷子戳开，一看就是甜的。

没想到事态发生转机，她唇微张，小人得志地眨眼看向岑晏，举起盛着"宝藏"的碗在他面前晃了一圈。

岑晏扶额，侧头瞥向一边，简直被她可爱到，无可奈何地说："你还能再得意一点。"

今姁当然得意，猜对后一颗心安定下来，跃跃欲试地等着他。

岑晏把自己的那只粽子交给今姁拆。

今曦说："总共就四只，还是五只甜的，不可能你俩都拿到甜的。"

然后她就被打脸了。

"甜的，岑呼呼猜错了。"今姁挖出第二只"宝藏"，像礼仪小姐般端着碗展示给三人看，得亏脚底不让装火箭，不然她得窜到天上去。

她的手是有魔法吧？岑晏冒出这个不切实际的想法。

今曦一脸蒙，问道："岑呼呼是什么？"

今姁把两只甜粽都挪到岑晏面前，说："岑晏的新绰号，还有个'今呼呼'。"

"你们年轻人真会玩。"今曦不理解。

今姁爱上了拆粽子，又去黄线里挑了只。

今曦警告她："别浪费啊，拆都要吃掉的。"

幸好她的魔法失效，这次是肉粽，否则岑晏得吃三只甜粽。

"让我想想要怎么惩罚。"

她真的太嚣张，岑晏看不下去，决定灭灭她的威风，冷冷地说："别忘了，你还欠我 50 个仰卧起坐。"

今姁想耍赖，说："这都什么时候的事了，你还记着。"

岑晏舒心了，回道："没办法，记性好。"

"要不打个商量，不惩罚了，我也不用做仰卧起坐了。"

"不行哦。"岑晏欠揍似的摇头。

阴阳怪气第一名。

今姁在桌下踩了他一脚，因为是脱了鞋踩的，脚底触到他脚背，根本造不成什么杀伤力。

"既然这样，那你做五十个俯卧撑。"她想想不解气，"不对，六十个吧。"

"行，今晚睡前都做了吧。"

今曦最爱看热闹，问道："不介意我观看吧？"

今妱马上说："介意。"

今曦点点头，自说自话："哦，不介意啊，那我们拭目以待。"

今妱："……"

夜晚八点，蝉鸣还没停歇，风追随海去远航了，棕榈树枝叶按下暂停键。

白色灯光照得室内亮堂堂的，今妱关闭浴室的百叶窗，回到镜前脱衣服。她打算先洗澡，如果真要做仰卧起坐，恐怕做完就不想动了。

她双手交叉在胸下勾住T恤下摆上掀，下午自己躺在岑晏床上时，他异样的神色在脑中一闪而过。她恍然想起什么，松了下摆双手举高至头顶，做伸懒腰的动作，堪堪可以看见一点白色的胸衣。

原来是这样。

做运动的地点设在客厅，今曦找出一张灰色瑜伽垫，周晚章对他们的小打小闹不感兴趣，招呼一声便上了楼。

仍旧是猜拳定先后，输的先，赢的后。

不出所料，今妱输得一败涂地，这家伙好像找到了她出拳的规律。

按脚的工作岑晏本想让今曦来，然而后者摆摆手，悠闲地坐在沙发上当甩手掌柜，手上按着电视遥控器，说："我就观察观察。"

说完，空气静止。

今曦一不留神把心里话说了出来。

今妱躺下，问道："观察什么？"

今曦"此地无银三百两"般找补："说错了，观众，我当观众就好。"

今妱躺着，短款T恤的下摆往上缩起。

岑晏单膝蹲在她脚侧，深吸气，把头侧到边上去，用一只手按住她的双脚踝。男生惊人的力量好像被天生赋予的，按着她的那只手臂的青筋暴起，薄肌线条赏心悦目，今妱一起一卧，光顾着看他，数着数着就忘了数字。

今曦终于挑到了个感兴趣的片子，无意地说："我刚才去送粽子，许池刚好今天回来。"

今妱这时候还有力气回话："是吗？看来事情进展很顺利。"

今曦倾身去茶几上抓了把瓜子，拿一颗放到嘴边嗑起来，回道："你晚一天回来，说不定还能搭上顺风车。"

今妱轻笑，仰躺歇了一秒，注意着岑晏的脸色，故意说道："是哦，真是不巧了。"

刚说完，掐在她脚踝的手收紧。

她"啧"了声，脚动了动，提醒："你弄疼我了。"其实不疼。

岑晏立马松开一点力道，低头查看她的脚踝。

今曦吐掉瓜子壳，观察着他们，说："这惩罚游戏初中就有了吧？到大学了也不换点新花样。"

今妱还真想了想，嘟囔着："有什么新花样？无非是跑步，还有单双杠，这么一看还是仰卧起坐和俯卧撑实用。"

今曦意味深长地点头，回道："也是，随时随地都能做。"

今妱看了眼今曦的表情，也不知道是自己谈恋爱之后思想就开拓了，还是今曦的问题，怎么看都别有深意啊。

今曦把话题拉回去："听你刚刚的意思，许池这几天是去办什么事？他好像什么都和你说。"

今妱的动作慢下来，逐渐吃力，说话也有些含混不清："你想知道的话自己问他吧，别人的事不好说。"

今曦也不是很想知道。

今妱坐起后没再躺下去，轻喘着问岑晏："多少了？"

"32。"岑晏情绪匮乏。

今妱手掌抱头躺下，一鼓作气。

别墅的门铃突然被按响，今曦跑到落地窗边往外看，大声说："哎？真是说曹操曹操到啊，许池怎么这时候来了？"她说完就去开门。

男生心底的那点攀比心作祟，岑晏不自觉转头看向窗外，结果室内灯光太亮，室外光线太弱，只能看到许池和今妱的身影。

今妱好笑地动了动脚，问道："在看什么？"

"没什么。"

"看许池吗？"

岑晏被气笑，摆正脑袋，和她对视，说："你真是一点余地都不给我留啊。"

今妱的背脊此时又贴回了瑜伽垫，手臂和肩膀呈打开的姿势，身上的T恤上移，美妙的身体曲线引人遐想。

岑晏左右张望着找毯子，后槽牙磕在一起，说："今晕晕，你故意的？"

"不知道你在说什么。"今妱装傻。

她下午是无意的，这会儿铁定是故意的。岑晏怕窗外的人看见她这副模样，身子上前挡住，自己也不看她，撇开头，十分正人君子。

今妱属实没料到，人人眼中的酷哥岑晏，谈起恋爱来竟然会脸红，还时不时就化身"醋缸"。

今妱明知故问："为什么不敢看我？"

岑晏经过下午的心理建设，脸红这项已经剔除，但不妨碍其他地方红。

她又问：“耳朵怎么红了？”

岑晏攥着她的脚踝，又不敢太用力，就憋着一股气。被激了之后，他果然摆回了脑袋，一动不动地凝视她，眼神只传达了一个信息——谁说不敢看你？

这是他们的共同之处，一点都激不得。

今妱得逞地弯起唇，歇够了，继续她的仰卧起坐。

却没想到自己刚坐起来，就被岑晏毫无防备地一手搂住腰，一手扣着后脑吻住……下午被打断的吻在这里接上。

今妱惊讶一秒后，闭上眼睛，双手像游蛇似的环住他的脖颈。男生身上的淡酸奶味萦绕着她，她说她喜欢这个味道，他就想尽了办法让自己沾染上，好像就能离她的喜欢近一点。事实是他成功了，她真的喜欢上了他，暗恋无声，但有回应。

她从屈膝坐着的姿势发展成跪坐，被他整个搂在怀里。

纠缠的气息暗昧横生，两人生涩而动情地接吻，细细碾磨，柔软地碰撞，燎起一身的火。

岑晏差点控制不住，尚存的理智在叫他放开她，身体却实在说不上诚实。

今妱本来就做了运动，这时候更是被吻得缺了力气，软在他怀里。

有一瞬间，他们什么都忘了，忘了这是在客厅，忘了窗外还有人，忘了如果今曦回来看到这一切该怎么办。

他们拥抱在一起，今妱闷在他胸膛前，忽然笑出声。

又好笑，又愉悦，又充满刺激。

“这是我们的新花样吗？”

3

今曦打开布满爬山虎的庭院铁门，许池先是诚恳地道歉：“实在抱歉，家里人需要帮忙，耽误了点时间。”

今曦去他家送粽子时，顺道邀约他来家里玩，他答应后却未能准时赴约。

今曦无所谓地摆手，说：“有啥好抱歉的，小事啦，如果不方便微信说一声也一样的。”

许池颔首。

今曦想转身叫人进去坐坐，被站在门外的人急急喊住：“等一下，那个……”

许池突然有些踟蹰，视线越过她的肩膀——大面的落地窗中，月光白的灯光将室内照得透亮，一幅镶了边框的恋爱画面呈现，女孩的身影被男生遮挡，只看得见她环在男生脖后的纤细手臂，以及歪头接吻时偶尔露出漂亮情动的上半张脸。

他亦是擅长伪装的人，面上依旧春风和煦，把拎着的黑色袋子递给今曦，说：“礼尚往来。”

今曦接过，往里瞧了一眼，是他父母出海时打捞的海鲜，不好意思地说：“用粽子换这些，便宜占大了啊。"他们来这儿已经不止受过一次邻居的恩惠，说着要还给他。

许池自然后退一步，礼貌客套地回道："无碍，你们难得到这儿来，作为当地人理应款待一番。"

今曦本以为人情推拉从不会出现在自己身上，不料再一次打脸，他们来了两个回合的"这真的不能要""没事，收着吧"的对话，最后，她道谢，摸了摸身上的口袋，说："手机在客厅，我去拿了转账给你。"

落地窗内的那幅画仿佛定格，男女主人公拥抱在一起，女孩白皙的双手抓紧男生腰侧的 T 恤布料。

许池再一次叫住今曦。

庭院内灯光昏暗，蝉鸣为这热烈的夏天伴奏，小飞虫绕着路灯起舞。

刚侧了个身想回屋里的今曦疑惑地"啊"了声，随即反应过来，说："我没跟你客气，你也不用跟我客气，你给我打个优惠价也行。"说完又要转身。

"不是……那个……今曦……"许池今晚第三次叫住她，不得已唤出大名。

今曦觉得他有点奇怪，微皱起眉，问道："怎么了？你是有什么话想说？"

许池不知道她是否已经得知那两个在谈恋爱，但无论谁撞见那样的画面都会尴尬。犹记得他按下门铃后，男生下意识地往外瞧的模样——今妃这男朋友的醋劲真是不小。

他捏了捏眉心，只能顺着今曦的话说："是有话……"

具体是什么话呢？他烦恼，为什么自己会下意识地帮他们拖延时间？

今曦好整以暇地看向他，眼神示意他说。

许池的大脑飞快转动，没话找话，缓慢问道："粽子是你包的吗？"

"啊？"今曦面露一副"你就说这个"的不可置信表情，"是我和我老公一起包的。"

"嗯。"许池抿唇微笑，"很好吃。"

"谢谢。"今曦也笑了。

话题应该到这里结束，但许池又接了句："比店里卖的都好吃。"

"谢谢。"今曦的嘴角维持着一个僵硬的弧度。

许池再一次因自己不会聊天的问题感到困扰，自己现在应该很奇怪吧？幸好，客厅里的两人好像察觉到了什么，火速弹开，女孩躺回了瑜伽垫，装模作样做起仰卧起坐。

他松了一口气，打算告辞离开，然而面前这位的老公从楼上下来，穿过客厅打开大门，不疾不徐地朝他们走来。他如果没看错的话，来人在客厅的行走速度可比现在快得多。

啊，让人误会了。

不知道会不会就此进入这家两个男人的黑名单。

许池有点发愁。

客厅内，今妁的目光跟随小舅的身影定在大门处，她抚了抚胸口，转头看向一旁的岑晏，小声说："好险。"

小舅的气压好低，可能根本没注意到他们。

"这是怎么了？"她朝岑晏伸手，"拉我起来。"

岑晏握住她的手掌，使一点力将她拽起来。她却"顶风作案"，还嫌刚才不够刺激，坐起来快速啄了一口他的侧脸。不等他有所反应，她就撑着瑜伽垫站起来，赤脚跑去落地窗边，双手挡在额头上，贴着玻璃往外看，显然一副兴致勃勃看热闹不嫌事大的模样。

岑晏在后面劝说她："你这样可能会挨打。"

但碍不住他也想看看许池到底长什么样，趴玻璃窗的身影从一个变成两个。

今妁用手肘戳了戳他的手臂，问道："不怕挨打？"

岑晏的注意力全在邻家哥哥上，内心比较一番，小狗尾巴翘起，不以为意地说："不过尔尔。"

今妁快被他笑倒。

屋外路灯下，许池依然上扬着他的专属微笑，不卑不亢，而后视线落到岑晏和今妁身上，笑意扩大，似是打招呼。

偷看被发现，岑晏别扭地离开窗边。今妁则没有一点被发现的窘迫，一只手举高向许池招了招，下一秒就被身后的男生捏住后颈。他没用什么力，像拎小鸡般把她带进怀里。许池的身影消失，玻璃上印出岑晏黑了一半的脸色，扣着她的腰往电梯去。

今妁还挂念着瑜伽垫，问道："你俯卧撑不做了？"

岑晏声音很淡："女朋友都快被别人勾走了，哪有心思？"

"我定力有这么差吗？"

"差不差你不知道？例假偷吃冷饮这事你可没少干。"

"这明明是两码事。"今妁挣脱他，不让他抱了。

两人进到电梯，电梯里不适合打闹，好在很快抵达第三层，岑晏追出去牵住今妁的手。

今妁勉强被他牵着，说："再给你一次机会，重新说。"

岑晏认真想了想，回道："你定力天下第一好。"

"怎么个好法？"

他踌躇，又说："放海里，定海神针都自惭形秽，东海龙王都得把位置让给你坐。"

"谁是海王？"今妁反应很快，笑着捶了他一拳。

"我，我是。"岑晏和她秋后算账，话锋一转，"上回寄到节目组的鱼是在内涵我吧？"

"没有的事，你想多了。"

此时不跑，更待何时？今妱甩开他的手溜进房间。

她稍稍打开一条门缝探出脑袋，问道："你怎么猜到的？"她那时候应该表现得不明显啊。

岑晏眉眼含笑，回道："哦，羌梨说，你有一个朋友……"

"好了好了我知道了！"今妱立即捂住耳朵不让他说下去，道了声晚安，关门！睡觉！

羌梨成为节目组的女嘉宾，自然会和岑晏见面，她那时实在担心今妱被其他猪拱了，想给岑晏施加一点压力，就把那事告知了他。羌梨一边骂男人臭不要脸，一边说着"妱妱那么单纯，可不能被人骗了"，殊不知"臭不要脸"的正主就坐在她面前微笑倾听。

所以，羌梨说完，岑晏想立刻赶回来的心情越发迫切。

此时，他的内心被许多东西填住，满满当当的，快要装不下了。他很高兴自己能成为她辗转反侧也想弄明白"他做这举动到底是什么意思"的研究对象，简直乐意至极。

哪怕她听不见，他在门关上的后一秒轻声回应："好梦。"

女朋友。

即使昨晚岑晏提醒过今妱一定不要忘记拉伸放松，翌日起床还是被腹部隐隐传来的酸痛击败，比往常晚起了二十分钟。

今妱神情恹恹，岑晏为了哄她开心，负二层的健身房内就出现了这么一幕——

男生常年锻炼，实力过硬，臂膀力量惊人，今妱帮他数着数。

今曦刚从楼下的酒窖里拿酒上楼，立在门口惊讶地问："新花样？"

今妱歪一歪头，或许是？自己也不确定。

她数了几个还是觉得不妥，拍拍他的背部，男生停住，她脚落地起身，说："就做五十个吧，还是怕你会拉伤。"

今曦再一次感叹年轻人真会玩，抱着酒瓶摇头，上楼去了。

岑晏安慰今妱："有训练过负重，可以放心。"

今妱数到三十的时候，不动声色地关上门，使坏地钻到了他的身下，摆正身子平躺。

岑晏要往下的动作生生停在半空，眼中冒出问号。

今妱狡黠地眨眨眼，说："昨晚你说我定力差，那我考验考验你的定力。"在他要俯下身时，她警告道，"不许亲我啊，亲一下就一天不接吻，你自己考量考量。"

还有二十个……岑晏心里的鼓震得发麻。

他抿唇，不甘地侧头，手肘弯曲俯身。她身上的奶香甜味仿佛在发酵，好似一瓶上好的酒酿化成了一只无形的钩子，极力精准地钩到他的心脏，让他抓心挠肝地想要尝一尝这酒是否和他想象的一样甜。

今妱还在他身下若无其事说道：“岑晏，为什么你睫毛这么长？”

岑晏没心思想为什么自己的睫毛这么长。

“你的鼻梁也好高。”

“……”

“没想到男生的唇也很软，你平时贴唇膜吗？”

岑晏咬牙切齿地回道：“不贴。别说话了。”

“哦，不说就不说，凶什么？”

“没凶你。”

一鼓作气做完十个俯卧撑，岑晏控制着高度，眼眶憋得通红，因为只要一不留神，他们的身体就会贴到。她的气息似火苗，不安分地涌动，若有似无地舔过他的侧脸，所到之处一片蒸腾。

他口干舌燥，不自觉吞咽起口水。

他不断发散思维，竭力扼制住冒出的危险思想。她的这些招数都是从哪儿学的？得亏他已经是她的男朋友，一想到这些招数要是用到别的男人身上，他就头脑发胀，呼吸不稳……等会儿有她好看的。

岑晏的额角和脸侧覆盖了一层细微汗珠，下颌线连接脖颈的地方也是，泛着水光的皮肤愈加白皙，却不妨碍爆棚的男性荷尔蒙。

空气里浮动着他粗重的喘息，一下又一下，今妱细细咬着唇内的软肉，本该凉爽的健身房内，温度不可抑制地升高。

五十个俯卧撑全部做完，岑晏翻身在她身边躺下，大口大口喘气，不是因为累，而是憋的。他屈膝撑着垫子坐起来，今妱去一边给他拿水，他接过后适量喝了两口，拧紧瓶盖放到一边，用紧盯猎物的眼神凝视她。

今妱不怕他对她做出格的事，十足的信任让她笃定他不会对她做什么，但她又隐隐期待他对她做什么。

“考验完了,感觉怎么样？”他还能泰然自若地问出这问题,就已然说明答案。

健身房有一面墙安装了镜子，今妱和他隔了点距离，倚在镜前的栏杆上，手指勾在上面，指尖不自觉摩挲，回道：“很好。”

岑晏颤着肩膀发笑，问：“离这么远做什么？怕我打击报复？”

“怎么可能？”

岑晏拿下毛巾，仰头擦拭脖颈和脸上的汗珠，小声说：“都是汗，太臭了。”

“我又不嫌弃。”今妱靠近他嗅了嗅，“胡说，还是香的啊。”

岑晏歇了一会儿，手掌穿过她腋下，起身的同时把她也抱了起来。

这个动作太突然，身体的重量全部交于他，今妱像提线木偶般，还没反应过来，脚掌自动落地，站立住。

岑晏把毛巾挂在脖子上，关闭健身房的空调，用干燥的手掌捏了捏她的手，走到门边拉开门，带着她的肩膀往外走，说：“你自己玩会儿，我去洗个澡。”

今妱想，这人定力不是一般的好。

今妱在楼下看电视，岑晏发来微信：在楼下？

想必他是洗好了澡。他们就在一栋房里，还得用手机沟通。

今妱：嗯。

岑晏：在做什么？

今妱：看科研项目。

岑晏：？

岑晏：我怎么不知道我女朋友这么厉害？

今妱对着液晶电视的画面拍了张照片发给他，电视里正播着剧，剧中主演是科研人员。

岑晏：……

今妱：致敬伟大的科研人员。

岑晏：好，致敬。

岑晏：上来？

他的目的不是想问她在做什么。

今妱：上来做什么？

岑晏：做什么你不知道？

今妱看了下电视的进度条，把剩下的几分钟看完，关闭电视上楼，敲响岑晏的房门。

门从里面打开，岑晏说了句“下次直接进”，转身拖着闲散的步调走到沙发上抱起电脑搁在大腿上。

今妱关门走过去，看到电脑上播放着一部老电影，便贴着他坐下，陪他一起看。

屋内，双层窗帘只拉上最外面那层，阻挡住阳光，增加了隐秘性。岑晏把她的手牵过去，一根一根手指来回把玩，视线却自始至终落在屏幕上。

今妱收到他的消息，就料想到接下来会发生什么。然而电影的进度条已经过去一半，她的脑袋倚着他的肩膀，除了手一直被他牵着翻来覆去地按捏，他便再无其他动作，仿佛在给她加深他定力好的印象。

他做俯卧撑时，明明忍得很痛苦啊，怎么现在反倒悠闲了起来？

今妱转头，下巴搁在他的肩膀上，暗示道：“我肚子还酸着，你帮我揉揉？”

她确实还酸着。

太久不做仰卧起坐，再加之拉伸放松不到位，就会有这样的后遗症。

岑晏牵着她的手没松，邻近她身体的那只手侧移，挪到她的腹部，隔着一层布料轻揉。他的手掌宽大，骨节分明的手指细长巧妙，放在上面几乎能完全覆住。血气方刚的男生，连同手心也带着火热，似天然的暖手宝。

可是，除了揉肚子，他依然没有其他动作。

今妱被揉的地方微微发热，然后蔓延到其他地方，最后浑身都热了起来。她侧仰着脑袋看了眼他冷静万分的脸，喉头越发干燥，在健身房里她就想亲他。这么想着，她仰头凑得更近，亲了亲他冷淡的下颌线。

用晚餐时，今曦奇怪地看了今妱一眼又一眼，最后忍不住问道："在家里涂什么口红？"

今妱生无可恋，这是被亲红的。

见始作俑者埋下头在边上忍笑，她愤恨地踩了他一脚，才说："我朋友想买口红，她要的色号我刚好有，就试给她看看。"

"哦——"今曦缓缓收回目光，"什么牌的质量这么好，还不沾杯？"

"是吧。"今妱镇定地往嘴里送，"杂牌。"

"咳……"岑晏差点被呛到。

真是逮着机会就骂他啊。

用完餐，岑晏可怜巴巴地跟在今妱后头一起进了她的房间。今妱顺势佯装生气不理他，他去牵她的手，她抽走，他再牵，再抽，再牵。最终装不下去了，她破防地笑出声。她的手被他握在手里，她晃了晃他，问道："做什么？"

"哄你。"岑晏的手紧了紧，再不放开。

今妱才不要他哄，踮脚碰了碰他的唇，说："岑晏牌。"

她是纠正餐桌上的用词，那时不是在骂他。

她发现，他真是什么样她都喜欢，特别是憋着坏的时候，越来越喜欢。

今妱的吻有治愈魔法，岑晏高兴了，耷拉下去的嘴角也扬上来了。

他回房搬了电脑来她房间剪片子，沙发上，今妱安静地躺在他身侧玩手机，脑袋垫着他的大腿。

任佳出现了感情危机，正在四人群里号叫。

任佳：我承认我不经允许看他手机不对。

任佳：但我不看都不知道，他竟然在朋友圈屏蔽我，发撩小妹妹的腹肌照片！

任佳：去死吧！

羌梨：分手吧！

任佳：分了。

羌梨：分得好！

任佳：这就是命运吧，阴错阳差……

任佳：啊！我为什么要看他手机？

任佳：真是知人知面不知心，他平时对我可好了，宝宝前宝宝后的。

今妱：你看来好像不是很想分手。

任佳：是不太想，他还是有优点的。

任佳：怎么办，还是好难受，啊啊啊，为什么？！

今妱也不知道该怎么安慰她，打开外卖软件给她点了最大份的炸鸡和烧烤，截图发送：化悲痛为食欲吧！

任佳分享了一首歌送给她——《魔鬼中的天使》。

今妱：？

任佳：不知道该高兴还是伤心，我昨天刚下定决心减肥。

今妱：我退单还来得及。

任佳：别退，老板！谢谢老板！我就是客气客气！

今妱：……

羌梨：我也好想吃炸鸡。

今妱：地址发来。

羌梨：谢谢老板！

今妱给羌梨和宣佳楹一人点了一份，截图发到群里，顺便炸出了宣佳楹的跪谢。

从手机里抬起头，今妱偷偷瞄了眼茶几上的手机，好奇害死猫啊，她仿佛看到手机长出了两条手臂，在空中挥舞说，来呀，来看我呀！

她赶紧摇头，把好奇的猫晃出脑袋。

谁料接下来发生了不可思议的一幕，岑晏微微倾身，她的脑袋被垫高，冷白肤色的手臂越过她去把茶几上的手机拿了过来。

今妱当作什么也没看见，眼睛一眨不眨地盯着自己的聊天页面。没过一会儿，她的手被他牵过去。

“做什么？”

岑晏捏着她的手指摁在他手机的指纹解锁上，耐心地录入。他是今年换的手机，以前那只手机有她的指纹，这只手机要录的时候，她觉得没必要，就没让他录。现在看来，好像也不是没必要。

至于之前那只为什么会有她的指纹，是因为她手机没电，借用他的手机查题目，问他密码迟迟不说，却给她录了指纹。

岑晏录完后把手机给她，说：“密码是1220。”

今妱心口一跳，这是她的生日。

“一直都是？”她喉间发涩。

岑晏低低“嗯”了声。

怪不得他不告诉她密码。

可她问他密码的时候才多大？他那时就……

岑晏没换手机时，系统卡顿，今妁和夏热时常劝说他买新的，但他就是执拗不肯换。后来还是手机掉进水里彻底报废，他才换新。他们以为他手机里有什么宝贵的东西，可转念一想，如今有云空间上传和手机克隆，怎么也不应该。难道是因为那只手机录入了她的指纹吗？未免太不可思议了。

今妁的内心一团乱麻，她以为他们喜欢上对方的时间差不了多少，可事实似乎并不是。

岑晏见她对着手机的黑色屏幕发呆，抬手在她眼前晃了晃，问道："不是想看手机？随便你看。"

今妁回神，这人是她肚里的蛔虫吧？男朋友的手机就在她手里对她开放着，不看白不看，她鬼使神差点进他的朋友圈，最新一条还停留在：太阳好大，快晒成岑晏干了。

她笑出声，点进图标查看权限，在"谁可以看"那栏只有她一个人大刺刺地躺在列表里。

这是被偏爱的感觉吗？

她抱着手机，笑容像灌了蜜。

"怎么笑成这样？"

今妁把屏幕面向他，问道："岑晏干是什么味道？"

岑晏拉下她的手，在她唇上亲了亲，说："这个味道。"

清新的淡酸奶混合青柠味。

今妁继续翻他的朋友圈，那些曾经没有回应的琐碎，如今她一条条口头回复："赶上看日出，有我们一起看的日出好看吗？"

岑晏不想让她太得意，掐了把她的脸，回道："我记得有配图。"

"哦。"那配图她可看过不止一遍，自己答道，"没有。"其实拍得很漂亮。

她看下一条——

导演吵架，我因为赶蚊子跺了跺脚，导演组以为我对他们有意见，就连着我一起骂了。

想起他被一堆人连番炮轰的场景，今妁笑得手发颤，脑袋枕着他的大腿，把手机当话筒举到他嘴边，问道："被骂了难过吗？"

如同问了句废话，谁被骂会开心？

岑晏笑道："不难过，想起你就好多了。"

"想到我就治愈了？"今妁对这个答案很满意。

"不是，那时候我们还没在一起。"

"什么意思？"

"你不喜欢我，更让人难过。"

经历过更难过的事，其他也就无关痛痒了。

现在不一样了，今妁无疑是喜欢他的。

"以后不会让你难过了。"她背对他坐起来，转回身子，膝盖抵着柔软的沙发垫，像猫一样趴在他的胸口上，仰头亲吻他，"奖励个今妁牌'口红'安慰下你。"

4

七月的风试探着，一不小心吹到了八月。

两人确定关系后，时常在无人的空间里拥抱接吻，享受恋爱带来的欢愉，待得最多的地方是卧室和影音室。用餐时，桌下挂腿的动作成了习惯。和今曦、周晚章一起在客厅时，他们偷偷牵手、钩手指也成了常态。曾经那张输掉赌约挂在今妁朋友圈的背影照也从一个月变成了永久保留。

八月上旬，夏热结束他的嘉宾工作，马不停蹄赶回了半月湾，同他一起回来的还有他"买一送一"参加节目的女朋友羌梨。

据前线人员发来电报，最后一期告白日，夏热这小子在海边给羌梨来了场无人机的大型告白表演，当"羌梨，做我女朋友吧"八个大字出现在海面上空时，羌梨想死的心都有了。围观群众拍了短视频发到网上，点赞转发量十几万，评论里，小姑娘们嗷嗷叫着好浪漫好有钱，本次事件的女主人公却只感到尴尬。《万分喜欢你3》节目因此未播先火。

家庭群里也被夏热的告白视频刷爆，长辈们开心得恨不能摆个席面庆祝。

今母：没想到仨孩子里最早脱单的是热热啊！

夏母：哈哈哈，抱歉了各位，咱家夏热先谈一步，我和孩他爸见过儿媳了，可漂亮了。孩子叫什么我都想好了。

夏父：孩他妈，低调低调。

一分钟后——

夏父：哎哟，这是谁送来的礼品，怪不好意思的，破费了啊。

后面还有一张图片。

夏父：哎呀，原来是我儿媳送的。

今父：呵呵，真低调啊。

夏父：哪里哪里。

夏父：哎哟，这表又是哪儿来的？

后面又是一张图片。

今父：你行了，戴你手上你不知道？

夏父：不好意思，这年纪大了忘性也大，也是我儿媳送的。

夏母：我们啥时候能听到晕晕和阿晏的好消息呢？这俩孩一点风声都没有。

岑母：……

今母：……

今父：把他们踢出去吧。

客厅里，今妁乐呵呵地看着群聊，差一点笑趴。

今曦揶揄道："还笑得出来？咱爸妈快酸死了。"

"这要怎么办？"今妁想象了下跟他们坦白她和岑晏在一起的场景，"等到时候，爸妈是不是还得在群里敲锣打鼓？"

今曦上下滑动屏幕，说："怎么着也得先满足一波他们的炫耀心，直接开摆宴席吧。"

岑晏接了剪辑的工作，此刻正在楼上剪片子。

今曦趁着人不在，问道："怎么感觉你跟岑晏越来越没话说了？你打算什么时候谈恋爱？都大学了，怎么也得来段甜甜的校园恋吧？"

今妁才和岑晏在一起，因着两家多年的友好关系，她不确定他们能走多远，所以还没做好"昭告天下"的准备，含混地回道："也不是想谈就能谈的吧。"

今曦跷着二郎腿，脚丫漫不经心地晃着，以过来人的经验说："你随便勾勾手指，想谈什么类型的没有？"

今曦又问："我看岑晏的照片可一直在你朋友圈，怎么还不删？"

今妁胡扯个理由："挡桃花。"

"合着你是根本不想找啊。"今曦算看出来了，感叹，"看来开席的日子遥遥无期。"

夏天的阳光再讨人厌，人们也无法阻止它的侵占，霸道又不留余地地笼罩着万物，晃动的绿叶接受它，肆意摇曳的花瓣接受它，震颤飞舞的蝴蝶翅膀接受它。今妁被岑晏压在四楼露台的沙发上亲吻，天空上一团团白云像棉花糖，令人心情舒畅，不远处的海边传来大人小孩的笑闹。

一阵难舍难分后，今妁的衣领歪到一边，滑到肩膀下。女孩的皮肤本就娇嫩，白皙又吹弹可破，如剥了壳的鸡蛋，岑晏在她圆润的肩头吮吸出一个吻痕。他的视线移向中间，说："想种在脖子上。"

今妁不许，双手抵着他的胸膛，后仰脑袋躲开他，小声说："会被看见。"

岑晏挫败地搂紧她，双臂箍着她用了点力，埋在她的肩窝处深吸口气，声音闷得发慌："看见又怎么样？"

今妁侧头看他，他的头发长长了点，有的扎到她的肌肤痒痒的。将近一米九的男生，面对面抱她时，整个背脊都微微躬着，呼出的温热气息喷洒在一侧，像无处发泄的委屈小狗在求安慰。她顺着他背后的脊椎骨缓慢轻抚，说："再过段时间，好不好？"

她明知道，他对她的请求无法拒绝。

岑晏不说话。

今妁往他的怀里缩了缩，突然问道："不是说，男生接吻时都喜欢触碰女生的身体吗？"

岑晏有点蒙，抬头，视线和她相对，问："你想说什么？"

"你怎么这么规矩？"她捧住他的脸，在他的嘴角啄了啄。

岑晏的眸子逐渐暗沉，嗓音低哑："我有碰你背。"

今妱牵起他身侧的手，柔软的身体贴他更近，追问："其他地方呢？"

岑晏觉得不可思议，再一次震惊地问道："你真是第一次谈恋爱？"

"真是第一次。"今妱无语，觉得没劲，松开他，窝回沙发里，"我看电影里主人公都是又亲又摸的。"说着，她视线移到他的腰腹下，"不让我摸就算了，你怎么还不主动？"

岑晏简直要疯了，他和她并肩躺进沙发，胸膛上下起伏，得缓一缓。他本想循序渐进慢慢来，害怕太快会惹她不高兴，未曾想他女朋友真是无师自通到令他佩服。

在一起到现在，他好像都没见过她害羞，除了耳尖会泛点红外。再回想其他女生见到他的样子，虽然脸红是少数，但哪个不是怯怯的、害羞的？她倒好，牵手拥抱接吻，无论哪个都脸不红心不跳。若不是从小一起长大，对对方的感情史一清二楚，她说出"真是第一次"时候的模样，更像个情场老手在哄骗涉世未深的弟弟。

今妱的手机振动，岑晏离得近，郁闷的同时帮忙接起来，递到她耳边。

羌梨在那头说："妱妱，咱们去海边玩吧？暑假快结束了，还没一起去过。"

今妱顺手把手机接过来，指尖碰到岑晏的手，她看了他一眼，回道："好呀，你现在在夏热家吗？"

她话音刚落，就听见楼下高亢的女声伴随听筒里的一齐传出来："妱妱，岑晏！我们来啦！"

今妱心口一跳，立马回身趴到栏杆往下看，羌梨和夏热果然在楼下向他们招手。她缩回脑袋，慌张地捂住听筒问岑晏："他们不会看到了吧？"看到他俩在露台又亲又抱。

"我就那么见不得人吗？"岑晏的心里有一瞬刺痛，对她的反应感到失落。

"不是……"今妱钩住他的手指轻摇，"你知道我不是那个意思。"

羌梨在楼下喊："妱妱，你们在做什么？"

今妱把手机放到耳边，重新趴回栏杆，招手示意："你和夏热先进来吧，我跟岑晏马上下去。"

挂断电话，看着他们进屋，今妱从沙发上起来，见岑晏别头还在生闷气，她的脚尖挪过去碰了碰他的脚外侧，挤进他的双腿间，双手环住他的脖子，好声好气地说道："我们不是说好的吗？前几个月可以不让别人知道。"

"前几个月是几个月？"岑晏反悔了。

今妱终于发觉了他的不对劲，比刚才压着她亲吻的时候少了平日里的柔和，多了一点暴戾，本以为是错觉，原来不是。

"你怎么了？"

岑晏情绪匮乏地说："你随便勾勾手指，想谈什么类型的没有？"

今妱环着他脖子的手松了点，问道："我姐的话你听到了？她不知道我们在谈才这么说的，没有其他意思。"

岑晏知道，但还是控制不住胡思乱想，"暗度陈仓"这游戏他不想玩了，想要个公开的名分，追问："所以是几个月？"

"过了今年元旦吧。"今妱报出心中的理想时间。

岑晏算了算，有些不满地说："要四个多月啊。"他一天都等不了。

真是贪心啊，还没在一起时，他多久都可以等。可在一起后，她放出任何一点甜头，他就想要更多，想要她，很想要。拥抱接吻他都小心翼翼地克制着，生怕她会不喜欢。无论做什么都尽善尽美，不想给她一丝一毫说分手的机会。

哪怕在一起，他还是会患得患失。是她没给足他安全吗？不是。归根结底是他时常胡思乱想，冒出心烦意乱的占有欲。这段关系只有他自己知道，一想到别人在不知情的情况下有接近她的想法，他就受不了，想给她盖上岑晏专属的印章。但他又不能那么自私，每个人都是独立的个体，她谁都不属于。

他每天都陷在这样的情绪里挣扎。

岑晏争取道："折中一下，两个月不行吗？"

两个月……今妱垂下眸，没说话。

"什么以后不会让我难过了？"岑晏喉间发涩发苦，"你骗人。"

今妱刚要开口，楼梯口传来脚步声，紧接着是羌梨兴奋的声音："妱妱，我和夏热上来啦。"

今妱赶紧退开，跑去门口。

明艳张扬的女生和阳光帅气的男生并肩走上来。

许久不见，羌梨肤色晒黑了些，见到今妱，她问道："哎哟哟，干吗呢？说要下来，等了半天也不见人。"

看来是没被看见。今妱放松下来，用手势示意岑晏的方向，说："晒日光浴，想收拾下桌子再下去的。"

夏热一见到岑晏就有很多牢骚，松开羌梨过去揍了他肩膀一拳，埋怨道："李导说你跑了我还不相信，回去一看还真走了。说好陪兄弟到结束，你太不够意思了。"虽然这些话他在微信里已经抱怨过，但见了人不免想秋后算账。

岑晏收拾好心情，恢复平日里面对别人的面瘫脸，下巴尖朝羌梨扬了扬，问道："你女朋友在，我当什么电灯泡？"

"也是。"夏热一脸被爱情滋润的小骄傲样，"都看到视频了吧？本想让你在告白那天帮帮我，怪紧张的，你这个没人性的家伙。"

"你可别说那告白了。"羌梨捂脸。

夏热不解地问："不挺浪漫吗？"

羌梨转头问今妱："你觉得浪漫吗？"

今婼的答案十分中立："如果把最后天上的'羌梨做我女朋友吧'几个字去掉，光一段无人机表演，应该挺浪漫。"

"说出了我的心声。"羌梨竖起大拇指。

夏热不同意："那几字是精华部分。"他撞了撞岑晏的肩膀，"下次你想找人告白，也可以用我这方式。"

闻言，今婼装作什么也不知道，左看看右看看。

岑晏皮笑肉不笑地勾了勾唇角，回道："应该用不到。"

"你想孤独终老？"夏热真是为兄弟的终身大事操碎了心。

岑晏掰开按在他肩膀上的手，没好气地说："你只要不咒我，我就不会孤独终老。"

几人聊了会儿天，羌梨迫不及待地想去海边，催促道："佳楹在来的路上了，马上到了。"

别墅往前就是海，阳光下，来来往往的旅客行走在金黄色的沙滩上。羌梨和夏热在楼下休息室换泳衣，今婼换好比基尼泳衣，将双臂和双腿涂上防晒霜，后背涂不到，她跑去岑晏的房间想让他帮忙涂一涂，结果就被他摁在门上身体力行地回答她在露台上的问题。

下楼，羌梨看见今婼，蹙了蹙眉，问道："怎么穿这件？好身材就要秀出来啊。"

今婼也不想，只说："怕晒黑。"

宣佳楹到达后去休息室快速换了衣服出来，今曦和周晚章也加入，去海边的队伍越发壮大。

出发前，今曦边发信息边说："许池也和咱们一起，走走走！"

晚餐他们决定在海边解决，一行人一人披着一条沙滩巾。今曦和周晚章两个大家长拎着两篮烧烤食材，今婼和宣佳楹拎水桶和铲子，羌梨抱了一只排球和一个游泳圈，男生们负责提烧烤工具、折叠桌凳和帐篷。

羌梨抛着排球，说："感觉像小学生春游。"

见夏热一手提帐篷包，一手提折叠凳，像只快乐的二哈冲在最前头，宣佳楹揶揄："小学生还是成熟了点，幼儿园吧。"

"确实。"羌梨同意得不能再同意。

夏天理应由大海沙滩作陪，浪潮与鸟鸣是干净的白噪音，椰树伸向天空，错落排列。金色沙滩承载着欢乐，空气里是海水湿咸的味道。

他们找了处空地安营扎寨，一切都安顿好，羌梨拉着今婼和宣佳楹去踩水，清爽的海水没过脚踝，脚底是软酥酥的沙地，踩一脚陷一个坑。夏热紧随其后，他一来，和谐的气氛被破坏，踩水变成了泼水。最后变成了男女生大战，他们泼着泼着往更深处去，所有人都未能幸免，海水沾湿头发，一颗颗水珠往下掉落。

"呸呸呸……"羌梨吐掉嘴里呛到的咸水，"夏热！你死定了！"

夏热大笑，脚下一边后退，一边上下挥舞起双臂，像两只螺旋桨溅起水花，回道："来呀，哎，泼不到。"

"佳楹，帮我一起打败他！"羌梨气死了，扑棱着双臂游过去。

今曦在不远处叫他们："你们在浅水区玩玩就好了，注意安全啊。"

他们向她摆摆手，表示知道了。

他们打闹着，不知不觉游到了另一边。

趁其他人的注意力不在他们这儿，她朝他勾了勾食指。他疑惑地靠近她时，她像只小水鬼突然抓住他的手臂往下拽。

浅水区域，他猝不及防，两人双双倒进蓝色大海。海水漫过他们的肩膀和头顶，今妁的长发铺散开来，美得像是一条美人鱼。

他们环住对方，在无人的世界里拥吻。

直到氧气缺失，他揽住她的腰，倏然冒出水面。

今妁漂浮在水面大口呼吸，双手将潮湿的发丝捋到耳后，全身附着一层水光，闪着零星的光亮，睫毛上的水珠轻颤。

她拉着他游往岸边，轻声说："我喜欢那样。"

因为是你。

第十二章

/

我会一直在

1

今妱松开岑晏的手，蹚着水跑到岸边，等他走近，然后狠狠踩一下没至脚踝的海水。水花飞溅向天空呈放射状，不仅洒了他一身，自己也未能幸免。

伤敌一千自损八百。

今妱苦着脸，抹一把嘴巴和眼睛，听见他磁性悦耳的嗓音像蘸了砂糖般，无情取笑她："傻不傻？"

"你才傻。"她脚尖撩起水踢向他。

水花溅在他的下颌、锁骨、胸膛……

岑晏自始至终安然承受，任由今妱发送水波攻击。他身上的白色背心湿透，附着劲瘦的腰身，隐隐可见藏于衣下的腹肌纹路。他这副宽肩窄腰的好身材，常常是女寝夜谈会的话题中心。

今妱见他没有反击，慢慢停下动作，定定望着他。

岑晏侧身卷起衣服下摆拧了拧，拧出的水滴落回海里。他脾气很好地问："这么喜欢欺负我？"

这句话问得她差点不好意思起来，谁让他刚才在房间里得寸进尺？

"你生气了？"

岑晏摇摇头，抖开皱起的布料，掸平。

他丝毫不介意的模样，倒是让今妱于心不忍，脚尖不知所措地磨着脚底的沙地，小声问："会不会有一天就忍不了了？"

"应该不会。"岑晏没有忍，而是对她根本生不出气，哪怕有也是自己憋着，从未想过殃及她。如果硬要说殃及，也只是在两人亲密的时候耍点小心机。

他又说："你可以一直这样。"

无论是她本性如此也好，想要试探他的底线也罢，他都无限纵容。

今妱突然觉得自己很坏，她确实在不断试探，想看看他对她的忍耐和包容究竟有多少。他的放任像个无底洞，所以她总是不停地往里陷。

他竟然看出来了。

今妱正要说什么，夏热立在搭好的简易球网边喊他们："阿晏！晕晕！来打沙滩排球啊！"

抬头一看，白黄蓝相间的排球在空中划出灵巧的弧度。

岑晏长手一伸，手心和排球就像装了磁铁，轻轻松松接住了球。他向上抛了抛球，双肩打开，单手扣着球身，臂膀摆动，侧身投了回去。

"好球！"夏热接住。

夏热要玩男女混合双打，宣佳楹主动提出当裁判，两对小情侣自然而然组成搭档上场。

开始前，夏热大言不惭地和女朋友放起狠话："咱俩打夫妻球，肯定能赢这两个单身的。"

"他俩十几年的青梅竹马，默契肯定比我俩高。"羌梨让他莫要轻敌。

一语中的，确实是这样。

今妱的运动细胞还算不错，特别是耐力方面，学校运动会的长跑名单从不缺席她的姓名。她擅长稳中求胜，厚积薄发，打球亦是。

岑晏除了唱歌五音不全、打游戏晕3D外，就是个全能选手，从小到大在运动方面赢过的奖牌和奖杯扔给今妱当玩具玩，一点不见心疼。

今妱打球时舒展的身体曲线优美，球路更是刁钻，和岑晏配合默契，打得对面的小情侣苦不堪言。几回合之后，最后以今妱跃起的暴力扣杀结束一局。

"Yes！"她回身与岑晏击掌。

一连打了三局，岑晏和今妱赢两局。

"你们是魔鬼吧？"夏热和羌梨口干舌燥地说。

他俩不愧是小情侣，张嘴吐舌头、用手扇风的表情和动作如出一辙，然后一起跑去帐篷边拿矿泉水，仰头疯狂喝着。

经过几个来回的运动，原先浸湿的泳衣早在阳光下晒干，发梢凝结的水珠蒸发，今妱觉得热，抬手捋了捋闷热的长发，双手抓出一个马尾辫。因为没带发圈，她只能先低下头，单手抓着头发上下抖动给后颈散热。

余光里，岑晏从运动短裤的裤袋里掏出根浅蓝色挂着哆啦A梦小挂饰的发圈递过去，今妁接过来，说："我不记得有这种皮筋。"

她随意绕了两圈，盘了个高高鼓鼓的丸子头，挑眉问道："哪个小妹妹的？"

"买花送的。"

买那个全是哆啦A梦玩偶的花束。

他们也往帐篷走去。

今妁问道："那怎么不一起给我？"

岑晏看看清爽的天空，又看看缠绵的沙地，学她说话倒是学得像："忘了。"

"忘了你能一直带身上？"今妁不信。

"谁让你老不带？"

她也不是一次两次忘带了。

"也是。"今妁蓦地想起来，以往自己忘记带，都是他帮忙揣着的——她要扎头发了，他便会递过来一根，像个万能机器猫。兴许是时间久到成了习惯，养成习惯便会不经意忽略，当他拿出和以往不同的发圈时，她才终于后知后觉。

这个细心到让人心湖泛起涟漪的男生，好想牵牵他的手。

"没了你，我可怎么办？"她感叹。

"我会一直在。"

沙滩印出他们一路走来的脚印，深深浅浅。无论走向何方，她都有他陪伴。

羌梨和夏热补充好能量，觉得又可以了，提议："再来两把！"

岑晏拧开矿泉水瓶盖，顺手递给今妁。她接过喝了一口，说："没力气了，你们玩吧。"

缺了今妁就没意思了，岑晏于是也说："累了，你们玩。"

今妁瞪了他一眼，他不动声色地看回去。

"吹！你累个锤子！"夏热怼他，"晕晕说累我相信，就你这体力，酒吧玩三天三夜都不带累的。"

"哟，原来岑晏这么野啊！"羌梨发现了新大陆。

岑晏反驳："酒吧白天不开张。"

夏热驳回："但是能通宵。"

那三天今妁也在，是夏热非要庆祝她和岑晏的成人礼。岑晏对这些不感兴趣，奈何今妁玩得开，对什么都充满新鲜感，在舞池里蹦了三个晚上，他只好陪在她身边做护花使者。

夏热一定要岑晏参加，岑晏没办法，视线投向帐篷前和今曦一起躺在沙滩巾上，戴墨镜晒日光浴的周晚章身上。

"舅……"

他才说出来一个字，就被周晚章无情拒绝："不打，一把老骨头了。"

今曦提议："许池上去玩玩啊？"

周晚章旁边的许池安详躺尸，墨镜下方的薄唇一张一合："爱莫能助，我跑起来就喘，运动细胞等同于无。"

夏热已经架起岑晏的手臂，催促："走吧，晕晕不打，你和佳楹组队。"

宣佳楹想拒绝，羌梨抢在前头说："对啦对啦，佳楹也不要总当裁判，一点参与感都没有。"

岑晏向今姶投去求救的眼神。今姶考虑到宣佳楹，大方摆手，说道："佳楹都没怎么玩，你们玩一把吧。"

岑晏面瘫脸，放弃抵抗。

朋友之间组队打一场本来也没什么关系，结果她这么豪爽，他就觉得有关系了——她怎么能表现得这么不在意？

岑晏带着不情不愿的闷气上场。

宣佳楹接替今姶的位置，夏热在对面喊话："看不把你们打得叫爸爸！"

他话音刚落，羌梨一掌呼上他的后脑勺，咬牙道："等赢了再说吧。"

岑晏和宣佳楹打配合自然没有和今姶来得好，不过宣佳楹也不赖，能配合得了他，这局赢面就占了上风。

但到底是第一次搭档，最后接球时出现失误，让对面的夏热、羌梨队险胜。

夏热上瘾了似的号叫："再来再来。"

"抱歉，刚才应该是我接的。"宣佳楹又叉着腰喘气。

"没事。"岑晏的心思不在输赢上。

他回头，看到今姶兴致盎然地向他们挥手，手里的矿泉水瓶如演唱会上气氛组挥舞的拍手器左右晃动。

"岑晏，佳楹，加油！"

岑晏一阵头疼，这没心没肺的家伙。

怎么说也是朋友间的活动，突然下场留个女生在场上不是绅士所为，岑晏活动了下关节，对夏热冷着声说："就一把。"

最后一把，两方拼尽全力，岑晏不想让夏热太嘚瑟，铆足了劲扣球。夏热和羌梨扑进沙地里，堪堪擦到一点球身，球飞出去，没过网。岑晏和宣佳楹赢。

夏热就是典型的人菜瘾还大，撑着沙子起身，说："不行，再来一把！"

"不，你不想。"羌梨忍着没把手里的沙子扬他嘴里。

岑晏不管他们了，转身寻找今姶，然后人就僵了。真是不能离开她半会儿，怕什么来什么。哪儿冒出来的男人？那人面上惊喜又欣赏的表情怎么看怎么刺眼。

夏热他们显然也望见了，一行人往今姶的方向去。四人气势汹汹地走一排，男生女生都高挑，不知道的还以为是去干架的。

那人疑惑地看了他们好几眼。

等到了她身边，他们发现两人竟然在用韩语沟通。

男人一口地道韩语，视线在他们身上盘旋。

他们四人虽然听不懂他俩在说什么，大致能猜得出来，应该是这个男人问今妱认不认识他们。

今妱看了他们一眼，继续用韩语回话，视线在岑晏身上多停留了几秒。

男人当即打量起岑晏，面露赞赏又惋惜的神色，和他们友好地用英语打了声招呼，挥手告别。

等人走了，夏热一头雾水地问："他干吗的？"

今妱答得轻巧："问路的。"

岑晏蹙眉，问路的需要讲这么多话？

"你韩语说这么好？"羌梨觉得不可思议。

"学过一点。"今妱小时候喜欢看动漫，学了日语，上高中时韩剧盛行，就又去学了韩语，日常交流和书写都没什么问题。

"你这哪是一点？学霸啊。"羌梨双手抱拳，表示敬佩。

"没有没有。"

太阳西斜，日光里带了点枇杷黄的黯淡，波光粼粼的海面上漂着大大小小的船只，沙滩上摆满了帐篷。正是夏日最热的时候，热浪快将人淹没。

大家在帐篷前围坐成一圈，人手一只小电扇。羌梨提议玩"我从来没有做过"的游戏，就是每人伸出一只手，做过一件事就放下一根手指，五根手指都放下的人就惩罚真心话大冒险。

玩之前，羌梨再三警告："一定要诚实！撒谎的人孤独终老！"

按顺时针的顺序，今曦最先开始。她说："我从来没有吃过榴莲。"

在场除了今妱，其他人放下一根手指。

轮到周晚章。

"我从来没有逃过课。"

除了他自己，全军覆没。

到许池。

"我从来没有谈过恋爱。"

今妱身子往后缩了缩，偷偷放下手指。

岑晏余光见她放了，便也放下。

再一次全军覆没。

到宣佳楹。她刚准备开口，被今曦叫停："等等！"

今曦的眼神似雷达扫在今妱和岑晏的身上，对许池说道："你再说一遍，你没做过什么？"

许池突然反应过来，他发誓自己真不是故意的，迟疑道：“我从来没有谈过恋爱。”

今曦确认自己没听错，手指在空中点着今妱：“你——”再点一下岑晏，“们。”指尖在两人间来回划动，“什么时候背着我们谈恋爱了？”

2

今曦本意是想问今妱和岑晏什么时候背着他们各自谈了男女朋友。

碍不住两位当事人做贼心虚，先入为主，把问题自动理解成了什么时候背着他们和对方谈了恋爱。

今曦误打误撞，羌梨隐隐兴奋。

夏热对自己被好友瞒在鼓里这事发表不满：“好啊，你们谈恋爱这种大事居然不告诉我！”

擅长伪装的今妱一时间自乱阵脚，抿起唇看着天上的云彩，脑中飞快搜索应对方法。

“别想撒谎啊，小心孤独终老。”今曦做了那么多年姐姐还不了解她？她不敢看人的眼睛就是心虚的表现。

众目睽睽之下，今妱脚蹬着沙地往岑晏身后挪了挪，像只怕生的小猫咪躲到他背后。

既然被发现，他们商讨的一个月、两个月、四个月的期限便不作数了，而且她下意识依靠他的动作也说明了认可他接下来的做法。所以，岑晏手往后伸，牵住她的手，和她十指相扣，在大家精彩纷呈的表情中，他认真宣告：“七月底的时候。”

今曦一愣。

周晚章有些蒙。

夏热反应最大，惊得张大了嘴。

“这速度可以啊，岑晏！”羌梨竖起大拇指。

“等等……”夏热怕自己误会了什么，“什么意思？”

他指了指两人牵着的手，问岑晏：“把手撒开，你谈恋爱牵晕晕的手干吗？”

羌梨又一掌薅上他的后脑勺，没好气地说：“他俩在一起，岑晏不牵她的手，牵你的啊？”

当有一天，发现关系最好的两个朋友背着自己谈起了恋爱……

夏热无法接受，感觉被全世界抛弃，扬起声问道：“你们怎么可能在一起？”

怎么看都是最不可能喜欢上对方的两个人。

平日三人在一块儿，都是夏热调节气氛，他把他们当亲人朋友，更是把今妱当妹妹，突然有一天，最好的兄弟牵着自家妹妹的手说他们在一起了？实在不可置信，让人震惊。

岑晏说：“我喜欢晕晕，我会好好对她的。”

今妱扯了扯他的手，让他不用说得这么正式。

家里的白菜被猪拱了，哪怕是兄弟也不行。夏热表示反对：“我不同意！”

今曦作为真正的姐姐，清了清嗓，发话：“那个……棒打鸳鸯的事咱不好做哈，当事人有那方面意愿就行。”

没心思玩了，游戏局变成了声讨会，气氛严肃。

今曦用手机指着两个罪魁祸首说：“你们牵手，还有岑晏说的话我已经录了视频传给爸妈。七月底就谈了，现在都快八月中旬了，要不是玩游戏阴错阳差，你们准备瞒到什么时候？为什么要瞒着大家？”

今妱抓紧岑晏的衣服，额头贴在他背后装鸵鸟。

岑晏反手摸摸她的头顶，把锅揽到自己身上，说：“我们想着稳定点再告诉你们。”

今曦火眼金睛，呵笑一声，问道：“今妱，是你的主意吧？”

岑晏马上说：“我的。”

“别掩饰了，这就是她能干出来的事。”今曦摆手。

今妱从岑晏的身后露出一颗脑袋，小声说：“你和小舅在一起，不也瞒着我们到领证了才说。”

不是一家人，不进一家门。今曦被堵得哑口无言。

夏热的脸皱成了包子，羌梨低声给他做思想工作：“为什么反应这么大？他俩在一起不好吗？大家都知根知底，门当户对，皆大欢喜啊。”

夏热不高兴地说：“可我们是亲人啊，从小一起长大，亲人怎么能谈恋爱？”

羌梨按住他的手背牵进手里，语气难得浸满温柔：“夏热，你不能把你的思维强加在每个人身上，这个世界就是千奇百怪、求同存异的。你说你们是亲人，那你们有血缘关系吗？”

道理他懂，但能不能接受是另一回事。

夏热沉默数秒，觉得有必要问清楚，眼神扫向岑晏，冷冷地说：“从实招来！你什么时候对晕晕有的非分之想？”

今妱也想知道，抬头瞧着岑晏的后脑勺。

之前达成“前几个月不公开”的共识，说到底是因为害怕不能长远地走下去。

岑晏在告白前想过很多，他对今妱的喜欢比她对他的要多得多，如果把他的喜欢比作夏日里的暴雨，那么今妱对他的喜欢或许只是雨里的几滴水滴。

并不是和她在一起就没有烦恼了，他会害怕其他人接近她，害怕她喜欢上别人，害怕她对他的喜欢只是一时兴起。尽管这样，他依然在那天迫切赶回，抱有私心和侥幸告白。

到底是从什么时候开始?

他们第一次见面时的场景,他记了很久。她怯生生躲在大人身后探出脑袋,眼睛很大,楚楚可怜像瓷娃娃,看着很好欺负,心里便暗暗生出谁也不能欺负她的想法。他不同夏热那般讨人欢喜、热情四溢,兴许是面无表情吓到了她,她总是很害怕他,是他时常在她面前刷存在感,装作不在意的模样保持着不远不近的距离。

随着时间推移,小时候许多事情淡去,和她相处的点滴却能记得。当他长大后意识到自己喜欢她时,已成定局,无法剥离。

他说:"一直,我一直很喜欢她。"

今妜的睫毛颤了颤,她突然无法理解这句话的意思。

夏热不可思议地替她问了出来:"你是说,你从前就喜欢她了?"

今妜不想再听下去,抽了手站起来,说道:"你们玩吧,我回去了。"

沙地不似水泥地平坦,它们才不管会不会弄脏你的脚,在你脚后跟溅起沙尘。

她听见身后跟过来的脚步声,急促又小心翼翼,男生的影子被夕阳拉得狭长,投射到她前方,伸出来想牵她的手又收回。她越走越快,他跟在身后保持着不远不近的距离。

很快回到别墅,草坪翠绿,花园里的自动洒水器运转,水珠细腻地喷洒在空中,形成水雾屏障,折射出一条彩虹,与中间鹅卵石铺成的彩虹路段相得益彰。今妜无暇观赏,在围墙边的水龙头下冲干净脚,绕过岑晏。

她想冷静一下。

地上留下她的脚印。

还未到屋里,她就被岑晏握住手臂,他鼻音浓重地问道:"你是想和我分手吗?"

今妜垂眸,睫毛颤得厉害。

岑晏心口一痛,眼眶通红,不自觉收紧些力道,又立即松了点,但并没有放开,急忙问道:"不分手行不行?做得不对的地方我会改。刚才的话你不喜欢,我以后都不说了。我喜欢你如果让你有负担,我们可以慢慢来。"

他低声哀求:"就是,别分手行不行?"

在他说出"我一直很喜欢她"时,今妜整个人都处于头脑发蒙的状态。她以为他们的喜欢差不了多少,十指相扣告诉她不是;她以为他是今年六月对她产生的好感,锁屏密码告诉她不是。在她还震惊于原来以前就有苗头的时候,又从他口中听见了真正的答案——他一直喜欢着她。

今妜心里的鼓震得发麻,又突然破碎,连绵不断的酸涩涌出。

他把她抱进怀里,抱得很紧,浑身颤抖地说:"我不会分手的,你别想跟我分手。”

“不分手，岑晏，我没想过分手。”今妲深吸口气，回抱他，手在他背后轻拍，“为什么你的第一反应是分手？”

岑晏身体僵硬，喉头发紧。

今妲问：“我让你很没安全感吗？”

“不是，没有。”岑晏的唇擦过她的发际。

“那是为什么？”

是源于对自己的不自信，不自信她会永远喜欢他。她是世间美好的存在，是橱窗里展示的限定珠宝，是花园里被人觊觎的玫瑰花，是不会奔向任何人的月亮。

今妲从他怀里退出来，牵着他的手进屋，说：“我们谁也不能保证这段关系能走多远，人生总是有许多变数。”

岑晏想说他可以保证。

“刚才有人问路，他是真的在问路。”今妲牵着他走进电梯，“然后他顺口说了句‘你韩语和英语这么好，在校一定很多人追吧，漂亮女孩要保护好自己，我有个和你差不多年纪的妹妹，就忍不住多说两句’。”

电梯到达第三层。

“然后你们就来了，他问‘你认识他们吗’，我说‘是我朋友，最高的是我男朋友，他很棒，会保护好我’。”

说到这里，她回头瞧岑晏一眼，问道：“你会保护好我吗？”

他立即回答：“当然。”

“手机给我。”今妲朝他摊了摊手。

他乖乖把手机给她。

她拿过来指纹解锁后翻看了下桌面，他在玩游戏时下载的学韩语软件躺在学习类别的第一个。她勾了勾唇，还回去，说：“现成的老师就在身边，偷学什么？”

岑晏赶紧把手机揣兜里，嘴硬道：“我这不是还没学……”

三楼是只属于他们的世界。

他们进了灰色房间，落地窗边的沙发上，今妲跨坐在岑晏腿上，耳朵靠着他的胸膛，轻声说：“岑晏，你很好，大家夸奖你的声音听不到吗？岑晏考试又第一了，岑晏竞赛又拿了一等奖，岑晏打篮球好帅，岑晏跳高好厉害，岑晏打网球也这么酷，岑晏居然会那么多东西，岑晏就是个全能型学霸啊。”

岑晏耳尖微红，将她抱紧了些，脑袋上好像冒出两只耳朵左右摇晃的小狗。他嘴角忍不住上扬，问道：“怎么回事，岑晕晕？找着机会就夸我啊。”

“只是复述周围人对你的评价，别给我整喜欢一个人就低到了尘埃里那一套，不适合你。可能我在你眼里很好，但你在我眼里更好，今妲的男朋友。”今妲当然不承认。

岑晏就该是自信张扬、在他的领域发光发热的人。

“那你再夸夸我，更好是有多好？”今妱的男朋友心怦怦直跳，眼睛亮晶晶的。

今妱不夸，今日的夸夸到此结束。

岑晏等了半天没等到，低头寻到她的嘴角亲了亲。

“就一句。”黏人小狗黏死人了。

今妱抿唇，忍着笑不说，他就吻到她说，两人在沙发里滚成一团。

今妱呼吸凌乱，突然想到什么，抵住他的胸膛，推开他，不可避免问出了情侣间常问的问题：“为什么会喜欢我？你喜欢我什么？”

小学和初中时，今妱只跟夏热和岑晏玩，话少又孤僻。但再孤僻，看见有人不小心摔跤，她也会关心地问一句“要紧吗”；下雨天有同学没打伞，哪怕不认识，她也会鼓起勇气给人让出半边来；骑三轮车收废品的老奶奶上不去拱桥时，尽管力气微小，她依然使足了劲帮忙推车；她也会在他发烧时，手足无措地安慰他，给他唱《明天会更好》……

在别人眼里也许是多管闲事，但在她眼里，因为看到了，所以不忍心什么也不做地走掉。她冰冷、寡淡，有时又像只刺猬浑身充满尖刺，都是她自我防御的保护壳，剥开内里，一颗心柔软万分。

要说具体喜欢她什么，那可太多了，他能跟别人说上三天三夜她的好。但不对她说，怕她一会儿又得得意忘形。

岑晏抱着她坐起来，下巴搁她的头顶，说道：“喜欢就是喜欢，哪有那么多为什么。”

3

手机铃响的那刻，审问将随之而来。今妱从岑晏身上下来，抱着手机溜回自己房里，接通来自妈妈今女士的视频电话。

今女士最先看到的是床头柜的哆啦 A 梦花束，酸溜溜地问：“哎哟哟，那是阿晏送的吧？还摆床头呢？小情侣如胶似漆啊。”

今妱盯着屏幕，移开摄像头。

今女士又说：“不要看你，阿晏呢？我要跟我干儿子讲讲电话，好久没见他了。”

今妱就不，把自己的脸凑得更近，近到屏幕里只有自己的脸。

而岑晏，在今女士说出要看干儿子的时候，从门口走了进来，坐到今妱对面的电竞椅上，一动不动地凝视她。

今妱睁眼说瞎话：“他在自己房间，你要看，打他电话不就好了？”

摄像头外，今妱对岑晏摆摆手，让他别这么看她，眼神都快拉丝了。

岑晏不要，就是和她对着干。

今妱受不了，整个人旋转九十度避开他。谁料今女士在她说完后，“嘟”一声，挂了电话。

岑晏的手机不意外地响起，他得意坏了，朝今妱扬了扬。屏幕上大剌剌显示着“干妈”二字，他手指挪到接听键，如同电影里恐怖组织头目的坏家伙去按引爆炸弹的遥控器。

今妱脚落地去抢，大喊：“别接。”

坏家伙躲掉她，以迅雷不及掩耳之势接起来，将摄像头对准自己，乖巧打招呼：“干妈。”

“哎！”今母立即接话，“什么干妈？‘干’字可以去掉了。”

岑晏的母亲周女士随后加入：“晕晕呢？你们没在一起？”

好嘛，还是个群聊视频电话。

今妱合了合眼别开头，爆吧爆吧，世界毁灭吧。她回身扑进床里，用被子蒙住脸颊。

“肯定在一起呢。”今女士的声音三百六十度环绕在房间，“今妱，你说阿晏在自己房里，你房间什么时候成他房间了？”

今女士多开明啊。

岑晏抬眸，视线掠过手机，含笑看了眼趴在床里装死的今妱，回道：“没有，我刚好过来找晕晕。”

今女士突然变得语气柔和：“听曦曦说，你们还想过段时间告诉我们。阿晏，晕晕要是欺负你，你跟妈说，妈一定给你好好说她。”

周女士阴阳怪气地说：“哎哟，都自称上妈了，把我这亲妈置于何地？”

“我这不是怕晕晕欺负我们阿晏嘛，别看她乖乖的，欺负起人来有一套。”

今妱腹诽：你到底是谁的妈？

周女士连忙说：“可别，我还怕阿晏欺负我们晕晕呢，这小子一肚子坏水。晕晕啊，阿晏要欺负你了，告诉我，再远我也飞回来教训他。”

“妈，我还在呢。”岑晏无奈。

两个小孩只是在一起，家长们就开心坏了，不知道的还以为他们要直接进入婚姻的殿堂了。周女士要看未来儿媳，岑晏擅作主张拒了，和两位大家长闲聊了几句，把她们哄得晕头转向找不着北。

一团其乐融融后挂断电话，原先充斥欢声笑语的房间顷刻寂静。

今妱趴在床上，迷迷糊糊的，快进入梦乡时，忽然床微陷。岑晏撑在她上方，低头亲了亲她露出的半边脸颊，问道：“睡着了？”

今妱把整张脸埋进被里，含混嘟囔：“看见我睡了还问。”

耳郭落上他温柔的吻，而后是脖后、颈窝、后背，灼热的呼吸叫她瑟缩了一下，笑着躲了躲。

他吻回她的颈窝，抱着她。

她问："高兴了？"

他的鼻尖蹭了蹭她的脖颈，从喉间餍足地溢出一声"嗯"。

今姁又想欺负他了，坏心眼地说："只是他们知道而已，同学还不知道我们的关系，我想……"

她没说完，就被他捏着下巴掰过脑袋吻住。湿热的气息纠缠，他的唇很软，一改往日的耐心和温柔，但又和在露台上压抑暴戾的吻不同，这次是实打实霸道蛮横地索取、占有、掠夺，想要她好看。

一直吻到她头脑犯晕，缺氧喘不上气，他才松开她，剧烈的心跳让胸口发胀。

"等开学我就拿喇叭在校门口喊'今姁是我女朋友'，别说同学了，整个大学城都会知道，说不定还有人录小视频，再上个热搜。"

今姁本就是逗逗他的，她大口呼吸，说："幼稚死了。"

"老是激我，你不幼稚？"岑晏松懈力道，整个人压在她背后。

被突然的沉重包围，今姁在岑晏和床之间被固定得死死的。她侧过脑袋呼吸，毫无反抗之力，只剩床尾的脚丫在空中扑腾了两下，有气无力地说："快起来，重死了。"

压在背上的重量消失，今姁得以翻身与他面对面。

"糟了，"她想起什么，从他身下溜出去，"没洗澡就躺床上了。"他们刚才又是泼水又是沙滩排球，免不了沾上灰尘。

岑晏也起来，说："换床新的吧。"

今姁去衣柜里拿出晒洗好的备用四件套，岑晏帮忙一起换，说道："今曦姐问我们还去不去烧烤。"

今姁下意识拒绝："我不去了，你想去的话就去。"

"你不去我也不去，她说可以给我们留点，到时候带回来。"岑晏洞悉一切，就知道她会这么说。

今姁觉得他这样不对，从他手里接过被单一角，塞进床垫下，说道："你也要有自己的社交啊。"

岑晏和她一人一边，从床头到床尾，将被单捋顺捋平，很快铺好。

"我的社交就是你。"

今姁又拆掉薄被的被套，递给他，说："你这样很快就会腻了我的。"

"不会。"岑晏每时每刻都想和她待一块儿，怎么可能腻？

突然，他停下动作，紧张地问："你已经觉得腻了？"

"那倒没有。"

岑晏当即松了一口气，说出真实想法："等开学就很少有这种时候了。"所以珍惜每一个和她在一起的时光。

换完四件套，他们各自回浴室洗澡。今妱胸口的指印已经淡却，微微泛着红，不算到触目惊心的地步。岑晏给她涂防晒霜时还是惊了一瞬，没想到她的反肤会这么嫩，明明他都收了力气。

今妱站在淋浴下，打上洗发水揉搓出泡沫，计算着开学的日子，还剩十多天。暑假两个月看似漫长，真正到了时候才恍然没多少时间了。她突然也希望日子能慢一点。

洗头时，水流不可避免钻进眼睛和鼻腔，她紧闭双眼，泡沫越搓越多，水势却越来越小，直到最后感觉不到水流，她抹一把眼睛睁开，捏住莲蓬花洒的开关手柄来回开启关闭，竟然不出水了。

她弯腰，将头发上的泡沫都捋下，打开洗手池，水流哗哗而下。她不信邪地再次打开淋浴开关，无水。最后，她只好裹上浴巾，浑身湿漉漉地出了房间，刚好碰见出来倒水喝的岑晏。他挑眉，问道："怎么？"

虽然知道不可能停水，但今妱还是问了句："你停水了吗？"

岑晏摇头，明白过来她为什么以这样的方式出现在他面前，他的视线落到别处，脑袋向房里歪了歪示意，说："你去用吧。"

今妱捂着浴巾，熟门熟路进到他的房间。

岑晏拿着杯子，后知后觉想起来，她好像没拿睡衣。

今妱是洗完澡要穿衣服时才意识到自己一时情急什么都没带，只好重新裹上浴巾出去，冷气扑面而来，浑身毛孔收缩。岑晏正坐在飘窗前剪片，她从他身后飞快跑过，然而到了门口，和来她房间的今曦撞了个正着。

今曦上下打量她衣衫不整的模样，意味深长地说："进展迅速啊。"

"什么也没做，我浴室喷头坏了。"今妱没空和她扯皮，往自己的房里去。

今曦的视线落在今妱的胸口，不紧不慢地说："什么也没做，这是什么？别告诉我，你们就是单纯地亲亲抱抱。"

"就是单纯的。"今妱拎着浴巾往上提了提，直奔自己的浴室，关门穿衣服。

她穿好吊带睡裙出来时，今曦正坐在沙发边玩着手机，听见动静抬起头，抱胸看她。

今妱踢掉拖鞋，盘腿坐到床上，说道："别问我进行到哪一步了，你和小舅的事我不也没问过你？"

"谁要听你说这个？"今曦确实想问来着，被戳穿心思，她的眼睛向上翻了翻，清清嗓子掩饰尴尬，"我刚才情绪激动了，后来想一想，大概也能理解你的后顾之忧。你对这段感情有不确定，你怕因为你们俩分手了破坏两家关系，这些我和他在一起时也想过。"

今妱屈起膝盖，两条腿藏进裙里，下巴搁在膝盖上，说道："之前不确定和他能维持多久，但现在好像可以确定了，应该能很久很久，至少短期内不会出现问题。”今曦说的问题她回来后也思考过了的。

岑晏这些年把对她的感情隐藏得很好，以朋友身份陪伴，默默付出，如果不是今天的游戏，恐怕她不会那么快知道。心上的净土开出朵酸涩的花来，她不想让他难受，看见他难受，她的心也会揪在一起犯疼。

“你们在一起，爸妈自然祝福。岑晏是我们从小看着长大的，对他很放心，但是你们在一些方面一定要做好措施，爸妈不想那么早做爷爷奶奶，我也不想年纪轻轻就被叫姨妈。”这次谈话今曦也代表了爸爸妈妈。

今妱无奈地说：“真没做到那一步。”

今曦暧昧地望着她，淡淡地说：“迟早要擦枪走火。”

“这才哪到哪。”

“岑晏应该是你初恋吧？”都是成年人了，今曦不想说教，但还是忍不住提醒了句，“你初次谈恋爱，我宁愿你在感情里自私一点，把自己放第一位，男人只是生活的调剂品，不是必需品。”

今妱问：“小舅听见会伤心吧？”今曦能说出这样的话来，可见在感情里得有多清醒。

今曦“哦”了声，不以为意地回道：“这话就是从他那儿听来的。”

今妱腹诽：你们都清醒。

今曦又和她聊了两句，离开前又问：“真不跟我们一块儿烧烤？”

“都洗完澡了，你们玩得开心。”今妱指了指身上的衣服。

“说起这个。”今曦笑起来，“夏热可还郁闷着，岑晏真能干大事啊，连他都瞒着。”

今妱缄默，送走今曦，回房间拿了手机打开夏热的聊天框。但是要说什么呢？感觉说什么都不合适。

朋友间闹别扭在所难免，这次时长史无前例，战线拉长至一周，最后岑晏忍痛割爱，把最爱的一次镜头转送给夏热，后者的气才消了些。

夏热问：“之前找‘丘比特’咨询青梅竹马的就是你吧？”

岑晏抬手蹭了蹭鼻尖，“嗯”了一声。

夏热气死了，说：“你宁可去咨询陌生人，也不把这事告诉我，你跟我还有什么好瞒的？”

岑晏曾经几次想开口，就像夏热说的，他们是一起长大的朋友，感情更是胜似亲人，但他顾虑夏热理解不了他对今妱的喜欢，所以坦白这事一推再推。

事已至此，再多解释也无济于事。

夏热说：“寒假我们出去玩的费用你包了，加上我女朋友。”

岑晏从和今妱的聊天框里抬起头，冷冷地说："你还真是一点不客气。"

时间进度条拉至八月下旬，夏蝉终于熬过盛夏的燥热，绿叶在风中碰撞着，好像在热烈庆祝。不用藏着掖着的恋爱关系，可以正大光明牵手。

午后散步，从路口的便利店出来，沿着树下阴影走上坡路，甜筒的坚果碎粒与冰激凌一起卷入口中。今妱的另一只手被岑晏牵着走，坦然接收路边爷爷奶奶们投来的暧昧视线。

"这地方适合养老。"恬淡的香草味融于舌尖，今妱得出结论。

岑晏咬了一口圆柱形的生巧雪糕，回道："也适合小情侣度假。"

他的回答和她预想的不一致，今妱扬起眉，问："不是应该说，等我们老了，也可以过来？"

岑晏疑惑，说道："可我们不用等老了也可以来，就像现在。"

见今妱的表情难以言喻，岑晏立马改口："等我们老了，可以过来。"

今妱瞬间被逗笑，她抽了抽手，没抽出来，小声说："有汗。"

这就是夏天牵手的坏处。

岑晏松开了手，用衣摆将手心的汗吸干净，然后将雪糕叼在嘴里，牵过今妱的手，用自己另一边的衣摆仔仔细细按压吸附，直至她手心干燥。他重新牵住她的手，另一只手拿下雪糕，说道："好了。"末了又加一句，"衣服出门前刚换的。"证明他的衣服是干净的。

今妱看得出来，岑晏是有些洁癖的，但他从来不介意她。

道路宽敞，树叶的影子胡乱晃动。云朵化身鲸鱼形状，遨游在湛蓝的天空。上坡路也许艰难，但喜欢的人在身边，再艰难也变得有滋有味。

今妱突然想起什么，说："我都不知道你浴室里有天窗。"

"你的没有吗？"岑晏并不觉得是什么稀奇事。

今妱酸酸地说："没有。"

"我以为三楼的套间差不了多少。"岑晏很无辜。

今妱啃着甜筒最外圈的华夫脆皮，问道："我们明年还会来吗？"

知道她问这问题就是想来的意思，岑晏回答："会。"

"那我到时候要睡你那间，我喜欢那个天窗。"

"我也喜欢那个天窗。"岑晏不依了。

"那你不能让让你女朋友吗？"

"让了我有什么好处？"

穿过花朵逐渐衰败的火焰树，他们从围墙后门进入别墅，大片大片的绿色草坪上开着叫不出名字的鲜花，蓝绿色游泳池泛起涟漪，好像在提醒着他们，夏日即将结束。

今姊刚拉开白色拱形门进屋，下一秒就被岑晏搂进怀里，热情的吻铺天盖地袭来。

今曦和周晚章工作繁忙，不得不提前结束假期返回北怀，如今这别墅里只有他们俩。他们脱了鞋，一路从门口吻至走廊。兴许是假期快要结束了，岑晏越发黏她。她感受着他每一次接吻的热切，分泌的多巴胺像这夏天最滚烫的火焰，肆意燃烧，乐此不疲。

"你们还没完没了了？"眼瞧着两人又要吻上，坐在客厅不幸看到全程的夏热表情麻木，隐忍许久，快把牙根咬碎。

4

岑晏和今姊身子一僵，好像一盆凉水倾倒而下，亲热的火苗即刻被浇灭。两人机械地转动脖子，只见夏热就坐在正对着他们的单人沙发上。

他们忘了，别墅大门的密码夏热也知道。

空气中萦绕着尴尬。

夏热瞧着岑晏的样子，终于相信岑晏是一直喜欢着今姊，且是很喜欢很喜欢的那种。他寻思着自己跟芫梨在一块儿也没……哦，好像也差不多。

今曦和周晚章离开后，作为三人里年长的夏热，端起老大的架子说道："你们注意点影响啊。"

今姊给自己和岑晏倒了杯水，捧起水杯喝一口，问道："你怎么来了？"

夏热像在自己家，从冰箱里拿了瓶饮料，拧开喝了一口，不紧不慢地说："我在群里发信息了，你俩谈上之后手机都变摆设了？"

岑晏掏出手机，今姊把脑袋凑过去。

夏热：好消息好消息！我跟姐姐和小舅打过招呼了，最后一周住你们那儿。亲爱的朋友们，热烈欢迎我吧！

期间相隔十多分钟——

夏热：你们人呢？

这哪是好消息？简直是噩耗。

岑晏反对地说："我不同意。"

今姊也说："你也看到了，我们是正大光明在你眼前……"

夏热捂着胸口，伤痛地说："三个人的友谊，受伤的总是我。"

"行李都没带，别演了。"岑晏早看穿了他。

"就不能放房间了？"

"地很干净，没有轮子滚过的痕迹。"

"想给你们制造点紧张感都不行。"夏热说不过岑晏。

他确实还没损到当电灯泡的地步。

他这次来这儿的目的是想让岑晏帮忙一起赶下他的暑假作业，一年一度的赶作业周，再不写就来不及了。

岑晏听着他的诉求，全程微笑。

"他都不帮女朋友写，你想都别想。"今姑的影评也没写完呢，一想到岑晏毫不留情地拒绝了她，她这心里就不平衡，说什么也不让他帮忙。

夏热早知道就不收下岑晏的镜头了，央求道："大哥，我叫你大哥，我把镜头还你，求你救小的一命。"

岑晏料到会有这么一天，每年暑假夏热都这德行。他面不改色，笑容灿烂地把人轰出了大门："自己写。"

夏热站在别墅的花园里悔不当初，他就该在岑晏求和的时候把这条加上，如今这厮翻脸不认人了。

大门打开，今姑从里面走出来，说道："羌梨说你们还有约会，我送送你。"

和岑晏在一起后，今姑和夏热间的相处以肉眼可见的速度减少，两人自己也感觉得到大家有了各自的生活，心照不宣，谁也没提。

水泥路承受着橙黄的日光，树木将溪水浸绿，绵软的白云铺满蔚蓝的天空，一时之间，谁也分不清它们原有的颜色。

"本来想说些俗套话，什么岑晏欺负你就告诉我，我帮你欺负回去之类的。看到你们那样，还有他之前对你的种种，我想他也不舍得欺负你。也怪我神经大条，如果留意下都是有迹可循的。"夏热很少和他们说些长篇大论的煽情话，他就不是个煽情的人，在和岑晏开诚布公谈话的那次，虽然话是俗气了些，但他还是以威胁的口吻叫岑晏一定要好好对今姑，否则就要岑晏好看。

如今对象切换，他又说："别看他小时候总板着张脸很能唬人，你应该也感觉到了，他其实特别会照顾人，嘴上是硬了些，但做事特别靠谱。实干型大概就是他这种，他不会跟你说他做了什么，等你反应过来他就已经帮你把事都干好了。他从小生活在那样的家庭，爸妈经常外出不在家，保姆、管家只尽到工作的责任，周围的亲戚虚情假意，他从那时候就感受不到亲情了。他来咱们家蹭饭是常有的事吧，就因为他们家那窒息的氛围，所有人冷冰冰的像机器人。"

说到这些，夏热恍然，感慨道："这么一想，他没被那些人影响真是万幸。

"婚姻不幸，周女士才把关注点都放他身上，逢年过节打钱买礼物想尽办法弥补。这种大人哄小孩的方式，殊不知我们根本不需要，我们有手有脚，自己会赚钱。

"可他从来不说，该怎么来还是怎么来。周女士要展示母爱，他就照单全收。他爸在外面有了女人，岑家内部分崩离析，这事闹得沸沸扬扬，本来这些乱七八糟的他可以不管，可周女士是他的母亲，是受害者，也是他人生方向的重要导师。

"周女士或许在做母亲方面不太称职，可对岑叔真是掏心窝子好过，然而岑叔还是出轨了。出轨者和小三干的缺德事凭什么让最无辜的妻子承受家庭破碎的痛苦？岑晏咽不下这口气，就一直和他爸对着干。

"他其实挺缺乏安全感的，即便什么都不说。那个……我一下没控制住就说多了。"夏热抬起手揉揉眼睛，"他是真能憋事，喜欢你这事憋了这么多年，要我就做不到。我说这么多，也不是帮他在你跟前卖惨，这些他老是自己憋着，也不跟咱们说，但咱能感觉到是吧？那段日子他一直把自己闷在家里不见人。你们都是我最好的朋友，最好的朋友和最好的朋友在一起，亲上加亲啊，就是……嗯，总而言之，就是你们都要好好的。"

今妱有一下没一下地踢着路边的小石子，夏热说完，他们已经走出很长一段路，一直走到了沿海公路的路口。

夏热的出租车抵达，上车前，他不好意思问了句："你一个人能回去吗？不会走丢吧？丢了岑晏要找我麻烦的啊。"

自始至终低垂着脑袋的今妱笑了出来，抬头捶了他肩膀一拳，说："我又不是小孩子了。你走吧，好好约会。"

沉默一瞬，她又别扭地说："谢谢。"

"谢谢""对不起"这样的词汇在他们之间并不常见。

"客气什么？"夏热拉开后座门，"那我走了，有事打电话。"

出租车离开，车尾变成小点，直至转弯不见。人生亦是如此，他们一起走过漫长的道路，总有分散的时候。

回去时，今妱经过一幢幢别墅，碰见了许池。他蹲在自家小花圃的树荫下啃西瓜，干净的白衬衫拱起一个弧度。他看见她，指了指一边的石墩，问道："要来点吗？"

薄薄一层绿色瓜皮承载着鲜红水光的果肉，一块块竖在克莱因蓝的果盘上，算不上规整的三角形，如同即将启航的帆船。

今妱摆摆手，笑着回道："不了，谢谢。"随后更迫切地加快步伐往自家去，想快点见到岑晏。

然后她就见到了高挑干净的少年从围墙里跑出来，正想加速就望见了她，反而慢下了步子，一直注视着她，等待她一步步走近。

他说："夏热怕你走丢，让我出来接接你。"

今妱歪头，问道："那我走丢了吗？"

"没有。"她牵住他，一起回家，"弄不丢的，再远我也记得回来的路。"

今曦和周晚章两个现成的五星级厨师离开，今妱和岑晏的动手能力半斤八两，头一天，他们自信满满搜索烹饪干货，做出的食物难以下咽，便打消了自给自足的想法，顿顿外卖。

今妱撑着脑袋，看岑晏自然地将她吃不下的饭菜一扫而空，几个打包盒空荡荡地摆在桌上，她忍不住摸了摸他的腹部，问道：“不会撑坏吧？”

结果好像摸到了腹肌，上下左右摸了遍，手感也不错。

岑晏喝水的动作一顿，问道：“好摸吗？”

“衣服面料还不错，滑滑的。”今妱立马收手，顾左右而言他。

岑晏肩膀轻耸，呵笑了声。

夏热白天来找岑晏，变相地提醒了今妱，用完晚餐，洗完澡，她便磨着岑晏帮她写影评。

“就剩一篇了。”她坐在他的腿上，圈着他的脖子。

岑晏后背倚靠沙发，松弛而懒散地说：“自己写。”

今妱蓦地想起下午夏热和她说的话，岑晏总是嘴硬，其实在暗地里什么都做了，她猜道：“你不会已经帮我写好了吧？”

岑晏的手搭在她的胯骨上，淡淡地说：“原则问题，你觉得呢？作业自己写。”

“岑呼呼。”今妱摇着他，在他怀里晃来晃去。

岑晏不为所动。

今妱要去亲他，他抿着笑扬起下巴撇开头，她便追着他。他的头从左转到右，就是不让她得逞。

而后她一把捧住他的脸颊，恶狠狠威胁道：“再敢躲试试？”

岑晏就不躲了，敞着怀任她使尽浑身解数“轻薄”他。

吻到累了，她软在他怀里抱住他，问道：“写吗？”

岑晏笑着吐出一个字：“不。”

以前这招可奏效了，怎么今天就不灵了？今妱松开他要起来，冷冷地问：“想要自由吗？我可以成全你。”

他按着她腰的手紧了紧，不让她走，问道：“然后呢？”

“然后找个会给我写作业的男朋友。”

岑晏颠了颠被她坐着的那只腿，她惊呼一声，身子不稳，重新扶住他的肩。

他说：“你想得美。”

“那你给我写。”

“哦，求我啊。”

“求你，今妱的男朋友。”

“今妱的男朋友”这称呼今天也不作数了，岑晏像个无赖般说：“你想想到底要叫我什么？”

今妱当即想到了上次的对话。

"叫声'哥'，我就给你写。"

"想得挺美。"

"你会叫的。"

"我不会。"她想掐他，"那个字对你们男生是有什么不可抵抗的魔力？"

"也没什么魔力，就是想听你叫个'哥哥'。"

"叫了你就给我写吗？"

岑晏点头，非常期待。

"行。"今妁咬着后槽牙。

叫就叫。

她深吸气，和他面对面，一脸视死如归的表情，如同程序卡机的机器人。

"鸽鸽鸽……"每个字保持在第一声，机械而快速。

被岑晏一把捂住嘴巴，今妁一愣，拉下他的手，仿佛找到他的命脉，眼里恶作剧得逞的光芒一闪而过，佯装委屈地说道："不是你让我叫的吗？鸽鸽鸽……"

好家伙，别人的女朋友撒起娇来左一声"哥哥"，又一声"哥哥"，到了他，这哪是女朋友，分明是养了只鸽子精。

岑晏捂住她的嘴，短时间内不想再听见任何"ge"字的读音，不满地说："行了，再叫给我送走了。"

今妁扬起胜利的微笑，继续问："那你给不给我写？不写我就继续叫。"

"写写写。"岑晏迷失在女朋友的"撒娇"中。

"那你的原则呢？"

他麻木地说："岑晏的原则对上今妁就是没有原则。"

以防他变卦，今妁趁热打铁，拉着他的手臂拽起来，往自己房间去，说："择日不如撞日，今晚就写了吧。"

今妁书房配备的设施和岑晏的差不了多少，有一台台式电脑，他坐在她的书桌前敲击键盘，期间今妁给他倒了杯水，切了个水果盘，吃喝按摩服务一条龙到位。

但这服务对于三分钟热度的今妁来说，仅限于前十分钟。

岑晏写完已经夜深了，保存文档，顺便云上传到手机。他抬手敲敲肩膀，活动了下筋骨，压在书下的一张纸吸引了他的视线。

今妁刚和任佳她们结束一把游戏，见他从书房出来，跳下床过去抱住了他，笑着问："写完了？"

"嗯。"岑晏清了清嗓，"上传到你手机了。"

"我男朋友真棒。"今妁松开他去拿手机，点开文档刷新，果然跳出了一篇新的，她踮脚亲了亲他唇角。

也就在这一瞬，耳边仿佛自动配音"啪"一声，房间陷入黑暗。

今妱愣住，抓紧他的手臂，问道：“灯坏了？”

岑晏去落地窗边拉开窗帘，见屋外的路灯没了平日里的光亮，猜测道：“应该是停电。”

今妱走到床头按下开关，一关一开，没有动静。再去浴室按了下，也没有。

她下意识拿出手机按亮，说：“我问问许池家停了没。”

她刚打了个字，就被岑晏抽走手机。他淡定地打开设置界面，说：“看能不能搜到周边 WiFi 就知道了。”

今妱把脑袋凑过去，看到原先无线网排满的列表空空如也——都停电了。

岑晏把手机还给她，说道：“明早再看看有没有电，如果出故障，物业应该会联系工人去修。”

“嗯。”

“那我回去睡了。”

“好。”今妱抓着他手臂不松手。

黑暗里，岑晏动了动，问道：“怎么？”

“没什么。”今妱立即松开。

岑晏回了房间。

今妱躺在床上，空调停止运转，残留的冷气很快消失殆尽，闷热难耐。她踢掉被子，但没有被子做屏障，不免胡思乱想，脚底空荡荡的，仿佛下一秒就会从床尾窜出一只白骨森森的手抓住她的脚踝……她一哆嗦，又把脚缩进了被里。

没有电的房间，让人失去安全感。

今妱不停看时间，时间过得真漫长。她坐起来，抱着枕头跑去敲响了岑晏的房门。

不等他来开门，她就拧下门把，打开条门缝，小声问：“你睡了吗？”

成年男性的清透嗓音从房内传出：“没有，你进来吧。”

今妱进去，关上房门，但没有立马到他的床边，而是站在衣柜旁问：“你怕黑吗？”

拉开窗帘的房间里，稀疏的月光从窗外溜进来，男生从床上坐起，回道：“不怕。”

今妱嗫嚅着：“你怕。”

到此，岑晏明白了她的用意，今妱从来不会说自己害怕，就跟他翻墙爬树给她送面包那晚一样。

黑暗里，他无声笑起来，懒洋洋的，憋着坏，说道：“我不怕啊。”

今妱急了，语气重了些：“你怕！”

哪有人强硬地让一个不怕黑的人说怕黑，倒也不是什么强人所难的事，岑晏上下碰了碰嘴皮子，用装作害怕的语气说：“哦，我怕，我可害怕死了。”

“你一个大男生居然怕黑？”今妱提高音量一惊一乍的，当即抱着枕头跑过去，“看你这么害怕，我就陪陪你好了。”她把他挤到外侧，平躺下来，“我要睡里面。”

还真是理直气壮啊。

岑晏在她身边躺下，翻过身，视线扫过她的脸颊，说：“你在边上，我会睡不着。”

“我睡得着就可以。”有人陪她就不怕了，她才不管他会不会睡不着，闭上了眼睛。

“怎么这么无赖？”他往她的方向挪了挪。

以防他想做什么，今妱抬起手臂蒙住眼睛打了个哈欠，含混不清地说：“好困，我要睡了。”

岑晏便没再说什么，让她睡了。

期间她换了姿势，侧身面朝他，手臂折起，手腕搁在枕头上。

岑晏从她房间出来后，脑中时不时晃过放在她书房桌上的那张纸。

她睡觉其实说不上有多乖，兴许是今晚身边还有一个他，她的睡姿收敛了些许，头发披散在枕头上，鸦羽般的睫毛垂在眼下，半张脸都埋在枕头里，安放在一侧的手臂纤细。

岑晏对着她的手腕和小臂看了半晌，犹豫一瞬，牵过来，圈住她的手腕用手掌量了量。

对比他的手来说，也太细了。

对比他的其他地方，好像也有点细。

今妱睡得迷迷糊糊，好不容易快要进入梦乡，感觉手腕被人环在温热的掌心里提起，翻来覆去地拿捏把玩。

她睡意去了一半，可又困得睁不开眼。边上的人跟没见过世面般，一会儿握住，一会儿松开，还悠悠地叹气，好像不知道该怎么办好。

今妱还没真正入睡就被逼出了起床气，忍无可忍，问道：“你是变态吗？”

研究她的腕和臂做什么？

岑晏又叹了声，给她道歉，忧心忡忡松开手，摸摸她的后脑，安抚道：“你睡吧。”

今妱睡了。

岑晏挨到了后半夜才好不容易有些困意，渐渐入睡。

今妱闭着眼睛没睡着，其实她在他松开后就没了睡意，本以为他会忍不住对她做些小情侣之间的亲亲抱抱，结果等了半天无事发生。

她睁开眼，朦朦胧胧可见天花板上的不规则吊灯，不禁思考起人生——男朋友太规矩到底是好事还是坏事？

她往他的怀里缩了缩，晚饭时摸他腹肌的触感好像又回到了掌心，心上有片羽毛轻轻扫过，那羽毛尖细细小小的，挠得人怪受不了。

他刚才都玩她手腕了，她摸摸他腹肌不过分吧？

岑晏半梦半醒间，感觉有一双柔软无骨的手游移在他的腰腹，指尖划过的地方，燎起一片心猿意马的烫意。

他瞬间清醒了大半，按住那只不久前自己把玩过的纤细手腕，深吸气，以同样的句式问道："你是流氓吗？"

今妱掌心还摁在那儿，迟疑地拖长音调"嗯"了声，问道："怎么不算呢？"

岑晏额头的青筋暴起，太阳穴突突直跳，闷着声说："好好说话。"

"就许你摸我，不许我摸你？"今妱抽回手。

岑晏翻身平躺在一旁，胸膛里的鼓一下比一下敲得激烈，随即下定决心翻身而上。

今妱的睫毛不自觉颤了颤，屋内光线黯淡，她睁大眼睛，满眼都是他布满阴影的俊脸，他神色晦暗不明地望着她。

他压在上面，一下子把什么都遮住了。她退无可退，被他圈在一方天地里，小声问："做什么？"

"你说做什么？"

"我怎么知道……"今妱慌乱地别开头。

岑晏的呼吸洒在她耳畔，一字一顿复述在她书房里看见的内容："想和他牵手吗？想。想和他拥抱吗？想。想和他接吻吗？想。"

"你怎么偷看我的东西？"今妱赶紧捂住他的嘴。

岑晏单手撑在她一侧，另一只手拿下她的手，问道："还有最后一个问题怎么不答？"

今妱梗着脖回道："这是我的隐私，你怎么能随便看？"

"你这隐私里的'他'，难道不是我？作为当事人，这个知情权得有吧？"

当时那张纸露出来的部分就是最后一个问题，他看见时瞳孔急速收缩，第一反应这个"他"不是自己，而是别人。他当即就慌了，想也没想就抽了出来。后来他查看浏览器的历史记录，看见是她去邻市找他之前的日期，他才放下心来。

这个问题叫今妱怎么回答？做题时，正是因为发现自己的答案居然是"想"，她才没有回答。

但在岑晏的视角里，不回答就是不想。他低头吻了吻她的额头，躺回原位，将她搂进怀里，说："没想好就不要随便撩拨我，我会忍不住。"

今妱抓着他身前的布料，好奇地问："忍不住，然后呢？"

"然后……"岑晏困倦地闭上眼睛，"我也不知道，估计还是会强迫自己忍着吧。"

他一直都在替她着想。

今姶贴着他的胸膛，环住他劲瘦的腰抱紧他。

岑晏睡过去了。他下巴抵着她的额头，因为怀里是喜欢的人，已经心满意足。

或早或晚，夏日终究要结束。

待在半月湾的最后一天傍晚，岑晏牵着今姶的手走在被海风吹拂的沙滩上，另一只手拎着用麻绳圈住瓶口的玻璃瓶，瓶身晃晃悠悠荡在空中，里面是他们捡的贝壳和海螺——今年夏天的纪念品。

穿过错落的椰树林，回到被夕阳笼罩的花园，今姶提议道："可以用小的贝壳穿一串手链吗？"

"应该可以。"岑晏回屋里拿穿贝壳的工具。

今姶去后花园荡秋千，艾绿的丝绸吊带的裙摆在空中飘起又落下。她今天教岑晏帮她编了头发，披散的长发间编了几条细长的三股辫，无论发饰还是裙子，都与开满鲜花的花园相得益彰，秋千来回荡起又落下，让她看上去如同从空中坠落人间的精灵。

岑晏提着工具箱出来，坐到一边的大理石凳上研究。今姶收了力气，等秋千荡的弧度越来越小，她脚着地，跑过去。

岑晏已经给两只贝壳钻好孔，今姶在一瓶贝壳里挑挑拣拣，要挑最好看的，还要挑最小巧的。

她拣出一只纯白的贝壳，触摸着它凹凸的纹路，放到岑晏手边，说道："之前一直没想好要点什么歌，现在想好了。"

钻孔机的"嗡嗡嗡"声混合着鸟鸣声中，岑晏蓦然停下，看着今姶，说道："我还以为你都忘了。"

今姶无聊地把一颗颗贝壳按照从小到大的顺序摆好，说："有关你的，我不会忘。"

她只是随口一说，却准确无误击中了岑晏的心脏。他抿唇，压下忍不住上扬的唇角，问道："你想听什么？"

今姶没看他，注意力全在贝壳上，回道："喜欢你。"

"你说什么？"岑晏的心猛烈一跳，被夕阳渲染的粉色云朵好似飘到了他的耳尖。

今姶笑着重复："我说我要听《喜欢你》，你以为是什么？"

她晃着身体，轻声哼唱起来——

"喜欢你，给我你的外衣，让我像躲在你身体里，喜欢你，借我你的梳子，让我用柔软头发吻你……"

橙黄的夕阳一点点下沉进云海，傍晚也即将结束。

他们在一起，她好像从没和他说过"我喜欢你"，满腔的喜欢全由他说出口。

岑晏听着她唱歌，嘴边的笑意再也抑制不住，澄澈的眼睛弯成喜欢今妱的弧度。等她唱完，他的小狗尾巴早在无形中摇成了螺旋桨，问道："你在跟我告白吗？"他又自问自答，"是吧，你是在告白。"

今妱当然会反驳："我才不像某人那么幼稚，搞那种'万分喜欢你'的偷偷表白。"

那就是是了。

夏末的风卷过枝叶，拂过清爽的游泳池。

问题重新回到盛夏的某个深夜，失眠的女孩想着男孩，懵懵懂懂地发送这样一条朋友圈——

苹果为什么叫苹果？

那么，苹果为什么叫苹果呢？

或许她想问的是——"我为什么在想你？"

一切迎刃而解。

因为，我喜欢你。

盛夏摇起雀跃的尾巴，也只因为是你。

番外一

/

她的微笑开关

1

今妱喜欢岑晏，是他们心照不宣的事，但她从没直白地说过。能让她对着他唱出带"喜欢你"三字的歌已经很不容易，够让他的心飘起来好一阵。

岑晏一飘起来，贝壳也不穿了，去洗了手，把今妱搂进怀里一顿亲，拂开乱七八糟的东西，又把她抱到大理石圆桌上，缠着她亲吻。

等亲够了，这天早黑了下去，绕着庭院灯泡乱飞的小飞虫组团出来开灯光派对。风大起来，枝叶哗哗乱荡，派对的光从灯泡转移到云边的月亮，又洒下来，落在花园里抱在一起的男女生肩上。

其实这些对岑晏来说一点都不够，他还想做其他事。他之前一直很规矩是怕节奏太快了她不喜欢，也怕得到的东西一多，他控制不住想要更多。现在那种顾虑少了些，因为她有在喜欢他，每天都比昨天更喜欢他一点。

可他们在一起还没多久，不能什么事都用上火箭的速度。他想着慢慢来，反正时间还长，她已经是他的女朋友。

贝壳掉到了草坪上，等缓过神来，今妱跳下桌，陪着岑晏在昏暗的月光下捡贝壳。

她之前挑好做手串的贝壳和其他的混在了一起，白挑了，她负气地揪一把草扔他，长短不一的绿色在空中天女散花，些许落到他的膝盖上。

岑晏蒙蒙地说："欺负我就算了，怎么还欺负草？"

今妱没好气回道："草长长了本来就要除，我这是在帮它，不是欺负。"

"那我呢？你承认你在欺负我了？"

"谁让你把我挑的搞混了。"今妱不承认，把贝壳扔进玻璃瓶碰到其他贝壳，撞出不算清脆的声响。

"谁让你唱歌撩拨人？"岑晏学着她的语气，比她还倒打一耙。

歌确实是她自己要唱的，当时花园的场景太美好，她喜欢的少年坐在夕阳里给她做手串，她越看越喜欢，还不能有感而发一下吗？

贝壳落进玻璃瓶的声音变重。

"那我不唱了。"她要唱的时候就不太好意思，给自己心理暗示只唱一遍，既然他这样说，那正好，"以后都不唱了。"

"别啊。"岑晏急了，贝壳也不捡了，她好不容易给他告一次白，不能就这么算了，"是我不识好歹，你唱歌好听，不唱多可惜？"

今妱和他一起在圆桌边蹲着，手里捡贝壳的速度加快。他这手足无措的焦急样实在可爱，月亮都没他可爱，软绵绵的云也没他可爱。

她问："那你给我欺负吗？"

岑晏抓了把草，也不管自己是不是欺负了草。哦，他没欺负，用他女朋友的话说顶多算是帮忙除草了。他把细碎的草叶塞进她握着贝壳的手心里，说："随便你欺负。"

他太可爱了，可爱中又透着些呆萌，不知道是不是所有男生谈起恋爱都是他这样。

她挑出贝壳扔进瓶里，松手，绿草飘落回它们的世界。

她佯装嫌弃地拍了拍手，问道："到底谁欺负谁？"

她也捡了贝壳，也抓了草，想到这儿，他把她的手牵过去。

"脏。"今妱抽手，说得有点重，听着像在骂他。

其实她没在说他，说的是自己。

岑晏听出来了，故意扭曲她的意思，阴阳怪气地说："哦，是我手太脏了，我不应该在手脏的时候牵你。"说完还讪讪地露出了点委屈，"但是男朋友想牵女朋友的手有什么错呢？你好凶。"

"谁凶了？你要适可而止。"今妱提高声音。

"喏喏。"岑晏立即指控她，"你这不是在凶是什么？"

"神经。"今妱不捡贝壳了，"说是让我随便欺负，结果又嫌我凶，川剧变脸缺了你真是一大损失。"

岑晏乖巧地说："他们损失他们的，我是你的。"

"故意逗我玩呢？"今妱被他肉麻出一身鸡皮疙瘩，明白了过来。

她站起来回屋，这贝壳谁爱捡谁捡，手串她也不要了，谁爱要谁要。她发现她就不该一时冲动给他唱歌，唱了歌他就飘了，以为她就是他的了，还说出什么"我是你的"这种鬼话。分明是对她胜券在握，知道她喜欢他，她跑不掉了，他就尾巴一翘，肆无忌惮逗她了。给他惯的。

地上的贝壳没剩多少，个头也大，当不了手串的零件，岑晏没再捡，拎着玻璃瓶和工具箱跟上去，讨好地问道："生气了？"

今妁没生气，抿着唇越走越快。

岑晏就追，追上了看见她在忍笑。

"我是你的"虽然像鬼话，但她爱听。他能逗她，也是她惯的，她不反感。

不能对视，偏偏他还不知好歹往她眼前凑，倒退着走，和她面对面。明知道她在憋笑，他还念念有词："你生气了要说啊，你不说我就不知道你生气，你一个人生闷气会气坏身子。"

今妁鼓了鼓腮帮，快要忍不住了，别开头。他跟只烦人小狗一样围着她转，说："生气就别憋着了，憋坏了怎么办？还得我这男朋友照顾。我又要受你欺负，又要照顾你，这个家没了我可怎么办？"

今妁唱一首歌激活了他的戏精属性，又开始演起来，话也变多了，比之前略带小心翼翼的模样不同，敢蹬鼻子上脸了。

她可太烦他了，一下子破防笑了出来，没好气地说："烦不烦？"

"这就嫌我烦了？"

他们进了门。

今妁捏紧拳头，没来得及开口，要说的话被他抢去："岑晏，你要适可而止。看，我都会说了。"

"你再作试试？"她揍了他一拳，没用什么力。

岑晏不敢试，恢复了正经的神色，把全部东西并到一只手里，牵过她的手。

今妁说："手脏。"

岑晏回道："我不嫌弃。"

他把东西放了，牵着她到洗手池边洗手，打一点洗手液，把她当三岁小孩，手都不用她自己洗。

今妁怪别扭地说："行了。"

她要抽走手，他就把她的手拉回来，说："明天就走了，没多少时间了。"说得好像明天是世界末日一样。

她任由他搓着她的手打出泡沫。

"回去又不是见不到了。也不知道老来我家蹭饭的是谁，老接送我去剧组的是谁，凌晨下戏不给他打电话还生气的又是谁。"她恍然，"哦，好像是只叫今呼呼的小狗。"

"唔？"话毕，她被岑晏倾身吻住。

放开她时，泡沫已经冲干净，他抽了纸巾给她擦干，说着不具威胁的话："你被一只叫今呼呼的小狗亲了，马上也会变成小狗。"

"幼稚死了。"今妱的脸上还有水珠，不等他拿纸巾擦，依偎在他怀里的她转头就蹭在了他肩膀的布料上。

岑晏说错了，不是变小狗，是要变小猫了，因为小猫更适合她。

今妱洗完澡，沐浴露的甜牛奶香从浴室飘出来，飘得整间房都是。岑晏过来敲响房门，今妱打开门，那味道便包裹了他。

今妱瞧见他怀里的枕头一愣，问道："做什么？"

"我怕黑。"最后一晚，岑晏想和她一起睡。

今妱无语，夏热怕黑，岑晏都不可能会怕黑，他能这么理直气壮地说出来也是没谁了。她堵在门口，说道："那就开灯啊。"

"灯坏了。"

今妱才不信，拨开他的胳膊去对面房间，按亮了灯，问道："这不是好好的？"

灯亮起的同时，岑晏也踏进了她的房间。但他没完全走进去，就站在门口的衣柜边，乖乖抱着枕头，一点没被发现的窘迫，说："我一个人害怕。"

"停电那晚你还说不怕。"今妱发现他是真能耍无赖。

岑晏当然不怕，他就是想和她一起睡，嘴上继续装着可怜："后来不是说怕了？说不怕是男朋友跟女朋友逞能，男人怎么能和女朋友说怕？"

呵，他这人说话一套套的，好事都让他占了。

"那你刚才说怕又是什么意思？你不是男人？"今妱抓住了他话里的漏洞。

岑晏狡辩："我顶多算男生。"

行，厉害，今妱今天唱歌算是彻底打通了他的任督二脉。

"之前一个多月都不害怕，突然就怕了，找理由也不找个好点的。"

岑晏就直说了："那我就想和你睡不行吗？"

今妱口是心非地说："不行。"

岑晏把枕头扔到她碎花蓝的床上，央求道："行吧？"

"不行。"

见她态度还挺坚定，岑晏扑进了她床里，委屈地说："还说我可以强硬一点，结果强硬了你又说不行。"

"你都听到了？你那时候不都睡着了？"今妱惊得瞪大眼睛。

"都听到了，你还说你很喜欢我，特别特别喜欢我。"岑晏那时候是很困，半梦半醒的，她的那句话刚好在他进入梦乡前飘进他耳里。

"瞎说什么呢？你这哪是强硬，分明是耍无赖。"后面两句今妱可没说。

"反正差不多，你今天唱那歌不就是那意思？"他只对她无赖。

两人在一起后，他就爱黏她，有时候也会耍些小伎俩，但不多。今天她一主动告白，他就忘形了，一忘形狐狸尾巴就露出来。旁人看不到他的无赖，因为旁人不是他女朋友。

刚在一起那会儿，他按兵不动不敢太放肆，由于没谈过恋爱，以为的恋爱节奏是第一个月牵手拥抱，第二个月接吻，怎么也要有个缓冲，结果都是今妱在主动引导他，在一天内把两个月的事做了。

什么能做什么不能做，他在这个月摸得清清楚楚——跟她睡一张床就是能做的事。

今妱本来就不是真的拒绝，最后两人还是睡一起了，不过谁也没越过那条线。

翌日，今妱醒来，发现身边空空如也，灰色的枕头倒还在。她洗漱完下楼，岑晏已经跟着教程煮好了粥。

她却一眼看到了桌上的贝壳手串，还是两串，摆在桌上最显眼的位置——一串贝壳是最原始的样子，另一串上了天蓝和香芋紫的颜色，不知道他从哪儿找出来的珍珠，贝壳和贝壳间隔着小颗小颗的珠子，看着就像店里做出来的，配她的那些裙子绝对好看。

他还真一声不吭就给她弄好了，且还弄得这么全面。

"早上起来做的？"

岑晏给她盛粥，"嗯"了一声。

"怎么是这俩颜色？"

蓝色和紫色是她去找他时穿的衣服的颜色，要涂色的时候他一下就想到了。

他说："感觉应该挺配你的裙子。"

今妱懂了，左右手各戴了一串，在他面前晃了晃手腕，问道："好看吗？"

"好看。"今妱什么不好看？

飞机在空中划出一条绵长的尾迹云。

回到北怀，二人世界的假期迫不得已画上句号。

岑晏趁今妱睡觉偷拍了一张他们的合照，发到朋友圈，等她看见且手机不停振动的时候，他才装作惊讶又无辜地说："忘记开仅对你可见了。"

今妱无语，能不知道他揣着什么心思？就由他去了，他们在一起还没在朋友圈官宣过。一回北怀就宣示主权，这很岑晏。

机场离学校近，但离今家就很远，一南一北的。岑晏在学校附近有套房，但住得少，上学期太忙碌，他基本都驻扎在酒店。

今妱先陪着他回去放行李，一进屋就想起来，上回凌晨他来接她，这地儿离她的长包房酒店可不远，走路五分钟就到，更别说开车，一脚油门的事。可他那时居然跟她扮可怜，她也忘了他在这儿有房，还担心他请他上了楼。

这坏东西无时无刻不算计她。

"不跟我解释下？"她站门口没再往里走。

岑晏反应也快，马上说："这里我不常住，那时候忘了。"

见她不信，他又加了句："真忘了，那会儿都三点多了，通宵熬夜，脑子也转得慢。"

转得慢不等于想不到，提起时间也不过是想唤起她的一点怜悯心。她那时打不到车，女孩子凌晨在外不知道会发生什么事，怎么说也是无怨无悔地跑去接她了。一想到这，她心疼了。

他狡猾着呢。

今妱不好再追究什么，嘀咕："反正都是你有理。"

2

回北怀第二天，他们去学校报到。

岑晏一手推今妱的行李箱拉杆，一手牵着她，走哪儿牵哪儿，跟得了宝贝似的。明明在外人面前他仍旧是副冷冰冰的模样，可大家总觉得他周身的气场暖了，也好像在暗戳戳炫耀什么。

他的小嘚瑟样就差写脸上了，别人看着奇怪，今妱心里门清。

学校不大，他们一路走来的工夫，校园群里已经在疯传信息——"今妱拿下了铁树""岑晏抓着今妱的手不放""岑晏给今妱买了一大袋零食""岑晏把今妱送到了寝室楼下"……

反正他俩走哪儿都有人拿着手机汇报，一群对娱乐圈八卦见怪不怪的人这时候吃他俩的瓜吃得上蹿下跳，只因话题的主人公本身就很具有讨论性，在一起谈起恋爱更是见了鬼了。

寝室楼下，岑晏缠着今妱不松手，路过的同学明里暗里打量他们。

今妱以为他有话说，等了一会儿没等来，奇怪地看着他，说道："我要上楼去了。"

岑晏棒球帽下的眉眼疏淡，眼底浮起些许不舍，微倾身，偏了偏头，侧过脸对她示意，要亲。

今妱当即明白，不给他得逞，手挣了挣往回抽，小声说："别人看着。"

到底是大庭广众，岑晏也就作罢，松了点力，依依不舍地问："午饭还能一起吃吗？"

今妱马上缩回手，说："和任佳她们约好了。"

"好吧。"自己寝室里的约饭岑晏还没答应，一定要先看今妱的意思，他虽然每时每刻想和她待一块儿，但该有的分寸他懂。

见他耷拉下嘴角，一副可怜巴巴的样子，今妁心软了，说道："晚上一起回家。"

棒球帽的帽檐上下滑动，在阳光下留下雀跃的残影。

她被他逗笑，说："又不难看，为什么总戴个帽子。"

头发还在尴尬期，岑晏觉得难看，他想在今妁眼里是最帅的，并且不止发过一次誓，以后都不剪寸头了，留长太慢。她喜欢摸起来软的头发。

今妁不知道他的小心思，和他道别，拖着行李头也不回进了寝室楼。

岑晏一直目送她的身影消失，还是有些怅惘：她怎么能走得这么干脆呢？而且还没有一点留恋。

背包里手机振动，他低头拉开拉链，是夏热打来的微信电话。他一接起来就是对方嫌弃得不得了的声音："哎哟，瞧你这不值钱的样，送个人你快成望夫石了，哦不，望妻石。"

男女生寝室是邻近楼。岑晏向上望，果不其然，夏热趴在7楼窗台举着望远镜朝他挥手。不止夏热，还有宋澜和黎戈，以及其他寝室的，男女生都有，几乎每个阳台都探出了脑袋。一见他抬头，一颗颗脑袋又缩了回去。

"以前怎么没发现你这么黏人呢？隐藏得太好了。真不知道是该替之前追你的女生庆幸还是可惜，没想到追不到的岑晏是个恋爱脑。"夏热翻来覆去就是这些话。

岑晏跟他没什么好说的，把电话挂了。他承认他就是恋爱脑，没在一起时满脑子今妁，以为在一起后情况会好些，谁能想到变本加厉了。她就像他的瘾，一触碰上，感觉这辈子都戒不掉了，而且他也不想戒掉。

今妁拖着行李箱，推开门，寝室里一片寂静。刚才探出阳台的脑袋里有她们寝室的三颗，任佳是知道今妁和岑晏在一起了，但也仅限于知道，今妁从不和外人说他们之间的细节，家里人不说，朋友也不说。明眼人都看得出来，岑晏的喜欢比今妁多，今妁进了楼里，他还眼巴巴望着，如同被主人丢弃的小狗，还好这天上没下雨，不然被渲染得更惨。

任佳了解今妁的性子，所以什么都没问，但也架不住余莺莺对今妁和岑晏在一起的过程好奇。余莺莺之前还大放厥词说要拿下岑晏，最后惨败而归，谁料才一个暑假，岑晏就被自己室友搞到手了。心里说不平衡吧，还真有点不平衡，怪酸的，酸涩程度可以媲美在校门口买的三分糖柠檬茶。

今妁进门朝她们点了点头，算是打招呼，把半月湾带来的特产分了。岑晏给她买的零食没动，就放到桌上，那是她自己的。

她带的特产还不少，几人欣喜地接过道谢。

余莺莺拽了张凳子坐到今妞的衣柜边，一边看她慢条斯理地从箱子里把衣服一件件拿出来，一边问："你和岑晏是怎么在一起的？"问完，又怕她误会，紧接一句，"没别的意思啊，我也交了新男朋友，对岑晏没意思了，就是好奇大家怎么都追不到，怎么你一追就到手了？"

今妞没说话，觉得自己和岑晏之间没有什么追不追的。

任佳以为她不想说，出来帮她说话："刚楼下你又不是没看见，铁定是岑晏先喜欢上的妞妞呀。大家为什么追不到？因为大家都不是今妞。"

"等等，不会吧？上期末传的岑晏在追人追的就是今妞？"余莺莺突然反应过来。

任佳也猜到了，露出一副孺子可教的表情，说："恭喜你，破案了。"

余莺莺晕厥，她们那时还当着今妞的面讨论岑晏……尴尬油然而生。

见今妞一脸淡色，余莺莺没再深挖，提议道："既然这样，待会儿咱们吃饭，把各自男朋友叫上呗？"

岑晏不在，今妞又变回了寡淡的今妞。说到底，她们的关系上期末才有些好转，整个暑假除了任佳，今妞和其他人的聊天只有寥寥几句，寝室群也是出奇安静。

刚开学，她和岑晏就被围观，她不想把他叫过来当动物园的猴子一样给别人观赏，怎么也得等大家习以为常了再说，所以她说："你们叫吧，岑晏比较害羞，我就不叫了。"

在座的另三位表情一言难尽。大一刚入校，岑晏就在全校面前作新生演讲，不论军训还是上课，他常常被老师点名给大家做演示，在球场上可是又酷又张扬，只有别人看见他害羞的份，还没人见过他害羞的时候。

余莺莺说："你这有点藏着掖着了吧？"

今妞也不反驳："就当是吧。"

既然这样，就没人叫男朋友了，总不能他们三个都叫，剩今妞孤零零一个人，怪缺德的。

她们去了市中心的海底捞，早预定好的，过去刚刚好。

然而她们还是碰到了岑晏。他们寝室四个男生前脚刚被服务员领到角落的一桌，她们后脚进来，和他们隔了几桌，一眼望见。

夏热大喊了声："你们串通好的吧，能不能吃顿安生饭了？"

今妞这边，余莺莺和任佳一人一边拉着她的胳膊，说道："北怀这么大，吃个饭能碰上，这缘分也没谁了。"

岑晏是真不知道今妞她们约饭地点在这儿，看见她时，眼睛霎时间亮起来。他在桌下踹了脚夏热，一颗心越过几桌，飘到了今妞那桌去，话却是对着夏热说

241

的："你定的地方，问我？"

夏热捶胸顿足，拿手机给羌梨发消息，嘴里碎碎念："我跟我老婆还异地，你们千万别在我跟前撒狗粮。"

那岑晏可控制不了。

黎戈看着他在今妱出现后，从没劲到有劲也就一秒时间，简直没眼看，和夏热一个想法，说道："太不值钱了。"

"我可以倒插门。"岑晏觉得自己改姓今都没关系，嘟瑟地说，"我现在和你姐在一起，原则上你应该叫我声'姐夫'。"

黎戈暴脾气地说道："滚，倒插门不要。"上大学前，黎戈一直对岑晏敬而远之，上大学分到一间房，他也就没有边界感了。

今妱被任佳她们拽着过来调调料，恰好听见这么一句。

岑晏余光看见了她，突然就想扮可怜博她同情，也确实那么做了——他缓慢低下头，掩在帽檐下的五官黯淡，声音听起来很委屈："我喜欢晕晕才这么说的，我可以理解你姐姐在你心里很优秀，是我配不上，但是你怎么能骂人呢？"

寝室的其他人蓦地瞪大眼睛，这一段阴阳怪气的话是什么玩意？

任佳她们也差点惊掉下巴，对岑晏的酷哥滤镜碎了一地。这是酷哥？酷哥？

今妱一阵头疼，她清楚岑晏又在演，想当作看不见直接走人。不料他预判了她的预判，在她迈步前抬起头，满眼写着"你男朋友被欺负了，你不表示一下吗"。

今妱愣了愣。

他们之间是不是拿错了剧本？

脚掌似钉在了地上，再迈不开一步，她叹息，让舍友们先去调料。

任佳她们站在调料台边，各个竖起了耳朵。

今妱来到黎戈身边，难得软下声音说道："不要欺负人啊。"她对家里的弟弟妹妹都很宽容，虽然他们也差不了几个月。

黎戈喜欢这个表姐，尽管他们的交流仅限于逢年过节的家庭聚会。他的暴脾气收了，说道："他先提的倒插门，还没进门就让我叫'姐夫'。"

夏热和女朋友异地，看不得岑晏在他面前你侬我侬，酸得很，看热闹不嫌事大地说道："我可以做证。"

宋澜也投一票："附议。"

今妱微笑，眼神化为利剑射向岑晏，这确实是他能说出来的话。

岑晏唉了一声，像被冤枉了，无奈地说："墙倒众人推，我不辩解。"

黎戈内心抓狂：本来就没什么好辩解的，你考什么电影学院？你应该去考戏精学院，戏都被你演完了。

今妱扶额，假意问道："岑晏，那话是你说的吗？"

岑晏马上回道："不是。"

但可以是今呼呼或是岑呼呼说的。

今妱听出来了，心底呵笑了声，正了正神色，再说话时是站自家男朋友那头的，好声好气对另外三人道："室友间偶尔开玩笑可以理解，伤了和气就不好了，正好我和岑晏还没请你们吃饭，这顿算我的。"

好一招以退为进，直接把帽子扣到了他们头上。几个男生有口也说不清，再者今妱是岑晏的女朋友，不相信自己的男朋友相信谁呢？

他们当然不好意思让她一个女孩请，眼神纷纷剐向岑晏。

夏热挥手，说道："本来也没多大点事，这顿我来就行了，要不是都坐满了，咱们还能拼个桌。"

今妱笑着摇头，和他们寒暄几句便告辞了，离开前给了岑晏一个眼神。

她调好调料回她们那桌，任佳满眼闪着兴奋的光芒，问道："岑晏私底下是那样的吗？简直是激发姐姐怜爱的小可怜属性啊。"

今妱心说：他还有很多属性，这只是其中之一。

"我们先点了这些，你再看看还有什么想吃的。"陈楠把平板递到她面前。

今妱粗略看了眼，说："就这些吧。"

等菜的间隙，今妱和她们说了声，去了卫生间。

她出了门，实则是去了安全通道。岑晏紧随其后，通道里没人，他一进来就转过她的身子，把她搂进了怀里。

被熟悉好闻的气息包裹着，她推了推，问道："好玩吗？就应该直接戳穿你。"

他把下巴搁在她的肩窝蹭了蹭，黏乎乎地说："那你为什么不戳穿？"

"谁让你是我男朋友，你不就是想要那样？"今妱抬手，用食指尖戳他的肩膀。

两个坏家伙聚集在一起了，夏热要是在场，一定会骂他们狼狈为奸，再骂岑晏带坏了今妱，竟然合起伙来玩人。但这也是今妱的本性，她对内可以关起门来和岑晏闹脾气，对外一定是无条件站他那边。

"你都没那样跟我说过话。"岑晏想起她跟黎戈说话的语气，顿时像吃了一整只柠檬。

"那样是哪样？"

岑晏木着脸说："很温柔。"

"我对弟弟妹妹就是那样，你是我弟弟吗？你承认是的话，我可以那样和你说话。"今妱的算盘打得响亮。

岑晏当然不承认，就小一个月，算什么弟弟？顶多是同龄。

他抿唇，温热的气息拂过她的额头，赌气地抱着她。

今姐看了眼时间，差不多了，再抱下去这饭就别吃了。

她拍一拍他，说："去吃饭了，抱我能饱？"

岑晏说："能。"

她上身后仰，后腰被他稳稳地托着，勾起食指挠了挠他的下颌，说道："但我饿。"

岑晏就松开她了，指尖钻进她的指缝和她十指相扣，牵着她出门。

经过收银台，今姐说："两桌的账都你结。"

"行。"岑晏什么都听她的。

3

岑晏回到他那桌，另三人酸成土狗。

黎戈好像和他不共戴天，说："呵，你得罪了我，别想进我家门。"

夏热鄙视地道："真是一刻不能分开啊，吃个饭还要出去私会，给你俩粘上吧。"

宋澜感叹："一年了，终于看清了你的本性。"

岑晏刚抱到女朋友，心满意足，一个个淡定回怼。

"进不进晕晕说了算，我是娶你姐，不是娶你。我正愁着不想跟她分开，这是个好办法。

"这么说了，给你们倒杯茶吧，尝尝岑晏的茶艺。我女朋友尝过了，说好得不得了。"

三人又被他无形中秀了一脸。

黎戈咬牙问道："这你们忍得了？"

宋澜摇头，说："忍不了。"

夏热跟着说："那行，揍他吧。"

"正好能去我女朋友那桌了。"岑晏更开心了。

男生桌气氛热闹，女生桌气氛也不差。

"是他自己亲手设计做的，有意义吧？"余莺莺正展示男朋友送的项链。

大家的视线落到她的锁骨处，项链的吊坠是一只衔着草莓的小鸟。

陈楠用公筷把蔬菜下进锅里，辣锅、番茄锅各放了一半，淡淡地说："小鸟是你吗？黄鹂？"

余莺莺打个响指，说道："答对了。"顺便身子往前凑了凑，指着小鸟的翅膀，"上面还有我的名字缩写，只此一份。"

"哟。"任佳眯了眯眼，"还有你喜欢的草莓，可以，把你喜好记住了。"

这时候应该轮到今姐发表意见，她瞥了眼余莺莺的项链，由衷地说道："很可爱。"顺便一心两用给岑晏回信息。

岑晏：他们排挤我，这桌容不下我了。

今妰：别整幺蛾子了。

岑晏：你已经厌我了吗？你都不心疼男朋友。我为什么会被排挤，还得从我说喜欢你宁可倒插门开始说起。你的男朋友做错了什么呢？他不过就是向他们表达对你的爱意。

今妰：行了。

岑晏：那我来你那桌。

他还演上瘾了。

今妰：我把演员的位置让你吧，别学导演了，屈才。

岑晏：略。

今妰：？

今妰：略是什么？

岑晏：之前很火的"略略略"网络梗，别人说三个略不符合我酷哥的气质。

今妰：你说一个也不符合啊，幼稚死了。

岑晏：只对女朋友独家开放。

岑晏发了个猫猫眨眼的表情包，这表情包还是他从家庭群里偷的。

今妰：我现在退货来得及吗？八成新，应该还有人要。

岑晏：不行不行不行，一旦售出，概不退换。

今妰的嘴里叼着筷子，快被他逗死了。看着对话框里的三个"不行"，都能想象出一只白色小狗抱着枕头满地撒泼打滚的画面。

任佳好奇她在聊什么，问道："你一看手机就春心荡漾，手机里有男朋友？"

陈楠看了一眼不远处同样笑成花的酷哥，揶揄："还真有。"

余莺莺涮着毛肚，说："一看手机就笑，这顿饭笑的次数比得上一个学期的量了，它是你的微笑开关吗？"

今妰屏息，回道："准确来说，是男朋友。"

岑晏是她的微笑开关。

任佳悔不当初地说："咱仨就应该把男朋友叫过来。"

任佳和她的体校男友分手后，伤心了一周，火速调整状态游玩在各种社交场合，在开学前一周脱单。新男友亦是附近学校的学生，从她大一新生入学就加了好友，没想到兜兜转转又碰上。新男友就提议既然这么有缘分，要不要在一起，任佳便同意了。

今妰不聊了，很奇怪，她和岑晏好像永远聊不完似的，没营养的话题一个接一个，却一点不觉乏味。

她们才开吃，为了一碗水端平，今妰说："现在叫过来也来得及。"

任佳看了眼外面乌压压等桌位的人群，玩笑道："现在叫过来，他们只配在桌下吃。”

今妱抱歉地说：“是我考虑不周。”

余莺莺问：“那待会儿还逛吗？逛的话能吃个下午茶，到时可以把他们叫过来。”

陈楠摇头，说：“我下午约了人，你们玩吧。”

女生的胃口不比男生，她们这桌先结束，余莺莺接到个电话先行离开，这下只剩今妱和任佳了。

今妱离开前和岑晏说了声，然后陪任佳逛服饰店。

逛了一下午，收获满满，任佳挽着今妱的手说：“晚上我和男朋友请你们吃饭？”

购物是女生的天性，今妱拎着的服装袋，说：“今晚不行，要回家。”

任佳随口一问：“岑晏也一起？”

“嗯。”

任佳顿感羡慕地说：“青梅竹马就是好啊，省了见父母的环节。”

“也有坏处吧。”

“比如？”

“比如……”今妱想了想，“可以随时来我家吃饭。”

“你确定不是在跟我变相炫耀？”任佳笑喷。

今妱其实也挺烦恼，爱的烦恼。昨日回北怀，中午被召唤回家，连同岑晏一起。今女士的热情程度又上了一档次，完全把岑晏当成了她的准女婿、亲儿子对待，虽然之前也是把他当成亲儿子，但这回略有不同，她对这个女婿从头到脚满意，看他们的眼神里充满欣慰，每看一眼都仿佛在说“真般配啊”“天生一对”，若不是没到法定年龄，说不定她还想把民政局给他们搬来。

今妱感叹：“父母太开明了。”

“这还不好？”

“唉，你不懂。”

“确实难懂。”任佳就当她是在变相炫耀了。

这时，手机来了信息，任佳拿出来瞧一眼，又重新挽住她，说道：“走，带你见见我新男友，他正好在附近。”

“是你想见吧。”今妱戳穿任佳。

“没有啦。”

今妱一脸正经地说：“不用解释，我懂。”

她也想见岑晏，明明中午才见过。

任佳被她逗笑：“我发现你谈了恋爱还挺可爱的，感觉有烟火气了。”

“以前没有吗？”

“你说呢？你知道同学们怎么说你的吗？”

不用她说，今姰也猜得出来。

任佳接着说：“像什么图案也没有的青瓷花瓶，很纯很漂亮。”

“你是想说单调又寡淡吧。”

“这可是你自己说的。”任佳卖乖，“岑晏就像雕刻师傅，在你这花瓶上雕刻出图案，越来越生龙活虎。”

她们经过卖糖葫芦的摊位，今姰看了眼，说道：“想象力挺丰富。”

“你就说有没有道理？”

“也许吧。”

任佳的男朋友在网吧里，市中心最大的一家，各个机位上都是年轻人，机械键盘被敲出轻快躁动的声响，男生女生都有，大部分是男生，女生里的大部分也都是陪男朋友来的。

任佳的男朋友就在进门处一眼可以望到的位置，她拉着今姰过去，介绍道：“我朋友今姰，我男朋友易渴。他这名字还挺好玩的，说是他妈怀他的时候总是口渴，生出来后他爸就把气撒在了他名字上。”

这名字算是活跃了下气氛。易渴比她俩高些，穿着黑色中袖衬衫，下身束脚工装裤，小帅，皮肤在深色衣服下衬得白皙，鼻梁上架了副细边框眼镜，特像个白切黑的乖乖仔斯文败类。

他起身和今姰打招呼，视线移向任佳，示意他旁边占着的两个空位，说道：“给你们开机子？看电视玩游戏都行。”

任佳看今姰的意思。

今姰摇了摇头，说：“你玩吧，我看着。”

任佳其实就是来看看男朋友，从包里把身份证递给他，说：“那就开一台吧。”

“行。”

易渴开好卡过来帮忙开机，顺便把买的两瓶饮料放她们桌上。他的朋友从今姰进门就注意了一路，一颗心蠢蠢欲动，脱了耳机，胳膊肘挂在椅背上，回身说道：“饱饱，不给我们介绍介绍这美女？”

易渴的朋友给他取了个“易饱”的绰号，“饱饱”听着像在叫“宝宝”。

易渴笑着回头。

任佳早一礼拜回北怀，和他们一起吃过饭玩过，也熟悉，还能不知道这位朋友打的什么算盘？她抽了张椅子给今姰坐，笑着说：“别想了兄弟，她有男朋友。”

易渴的朋友不依不饶地说：“那就交个朋友呗，男女生认识又不是非要做男女朋友。”

今妱看在任佳的面子，没下他的脸，坐在电脑前下意识摸上鼠标，不知不觉点开了游戏，说道：“今妱。”

“好嘞，我叫南宋。”他越看她越眼熟，“感觉好像见过你。”

另一个黄毛朋友也时刻观望着，趁电脑灰屏，说：“你忘了任佳学表演的了？这美女说不定也是个演员。”

任佳坐到男朋友边上，回道：“被你说对了。”

既然是演员，觉得眼熟也就见怪不怪了。

南宋蹬腿，椅子往后挪两步，歪头瞧今妱的屏幕，惊讶地说：“你会玩吃鸡？那咱们可以组队啊。”

其他朋友正跟南宋组队，满员了，惊讶地说：“你别是想单独带妹。”

南宋笑道：“哎嘿，被你们发现了。”

“开了已经。”今妱不组队，手上快速开了把。

南宋笑着对任佳说：“你这朋友还挺可爱。”

今妱进门没有乱看的习惯，所以没看见几排之外岑晏他们也在。

明天学校要组织社会实践，夏热提倡能玩赶紧玩，就拉着他们来网吧开黑。几个男生一打起游戏顾不上周围，全神贯注厮杀。

网吧里最不缺的就是声音，各种嘈杂混在一块儿。

岑晏被他们拉着打游戏，靠在电竞椅里，长腿敞着，电脑屏幕遮住他的脸。就他不嚷不闹最安静，操作却是最牛的，漂亮分明的长指飞舞在键盘上，棒球帽摘了，头戴耳机压着头发。今妱不在，他才不在乎什么帅不帅，就是怎么舒服怎么来。看在别人眼里可帅掉渣了，一张俊脸无波无澜，嘴里叼了根棒棒糖，眼皮半耷拉着，看着像困了。

他也确实困了，身边没有女朋友，打游戏都没劲。一想起今妱，他不免走神，然后就听见夏热叫了一声：“草里有人草里有人啊，给他们送人头呢，大哥？”

说是这么说，岑晏还是凭着他巧妙的走位丝血反杀，然后回泉水加血，整个过程冷酷得像个无情杀手。

对面：*在演呢？*

这都能给他赢，夏热服了，五体投地。

但游戏生死是常态，再厉害也有被杀的时候。

岑晏一秒秒数着屏幕上的倒计时，再看一眼时间，时间过得真慢，打游戏过得也慢，距离回家吃饭还有好几个小时。他无意识咬着棒棒糖，青苹果味蔓延口腔，酸甜交错。

突然，有只手敲了敲他桌面，然后传来一个声音：“帅哥，能加个微信吗？”

岑晏连眸都懒得抬，长手捞过手机点亮屏幕，懒洋洋举着，上面是他和今妱的合照——别墅停电那晚她和他睡，由于睡得晚，早上起不来，他便叫她起床。这姑娘起床气是真大，气呼呼就着他肩膀就是一口。他还能笑得出来，举着手机拍了张合照，美其名曰留下今妱的作恶证据，顺便设置成屏保。

今妱就算睡眼蒙眬也是漂亮的，不施粉黛的时候最美，闭着眼睛倚在满眼是笑的男生肩上。

明眼人都看得出来男生给人看照片是什么意思，来要微信的女生却没当回事，说："长那么帅加个好友又怎么样？"

这一句话让岑晏倏地抬起了头，冷感的眼睛里是关不住的冰凉。

那女生被他的眼神震慑，吓得后退了步，指了指不远处，小声说："你们都各玩各的。"

岑晏脱了耳机站起来，隔着几排看见了今妱。她玩起游戏更顾不上周围，眼睛一眨不眨盯着屏幕，就是坐她边上的男生怎么看怎么碍眼，嘴巴一张一合不知道在说什么，都快凑她身上了。

夏热在一旁叫他，问道："你站着干吗？游戏不打了？"

岑晏一站起来，周围空闲的不空闲的人全都下意识看了过来。他重新坐下，心里烦得很，说："不打了。"

女生还没走，以为有机会，又把手机伸过来。

岑晏更烦了，侧过身，低头把嘴里叼的糖棒子吐进垃圾桶，没好气地说："我女朋友我还不了解？"他就要她，除了她，谁都不行。

夏热发觉了不对劲，也站起来想看他在看什么，然后就笑出了声："风水轮流转啊，阿晏，这就遭遇感情危机了？"

他倚着靠背，仰起下巴回头对女生说："他现在烦着呢，趁他脾气好赶紧走，别到时把你手机砸了就得不偿失了。"

那女生面上挂不住，不甘心地走了。

岑晏拿手机给今妱发信息：你男朋友被要微信号了。

夏热拍他的肩膀，说道："好兄弟，起码打完这局吧？那塔都推人家门口了，眼看着要赢了。"

岑晏重新戴起耳机，跟打了鸡血似的，速战速决。

游戏赢了，他脱下耳机，见今妱还没回复，他又站起来，那男生还坐在她旁边。他坐不住了，揣上手机就往那边走。

玩"吃鸡"死了不能复活，今妱需要时刻注意周围的风吹草动。南宋在她上时不时拍手叫好，她蹙眉往边上挪，碍于是任佳那边的朋友，她才没把话说难听："我这技术没看头，你跟你朋友开吧。"

"你这叫没看头？狙人一狙一个准。M4专瞄着扫，我都没这个准度。"南宋都看上头了。

今妱还要说什么，南宋突然叫了声。带滚轮的椅子被人从后拉远，就见岑晏拖着另一张椅子安插在他俩中间坐下，背脊倚靠椅背。他的右脚脚踝大刺刺搭在左腿膝盖上，慢条斯理剥了颗棒棒糖塞今妱嘴里，再剥一颗送自己嘴里，手移到她后颈捏了捏，没看她，自始至终看着电脑屏幕，上扬下巴示意，说："别看我，继续啊。"

"哎，兄弟，你怎么回事？"南宋的脑子一时没转过弯来。

任佳正在看她男朋友打游戏，听见动静回头，一脸惊奇，而后对南宋说道："都跟你说她有男朋友，喏，来了。"

南宋不是不信，今妱的手机屏保是她跟一个男生的合照，他也看到了，可就是没忍住悻动想上来搭讪两句。再者，怎么看这姑娘也不像是能好好谈恋爱的样，脸上表情冷是冷了点，可甜啊，一接近，身上那股子香味能把人迷死。条件这么好的女生，他就不信不是玩咖，所以他就自个欠地贴过来了。

怎么也没料到人家男朋友会追过来，再瞧她男朋友的条件，南宋不得不举白旗投降。怪不得今妱冷冰冰的谁都看不上，她男朋友全身上下的行头就不少钱，再看脸，岑晏啊，原来是岑晏。他当时就粗粗扫了眼那屏幕，也没仔细看，早知道是岑晏，他根本一点歹心都不敢起。

南宋老实了。

没了南宋在一边唧唧歪歪，今妱打起游戏心情舒畅不少，一路挺到决赛圈，没一会儿便赢了。

岑晏的手全程搭在她的颈窝处，也不说话，就看着她。

游戏一结束，今妱拿出嘴里的棒棒糖，把椅子转了九十度，问道："生气了？"

岑晏也不掩饰，咬碎了糖，吐掉棒子，说："有点。"

今妱脚抵着地，椅子离他更近。他放下腿，她的膝盖碰到他大腿外侧，掌心撑着他的大腿腿面，凑上去亲了亲他的唇，一触即离。

这次的吻是西柚味的。

她很少在外人面前做这动作，这就已经表明了她的心意，她在告诉他，也在告诉别人，今妱是岑晏的。

"还生气吗？"她凑在他眼前小声说话，"我也有躲开啊，还给他看了锁屏。"

她小声说话的时候唇瓣无意识微微嘟着，是郁闷的，但看在岑晏眼里简直可爱到不行。

还生什么气啊？他现在就想找个没人的地方把她抱进怀里狠狠地亲。

夏热他们说对了，岑晏发现自己是真不值钱，怎么一个简单的动作就被轻而易举地哄好了？

今妱见他不说话，小拇指轻轻勾住他的晃了晃。

他就马上投降了，小声说："没生气，要生也是生别人的气。"

她都已经规避了，那不长眼的还硬凑上来，只能说她太招人喜欢了。他想起她那锁屏，觉得是她选的照片不对，全身照的脸太小了，总有几个眼睛不好的看不见。

他指纹解锁，揽着她就是一顿怼脸拍，点进相册，设置屏保，而后又避开她，把他发给她的信息删除。

可不能给她看见发了什么，当时是他一时冲动了，他才不要她吃醋，也不要她伤心。

4

今妱被任佳拉去卫生间，岑晏接替位置用她的账号打游戏。相比较别的游戏，他玩这个菜一些，阵阵眩晕感袭来，使他麻木又难忍，但面上不动声色。

南宋蹬着椅子来到边上观战，胆忒肥。他没别的意思，就是想观摩一下大神的操作。大学城里那些女生把岑晏传得神乎其神，平日里碰不到面，难得碰上一次，这不得近距离看看到底有没有这么神？女朋友都厉害成那样了，他肯定也很牛。

岑晏全程把南宋当空气，缓慢地操作鼠标和键盘，看起来没什么精神。游戏人物更没精神，搜房子捡装备慢半拍的动作好像年过花甲行动不便的老大爷，一个游戏被他玩成这样简直谁谁。

南宋耐着性子看了会儿，心下不免叹气，这哥们技术也太次了，白瞎了这么会玩的女朋友。

没劲。他轮子一滑，回了自己座位。

今妱和任佳从卫生间出来，冤家路窄，碰上了任佳前男友的现任。她带着几个小姐妹把今妱和任佳的去路堵了，其中就有刚才去要岑晏微信号码的女生。

今妱不认识她们，但也看出了其中的不对劲，眼皮半垂着，问道："有事？"

任佳认出了人，知道对方是存心来找碴的，各个眼里带着不屑和轻蔑。她把今妱拉到身后，说："玩大姐大那套呢？"

前男友的现任低头吹了吹新做的美甲，她边上的女生上前推了把任佳的肩膀，恶狠狠地说："嘴巴放干净点，不会好好说话？"

任佳可不会让自己吃亏，眼疾手快一把推回去，比那人推得更狠，气势汹汹地说："再动手试试？居然敢堵我们，上赶着找骂？"

那女生被推得踉跄两步摔到别人身上，几人见小姐妹被欺负，就要上来动手。今妱今天踩着高跟鞋，显得人更高，以绝对的气场压制，冷脸上前和任佳并肩，接住其中一人挥过来的手腕，甩开，冷冷地说：“闲得慌？有事说事。”

她和任佳因拍戏需要均上过武术指导课，平日也有打斗练习，再加之她小时候经常被家里人扔进各种训练馆练拳脚，虽然技术不怎么样，但是反应和敏感度都在普通人之上。

几人没讨到好，带头挑事的现任瞪着任佳说：“也没什么事，听说阿辉给了你张银行卡，你还回来，我们就不找你们麻烦。”

任佳一听，嗤笑出声，没好气地说：“这都被你听说了？他叫你来拿的？够会煽风点火啊。”

“少废话，还，还是不还？”

“找麻烦前请搞清楚好吧，他没跟你说银行卡的名字是‘任佳’啊？你被卖了还给人数钱呢。那是我的副卡，吃软饭的东西，我不过是把我的卡拿回来而已。”任佳觉得好笑。

这就尴尬了，几个女生你看看我我看看你，刚才堵人的气焰瞬间被消灭，现任更是一口气将脸憋成了猪肝色。

任佳撞开她的肩膀，拉着今妱就走，本来还想提醒句那男人不是好东西，劝姐妹找男人把眼睛擦亮点，转念一想，这女生撬墙角的时候就是好东西了？要不是她翻看前男友手机发现了，冷静下来在他各大社交平台都仔仔细细查了遍，还不知道他居然和自己在一起一个月就出轨了，显然是个惯犯。

她们没走两步，今妱又返了回去，快速抽走站在最外面那个女生的手机。

谁也没料到她们还会折回来，那女生一愣，就上来抢，急促喊道：“你拿我手机干吗？”

任佳有眼力见，上去把人拦住，扭头问今妱：“怎么了？”

今妱低头点进相册，把里面拍的视频删了，回收站里的也一并删除。没想到还有意外收获，岑晏打游戏的照片也在里面，而且不止一张。看见自己男朋友的照片出现在别人相册里，说不上是什么心情，胸腔里好像裹一团火，忍着没把手机砸了。

她把手机还回去，情绪不高地问：“什么意思不清楚？乱拍什么？”

任佳一听，气不顺，到底是要混娱乐圈的，可不能留什么把柄，冷冷地问：“还有没有人拍，找打呢？”

有没有人拍今妱刚才都看在眼里，就那一个，于是她拍了拍任佳的肩膀，示意走人，实在懒得浪费时间。

她们回去后，岑晏没让位置，把今妱拉坐在了左腿上，搂着她的腰说：“终于回来了，我好晕，你帮我打。”

一旁的南宋直接看傻了，他一大男人这是在撒娇？

今妱的情绪深藏不露，眼睛盯着屏幕，接手他的鼠标和键盘继续操作。岑晏没把耳机给她，下巴搁在她的肩膀上，听着耳机里的声响给她报周围的敌方位置。

"楼下有脚步，三人，开门进来了。"岑晏的声音比平时说话声低，像潺潺流水，舒适地拂过她的耳际。

"上楼了。"他实时播报，"快到门口，开枪。"

今妱果断扫射，一人倒地，两人倒地。还剩一个，她干脆就冲出门去硬碰硬，最后一个倒地，一缕绿烟上窜，另两人也瞬间化成木盒，团灭。

这一波操作又把南宋给看傻了，这都可以？

岑晏从今妱坐下后就发觉了不对劲，下巴离开她的肩膀，歪头瞧她的脸，问道："怎么了？"

今妱还震惊于自己对岑晏的占有欲竟然这么强烈，只因为他的照片出现在别人的相册里她就觉得不舒服，好像一直属于她的东西被抢走了。

可是，岑晏从不属于任何人。

今妱摇头，岑晏便也没再问，手上搂得更紧些，生怕她会跑了。为什么会怕呢？他也说不清，就是害怕。

他继续报方位和她打配合，但这局没那么幸运，第六名。

今妱从他腿上起来，问道："回去吗？"

岑晏脱下耳机，说："回。"他回他那桌拿东西，戴上棒球帽。

他们各自和朋友打声招呼，携手离开。

出了网吧走向停车场，又经过糖葫芦摊位，今妱扯了扯岑晏的手，岑晏就明白了，问道："想要哪串？"

她挑了串果肉最饱满的草莓，他扫码付款。

咬下一口，冰糖和糖衣从内而外散发甜腻。她未来得及吃第二口，岑晏低头就着她的手把剩下的半颗咬进嘴里。

九月天气骤然降温，温度适宜，老伯推着系满卡通气球的自行车缓缓前进，下班的电动车穿梭在非机动车道，鳞次栉比的高楼上的玻璃被晒成亮橘色，红绿灯化作太阳的眼睛。

每颗草莓，第一口永远留给今妱，余下的都被岑晏消灭。今妱不想这样，但把完整的留给他，他反倒没了兴趣。

吃完将签子扔进垃圾桶，找到停车位，岑晏将她的购物袋放进后备厢，又给她拉开副驾驶门。

等他坐进驾驶座，今妱却下车了。他一急，立即打开刚关上的门。不等他下车，她绕过车头来到驾驶位，二话不说钻进车里，跨坐到他腿上，膝盖抵着柔软的座椅，关门，耳朵贴着他的胸膛，缩进他怀里抱住他。

岑晏身子僵硬一瞬，又即刻放松，一手环在她腰后回抱，一手轻拍她的后背。

　　"我不知道该怎么说。"今妧声音很闷。

　　"那就不说。"岑晏算了算她的日子，"快来例假了？"他以为是经期到访，造成了她的情绪低落。

　　"差不多就这两天。"她把头埋进他衣服里，闻着喜欢的淡酸奶味，漂浮不定的心安定下来。

　　她轻蹭他，听着强有力的心跳似鼓点起落，说道："我好像能理解你看到别人接近我时的心情了。"

　　岑晏蹙眉，脑中飞快思索，他都把聊天记录删了，是哪里出了纰漏？

　　他揉揉她的后脑，猜测道："是有人找你打听我，还是有人找你挑衅？"

　　"没有。"她和他坦白心情，"一想到别人也会喜欢你，我就很不高兴。可我又管不了别人，也不能让她们不喜欢你。"

　　其实何止岑晏没有安全感，今妧亦是。当长辈知道他们在一起谈起了恋爱，他没有告诉她，今家爸妈给他打过一次电话。

　　今母说："或许说出让你'好好照顾晕晕，如果可以，请尽量包容她'这样的话很自私，也或许说得太早，在刚恋爱的阶段谈论这些不合适，但晕晕是我的孩子，我作为母亲十分希望她能幸福。她和你相处，如果总是唱反调，都是源自她的安全感缺失，是想引起你的注意。如果她能直接明说自是最好，说明她已经完全对你敞开了心扉。"

　　今妧的真情实感很少外放，她刚才就明说了，没有闹小脾气，也没有自己冷处理。以上的话不用今母说，岑晏也会做到。这时候他应该高兴的，她把他放在了重要位置。

　　"别人管不了。"岑晏低头，视线寻到她，亲了亲她的额头，"你知道我喜欢你就够了。"他又重复，"我喜欢你，特别喜欢你，非常喜欢你。"

　　今妧从他怀里仰起头，以前他总使坏让她叫"哥哥"，她不依，心说哪有叫比自己小的为"哥哥"。不过这时候，他倒真有点温柔大哥哥的样了，脱掉棒球帽扔到一边，耐心哄她，干燥温软的吻落在她眉心，嗓音温和："十分喜欢你。"

　　她的眼睫颤了颤，牵扯着无与伦比的心动。

　　他的吻又停留在她的眼睛——"万分喜欢你。"

　　而后是鼻尖——"超级喜欢你。"

　　脸颊——"无敌喜欢你。"

　　嘴角——"每天都更加喜欢你。"

　　她看着他，唇角止不住上扬，大而亮的眼睛神采奕奕。

　　其实任佳说错了，岑晏不是雕刻师傅，他只是爱这只花瓶，看得见别人看不见的美，哪怕没有图案，也不觉它单调。他从未想过改变它，日复一日悉心呵护，这花瓶便越发晶莹剔透有光泽。

今妱也很好哄啊，她抓着他的T恤布料，嘴硬道：“腻死了。”

“腻吧。”岑晏将她往怀里托了托，“腻就对了，以后每天说一遍，腻死你。”

“真的？你还记得你说了什么吗？”

“当然，岑晏什么不记得？”他笑得肩膀发颤，把刚才和她说的、对她做的，从“我喜欢你”开始一字不差地说到“每天都更加喜欢你”。

“全是你的口水。”今妱软乎乎的脸蹭着他的脸颊，满眼笑意关不住。

其实没有，他的吻都是干燥的。

今妱坐回副驾驶。开车前，岑晏将腕上的男士手表脱下戴到她手上。这款手表今妱有同款女士白色的，是他买的众多单品之一。他说：“回家把你的给我。”

在半月湾居住两个月，她差点忘了这人买什么都是双份的，以前只当是朋友间的顺带，现在想来，恐怕是在暗戳戳告诉别人，今妱有人了，谁都别肖想。

心上像打开一瓶粉色气泡水，“啵”一声，炸开细小的烟花，甜滋滋地冒泡。

这人怎么能有这么多小心思？

今妱研究着腕上的黑色手表，不确定地问：“我那只表盘是粉色的，你戴吗？”

“就是要粉色才能显出我有女朋友。”

今妱瞥了眼他腕上的哆啦A梦发圈，前段日子特别流行的，男生手上戴小皮筋就代表有女朋友了。她没提过，他却一直自觉地每天戴着。哪怕是这样，依然有人上前询问微信号。

他知道她在想什么，将车驶出停车位后，说道：“女朋友的皮筋加女朋友的手表，双重提示，看看谁还不长眼敢对岑晏起心思。”

他就差在脑门上写“今妱专属”四个字了。

她被他逗笑，问道：“那我是不是也要表示表示？双重……”她上下打量他，除了手表，还有什么东西能让别人一眼看出来她有男朋友。

“我给你买的那些也没见你戴过几次，手表你也可戴可不戴，以前什么样，现在、以后就什么样，怎么开心怎么来。”岑晏才不要她什么表示。他这话没有怪她的意思，只是在陈述事实，告诉她不必因他改变自己，且他能惯着她继续随心所欲。

今妱不太同意地说：“那可不公平。”

岑晏笑道：“我没这么觉得。”

他们出来得早，到家时也早。车停在院外围墙与树遮挡的死角，今妱不想那么提前进去，进去也是被家里人打趣，便和他牵着手坐在车里过一会儿二人世界。

只是牵着牵着，她又想抱他，懒得再下车，她撑着他的座椅，跨过扶手箱，短裙裙摆似油纸伞，撑开又落下，拂在他腿面，与黑色工装裤贴合。

他们面对面，拥抱又转换成接吻。

落日的橘色照在周身暖洋洋的，她的小臂支着他的肩膀，位置偏高。女孩的唇瓣软糯甘甜，雨点细腻的吻似小猫爪子勾在他心尖上轻挠。他把接吻的节奏都交给她，只管仰着脑袋配合。

长发的发梢有意无意轻扫他的肩窝，丝丝痒意从那儿蔓延，心与心的距离在夕阳低沉中越靠越近，掌心下掌控着扰乱人心的心跳，比小鹿还能乱撞，比棉花糖还柔软。

浑身毛孔舒张，像半月湾别墅里的银色扶手栏杆，也像夏日贴在皮肤上的冷藏可乐罐，凉爽舒适，在莫代尔棉的布料中缓慢升温。

他重新寻到她的唇吻住，青柠香包裹住她的唇瓣，他们唇齿交缠。

窗外的落日越发红彤彤的，变成一个小圆圈藏进火烧云层，若隐若现的弧度千变万化，光晕层层叠叠，从指缝漏出，愈加叫人想一探究竟。

吻累了，她倚进他怀里，乳白色雪纺衬衫的扣子崩开两颗，衣领泛起褶皱，一半搭在肩上，一半滑落臂膀。

岑晏把她的发丝拨到耳后，慢条斯理地帮她扣好扣子。

今妱感受到他的热意，身子僵硬，小声说："我还是坐回去吧。"今妱屈起膝盖，坐回副驾驶。

车厢里安静，今妱默默降低自己的存在感，趴着车窗看外面被风吹得东倒西歪的小草。

天色逐渐黯淡，灰白色的薄云从北面移动到南面。

岑晏好整以暇地欣赏着她缓慢转动的后脑勺，指尖穿进她的发丝，动作轻柔地拢着，问道："在想什么？"

"在想怎么能快速降温。"她呼出的气息浮在玻璃上，糊起一小块不规则的雾气。

岑晏拢着她头发的动作一顿，问道："想到了吗？"

她摇了摇头，感觉到发丝在他的指间打转，好心建议："我们还是保持距离吧。"

"这就是你一直看窗外的原因？"他闷笑，充斥着少年感。

今妱不看了，要转回去，却被他固定住脑袋。

"先别动。"

"怎么了？"

他玩着她的头发，认真地说："我看看能不能扎个丸子头。"

"你把我当芭比娃娃吗？"今妩感到无语。

"没有，只把你当女朋友。"他盘发时非常小心翼翼，"就当给男朋友转移下注意力吧。"

哆啦A梦的发圈缠绕两圈，丸子头形成。

今妩翻下前方的镜子查看，因为没有梳子，头顶十分杂乱，乱糟糟的头发像小疯子。

她转头给他看，问道："你觉得好看吗？"

"Sorry，那再来一次吧。"岑晏忍俊不禁。

第二次他用的时间久一些，还掏出了她遗落在扶手箱里的一次性橡胶小皮筋，给她弄了个半扎丸子头，还是个爱心形状的。

她对着镜子晃了晃，心下疑惑地问："你从哪儿看见的这个？"

这可不像男生会看的东西。

她半个身子倾过去，按住他的肩膀，追问："说，跟哪个小妹妹学的？"

不了解她的人很容易被她这副睁大眼睛的凶狠样唬住，但岑晏是了解她的，知道她在跟他闹着玩，顺势凑上去亲了亲她的唇瓣，回道："你的小红书收藏夹。"

"怎么没见你扎过？"他见她收藏了许多发型教程，不免疑惑。

今妩低头，用"爱心"戳了戳他的下巴，说："扎过的，估计是在你看不见的地方。"

"扎给别的男生看？"

她退回去，后背抵着车门，笑着点头，爱心在头顶一晃一晃，突然变得可恶起来。

岑晏当即生起气，露出一边的小虎牙，伸手过去，说："拆了吧，收藏了居然不是给我看的。"

"开玩笑的，不扎只是因为懒而已。"今妩抓住他的手，不让他拆。

他知道今妩是开玩笑，也没真想拆，指尖游离到她腰间。

今妩瑟缩起身子，忍不住笑，抱住他的手臂缩到角落求饶："都几岁了，还玩挠痒痒这套？"

"不管几岁，对你管用就行。"

"不管用。"今妩强撑着。

他又挠，害得她连连往边上缩。

"管用吗？"

今妩招架不住，按住他青筋凸起的小臂，求饶道："别挠了，饶我吧。"

他将她圈在车门与胸膛之间的一方天地里，两人的气息又开始紊乱，滋生成藤蔓缠绕。

她不禁往下瞥了眼，捂住自己的嘴不让他亲，说："今日接吻次数已用完。"

岑晏笑得胸腔震动，他女朋友怎么能这么可爱？

番外二

/

坚定不移的心

1

打闹结束，下车后岑晏去后备厢拿东西，不仅拿出她的购物袋，还有些营养品，以及各种礼品。

今妱愣在原地，问道：“买这么多，见外了吧？”

“之前夏爸在群里炫耀，不得给咱爸扳回一局？”

他们往大门去，今妱帮他分担一点，没好气地说：“谁跟你咱爸？”

“你爸不就是我爸？不是咱爸吗？”

她不过随口一嗔，他居然还一板一眼地回了。

今妱抢在他前头进围墙门，他跟在身后，好似求知若渴的男学生一定要得出个答案，不依不饶地问：“不是吗，不是吗？”

这人故意的吧！

今妱捂住耳朵，脚步不停，说出他想要的答案：“是是是！”

他们进了门，发现夏热这个不速之客早就到了。

他还阴阳怪气地问道：“车在外面停一个多小时了，你们干吗呢？”

情侣之间还能做什么？真是一点不给他们留面子。

不等小情侣张口炮轰，他就表示自己是站他们这边的：“哎哎哎，先别急，我要没拦着干爸干妈，你俩卿卿我我的时候，他俩可能在你们窗口‘死亡凝视’了。”

今妱愣了愣，不得不说，画面感好强烈。

岑晏咬牙，回道："那真是谢谢你。"

他把东西放到茶几上，每一样都买到了两位大家长心坎里，今父今母翻身把歌唱，当初夏家夫妇怎么在群里炫耀的，他们也拍了照片炫耀回去。

今父：哎哟哟，这一桌谁买来的啊？买这么多干什么？破费了啊！

连一分钟都懒得等，他立即自问自答：原来是我女儿买的啊，太懂事了，从小看到大的孩子，连我和她妈的喜好都摸得一清二楚。

夏父：有点新意好吗？玩我玩剩下的算什么本事？

今父：这叫传承。

迟来的攀比心和胜负欲叫他用女婿曾经送的紫砂壶泡了杯刚送的铁观音，拍照，发群：好茶！这茶又是哪儿来的？哎，我女婿拿来的。谁给我泡的？哎，我女婿泡的！

啥也没干的岑晏：……

好嘛，直接开始编瞎话了。

今姈看完群消息，偷偷扯了扯他的衣服下摆，小声问："什么感想？"

岑晏摩挲下巴，说："感觉在暗示我给他泡茶。"说完便化身狗腿子，去今爸身边鞍前马后。

这下让今爸在群里更嘚瑟了。

今姈无语。

一旁的夏热抓狂：明明我也买了好不好！不带这么偏心眼的啊！

晚餐时，岑晏和夏热交换座位，顺理成章地坐在今姈身边。

趁其他人其乐融融地聊天的时候，岑晏往她身边挪了挪，凑在她耳边说："每次坐你们对面，就算是夏热，我也很羡慕忌妒。"

而如今，这个座位终于属于他了。

今姈夹了一块糖醋小排放进他口中，问道："现在呢？"

夏热坐她身边时，她可从没喂过他，也从没喂过其他人。

糖醋味的，经了她之手，如同施过魔法，醋味消失，只剩百分百甜味萦绕在舌尖。岑晏笑弯了眼，只要她给一点甜头，就很容易满足，说："现在没有了。"

周围像按下静音键，空气中飘散着酸溜溜的醋味。

今父今母瞧着他们，意味深长地说："热恋期真是如胶似漆啊。"

这是在提醒他们，亲热也要注意场合。

两人双双正回身子，眼观鼻鼻观心，老老实实吃饭。

今母从今姈进门时就发现了她的不同之处，调侃道："丸子头可爱哦。"

这一句话让她瞬间活过来，顺势小弧度地晃一晃脑袋，爱心跟着摇晃，难得像个小女孩一样调皮，对着妈妈和爸爸说："发射爱心。"

"你跟阿晏谈个恋爱，还返老还童了？"夏热要被她笑死。

她又将爱心对准夏热，说："我都没到二十岁，你用错词了。"

桌下，她延续半月湾的习惯，把一条腿挂在岑晏腿上，荡荡悠悠。

夏热觉得她这样挺好，和岑晏在一起后笑容越来越多，是个不错的兆头。他说："对对对，你现在顶多三岁，不能再多了。"

今妱和他斗嘴："你比我大几个月，你也是三岁。"

爱心迟迟没有移动，在夏热那儿停留够久，被身边的人一把捏住。今妱疑惑转头，爱心终于又定位到岑晏。

"怎么了？"

他将爱心捏扁，说："没有。"

今母回忆起上个月的通话，打趣："之前好像有人保证过不会欺负晕晕。"

"没有欺负，她头发乱了，想帮她理理。"岑晏倏地松手。

事实上，他这"理理"，让原有的形状几近变形。

他心虚地轻咳一声，对今妱说："好像理不好，吃完饭我重新帮你扎。"

今妱抬手摸了摸。

今母讶异："你帮她扎的？"

岑晏颔首。

几人视线移向今妱，今妱淡定地说："别用那种眼神看我，情侣间的小情趣，你们懂什么？"

"阿晏，你太惯着她了。"夏热确实不懂。

岑晏夹菜的动作不停，语气平常地说道："这不是男朋友分内的事？"

今妱拿起手机要给羌梨发信息，说："我问问羌梨，她的男朋友给不给她扎小鬏鬏。"

"可别。"夏热双手合十做祈祷状，"饶了我吧，祖宗，她男朋友现在就回你，不扎。你可别想挑拨我们的和谐关系。"

今妱放下手机，问道："那岑晏能惯着我吗？"

"能能能，可太能了。"夏热就差跪地求饶了。

"我惯不惯着你还需要他回答？"岑晏蒙了，到底谁是她男朋友？

她不过是想争口气。

今妱和夏热异口同声："不需要。"

话题到此终结，今母适时开启新一轮聊天。夏热侃天侃地无所不聊，再次加入其中。

两个月的同居生活，无声无息地渗透他们，留下不可忽视的后遗症。今妱蓦然有种他们就该是居住在一起的感觉。吃完饭，闲聊之后，将近夜深，夏热先行离开，父母依然没有留宿岑晏的意思，她自然不好提出建议，去楼上拿了手表给他，送他到院外，还有些依依不舍。

岑晏来到车边，打开驾驶位门。在他坐进去前，今妱双臂环住他的腰，脸贴着他衣服的纯棉布料。

岑晏微微一怔，随即回抱，问道："不想我走？"

少年正值青春期，蓬勃又滚烫的气息迅速包围了她。

她没答，没答就是不想。

略带口是心非的默认，在此刻化成无声的情话，吹拂而过的风也沾染上缠绵气息。

拥抱在时间一分一秒的流逝中越发难舍难分，即使没抱什么希望，他还是提议："跟我回去？"

他们有同居经历，可也无法为所欲为。今妱摸索到腰间的手牵住，勾出他掌心里的腕表，退出怀抱，低头给他戴上，说："我爸妈虽然开明，但不代表能在他们眼皮子底下把女儿抢走。"

意料之中的回答。岑晏抬手，弹了下她头顶重新扎好的完美爱心。爱心前后摇晃，像是在发射攻击，心脏被蓦然击中。

这也勾起了今妱的回忆，惹得她发笑，说："拜托，这个爱心对准别人，你也要吃醋吗？"

吃醋到不顾爸妈在场，就想毁掉它。

"啊。"他别扭地别过头，确实有些吃醋。

路灯朦胧，黑夜遮掩不住他的帅气，冷感的眼睛好像只有在看她时才会染上炙热的温度。在这样蝉鸣消失的夜，秋日的初始，如同生日许愿般，轻声且虔诚地和她道出心里话："如果只能看到我就好了。"

2

今妱谈恋爱如今算尽人皆知，当初签的合同没有约束恋爱这一条，经纪人得知此事还算平静，先对她是今家的孩子感到恍然大悟。

经纪人之前虽有过怀疑，却没往那方面想，因为今妱表现得太过平常，且今家要什么有什么，星云娱乐实在不起眼，他们没道理把孩子往小作坊送。

岑晏到家，事无巨细地汇报。

今妱洗完澡躺到床上，一条条阅读他的信息，正在打字，他就发来视频。

接起来，率先跳出阿拉斯加毛茸茸的大脸盘，吐着湿漉漉的舌头要舔屏幕，被岑晏先一步拿开手机。画面晃，一瞬出现他的脸，完美扛住从下往上的死亡角度，而后对准了自己。

今妱趴在床上，下巴枕着枕头，问道："怎么了？"

扬声器内狗吠频频，似乎着急想见屏幕里的人，但岑晏这坏家伙，站立在窗边，举高手机只对准自己，说道："过来想你了，就给它看看。"

今妁上下左右扫视，问道："那它去哪儿了？我只看见了你，你是过来吗？"

"过来"只是给她打电话的幌子，他说："可以是，你想我是什么就是什么。"

"贫。"今妁翻身躺下，手机落到一边，没拍到她因此上扬的唇角。

"只对你啊。"简单的陈述事实，但从他嘴里说出来，就像情话。

今妁的嘴角埋进枕头，电话那边突然传出不间断的叫唤："晕晕晕……"

"晕就睡吧。"今妁以为岑晏真晕了。

"我是在叫你。"他敲敲屏幕，"为什么你不见了？"

"被外星人抓走了。"

"那你把手机给外星人，我问问为什么抓我女朋友。"

"抓了就抓了，哪那么多为什么？"

"那你帮我转告他，岑晏不能没有女朋友啊。"岑晏好听磁性的嗓音懒洋洋的。

"汪汪！"阿拉斯加激烈地附和。

今妁把自己卷进被子里，凑到手机边，说："想救你女朋友，限你一分钟打钱。"

连绵不绝的转账提示弹出，点进去，手机消息界面被橙色框框占满——5.2、52、520、5200、52000……

她探出半个脑袋，竖起几根毛毛糙糙的头发，跟个小呆子似的睁着两只核桃仁大的眼睛，问道："这是把所有积蓄给我了？"

岑晏如愿以偿见到半个女朋友，说道："还有点余额。"

今妁松了口气。

他说："还剩一块六毛八。"

倒也不用这么诚实。

负罪感使今妁撑起身子，镜头拉远，整张脸出现。她盘腿坐在床上，要把钱转回去，结果显示被对方拉黑无法转账。

"什么意思？"

"意思就是把我卖给你了，你得管着我。"

又开始了，又开始了，他又开始强买强卖了。哪有人把自己卖掉，还自己出钱？

"我不要，你把我放出来。"

"放什么？我没关你，也没抓你，你找抓你的外星人放。"

今妁低着头捣鼓手机。

岑晏探头探脑，问道："做什么呢？"

"给微信提建议，赶紧出个转账直接到账功能。"

"短时间内别想了。"

今妁见他铁了心，心里盘算着打迂回战，问道："你就不怕我用你的钱去干坏事？"

"你敢！"真是一招制敌，岑晏爹毛。

"今妱什么不敢？"

岑晏沉默。

"乖，把我放出来。"今妱趁热打铁。

他不说话，继续沉默。

今妱以为他生气了，顿时正起神色。

她心软，好声好气地说："钱都给我了，你自己没钱花了。"

翌日，学校组织学生开展为期两周的社会实践。

忙忙碌碌的进组生活围绕着他们，这天，今妱比岑晏早结束。

经过便利店，导演班和表演班的同学们有幸撞见这么一幕——

时常冷冰冰的学霸岑晏圈着女朋友的脖颈，以收银台的熟食小吃为背景，竟然在缠着人给他买玉米。

收银员笑眯眯地看着他们，今妱什么都依他，说："再来个玉米。"

岑晏指了指玻璃柜，小声说："还想要骨肉相连。"

"给他拿。"今妱微笑。

收银员问："要几串呢？"

岑晏说："一串就行。"继而又转向今妱，"我还想要关东煮。"

今妱握拳，眼神扫向已经放在柜台的一大堆食物，问道："你能吃完？"

岑晏丝毫不慌，回道："我可以慢慢吃。"

今妱摆摆手，看起来无限纵容，说道："那就每样给他来一串。"

岑晏帅气的脸颊顿时笑成萨摩耶。

她忍他很久了，自从被迫收下他的巨款，接下来的每天都过着这样的花钱生活。虽然花的不是她的钱，但付款这个动作需要她来完成。

付完款收起手机，今妱说："还是把钱转你吧，你自己买不是更方便吗？"

在此之前，她想过趁他不注意偷偷拿他的手机转账收款。然而他猜透了她的想法，日日手机不离手，丝毫不给她可乘之机。

岑晏拎过收银台上的购物袋，一边对认识的同学颔首，一边揽着她的肩膀向外走，说："才谈一个多月你就厌了？刚谈是块宝，厌了是根草，现在想用钱打发我？休想。"

今妱腹诽：这戏精男朋友，真是随时随地搭建新舞台。

擦肩而过的同学心说：原来你是这样的怨夫岑晏。

实践最后一晚，表演系和导演系在附近酒吧开台团建。

重金属音乐震耳欲聋，连同胸腔都震得发麻。

夏热跟随音乐摇晃，周围想靠近岑晏的女生全被他这个护草使者劝退。他在岑晏耳边大喊："晕晕怎么还不来啊？这里跟狼窝似的，她都不担心你？"

岑晏从坐下到现在看了不下十次手机，给今妱发微信也没得到回复，心情逐渐焦躁。他和夏热说了声，起身拨通她的电话，往外走。

红绿黄地砖有规律地铺满人行道，树影婆娑，数不清的鞋底撵过凋零在路边的粉色花瓣。

出大门，电话被接听的同时，他一眼望见树下的女孩。她也看见了他，举起手臂向他挥了挥。他却皱起眉头，快步过去将人拉进怀中，眼带警告，瞪一眼跟在她身后明显不怀好意的男人。

男人应该庆幸未来得及将颅内的亵渎发展成实质行为，否则就不止眼神警告那么简单了。

岑晏后悔了，他不应该听她的让她自己来，他就该去接她的。

今妱对跟随她的男人，以及岑晏的想法一概不知，挂断电话环抱住他，问道："这么热情？"

"怎么没回消息？"岑晏带着她往里去。

"回了呀，我说马上就到了。"说着，她把手机给他看。

谁料消息框一栏红彤彤的感叹号刺入眼球，显示发送失败。她尴尬地收回手机，牵着他的手发紧，说："可能网络不好，没发出去。"

岑晏却注意到了其他，气不太顺，轻声问道："这么久了都没把我置顶吗？"

这段关系中他没要求过她什么，朋友圈她不常发，一直停在他那张不算官宣的背影，他认了。她每天要接收的消息那么杂，剧组学校社团班级各种群聊不说，还有其他人的私聊，而他作为男朋友，竟然也是淹没在芸芸众生里的其中之一，连个置顶都不配。他好像也能明白过来，她回信息慢的原因了。

今妱从没弄过置顶，也没有弄置顶的习惯，但每次打开微信的第一件事就是搜索岑晏的名字，有消息她就回，没消息她就主动发消息。和她相熟的只有那么几个人，经常冒泡的群也只有那几个，习惯使然，她想聊天都是直接搜索名称。

感受到他的情绪，她当着他的面设置置顶。因为从没弄过，右滑和长按都没有找到置顶键，系统在这时与老人机无差，从他的对话界面点进右上角才终于找到。

从她重新打开手机时，他的郁闷在她不甚熟稔的操作中清空。他的情绪不受控制地左右拉扯，一边认为只要她开心，她想怎么做都没关系，一边又因为她看起来好像并不在乎他的举动而感到难受。可区区一个置顶，又怎么能代表所有，怎么能用来衡量他在她心里的重量？

他把自己安慰好，想通了，也就释然了。

岑晏紧了紧她的手，说："没关系，按你原来的就好。"

今妱改抱着他的手臂，觉得还是有必要解释一下："之前没想到置顶是我一直习惯搜索，每次一打开微信，最先搜的都是你。"

这话像一团柔软的云飘进岑晏稍显空荡的心里，连同天上的星星月亮一起。

所以啊，事物都有两面性，他怎么能用他片面又不成熟的想法来轻易定义？

今晚的风格外柔和，慢慢吹拂着今妱的长裙。

酒吧一条街最不缺的就是当街接吻的小情侣，他们经过那些人，进到岑晏出来的酒吧，五颜六色的灯光不断交错，震耳欲聋的音乐侵袭着感官，到处是年轻躁动的身影。

他伏在她耳边，声音混在嘈杂的音乐里，是知道错了的语气，诚恳地道歉。

今妱牵着他挤进舞池，大喊着："傻瓜，你又没做错什么。"细想与他的相处，每次生气，他从未疾言厉色，永远都是温温和和的。他得有多喜欢她，才能做到如此。

他们穿过舞池，找到夏热那桌。正是气氛最热的时候，夏热给今妱和岑晏倒酒。由于迟到，周围的同学起哄要他们喝交杯酒，夏热是最先带头的那个。

今妱端着酒杯落落大方，趴在岑晏的耳边说悄悄话："以后的路还长啊，说不定在未来的某天，我的喜欢就超过了你。"

岑晏本不同意喝这杯，他想把它留在他们的婚礼上。今妱不知道，他很早很早就开始期待他们的未来，期待他们的婚礼，期待与她有关的一切。

"不会的。"他笃定，这场竞赛，他一定遥遥领先。

他们手腕相抵，在起哄与纷扰的乱舞中杯盏交错，彼此心照不宣——他们都是缺乏安全感的胆小鬼，在对方一次又一次坚定不移的选择中重获新生。

"爱情"原来是这样一个美妙又振奋人心的词汇。

3

难得喝酒，今妱一高兴不免喝多了，临走时像个小酒鬼举着酒瓶呼朋唤友地吆喝。一家至少得有一个清醒的，岑晏除了和她喝的第一杯交杯酒外，便极少碰过。

他打车，带人回了公寓。

今妱一直闹到后半夜才消停，期间又唱又跳，头晕呕吐。岑晏照顾着她，将她弄脏的衣服换成自己的家居服，哄睡了才进到卫生间洗澡。

他洗完上床，将她搂进怀里沉沉睡去。

今妱醉酒后的睡相实在说不上好，但岑晏想不到她竟会如此刁钻。

凌晨三点，今妱的脑袋离开枕头，变成横躺，一腿弯曲一腿大刺刺地横在他腰上，把他当成抱枕，两人在床上以一个十字架的形状奇怪地睡着。

岑晏不打算叫醒她，默默地小心翼翼抽身，同她一个姿势横躺过来，满足地搂着她的腰继续睡。

凌晨四点多，今妱再一次顺时针九十度旋转，脑袋来到了床尾。岑晏困极了，跟着她像分针追逐秒针般转过去，重新抱住她。

第二天醒来，他枕着枕头面朝天花板，凌晨的种种闪过脑海，就像做梦，千算万算，没算到竟然奇迹般回到了原点。

新生军训圆满落幕，老生实践告一段落，周末休息两日后，该来的躲不过，全校进入上课状态。

刺眼的阳光呈放射状破出云层，绿叶似扁舟荡在湖面上，雨后的泥土被踩出一个个鞋坑。

睡懒觉不存在的，久违的集体出晨功时刻，任佳站在湖畔哀号：“都大二了，还像高中一样艰难，活着到底是为了什么啊？啊！”

“我也想知道，不如就这样跳下去吧。”余莺莺萎靡不振，哈欠乱飞，一定也没好好遵守老师在暑假前的嘱咐。

今妱后退，给她们让位。

任佳和余莺莺被伤到了，问道：“你不拦着我们吗？”

“助跑，你们先走一步，我随后来。”今妱的神情和湖面一样平静。

最边上的陈楠略显担忧地开口：“那个……”

任佳和余莺莺以为有救了，眼神闪烁，假意摆手，说：“我们去意已决，不用劝我们了。”

“不是。”陈楠笑起来，好心建议，“我想说要不把时间错开？一下四个，增加工作量，地府不好好招待我们怎么办？”

两个月不见，大家的冷幽默功力与日俱增。有人破功笑了出来，一个带动全部，笑完又不得不向命运低头，该做的还是得做。唯一庆幸的是，这个专业至少是她们热爱的。

今妱和岑晏的情侣关系从一开学便传遍大学城，起先对他们有想法的人默默把心思嚼碎了烂在肚子里。

岑晏陪今妱上课，大家见怪不怪。鉴于之前的尴尬，余莺莺每次坐得远远的，任佳甘愿在今妱身边做那二百五十瓦的高亮电灯泡。

上课前，岑晏说要请今妱喝奶茶，顺带室友一起。

可他的资产明明已经上交，今妱问：“不是说只剩一块六毛八了？”

岑晏一点不避嫌地给她看进账界面，语气里隐藏小傲娇：“暑假剪片的尾款刚到账，等付完奶茶钱，剩下的都转给你。”

今妱上过一次当可不会再上第二次，为防止他转账，飞快拉黑他的支付宝账户，说道：“黑名单里待着吧。”

岑晏愣了愣：这算不算搬起石头砸自己的脚？忘记还有这操作了。

舍友们选好奶茶的口味，今姈一个个加入购物车，等到自己选时却发了难。岑晏作为请客的反倒对奶茶不感冒，不点。她看来看去，点了杯五分糖的芋泥巧克力。

拿到奶茶去上课，他们坐在最后一排，趁老师不注意，悄悄喝上一口。出师不利——五分糖，苦了，对她来说像咖啡一样。

岑晏下滑身子，腿长加身高优势，想掩饰都难，只能勉强让自己看上去不那么显眼。他凑过去，侧脸贴到她的肩膀，低声问："不好喝？"

今姈将奶茶挪到他嘴边，他就着喝了一口。兴许本来就对巧克力情有独钟，他说："还好吧。"

"苦。"

岑晏又喝一口，说："是有一点。"但问题不大。

今姈见他不抵触的栏子，把奶茶塞进他手里。他摊着手掌不接，意思很明显——要喂。

她无语，才不喂，把奶茶放到桌上，手肘将他往外推，示意认真听课。岑晏离开她，正回身子，手里转着笔，拿着她的课本圈圈写写，给她记笔记。

有男朋友在，今姈上课偶尔分心，但并不影响。岑晏除了学自己的专业课，空闲了会连她课上的内容一起啃。她有疑惑的地方都不用问老师，直接问他就好了。

今姈翻开草稿纸，一边不走心地听课，一边百无聊赖地画起画。

不多时，岑晏又贴回今姈的肩膀，像是小宠物和主人的特定暗号，今姈竟然不用反应就心下明了，拿了奶茶送到他嘴边。

等他喝了一口，她放回去，继续画自己的画。

他顺便瞄了眼，她居然画了只小狗——微笑唇，软萌长毛的，看上去很好撸。

今姈注意到他的视线，抿唇笑，又在小狗脑袋上画了个箭头，标注"岑晏"。

岑晏伸手，在她的草稿本上写了个问号。

今姈在他下面一行问：不像吗？

岑晏接下去写：一点都不。

今姈：哪里不像？很像啊！

岑晏：更像流浪狗。

今姈当即明白过来，在狗狗旁边快速画了只大眼睛的萌猫做搭档：现在呢？

岑晏趴在桌上，给小猫画了个箭头，标注"岑晕晕"。

今姈觉得要对称，在他的名字旁边加了个括号，括号里面写上"今呼呼"。

岑晏回答她的问题：确认过眼神，是岑晕晕的家养小狗。

两人明明就坐在一起，还要像小学生一样上课传字条玩。

今姁发笑，用口型说：幼稚。

岑晏反击：幼稚鬼女朋友。

今姁不跟他贫嘴，在纸上写下几个大字：**好好听课**。

这到底是谁的课？

岑晏脑袋重新贴上她的肩。她给他拿奶茶，他多喝了两口，能量补充完成，直起身，乖乖认真听课。

坐在今姁另一边的任佳更像个纯纯大冤种，目睹全程，不禁暗暗咂舌：还吃什么饭啊，光这两人每天撒的狗粮就够我饱好几天了。

不过，这节课也给他们衍生出了一点小摩擦，原因是岑晏突然想起今姁曾经给夏热画的一床头柜的肖像画，却没给他画过一张。

此次事件引起岑晏的强烈不满，并且特意强调她一张都没有给他画过！

今呼呼有小脾气了，不太能哄好的那种，他大放厥词要两床头柜，这笔账才能一笔勾销。

今姁就此走上一天画一张的"还债"道路，缺一天都不行。

国庆放假，今姁的例假照常到访，岑晏给她熬红糖水成了每月必须项目，还成了移动的人体暖炉。假期头两天，岑晏在家向今母讨教烹饪，凭借聪明的头脑，厨艺突飞猛进，一雪前耻。后几天待今姁恢复精神，他们约会逛街压马路，一起逛画展，听音乐剧，像世上每对小情侣一样买情侣座和爆米花看电影。

进度条拉至十月中旬。岑晏统共收到来自今姁的二十五张画，惊喜的是她给他的画不单单是画，有时会配一两句文字（有说情话的嫌疑）；有时会以漫画的形式呈现两人在一起的互动；有时是分享一天的趣事，附加以"如果岑晏在场的话……"为想象展开一个新场景。

就像日更博主，今姁负责每天更新内容投递给他，而他是她唯一的粉丝、听众及观众，从早上睁眼开始，他便期待着她的内容，一想到自己作为主人公出现在她画里，哪怕今天下起瓢泼大雨，他的心情也明朗万分。

不知不觉间，他们心照不宣的小秘密和暗号越来越多，相处起来也越发契合。

和岑晏谈恋爱后，今姁原定的长包房居住次数逐渐减少，而岑晏的公寓慢慢填满了她的生活用品。她常常因工作晚归回不去学校，他便偷摸接她回家。至于为什么是"偷摸"，是因为未经父母允许居住在男朋友家，总归有些做贼心虚。

上了大二，大家都从"小萌新"晋升为"老油条"，偶尔逃掉一两次晨功，班长对此均抱着睁只眼闭只眼的态度。

今姁的出勤情况向来良好。十一月上旬的一个早上，倾盆大雨洗刷着世界，天色灰蒙蒙的，让人提不起精神。

岑晏买完早饭回来，阿拉斯加摇着尾巴迎上来，客厅厨房空无一人，回旁间，看到床上拱起一小团——今妱蒙着脸把自己埋在被子里。

他过去，托着她的后背连人带被将她抱坐起来。狗随主人，咬住被子一角往外拉。

被褥边缘下垂，露出今妱闭眼皱眉的脸，她下巴搁在他肩头，恹恹的。

"汪！"大狗在她身边长嚎，担任起叫人起床一职。岑晏不在的时候它可不敢这么叫，他一回来，它就像得到一张无形的赦免金牌。

今妱的长发乱糟糟的，他慢条斯理地帮她理顺，说道："要迟到了。"

她缓了一会儿才说："难受，不想上学。"说话时，脑袋随着张嘴的弧度一起一伏，下巴尖像啄木鸟啄在他肩膀。

他下意识摸了摸她额头，问道："哪里难受？"紧接着掏出手机，"我先给你请假。"

"头有点晕，还有鼻塞。"今妱声音很轻很轻，她的大脑尚在启动中，不太好受，"昨天打球，出汗脱衣服，可能着凉了。"

那会儿岑晏有课，正好不在。

"没发烧。"他掀开被子，抱她进卫生间，"我们去医院。"

今妱的眼睛稍稍睁开，靠在他胸口，环住他的腰，小声说："不去医院。"

岑晏给她的电动牙刷挤上牙膏，还想帮她刷牙。今妱没到不能自理的地步，接过牙刷，没什么精神地倚着他刷起来，含混地重复了遍："不想去医院。"她见双亲最后一面就是在医院，抵触倒是说不上，只是潜意识觉得与那里沾上关系，再好的事也会不尽如人意。

"那就不去，药箱里有药，一会儿吃完饭吃。"

今妱洗漱完坐在餐桌边，觉得没胃口，岑晏买的大饼和油条也只吃了一两口。

他舀一勺粥喂到她嘴边，劝道："再吃点。"

今妱闭着眼吃进去。

岑晏说："我今天在家陪你。"

她清醒了些，睁开眼，一口否决："不要，我又不是小孩。"

"是，你不是小孩，连出汗不能脱衣服都不知道。"

她像抽了气的气球，脱力趴在他肩膀上，解释道："那会儿真的太热了。"她抱有侥幸心理，认为怎么也轮不到自己，偏偏就中招了。

岑晏不知道说什么好，多说无益，然后把她吃过的大饼和油条都拿了过去。

"会传染。"今妱阻止他。

"不会，我一直都有锻炼。"岑晏对自己的体质有信心。

今妱嘀咕："也不知道上期末是谁发烧了还要我照顾。"

一箭射中膝盖，岑晏稍不留神，大饼的碎屑掉落在腿面的衣摆上。

他不承认："那次是意外。"

“嗯。”今妱慢悠悠点头，“也是事实，夸张点说，我可是救了你一命。”

她的意思是——我帮了你，你应该听我的话，去上课。

岑晏怎么会听不出来？他装作恍然的样子，说：“哦，救命恩人啊。”

今妱生了病，脑袋转得慢，对于他给她起的称呼，甚是满意——既然认识到她是“救命恩人”，就更应该听她的话。

“我得留下来报恩。”岑晏偏不。

4

今妱在岑晏的监督下吃了药，还是劝他不要缺课：“课外你也要补回来，倒不如去上了。”她不想别人因为她改变原有的行动轨迹。

她又说：“我感冒不严重的。”

岑晏软磨硬泡了会儿，拗不过她，只好想能有个折中的办法。被今妱推出家门前，他说：“记得半小时发一次微信。”

今妱把他推出去，回道：“一个小时吧，半小时太短了。”

说是这么说，岑晏到学校就发信息给她。到教室了，上课了每做件事他都一一汇报，根本用不着今妱给他发，他自己控制着半小时找她一次的频率。

岑晏：现在感觉怎么样？

今妱：吃了药，困。

半小时后——

岑晏：睡了吗？

今妱：没有。

又半小时后——

岑晏：你怎么都不给我发？

今妱：要发的时候你发过来了。

隔半小时——

岑晏：还难受吗？

今妱：我要睡觉了。

再隔半小时——

岑晏：睡了吗？

今妱：。

岑晏：？

岑晏：又难受了吗？

岑晏：我就知道，我这就回来。

房间内，今妱趴在床上一边薅着大狗的脑袋，一边失笑，这人真是逮着机会就想回来啊。

今妱：不难受，你好好听课，我真睡了。

岑晏：哦……

今妱被感冒影响，变得挑剔："哦"好冷漠，你应该说"好吧"。

岑晏自然什么都依她：好吧。

今妱笑了，因为鼻塞，张着嘴小口呼吸，突然感觉讨人厌的感冒也变得不那么讨厌了。她丢开手机，卷着被子睡去。

中午，岑晏下课赶回公寓。

今妱脸颊红扑扑的，裹在被里睡得深沉。大狗的下巴搁在床沿面朝她，眼皮一开一合，徘徊在入睡边缘。听见门口的动静，它耷拉下来的耳朵一竖，回头看见岑晏，立马精神抖擞，欢乐地摇起尾巴迎接他。

岑晏叫醒今妱时，她还是困的，如同树懒挂在他身上，脸蛋靠着他的肩膀，双臂环住他的脖颈，双腿盘在他腰间，任由他抱着在公寓里走来走去。

今妱感觉自己都快成他的挂件了，可即便这样，她也一点不想放开他，觉得还能再抱很久很久。

岑晏发现了她和往常的不同，她一生病比任何时候都黏人，一逮着机会就抱住他不撒手了。有那么一瞬间，他产生出一个荒唐想法——希望她的感冒能慢点好。

这个想法刚冒出来就被他踢出脑海，太损了，可不能这么想。

吃完午饭和药，两人坐在沙发上。今妱怕传染，别着脑袋不给岑晏亲，他将她压在沙发里，单手扣着她的双腕举高至头顶，俯首吻了吻她的侧脸，说："抱这么久，要传染早传染了，就一下也不行？"

今妱扭着头，脖间经络明显，脖颈泛酸，忍笑不看他，说："半下都不行。"

"你可真狠。"他掐住她脸颊的肉，"本来有礼物给你，我生气了，不给了。"

听见有礼物，今妱一下被激起好奇心，转过头，问道："什么礼物？"

不料中了他的圈套——岑晏空出的那只手迅速固定住她的下巴，对准她的唇瓣印上一吻，说道："这个礼物。"

又被耍了！

今天不是什么重要节日，她居然这么轻易就上当了。

她恨恨地瞪着他，没好气地说："你就等着感冒吧。"

岑晏安慰她："被传染的概率应该挺低的，可以放心。"

"谁担心你？"今妱挣脱双手，手脚并用地推他，"骗子。"她在说礼物的事。

她的力气不小，看样子是有点生气了。

岑晏将她箍紧在怀里，实话实说："没骗你，真有礼物。"

今妱的动作停了，是真的好奇，问道："什么？"

岑晏托着她的背把人抱起来，说：“其实已经给你了。”

今妱仔细回想了半天，最近可没收到什么礼物。她狐疑地问：“又耍我？”

眼瞧着她脸颊开始阴云密布，又有发作的趋势，岑晏公主抱她回了房间，放到床上，示意床头的手机，说道：“自己看。”

今妱拔掉手机充电器，点开他的聊天框，看到整个界面被他的白色对话框占满。

岑晏：睡着了吗？

从这条开始，今妱睡着了都没回复。

岑晏：看来是睡着了。

岑晏：好，不回，是真睡了。

岑晏：这课好无聊，没有岑晕晕陪我一起好无聊。

岑晏：你手机静音了吗？

岑晏：好，这么多消息没吵醒你，看来是静音了。

岑晏：睡觉还能记得静音，男朋友都没你睡觉重要。

岑晏：岑晕晕怎么这么能睡？

岑晏：想回家，我也想睡觉。

岑晏：看你生病可怜，男朋友送你个礼物吧。

岑晏：它是一只叫今呼呼的电子狗。

岑晏最后还发了一个 APP 安装包。

今妱一条条看下来，觉得岑晏能自言自语这么多条，看得出来是非常无聊了。她抱着期待下载了名为“今呼呼”的电子狗安装包。

安装成功，她打开，云朵般的白色雾气幻化成一只长毛软萌的白色小狗，小狗蹦蹦跳跳出现在手机桌面，并且吐出粉嫩的舌头舔了舔屏幕。她一眼认出这就是她上课画的那只小狗，岑晏竟然把它做成了电子宠物，且只有她独家拥有。

“今呼呼”小小一只趴在她的桌面上打滚，今妱用指尖点了点它的脑袋，眼睛因为它给出的反应惊喜地睁大，没想到它还会脸红！不仅会脸红，还会歪头蹭蹭，发出“嗷呜嗷呜”享受的叫声，简直可爱死了！

岑晏将她暗戳戳的喜悦尽收眼底，呵笑一声，控诉道：“某人要睡觉，发微信不回，送礼物也没看到，我这个男朋友是一点存在感都没有。”

今妱哪还管什么会不会传染啊，抱住他就是一记重重的亲吻，亲出响亮一声，脸颊像“今呼呼”小狗一样歪起来，蹭蹭他的脸。

“汪汪！”跟着一起进屋的阿拉斯加激动地在他们脚边绕圈，表示它也想贴贴！

岑晏得了便宜还卖乖，问道：“不怕我感冒了？”

“反正难受的是你。”今妱抛弃了负罪感。

“没良心啊。”他漂亮的五官舒展，双臂张开，身子一仰倒进床里。

今妱笑着踢了踢他垂在床边的小腿，说：“不让你亲的时候，说我不喜欢你，现在亲了，你又说没良心。岑晏怎么这么难搞啊？”

“岑晏哪里难搞？明明很好搞。”

“哪里好搞了？”

“就把你平时的招数通通使上。”

“什么招数？听不懂。”

“女流氓的招数啊。”

今妱可不认。

岑晏已经做好准备，闭上眼睛敞开怀抱，用正经的语气善解人意道：“来吧，我准备好了。”

今妱要被他笑死，把他拉起来捶了一拳，装作责怪地说：“神经病啊。”

经他一闹，今妱忘了感冒带来的不适和鼻子堵塞的难受，举着手机继续捣鼓她的“今呼呼小狗”，问道：“还有什么功能？”

“要你自己探索。”岑晏不告诉她。

今妱点击画有“今呼呼”狗头的小碗，倒点狗粮，小狗鼓着腮帮哼哧哼哧地吃起来。

“不喂的话它会饿吗？”

“你可以试试。”岑晏卖关子。

今妱又点击小狗爪子，它“汪汪”两声，乖乖抬起前爪和她握了握手。

小狗还会打滚、和她玩颠皮球，还能溜着它满屏幕散步……好多隐藏功能待触发，每发现一个就像发现新大陆，玩耍起来不亦乐乎。

岑晏去学校上课，今妱在家跟大狗阿拉斯加以及小狗“今呼呼”玩了一下午。

岑晏下课回来时，带了个在医院实习的朋友过来，对方是母亲朋友的儿子，家中世世代代学医。今妱不愿意去医院，他回家路上碰见人家，就把人家逮过来给今妱看看。

朋友收了听诊器，看一眼茶几上的药，说道：“没大问题，药继续吃，实在不放心就去医院挂个号看看血常规。”

语毕，他迟疑补充：“一般来说，没那个必要。”

今妱扶额，扯了扯男朋友的衣服下摆，小声说：“你现在放心了。”他自己生病时都没见过这么紧张。

岑晏确实放心了。

朋友临走前“意味深长”地嘱咐：“这期间亲密事尽量规避啊。”最近他俩在一起的事可不止传遍了学校，还通过长辈传遍了亲朋好友圈。

本来还想请吃饭的，听及此，岑晏笑着把人轰出了门。

今妱抱着膝盖窝在沙发里，视线一路跟随岑晏从门口移到自己跟前，突发奇想地问：“我发现你有当霸总的潜质，有没有兴趣再招个万能秘书？”

岑晏一时没反应过来，捞过果盘里洗干净的苹果，在她身边坐下，递到她嘴边，问道：“为什么要秘书？”

今妱就着他的手咬了口苹果，鲜红的苹果出现一块缺口。她给他举例：“因为小说里每个霸总身边都有随叫随到的医生，以及女主带给霸总快乐时，秘书的经典名句都是‘好久没见总裁笑得这么开心了’。”

岑晏懂了，把苹果咬出脆响，说道：“我看你是住在互联网了。”

今妱吸了吸鼻子，主动钻进他怀里，闷声闷气地说：“是啊，我在互联网买了栋海景别墅，视野宽阔，冲浪流畅不卡顿。”

“贫。”岑晏拍了拍她。

饱满的苹果被他俩你一口我一口消灭干净，今妱的双手捏住他的耳垂，说：“你又学我，你老学我。”

岑晏大方承认：“我是学人精嘛，专学女朋友。”

今妱不跟他贫，打开手机继续研究她的“今呼呼电子狗”。

岑晏突然后悔了，他就不该头脑发热给她弄这玩意，她玩了一下午回消息慢不说，现在当着他的面还要玩。本来她放在他身上的注意力就不多，现在又被只电子狗分去大半。

“咳咳……”他妄想用咳嗽引起她的注意。

今妱的两耳像罩了金钟罩，全神贯注和“今呼呼小狗”打排球——因为获得一定分数后，就可以解锁一个隐藏功能。

“咳咳咳……”岑晏用力咳，就差把五脏六腑咳出来。

今妱终于分给他一个眼神，说：“看吧，被我传染了，吃药去。”

岑晏不依了，抽掉她的手机。

今妱愣了愣。

岑晏把手机塞进沙发垫下藏起来，语调低沉，认真邀请：“别和它玩了，和我玩吧。”

他这是又开始委屈了啊。

今妱靠近他，用食指挠了挠他的下颌，像逗小狗一样，问道：“你有什么好玩的？”

他却突然问：“你刚才问我有没有兴趣什么？”

今妱想了想，不确定地说：“有没有兴趣招个万能秘书？”

他顿时点头如捣蒜，连忙说：“有，我正式聘请你为我的秘书，以后你就是我的今秘书。”

这又是什么新玩法？

她问："然后呢？"

岑晏把问题抛回去："总裁很久没有开心笑过了，只有万能的今秘书有办法。"

5

今妲进入角色也快，环着岑晏的脖颈，与他面对面，嗓音染上不可多得的妩媚："那我帮岑总想想办法？"

这个走向好像有点不对劲。岑晏职业病上身，不禁让他用起导戏的语气来："你是秘书，秘书用的是这种语气吗？"

今妲眯起眼，拧起眉，脸上写满疑惑。

是她理解错了？

"你凶我？"她被他惯那么久，脾气养了不少，她不干了，松了手要起来。

岑晏把她拉回了怀里，开口时，嘴角掩不住的笑意流出："没凶你，职业使然，你继续。"

今妲被一打岔，原先的心思全飞了，哪还能继续得了，况且……

"阿嚏！"她偏头，下意识闭眼掩住嘴，娇得不行，"不玩了，我感冒了，到时真传染你了。"

岑晏低头，委屈加点不开心，咬住她脸颊的软肉，怨夫般唉声叹气地说："快好起来吧。"

今妲相比较早上好了许多，头不晕了，但喉咙隐隐作痛，偶尔还流鼻涕。她侧头蹭他的肩膀，嫌弃地说："口水口水！"

"啊，你嫌弃我啊。"岑晏往一边躲，故意不给她擦，但身体却出卖了他，紧紧搂着她不松。

今妲追着贴上去，两人双双倒进沙发，接着转去房间。

阿拉斯加见他们进房间，吐着舌头也想进，可它前脚还没来得及踏进去，房门就被主人"嘭"一声碰上，然后是响亮的落锁声。

秋风打转，吹散了些云雾，即将揭开山顶的风景。

窗外风声呼啸，温柔肆意地碾过树枝枝干。

今妲发现了，岑晏也不是事事惯着她，主动权一旦被他掌控，实在难以招架。他低头，温热气息时深时浅，前额架在她肩头。

他今天出门急，随意换了身黑色宽松卫衣和灰色运动裤，头发终于长长了些，此时透着些凌乱美，尽显朝气少年感。他胸膛宽阔，可以完全把她揽进怀里，给足安全。

从小到大，岑晏向来受欢迎，各方面优秀，哪一处都不赖。

今妲看得见他的好，却不像其他人那样痴迷，也许是一直以来的相处太过自然，自然成习惯，便也会不经意忽略。直到今年夏天，一颗心才后知后觉为他而动，越发迷恋，最后深陷其中，无法自拔。

这让岑晏有一种苦尽甘来的感觉。

他真的好喜欢她，自之前向她保证每天说一遍"喜欢你"开始，他一天不落。早上醒来还在她沉睡时就要搂着她说，偶尔接吻拥抱时也说，互道晚安后还说，一天可不止一遍。

今妱最擅长口是心非，每每都要问他："你就不腻吗？"

岑晏怎么会腻？他以为她腻了，还不开心，一不开心就抱着电脑坐在她身边放她初学表演时的练习片段——

她僵硬青涩的演技，用力过猛，说台词的语调夸张到能吞下一头大象。

表演机构的内部视频，不知道他用了什么方法拿到的。

像被拿捏住七寸，今妱使出一招无影脚踹他，骂道："幼不幼稚！"

简约冷感的房间，由于今妱的入住变得生机盎然，平日里他会偷偷给她准备玫瑰花，还会趁着见面的时候、吃饭的时候、看电影的时候，出其不意给她惊喜。如今这房里也插了一束玫瑰，精心修理过的花柄立在半透明的圆肚花瓶里，粉色花瓣还是鲜艳的模样。

今妱倒吸凉气，长而密的眼睫微微颤动。

这天突然也不冷了，甚至比盛夏的时候都热炙。

岑晏倚着门板勉强支撑，玫瑰的粉转移至冷白色肌肤，脖颈的脉络清晰地绷着，颈侧是突突跳动的颈动脉，性感十分。

他不再满足于这些，抱起她朝床走去。

秋日的天色早早暗沉，华灯初上，城市夜生活刚刚拉开帷幕，初升的月亮晃晃悠悠挂在天际，云卷云舒。

室外再次下起狂风暴雨，压得树枝节节败退。

这夜好似无限延长，雨水在风中狂嗥，从晚间至凌晨。

拜岑晏所赐，今妱不得不又请了两天假。

她一请假，岑晏也请了假。

今妱懒得再管他的课程会不会落下。

这两日，他变得越发黏人，她走哪儿他都跟着，索要亲吻和拥抱，直到被威胁要分房睡才消停些。

以前女生群里大家无聊做过一个统计——学校的校草分别对应什么种类的狗狗。到了岑晏这儿，有人觉得他是聪明傲娇的大金毛，有人又通过各种体育项目认为他是精力旺盛的阿拉斯加，还有人因为他一笑倾心，感觉又像"微笑天使"萨摩耶。

今妱想，或许还能再加一个，最不符合却也挺符合他性格的黏人泰迪。

本来连着周末，二人世界还能再加两天，今妱很久没回家了，再一次被今女士召唤。

以前她是拍摄需要，这回是谈了恋爱，心都变得野了，完全飞在了岑晏身上。

今妱还没进大门，就察觉到酸溜溜的醋味大老远飘出来。她做贼心虚趴在自家窗口往里望，鬼鬼祟祟的，差点被巡逻的保安当成可疑人物。

今母的“死亡凝视”一下从屋里射出来，锁定到她身上，“哗”一声，开窗，用温柔的语气说着不匹配的话：“还不快滚进来。”

今妱没让岑晏一起来，就是因为料到会是这样，他要是来了，恐怕就是送上门挨骂。

一桌子菜，全放了醋，今妱快被酸掉牙，放下筷子，深情款款认真地说道：“爸，妈，我爱你们。”

爸爸正在喝汤，一口呛住，幽幽道：“晕晕啊，别恶心我和你妈。”

他们烧这一桌菜不也是在恶心她吗？

今妱不得不说：“太酸了，我来叫外卖吧。”

作为一家之主的妈妈发话：“混着米饭一起吃，就不酸了。”

今母一直担忧今妱谈了恋爱后会变得爱别人比爱自己多，所以在他们不小心公布恋爱那天，就托今曦给她带话了。家里的两个孩子从来都让她放心，直到今曦背着他们突然领证，事态好像变得不可控制了。

她在美容院碰见他们学校的教授，老熟人闲聊两句后，她才得知今妱请了三天假，岑晏陪着一起。她虽然相信他们不是玩物丧志的孩子，却依然有些担忧。

今妱吃完小半碗饭，心知他们做这一桌菜的目的。

爸爸趁她洗碗时过来偷偷说：“你妈给你做了爱吃的，都在冰箱，要没吃饱，你拿出来热了吃。”

今妱突然又流起鼻涕，抽了纸巾捂住鼻子，瓮声瓮气地说：“谢谢爸妈。”

今母想说的话，今曦早和今妱说过一遍了，所以不再多说。今妱出了厨房，看到妈妈坐在客厅看电视，过去抱住她，钻进她怀里。

今母抬手摸摸她的脑袋，说：“变得黏人了啊。”

“只黏你们啊。”

今母笑道：“还有岑晏吧？”

今妱的变化他们都看在眼里。

茶几上的花束是今天新送过来的，颗颗露珠沾在上面，今妱说：“我有分寸的，岑晏也值得。”

“好。你爸知道你生病了却什么也不和我们说，还闹脾气去隔壁找岑晏他爸打了一架，问他的儿子是怎么照顾你的。”

"他一把老骨头老腿了……"今妁一愣。

"放心，你爸赢了。"

今妁话锋一转："真是宝刀未老。"

感冒了什么也不想做，今妁下午在家午睡。

到饭点下楼，她看见岑晏在她家忙前忙后的，她还以为是太想他产生了错觉，一时停在楼梯上。

岑晏的雷达似乎只为今妁启动，她一出现，他就反应灵敏地转过头。

他们的视线对上时，他脚边的阿拉斯加同时歪头，乖巧得富有喜感。

她下楼走过去，顺便摸到中岛台上的比萨吃起来，问道："你怎么来了？"

他凑到她耳边压着声说："听说咱爸把隔壁揍了，过来看看热闹。"

今妁愣住了：被揍的难道不是你爸吗？

对今爸来说，打这架是子债父偿；对岑晏来说，是干爸终于找到了能揍隔壁男人的理由，替他出了一口恶气。

今妁把吃了一半的比萨塞进岑晏口中，问道："好看吗？"

"自然没你好看的。"他吃着东西，口齿不清。

"什么没我好看？我问你热闹好看吗？"

"就是热闹没你好看啊。"还没正行了。

今妁重新拿了块比萨，撕下一小块堵住他的嘴，说："我爸妈还在呢。"

以前没在一起时，岑晏就可以进今妁的房间。如今在一起了，在今父今母的眼神扫射下，他却心虚了。他也不知道自己为什么要心虚，也许是因为他成了今妁的男朋友，成了男朋友便总想对她做些男女朋友间做的事。

今妁被岑晏压在门板上，一吻结束，两人均心猿意马，他埋在她肩窝，呼出的气息沉重。

今妁身子后缩，蝴蝶骨紧贴门板，想说些什么转移注意力："我爸妈吃醋了，中午烧了一桌酸的。"

他低笑着问："因为我吗？"

"嗯。"今妁的心跳得很快，耸了耸肩，"你怎么那么能啊？"

这话可让他得意坏了，嗓音都雀跃起来："谁让你喜欢我？"

"谁喜欢你？"今妁就知道不能这么说。

"嗯，没人喜欢我，我就是可怜小狗。"他小幅度摇晃脑袋蹭她，声音低低的，"可怜小狗没人爱。"

明知他是故意卖惨，可今妁还是不由自主软和下来。

但岑晏那么狡猾，她可不能被他的可怜样骗了。她抿唇笑，抬手推了推，说：

"别装了。"

他听话，不装了，正起身，稍稍离开些。

光从未拉严的窗帘缝隙漏进来，未开灯的房间太暗，她要睁大眼睛才能看清他。他立体的五官隐在阴影中，干净的眼眸凝视她，掌心宽大，永远滚烫，如他热烈跳动的心脏。他牵住她的手往上带，说："我头发长长了，比之前好摸了。"

乖得不行。

她在半月湾随口吐槽的一句话，他居然一直记着。

她顺势帮他捋顺头发，像小狗顺毛，回道："我知道。"

岑晏眉眼寂静，甚至因为她的动作满足地弯起双眼。

眼前是自己喜欢的人，她情不自禁，指尖穿进他发间，踮起脚动容地吻上他。

难舍难分的激吻，两人不知不觉滚进被窝。

这里她下午才睡过，充斥着她的气息，包围了他。

今家晚餐开饭早，幸而父母心照不宣地给足了他们单独相处的时间。

这期间，岑晏几度坏心眼，用吻堵住今妁的唇，将一切悸动又缱绻的曲调掩盖。

之后今母来敲门，提醒夜深了，岑晏该走了。

岑晏吻了又吻，抱了又抱，帮今妁处理好一切才依依不舍地离开。

翌日晚，今爸又把岑爸揍了一顿，今妁兴冲冲地趴在阳台给岑晏实时转播赛事状况。

"咱爸干得漂亮。"扬声器里某人看热闹不嫌事大，好像视频通话里被揍的不是他爸一样。

时间是场不可预告的长途旅行，望不到终点。

这日，今妁好不容易通过了电子狗的闯关游戏，未承想解锁的隐藏奖励竟然是——"今呼呼"化为人形后的一个亲吻。

简而言之就是可以获得岑晏的一个亲吻。

真是无语了。

她绞尽脑汁闯个破关是为了什么？

这奖励别说是天天了，只要和岑晏在一块儿，按半小时一次算，她都得到成千上百个了。

她在微信上质问岑晏，某人顾左右而言他。

最近她都住学校寝室，因为这件事，她下意识气势汹汹冲到他的公寓要说法。

然而当她打开公寓门，瞧见他在家时，她蓦地反应过来，事情不太简单，好像中圈套了——她住寝室，他应该也在寝室才是，如今他出现在这儿，是在守株待兔呢。

实在心机。

猎物掉入圈套的后果，便是被吃干抹净。

小夜灯在月色中浮浮沉沉，海洋蓝的挂钟时针漫过一格又一格。

书桌上的电脑屏幕正播放着剪辑好的空镜，海浪推着船只航行，游鱼被搁浅上岸。一番风吹浪打后，海面逐渐归为平静，岸边的鱼奄奄一息。

番外三

/

盛夏如约而至

1

今年光棍节的单身人员里少了今妱和岑晏，也少了夏热和羌梨。

今妱和岑晏在一起后，每天都是情人节约会。夏热快被他俩秀死，成天酸成“酸菜鱼”，所以在光棍节前就请了假飞去羌梨所在的城市过节求安慰。

岑晏从不限制今妱的交友圈，但今妱身边依然都是女性朋友。由于“今妱的男朋友是岑晏”传遍各个角落后，她发现“岑晏”这名字可比任何威胁都好用，以前微信时不时跳出的加好友提示，在最近一段时间也销声匿迹。

十一月下旬，银杏树叶落满柏油路边，踩上去脚感舒适，像是给散步的大学生们铺了条解压大道。

湖边铺满瓷砖的小广场上，岑晏在教今妱玩滑板。

就因为她跟他相处时，随意夸了句短视频里滑滑板的男生好帅，他就偷偷摸摸自学苦练，而后不经意地滑着滑板穿梭在校园里，出现在她面前，炫耀给她看。

可把今妱馋死了。

但她馋的不是他，而是他脚下的那块板。

她跃跃欲试，他只能让了位当起老师。

他先带她上脚体验了一下——只需要她站在板上，扶着他的手臂。

慢慢悠悠绕着广场内侧边缘转一圈，今妱觉得真新奇，可她始终找不到平衡感，看别人滑那么酷那么容易，一到自己这儿，就像下了油锅打滑的苍蝇腿。

没有戴护腕护肘之类的护具，岑晏全程神经紧绷，比她这当事人还小心翼翼。

所以当今妱说要自己试试，不要他扶时，他替她捏了把冷汗。

果不其然，出师不利，滑板飞出去，摔了。

好在岑晏全程都抬着臂，虚虚地圈在她周身，在她跌倒的一瞬间，眼疾手快将人捞进了怀里。

差点摔倒的当事人也被吓了一跳，等神魂归位后跟没事人一样乐呵。岑晏被她气得不轻，当即弹了下她的脑门。

"啧。"今妱立马弹回去，"痛啊。"其实根本不痛。

岑晏俯首，变本加厉，额头与她轻撞，咬牙说："给你长长记性。"

他不打算再教了，环顾四周寻找滑板，决定拿回去后毁尸灭迹。

不远处，滑板悠悠滑至一个路人脚边，那人目睹了小情侣互动的全过程……

十二月初，今妱新戏开拍，地点在南方，岑晏也恰好开启跟组生活。他们都有各自的任务要完成，意味着又得分开一段时间。

今妱来到下榻酒店安顿好，打开行李箱却发现多了两件不属于她的灰色毛衣和衬衫。这一看就知道是出自谁的手笔，她拍了照给岑晏发过去。

等片刻没有回复，应该是岑晏在忙，今妱便放下手机干自己的事去了。

剧组开机宴，免不了喝酒，岑晏不在，她稍稍收敛，幸亏还有身边的男演员绅士挡酒，她才不至于喝到烂醉。

桌上的几位男士酒后侃侃而谈，今妱身边的女演员待人亲和，两人偶尔聊两句，气氛还算融洽。

岑晏在这时也回了个问号过来，紧跟着问：带男朋友的衣服让你委屈了？

这个幼稚鬼，她顺着他话回：怪不得箱子重了。

两件衣服能重多少？

岑晏：重不了多少。

今妱明知故问：放你的衣服是什么意思？

岑晏：怕你冷，给你加衣。

今妱不回了。

他隔几分钟，自己投降发过来：时刻提醒你还有个男朋友。

她不可能做这事，但架不住别人对她起心思。在北怀，其他人能顾忌顾忌岑晏，可出去了，世界那么大，谁还记得谁？

倒了红酒的高脚杯杯口映出嘴角上扬的唇瓣，今妱支着下巴，食指尖落在耳后漫不经心地轻敲。

今妱：跟不跟别人好，不告诉你你也不知道。

岑晏：你还真想跟别人好？

不是不相信她，只是真的对自己不自信，在她面前，他永远没有自信可言。

岑晏还是那个岑晏，在一起几个月，哪怕摸清了今妱的脾性，依然会先自乱阵脚。

岑晏：你敢！

岑晏：你怎么这样！

岑晏：你还喜欢什么样的？我都满足你不行吗？

消息一连串跳出来，今妱几乎能想象到他看着手机又急又气的模样。

他拨了视频电话过来，今妱接通，男生帅气的脸庞映入眼帘——他从不跟她摆臭脸，眨眼频率比平时快些，因着睡眠不足，眼底略微有些青黑，眼眶有点红。

今妱心一疼，后悔了，以后可不能再跟他开这种玩笑，他会当真。

"昨晚什么时候睡的？"

每晚睡前他们互道晚安，今妱作息正常，便潜意识以为他也是，就算晚些也应该晚不到哪儿去。直到看见他，她才发现错了。

岑晏倒也诚实，回道："今早三点。"

"几点起的？"

"六点多。"

"早上六点？"

"嗯。"

今妱没话说了，好像说什么都不合适，"早点睡""注意身体"之类的话都太虚太无用。她说了他就能早睡吗？其他人都在拼命的情况下，显然是不能的。

她还沉浸在到底要怎么安慰人的情绪里，岑晏却发现了让他眼前一亮的事。他微微睁大眼睛，疲惫的眼里突然有神了，问道："你穿我的衬衫了？"

室内打足了暖气，今妱身上是一条贴合身体曲线的水墨扎染连衣裙，裙摆呈鱼尾向外扩散，简约淡雅，气质出尘，点睛之笔是她身上套的这件白色男士衬衫——岑晏的衬衫。

岑晏原先还蹙起的眉头霎时展开，知道答案也还要问："这不是我的衬衫？"他一开心，话就跟豆子似的往外倒，"你怎么穿我的衣服？为什么穿我的衣服？你穿我的衣服经过我同意了吗？别说，我的衣服穿你身上真好看。有人问你要衣服链接吗？可没链接，男朋友的衣服只此一件。"

他和别人说不了这么多话，但和她就无所顾忌。

"我为什么穿，你不知道？"今妱将手机拿远了点，尽量把上半身都显出来给他看，"某人的醋味隔着屏幕都能闻见，我想呢，怎么打开箱子一股浓浓的酸味。"

她的声音不大，奈何身边都是人精，大家闻声纷纷递过来一眼。

男演员有分寸，看一眼收回，继续和其他人闲聊。女演员就自来熟多了，凑过来问："这是你小男友？"顺便抬手和屏幕里的帅哥打招呼，"哈喽。"

“是我男朋友。”今妱有些奇怪，“为什么要加‘小’字？”

她跟岑晏看起来年龄差很多吗？

岑晏也不接受这称呼，耳机里传出他郁闷的反驳：“我哪里都不小啊。”

女演员比今妱年长十岁，意识到自己用词不当，当即道歉：“哈，我没有别的意思，加‘小’字是我的语言习惯。”

今妱了然点头。

女演员听不见岑晏的声音，只看得见他的唇一张一合，不免疑惑，问道：“你男友是在跟我说话？”

“啊。”今妱还在回想岑晏那句“我哪里都不小啊”，思绪不可避免像脱缰的野马奔腾到其他事上，三心二意胡扯了句：“他说很高兴认识你。”

口型好像对不上吧？

再者，他这是高兴的表情？怕不是对“高兴”有什么误解？

联想刚才今妱说的吃不吃醋的话，女演员懂了，恐怕这小男友还在闹脾气呢。

她退到镜头外，一脸讳莫如深，拍拍今妱的肩膀，压低声说：“看来你男朋友挺难哄，加油，好好哄。”说完，握拳给今妱比个手势，转到另一边和人聊天。

今妱愣了愣。

“我看起来很难哄吗？”岑晏可都听见了。

“好哄好哄。”今妱继续拉远镜头，对准身上的衬衫，企图让他平静。

“我看不到你了。”岑晏才不要看什么衬衫。

今妱只好把镜头往上，露出脸和半截上身。

其实他哪还需要她哄，一看见她，他就自动开启好心情。

岑晏说：“你最近都没和小狗玩。”

今妱自从知道通关奖励是什么后，玩游戏的积极性就少了点，因为那奖励不用努力就可以得到，想通关的感觉便不再那么迫切，加之最近学业繁忙，又是新戏准备，玩得自然少了。

“但我有每天溜它。”有时看剧本累了，今妱还是会打开手机点点“今呼呼”，给它喂食，带它溜桌面。可爱的小狗会撒娇卖萌，可以解压治愈。

“我重新设置了奖励，你无聊的时候可以玩玩看。”

“什么奖励？”

“不透题，你自己玩。”

“不会又是什么抱抱之类的吧？”

“不是。”

今妱颔首，托着下颌，回道：“不过是也没关系，反正现在也兑换不了。”

岑晏加重音调：“岑、晕、晕。”他想立马飞过来找她。

“等放假了，一次性兑换完。”今妱不逗他了。

"不能反悔啊。"岑晏已经把通关难度降低，现在又开始合计要不要再把奖励改回去。

今妁说："不反悔。"

岑晏又和她聊了几句，不想挂断，可总不能一直通话，不现实，他就等她先挂。

挂之前，今妁问："今晚能早睡吗？"

岑晏嘴边的小括号弧度加深，隐隐约约咧出一颗小虎牙。他说："能。"

这之后，今妁又给他买了眼药水、蒸汽眼罩、头部按摩器等等各类对身体有益且缓解压力的物品。即便当地都买得到，但他大概率是不会自己主动买这些的。

十二月过去大半，他们心照不宣地在空闲时视频通话，若实在忙得不可开交，也至少保持每天都有微信聊天。

虽做不到事事马上有回应，但事事有回应是做到了。

这天，今妁下戏被拉着去吃夜宵。剧组氛围融洽，年轻演员谦和有礼，幽默风趣；老戏骨和蔼可亲，倾囊相授，一团和气。

今妁这次饰演一位飒气的反派女头目，剧里是感情线夭折的女三。她什么角色都想挑战看看，便在经纪人的那些剧本里一眼挑中了这本。

开机宴上坐在今妁身边的女演员叫江禾，剧里是对男主爱而不得的温柔女二，和现实性格差了十万八千里，光温柔这一项就可以剔除，她的各项条件其实与今妁饰演的女三人设更贴合。

当初两人试戏都奔着女三去的，公平竞争。第一印象让所有人更偏向江禾，他们认为今妁的脸蛋太甜，又太年轻，并不符合御姐气质。

然后导演挑了个片段让她俩PK后，众人纷纷抛开偏见倒戈今妁——长得甜又怎样？眼神有戏，气场全开，加之一米七的身高和姣好的身材，极大的反差才更带感。

不得不说，化妆术真是人类伟大发明之一。今妁年轻，化妆师通过鬼斧神工的化妆技巧使她看上去成熟老练，纵使江禾比她年长十岁，演对手戏时还是被她的气势震撼。

剧组包了包厢，满满当当一桌烧烤，除了几个主演要控制饮食，其他人大快朵颐。

江禾仍旧坐在今妁身边，想象力丰富，问道："你不会是什么千金小姐吧？来演戏是体验生活？"

今妁摇头，回答："我是遵纪守法好公民，在读女大学生。"

"后半句就不用说了，你这样我很没面子……"输给女大学生的江禾垮下脸。

今妁马上道歉："对不起……"

江禾笑起来，说："跟你开玩笑的。"

岑晏知道今妃下戏了，发来微信问她在做什么。

今妃如实告知，顺便假装不经意提起她和江禾的对话——江禾能这么问，就是肯定了她的演技。这可得跟岑晏炫耀炫耀。

对面的岑晏假装看不出她的得意：哇！

岑晏：哦！

岑晏：*棒棒！*

今妃腹诽：你还能再敷衍一点。

岑晏：*等剧出来我追更。*

今妃：*不要了吧。*

岑晏：*为什么？*

岑晏：*害羞？*

岑晏：*不自信？*

岑晏：*觉得自己演得不好？*

当然不是。

今妃自信满满：*怕到时候迷死你！*

2

结束夜宵时，岑晏拨来电话，今妃跟在大部队后面有一搭没一搭地和他说话，一路说回酒店房间都还没挂断。

岑晏那边的夜生活也才开始，房源紧缺，他住的是双人标间，今天难得得空，一群人挤在他房间打牌。

他对棋牌游戏不感兴趣，电脑里放着无声电影，戴耳机和今妃煲电话粥。

和他一个房间的室友叫小张，突然接到来自女朋友的查岗视频。小张聊几句就挂断了，一边装作不耐烦地跟兄弟们吐槽女人真麻烦，一边脸上又挂着笑，说不清到底是烦多一点，还是炫耀女朋友对自己的在乎多一点——大概可以归类为爱的烦恼。

有人接话："谁不是呢？我家那个也是啊，天天问我在干什么，边上有谁。忙都忙死了，哪有时间啊？"

"可不是嘛，一天恨不得八百条消息，忙忘了没回就说我不爱她。"

他们吐槽完，话锋一转到岑晏身上："哎，岑晏是不是也有女朋友？怎么感觉你女朋友很少打电话啊？"

剧组的人员来自五湖四海，不全是北怀人，自然对岑晏的恋爱对象不了解。

小张说："他女朋友懂事多了，起码我是没见过他女朋友查岗。"

岑晏觉得他没法加入这样的聊天里去，拿手机起身，沉声说道："你不在的时候查过。"

众人看着这位大帅哥的脸色突然变得阴郁，云里雾里地目送他进卫生间。

事实上，今妱一次都没查过。

他们的对话隔着耳机，全都传进今妱的耳朵。

现在连女朋友查岗都要攀比吗？她不理解。

门外的一群人继续咋呼呼打牌，语音电话转换为视频。

今妱盘腿坐在床上，举着手机看他，听他有些苦恼地问："为什么你不查岗？"

可能是对他太放心了？

"不查还不好吗？你没听见他们说吗？"今妱觉得没必要，还学起那些人的语气，演员的基本素养使她模仿得惟妙惟肖，"女人真麻烦，一天到晚查，烦都烦死了。"

顿了顿，她的表情平和地看着他，说道："我可不想让你觉得烦。"

"不会烦。"岑晏看穿了她，"你就是不想查。"

被拆穿小心思，今妱眨眼，小幅度地向上翻了翻眼皮，别开头，不认。

"你怎么会不想查我？"岑晏又多了个新烦恼。

今妱大方地说："因为我相信你呀。"

"相信我，你也可以查我。"

"我都相信你了，就没必要查了。"今妱戳戳屏幕。

岑晏低垂下眸。

今妱说："情侣间也应该保留些私人空间，你是自由的，我也不想束缚你。"

"我可以不要。"岑晏摇头。

私人空间和自由他都可以舍弃，他只想要她，只要她就行了。

今妱问："那你想让我有私人空间，想让我有自由吗？"

岑晏当然不想束缚住她，回道："你想做什么都行。"

今妱点头，说："你对我是怎么想的，我对你就是怎么想的。比如你，也从来不查我。"

人是矛盾的，也很双标，他理解了她，但还是有稍许闷闷不乐。

他的不查和她的不一样。他是怕她会厌烦他，而她只是觉得没必要。

人与人的思维方式本就不同，就像之前的微信置顶。

他不能要求每个人都按他的想法来，也许"查岗"是大部分人会做的事，但也有类似今妱这样的小部分人，反射弧较长，感情迟钝，情绪匮乏冷淡，能让他们意识到喜欢和讨厌已经是件不容易的事。

大部分并不代表全部，可人们往往潜意识里将他们变成了全部。

只要给他点自我消化的时间，他就能想通了——

她喜欢他，是不变的事实，不需要通过其他方式来证明。

今妱生日那天，家里送她一套房。今爸今妈以前就有过这想法，今妱不要，但这次他们态度强硬，不容拒绝。

爸爸说：“咱家又不是买不起，不用老住别人家，怪不好意思。”

今曦说：“情侣间保持点神秘感，才能维持长久。”

妈妈说：“以后要是吵架了，不想回家，也不愁没地方去，酒店能比自家房子住得舒服？”

他们想得实在长远。

想到岑晏事事都让着她的行事作风，今妱说：“我们哪有架可以吵？”

“话不能说绝对。”今母以过来人身份说道，“这世上就没有不会吵架的小情侣，等过了热恋期，还有七年之痒，日子很长，我们这是有备无患。”

今妱心想：确定不是杞人忧天吗？把我保护得也太好了点……

中午，今爸今妈下厨烧了一桌好菜，一家人在她的新屋里为她过生日。

临走前，今曦和她说悄悄话：“你就不好奇这装修怎么就那么巧装到了你心坎里？”

今妱心里隐隐猜到一个答案，问道：“岑晏？”

今曦点头。

这套本在今家名下，去年今妱成人礼就想划给她了，她坚持不要，便搁置了段时间。岑晏恰好撞见今母给这套房做装修设计，便根据今妱的喜好提了点建议，今母觉得他的建议不错，最后便交给了他来完成。

姜还是老的辣，见他对今妱的事那么上心，今母在那时多少看出了些门道。

今曦说：“这房都装好大半年了，不然你也不能直接住进来。”

那时候，她和岑晏可没在一起。

他又没告诉她，不管是在一起前还是后，他一句都没提过。

她沉默，他到底还为她做了多少事？这一件件一桩桩，都快数不清了。

今妱只有两天假，送走家人后，她拍了房子的照片发给岑晏，故作轻松地说道：我也是有房的人了，以后可以少住你那里了。

岑晏自然不依：那我住过来。

意料中的回复。

今妱：你就不怕被我爸揍？

岑晏：咱爸不舍得揍我。

岑晏：要揍也是揍隔壁。

今妱笑了，弯腰凑到茶几边挖了口蛋糕送进嘴里：你好像很期待？

岑晏：是啊，期待得不得了。

没多时，一串门铃音乐响起。

岑晏：开门。

今妱不疑有他，拖鞋都没穿，踩着地板跑过去，打开门。

岑晏一身黑色冲锋衣，衣领拉链拉至最高处遮住半张脸，漆黑眼眸在门拉开的瞬间亮了亮，见到她后周身寒气自动退散，也不怨这破天气为什么这么冷了。

他一手搭着行李箱拉杆，后背背只大背包用来装机器。剧组工作一完成，他就赶了过来，到楼下后特意去理发店把头发修剪了下——确保见她时，自己还是她喜欢的那个干净清爽的岑晏。

今妱要上来抱他，被他抬手挡了挡，说："身上太冷。"

随即见到她赤裸的双脚，他快速拉行李箱进门。

关门后，他脱掉背包和沾了一身寒气的外套及运动鞋，反手把毛衣也脱了。即使屋内很热，他还是弯腰穿过她的背脊和膝下将人打横抱起来往沙发去，问道："怎么不穿鞋？别又感冒了。"

"不会啊，地暖那么热。"今妱环着他的脖子，眼睛一眨不眨地看他，感觉他的下颌线越发分明，好像又瘦了，"不是说晚上过来？"

"提前结束了。"

他要放下她，她却不松手，紧紧环着，眼里是勾人的光亮。明明现在是白天，岑晏却看见了黑夜里的星月，暗流涌动的情愫忽闪。

她不放开，他就由她去了，转身抱着她坐下。她便伏在他身上，细软无骨的指腹从脖后滑到了他的锁骨。

他喉结上下滚了滚，问："想我了没？"

今妱说："没有。"

"那就是想了。"岑晏也不恼，反正她总这样，不等她嘴硬反驳，他就抱紧她，"我也想你。"

冬日好像有魔法，本应该火热的太阳也出奇冷静，只有淡淡橙光从窗外投射进来，告诉人们它一直在。

岑晏的身体很暖和，黑色长袖 T 恤带着暖意。

今妱软和了下来，贴到他的唇角，轻声补了句："想了。"

她浅茶色瞳仁的大眼睛里装着真挚，眼睫缓慢眨动，睫毛快要扫到他。

他们有多久没见面了？两人忙起来，时间几乎错开，每天用文字聊天，偶尔视频。她这模样又纯又乖，岑晏的心怦怦跳，对她一系列的举动给出了最真实的反应。

"你……"今妱身子一僵，心跳倏地加快，撑着他的肩膀就要退开。

岑晏环着她的腰把她拉回来，下巴搁在她头顶上，声音闷得发涩："我们十七天没见了。"

再强装镇定，其他地方还是不遗余力地出卖了他。

今妱不自觉吞咽起口水，之前的种种跳出脑海，到了这时候，她才乖得一动不敢动。

但今妱不得不承认，自己是喜欢的。

也许因为对象是他，所以喜欢。

脑中一番自我挣扎，她埋进他怀里，紧揪着他的T恤布料，心脏在胸腔里乱跳，感受着愈加热烈的烫意，紧张而期许，给出了她的回应。

时钟一下午走走停停,时间就这样过去,他们似乎什么也没做,又什么都做了。

岑晏给今妱裹了件自己的衬衫，抱去浴室。

温热的水流使毛孔舒展开来，水快漫到肩膀时，他摸摸她头发，问道："要不要洗头？"

今妱点了点头，转身把背影留给他，趴在浴缸边，下巴搁在放平的小臂上。等了一会儿没有动静，她转头，问道："你不帮我吗？"她以为他是想帮她洗。

"帮什么？"岑晏故意逗她。

今妱声音大了点："洗头，我说帮我洗头！你想什么呢？"

"没想什么。"岑晏按了按耳朵，"中气这么足啊！"

预感到他接下来的话，今妱下一秒就做累倒状，侧脸贴着浴缸边的瓷砖，冰冰凉凉的触感很舒服，和夏日贴在脸上冒着水汽的冰镇可乐罐有异曲同工之妙。她耍无赖地说："好累，自己洗不了。"

岑晏被她逗笑，问道："你累什么？"

"就是累！"她控诉，"今呼呼，你不讲武德！"

这话怎么听都有撒娇的意味在，岑晏败下阵来，说："帮你帮你。"然后打湿她的头发，"哪次没帮你？"

今妱嘁了一声，没好气地问："那你让我自己洗？"

"我错了。"他挤了洗发水在掌心搓出泡沫，按着她的脑袋轻揉，"岑晏生来就是给今妱服务的。"

今妱心安理得享受他的服务，摇头晃脑地说："油嘴滑舌。"

岑晏笑道："没你巧舌如簧。"

中午吃的饭菜还剩了许多，洗完澡，今妱趴在沙发上，视线跟随着在开放式厨房里热晚餐的岑晏。

他赤着上身，只套了条长裤，好像每次结束后他都是这样的装扮。

有这么热吗？他为什么不穿上衣？他一个男生又为什么这么白？可他的白并不似病态的白，而是十分健康的状态，身体各处的肌理线条清晰流畅，宽肩窄腰，比例完美。

他长得帅，身材好，学习能力也强。人与人之间的差距就此显现，甚至有不少男生在暗地里拿他做研究的标杆。

今妲瞧着瞧着，不自禁咽起口水，他不会又在勾引她吧？

不能再看下去了，今妲收回视线。

她定力好着呢，才不会中他的圈套。

今妲今年的生日礼物，家里送了套房就算了，岑晏也送了套，是半月湾周晚章之前住的那套别墅。

看着今妲筷子戳在嘴里一动不动，明显呆愣的表情，他问："不喜欢吗？"

今妲可受不起，她好不容易在十一月把钱都转了回去，没想到他会给她这么大惊喜，问道："你哪儿来这么多钱？"

岑晏摸摸鼻尖，说："小舅给我的生日礼物。"

"你的生日礼物给我？"今妲觉得不可置信。

"啊……"岑晏轻声说，"我的不就是你的，你的还是你的。"

"以后你做什么可以和我说吗？每次都不声不响的，如果不是我姐告诉我，这房子到现在我还蒙在鼓里。"今妲还没跟他算现在这套房子的账呢。

岑晏的眸中闪过迷茫，小声说："我只是觉得没说的必要，都是我自愿的，也不想让你有负担。"

"你这样会让我觉得欠你很多。"

"你没欠我什么。"

"可我觉得欠了。做人不能不懂感恩，就像你一次次帮我，我就忍不住想该怎么报答你。"

这就是岑晏不想让今妲知道他为她做了些什么的原因，岑晏叹息，说道："你和我在一起，就是最好的报答了，真不用放心上。"

他为他们的感情付出太多，做过太多的努力，今妲想让他们之间公平些，砝码全都加在她这边，对他来说太不平衡了。

"我希望你能和我说，至少我得知道你都为我做了些什么。"她有些心疼。

"以前做的我都忘了，都是些小事。"

"那从今天开始，都当着我的面来。"装修房子可不是什么小事，但今妲也不逼他去回想了。

见岑晏沉默，她放下筷子起身，主动坐到他的腿上环住他的脖子，说道："你说你生来就是为我服务的，这话是随便说来哄我的？"

岑晏立即解释："不是随便，是认真的。"

"哦。"今妲的唇嘬起，又恢复原状，用指尖戳了戳他的嘴角，"那以后不要瞒着我，可以吗？这也是'服务'里的一项，岑晏。"

她都这么说了，还有什么不可以？

岑晏搂住她，回答："可以。"

我什么都听你的。

3

冬日的风徐徐吹着，今妺放假的第一天，家人和岑晏为她过生日，第二天，不巧下起了雨。

清晨醒来时，今妺发现玻璃上蒙了一层薄薄的雾气。拉开窗，毛毛细雨覆盖了整个世界，细小的水珠洒下，扑了一脸，冷冰冰的。鳞次栉比的高楼被雾环绕，白茫茫一片，有如仙境。

早餐是水果玉米和红枣银耳羹，岑晏还为她煮了杯热牛奶。

两人窝在沙发上，液晶电视里播放着以前大热的经典韩剧，今妺盘腿靠在岑晏一侧，捧着玻璃杯，吹一吹热腾腾的牛奶，慢悠悠仰头喝下。

她的胃实在小，无论用餐还是喝水，每到最后几口就吃不下了。她眼睛看着电视，手往一边举起来自然送到岑晏嘴边。

岑晏曾经做过一个测试，给她的饭量和牛奶量都减少，看看她还会不会剩，结果依然剩那最后几口。她太瘦了，知道她有这坏习惯后，他偷偷给她碗里的饭加了点量，能吃多少是多少，反正最后会剩，剩的那些最后都进了他的肚子。

他就着她递过来的杯子，将底部的牛奶喝光。

韩剧里也正值冬天，面包车行驶在黑夜中，女主有吹灭火苗召唤男主的能力，被绑架孤立无援，使劲歹徒打开点烟的打火机。本该命悬一线，紧张又刺激的氛围，镜头一转，男主和男二坐在长方形的餐桌两头斗法斗得如火如荼。

这部剧的男女主感情线甜蜜，男主与男二间的相处互动也诙谐有趣，当路边的大灯一盏盏熄灭炸裂，迸射出亮眼的火星子时，激奋人心的战歌响起，两位身着黑色大衣高大帅气的男人逆光而来……

或许其他场景经过时间的流逝淡出了人们的脑海，被传为经典的这幕，今妺记了好多年，只要有人提起这部剧，大家不意外会想起男主与男二逆光行走救女主的画面，苏爽度拉满，满足了小女生们的幻想，今妺也不例外。

她抓紧岑晏的手臂，小声喊道："帅！"

能从她口中听到"帅"字可不容易，结果还是夸别的男人的，岑晏想抽手又不舍得，职业使然，开始和她分析起这部剧的打光问题："路灯全灭了，车灯是迎面照着的，逆光效果难道不是为了营造氛围吗？他们身后那盏灯又是哪儿来的？

"还有，车被劈成两半，女主可以直接下车，男主却给她开了车门，仪式感这么强烈吗？"

"你是对浪漫过敏吗？"今妺松开手。

岑晏顿感不妙，立即把她的手抓回来放回原位，按着她手背不给抽走的机会，抿了抿唇，向食物链顶端的女朋友低头，此地无银三百两地补救："帅，太帅了。"

"晚了。"今妰抽了抽手，没抽动，别开头。

岑晏凑过去，就像采蜜的小蜜蜂围着风中摇曳的花朵打转。

今妰忍着笑埋头，怎么也不叫他得逞，最后还是他使出挠痒痒的杀手锏，她才松动，被他逮着机会亲住了唇，尝到了甜头。

两人在沙发上腻了一个多小时，一集韩剧都播完了，岑晏却还是没完没了。

她缩进他怀里，紧贴着硬邦邦且暖和的胸膛，感觉冬天都不用火炉了，光他就能取暖。她动了动，找了个舒服的地，说道："奖励昨天都兑完了啊。"

之前岑晏给电子狗设置新的通关奖励，今妰后来玩了两把，结果奖励依然是吻，就知道是他把设置改了回去。狡猾的岑晏，没人比他更狡猾。

她的通关奖励积攒了不少，说要一次性兑完，他还真没食言。

但年轻不代表可以肆意挥霍，岑晏也懂，抱着她，敞开怀，懒散地倚靠着沙发背，拍拍她脑袋，问道："没想怎样，接吻就当提前预支，行吗？"

把她当老板了吗？

今妰笑道："那提前预支也太多了点，我又不是搞慈善的。"

他便低头凑到她耳边小声说了句什么，下巴抵着她的头顶，问："用这个交换行吗？"

今妰脸一红，从他怀里撤出来，用抱枕砸他。

总是问她"行不行"，她更喜欢直接行动，这人真是不费吹灰之力就扰得她心湖乱糟糟的。她闭上眼睛，大声说："不行！"

她这口是心非的模样实在可爱，怎么能这么可爱？

岑晏顺势接过抱枕压在怀里，难得见到她略显羞涩的模样，不过也没再说什么，点到即止。他女朋友脸皮薄，惹急了会炸毛。

中午，天空大朵大朵乌云飘浮，雨越下越大，今妰趴在玻璃窗上瞧了会儿，无聊地数着外面聚集成条状滑落的水珠一共有多少条。

岑晏在身后准备食材，她想帮他，被他果断拒绝，她只好在一边陪着，第三次转回头问："真不要我帮你？"

男生低垂眼睫，侧脸线条干净清冽，高挑的身影立在操作台边，低头要切胡萝卜丝，回道："不用。"

今妰移动步子挪过去，伸手偷了个洋葱，被发现了。岑晏修长的指骨握住她的手腕，牵回去，把洋葱放回原位，说："真不用，马上好，你等着吃就行。"

她便从后面轻轻环住他的腰，侧脸搁在他削薄的背脊上，问道："以后也都你做饭吗？"

"嗯，一直我做，结婚了也是。"岑晏的腹部随着他的笑轻微震动。

"那多不好意思，你也教教我吧？"

"不教。"

"为什么不教？"

"家里有一个人会做就行。"

"可你会累。"

"不觉得。"岑晏将切出来的胡萝卜丝铲到刀面上，放进碗里，"让你当我女朋友是享福的，不是给我做饭的。"

"我做给自己吃也不行？"今妏换了一个思路。

岑晏直接笑出声，回道："你一个人待着根本不会想动手。"

不愧是她男朋友，真是把她摸得透透的。

不过，她又反应过来一件事，脑袋后仰了仰，用鼻尖戳他，问道："谁和你结婚？"

她这反应弧够长的。

岑晏说："匹诺曹。"

"什么匹诺曹？"今妏愣住。

他不用转头就能想象到她的表情，一定像只小呆鹅。他不由得笑得更厉害了，回道："你啊。"

匹诺曹撒谎的话，鼻子会变长。

今妏最擅长口是心非，他是在暗指她。

哦不，这就差直接指名道姓了。

今妏用额头狠狠撞了下他的背，不抱了。

在收手的一瞬，她被他温热的掌心牵住，拉回了原位。

她不矫情，就继续抱着，呼出的热气洒在他脊椎上，手上坏心眼地碰碰他的衣服，问道："我的手会有胡萝卜味吗？"

岑晏认真想了想，说："不会吧。"

"你闻闻。"今妏抬起手来，掌心覆在他鼻尖。

"为什么你不自己闻？"

"就要你闻。"她胡搅蛮缠。

他便闻了下，说："没胡萝卜味，全是岑晏味。"

"岑晏味是什么味？"

这问题他们以前好像讨论过，那时候他是回了一个吻给她。这次没有，直率地说："今妏味。"

"怎么又是今妏味了？"

岑晏洗了手，被夏热传染，化身幼稚鬼转过来弹了她一下，解释道："因为岑晏属于今姈，今姈是什么，岑晏就是什么。"

全是他的真心想法，也没有煽情说情话的意思，可偏偏越是这样，越叫人动容。

今姈偏过头，眼尾与嘴角都因他的话延伸出愉悦的弧度。她擦掉脸上的水珠，佯装责怪地说："幼稚死了。"

这一天的雨持续许久，下午停歇一会儿后，又断断续续下起毛毛细雨。

今姈是晚上的飞机，眼瞅着剩余时间如沙漏般越漏越少，她突然说想去坐摩天轮。

随口一说的想法，荒唐的提议，岑晏当真了。

"真去？"提出想去的人反而迟疑了下。

"真去。"岑晏点头。

他去房里拿衣服，问道："你想穿什么？裙子还是裤子？羽绒服、棉服、羊羔毛还是大衣？"

今姈见他来真的，立马跟进去挑衣服。

两人兴冲冲地穿戴整齐。今姈里面是短款米白色毛衣和修身牛仔裤，外面套了件鹅黄的牛角扣长款羽绒服，长发分两边捋到身前，皮肤白嫩细腻，唇红齿白，充斥着女大学生的俏皮与青春活力。

出门前，岑晏给她戴上搭配衣服颜色的鹅黄针织帽，还有耳罩口罩毛绒手套，全副武装。

出单元门，发现雨不知在什么时候停了，但依旧寒气逼人，刺骨的冷风直往人皮肤里钻。地面湿漉漉的，水光倒映着灰色的世界，岑晏牵着今姈，低头帮她看路。

有"北怀之眼"称号的摩天轮坐落于景区中央的湖边，座舱外刷了层马卡龙色系的油漆，五颜六色的灯光闪烁，像从童话世界中搬出来的，雾蒙蒙的天色也掩盖不住它的光亮，不经意就会让人眼前一亮，心情好起来。

下雨天行人稀少，游客更是少得可怜，今姈和岑晏都不用排队，买到票就坐了上去。

摩天轮缓缓上升，湖水倒映出另一个世界，今姈撑着下巴趴在窗口俯瞰。

上午还说岑晏对浪漫过敏，下午她一句想坐摩天轮，他说走就走，不顾寒冷就带着她来了。

"在想什么？"他问。

"想你到底对不对浪漫过敏。"

她转回身面朝他，靠着座椅。摩天轮慢慢上升，外面的景物越缩越小。她的笑容让世界都明亮，岑晏是在明亮中心的人。

"想出来了吗？"

今妱点头，说道：“你对浪漫过敏，还分吃不吃醋。”

“电视人物的醋你都吃。”他们并排坐着，她撑在他身侧，歪头看他，“你醋精转世吧，岑呼呼可以改名叫岑醋醋了。”

岑晏轻笑，自己也承认，顺便纠正道：“是‘今醋醋’啊。”

萧条的窗外突然下起小雪，融合在雨水里，摩天轮到达最高点时，以飘摇的白雪和蒙着一层雾气的玻璃窗为背景，今妱被岑晏“哄骗”着接吻，忘乎所以。

4

平安夜，雨夹雪，大街小巷都是圣诞氛围，随处可见圣诞树、麋鹿、雪橇与白胡子的圣诞老人，每到这时候，《Merry Christmas》是必备曲目，白雪雨点化为亮片飘落在星星灯串四周，世界像被装进一只闪闪发光的水晶球里。

今妱扮演的反派女头目为了掩人耳目，扮起单纯无害的富家千金，穿着白色镂空蕾丝边小洋裙，戴着衬托气质的珠宝首饰，发型参照了知名民国剧中女性角色的鬈发造型，尽显俏皮乖张，与原先气场全开的反面角色反差甚大，却毫无违和感，坏时有坏时的美，好时有好时的漂亮。

属于她的戏份拍完，她回头一眼就瞧见撑着伞、身穿千鸟格大衣的岑晏，他站在最醒目的位置。

他来时和导演通过气，等待今妱从人群中发现他，满意地将她惊讶欢喜的神情尽收眼底。

就在一小时前，她还旁敲侧击地询问岑晏今年圣诞有什么礼物，他说没有礼物，未承想他“大变活人”的魔术越玩越溜。

在民国建筑包围下，她提裙跑过去，鬈发在空中甩出弧度，扑进不符合他们年代的现代人怀里，被他拥住，如同跨越层层阻碍，两个时代碰撞。

“你怎么来了？”

周围剧组的人员时不时向他们投来目光，岑晏搂着她，将伞偏向她，回道：“圣诞老人来送礼物。”

“什么礼物？”

“唔……”他支支吾吾的，“等你换完衣服告诉你。”

“怎么搞得神神秘秘的？”

“没神秘。”

“不会是什么恶搞吧？”她忍不住猜测。

“不是。”他不太好意思，“反正别抱太大期待。”

看见周围有人在收拾器材，他问：“还有戏吗？”

“没了。”

“到底是什么礼物？”她好奇死了。

“你先去换衣服，更衣室在哪儿？”他按住她的肩膀将她转了个身，催促，“换完衣服就给你。”

“好吧。”今妱牵住他，并不掩饰嘴角的笑意，带着他往室内去。

一路上遇到不少熟人，她一遍遍不厌其烦介绍岑晏的身份。

“哎哟，这谁啊？”

“我男朋友。”

“哟，咱请新员工了？这帅小伙可没见过。”

“没有，是我男朋友。”

“不得了，他就是你那小男友呀？本人比视频还帅。”

也不管什么小不小了，今妱自我放弃，说：“对对，是我小男友。”

岑晏瞧着今妱的眼里全程带笑，礼貌颔首，被女朋友牵着走的感觉，真好。

俊男靓女走到哪儿都是吸睛的，这一路来引得不少人注目，两人站一块儿都能拍一部富家小姐和贵公子的爱情故事。

今妱换完自己的衣服出来，岑晏抬臂把一早准备好的奶白围巾围到她脖上，遮住软糯的半张脸，露出亮晶晶的双眼。

雪越下越大，岑晏撑开伞，大手牵住小手，踩上湿润的地面，与她并肩。

她低头举起围巾末端翻看，有几片雪钻入伞底，附在围巾上，开出一小簇雪花。

这条针织围巾她可从没见过——纯色的，没有图案，看做工也不像是买的。

她把围巾举到他眼前晃了晃，带起微风，混合着一股铁塔猫的淡酸奶味，问道：“你做的？圣诞礼物？”

他女朋友可真聪明。

“啊……”岑晏别扭地望向别处，圣诞树顶的红色蝴蝶结飘带随风而起，“室友都在织，我就试试看。”

起先是夏热要给羌梨织，扯着团毛线一个劲怂恿他。今妱的围巾种类多样，哪会缺这个啊，他就拒绝了。但最后秉承着“别家女朋友有，我家女朋友也要有”的理念，他还是偷偷摸摸买来毛线给她织了条。

大男人弄这玩意儿，多少有些不好意思。他手插兜，后知后觉地辩解：“不是我织的，今呼呼织的。”

反正只要有不想承认的事，一律推给今呼呼就对了。

今妱忍了忍笑，告诉他：“我给你的礼物也是这个。”

剧组的姐姐说手工礼物真诚些，那是无法用金钱衡量的，她想来想去，觉得围巾比较实用。

岑晏听了，握紧伞柄，步调都变快了，催促道：“那走快点，我要收礼物。”

今妱也跟着快起来，扯了扯他，大喘气说：“不巧，今早寄走了，想着明天圣诞刚好能到。”

不小心错过礼物的岑晏吸气，耷拉下眉眼，又变成了可怜小狗。

她幸灾乐祸，无比自然地摸摸他柔软的头发，又甩了甩围巾末端，将收到礼物炫耀的小心思写在脸上。她太坏了。

这一晚，有的惊喜如约而至，有的惊喜擦肩而过。幸而最重要的人在身边，平安夜与圣诞依然快乐。

一月中旬，学校放寒假。

今妱的新剧戏份杀青，《你的我的好时光》顺利播出，剧方与演员中规中矩宣传，在播至第十集时，各大短视频网站涌出一波又一波的自发的剪辑和推荐，播放量意外猛涨，好评如潮，成功将此剧送上平台热播榜前十。

或许每个演员都要经历一段被黑被扒，一件小事被无限放大的灰色时光，甚至有人对今妱的脸蛋和身材指手画脚，说她拉双眼皮、开眼角等等，有关她整了容的恶意描测层出不穷。

在键盘侠眼里，女孩长得漂亮就是整容，穿前卫时尚的衣服就是不检点，出门精心化妆就是为了取悦男人。可笑至极。

好在大多数人是理智的，抹黑她的人虽有，但支持她帮她反击的人更多。

今妱再艰难的时刻都经历了过来，自己是什么样的人并不需要别人来证明，她有足够的自信、足够的勇气面对外界。有人拿她夏天穿短款上衣和短裙的照片看图说话，喧宾夺主，她可不会改变穿衣风格，该什么样什么样，有人不爽是他的事，她要自己爽就够了。

她从不在赞美声中迷失方向，亦不会轻易地被流言蜚语击倒。那些造谣生事的人她收集了证据一个也没放过。岑晏全程陪着她，和她一起处理一切。

燥热悸动的音符跳跃，舞台灯光乱扫的酒吧内，年轻男女们随着音乐舞动。

岑晏、夏热、黎戈、宋澜、宁赴逐、易渴和南宋几个大男生护在今妱和任佳周围，谁也近不了她俩的身。

今天是岑晏的生日，今妱正好想来放松放松，夏热第一个同意，便把大伙都叫了来。刚巧被一起出席完活动的宁赴逐听见，说什么也要跟来。

任佳边跳边喊："这阵容！帅哥扎堆了，外面那群人不得羡慕死我们！"

"我没觉得……"今妱无语，这几人高高的，围一圈跟堵围墙似的。

"你这叫身在福中不知福！"

夏热在这时趴在岑晏耳边喊："怎么感觉晕晕跟你在一块儿后越来越疯了？"

黎戈万分同意地说："对啊对啊，当初我就不同意他俩在一块儿！"

"还能说得再大声点，我听得见！"今妱照他俩的脑门一人敲了一下。

来这儿玩耍的女孩们各个精致漂亮、服饰美观，在今妱的夏日照片被有心人放到网上肆意批判时，她率先想到的是，岑晏从不干涉她的穿衣。

她有问过他的观点。

有的男朋友会介意女朋友穿短裙和抹胸之类的衣服，或许是出于对女朋友的关心，也或许是出于男人的占有欲。

岑晏对自己的女朋友当然也有关心和占有欲，也害怕她那么漂亮，会不会哪一天受到骚扰，但他更主张不影响公众的情况下穿衣自由，该约束的不是女孩，而是那些起龌龊心思的人。

她穿她喜欢的漂亮衣服，而他也会保护好她。

酒吧鱼龙混杂，在大部分人心中是个是非之地，来这儿要结伴同行，提高警惕。凡事皆有两面性，来这里对一些人来说是玩耍，对另一些人来说是解压。今妲他们属于后者。

把破事都扔出脑袋，今妲和任佳穿着喜欢的裙子在舞池里舞蹈，青春靓丽的年纪就应该没有烦恼。

除夕夜，岑晏的母亲周女士回国，顺便带回一个法国男朋友，并告知不出意外会成为他的继父。

岑晏对此没什么看法，报以恭喜。

别家是"女大不中留"，到了他们家变成了"儿大不中留"，陪家人吃完年夜饭，他溜得比谁都快，赶着去见女朋友。

今家今年在可燃放烟花的限定区域过春节——今晚有场烟花表演。

今妲都做好给岑晏录视频和第一个跟他说新年快乐的准备了，结果接到了他的电话。

她冲到窗边拉开窗户往下看，他似有预感般抬头。

也是在这刻，心跳跟随上升的烟花炸开，漆黑的天空是舞台的幕布，顶楼风车似的烟火在空中变色转动，楼底一簇簇数不清的火星攒聚成各种颜色冲向天空，烟雾缭绕——一场大型的烟花表演在不远处盛开。

冬日的风依然刺骨，撩起她的长发，影影绰绰的光晃过，她撑着窗台，被烟花吸引视线。

而他，仰着头，要看的"烟花"已经看见。

通话仍在继续，在一声声辞旧迎新的炸响中，他说："晕晕，新年快乐。"

今年的新年愿望——

他们要一起度过许多许多个新年。

今妲随意套了件外套跑下楼，面对面和岑晏说新年快乐。岑晏不知从哪儿变出的热腾腾的烤玉米和烤红薯，塞进她手心，然后一起钻进车后座。

新年里大部分店铺停止营业，她白天随口一句想吃这些，他就想办法给她弄了过来。

今妱撕开红薯外皮，蜜黄色逐一显露，迫不及待咬一口。还是烫的，她"嗞"一声，唇张成一个圈，另一只手下意识扇了扇。

"慢点吃。"岑晏帮她把掉在前面的碎发捋到耳后，用吸管戳开奶茶，递过去。

今妱低头就着他的手喝了口，开玩笑地说道："我在想，以后是不是要谨言慎行。"

"为什么？"岑晏把奶茶放进扶手箱。

今妱扬了扬红薯示意，说："我说想吃是因为看到电视里男女主吃，所以有感而发一下。"

"想说什么就说什么，跟我客气？"岑晏懂了。

"也不是。"她歪倒在他的肩膀上，把红薯递到他嘴边，"我这不是怕你累吗？"

"不累，"他凑上去吃了一口，如同这是一件再平常不过的事，"我乐意。"

燃放的烟花点亮漆黑的夜，车厢内忽明忽暗，车载音乐随机播放着《信仰》。

"我爱你，是多么清楚多么坚固的信仰，我爱你，是多么温暖多么勇敢的力量……"

"那你总不能永远不累。"

岑晏仔细想了想，觉得自己对她有无限热情，说："做热爱的事为什么会累？"

他认清了自己的内心，认为他们是绝配。

他会永远爱护她，做她的护盾、她的房檐、她的最强靠山。

他在告诉她，她是他唯一一热爱的，曾经、现在、以后，从不会改变。

周身被甜味包围，今妱忍不住化身成黏人的猫，埋进只属于她的肩窝。

怎么办？每天都越来越喜欢他了，无法自拔。

窗外猛烈炸开的绚烂烟花也无法阻挡。

二月情人节，世界变得白茫茫的，道路堵塞，出门成了一种阻碍。

小情侣间总有花样，岑晏陪着今妱在楼下堆雪人，在洁白的雪地里踩出大大小小的脚印。

堆完大雪人，今妱又想捏个迷你的带回家。在搓小圆球时，她灵机一动，手臂一摆，雪球倏地砸到岑晏的手臂，破裂碎开，慢慢洇出水印。

堆雪人，变成打雪仗。

三月情人节，当红明星秦正悦在北怀的体育馆开演唱会。

夜晚，荧光棒挥舞成一片蓝色的海，人声鼎沸。

岑晏牵着今妱，易渴牵着任佳，宋澜也牵了个女孩。前后左右被小情侣包围，女朋友在外地的夏热和单身狗黎戈默默缩在角落，差点一起把牙咬碎。

中场互动，导播是个颜狗，大荧幕画面一轮轮切换后，精准切到今妱和岑晏。见过不少大场面的小情侣丝毫不怯场，挂起微笑。

这一晚，演唱会喜提一次又一次热搜，有提到北怀电影学院的，还有为绝美爱情流泪的。今妱和岑晏短短几秒的同框视频，更是一夜火遍网络，嗑生嗑死的路人粉顺便给他们取了个 CP 名——“惊艳（今晏）”。

四月、五月眨眼而过，今妱和岑晏从如胶似漆到渐入佳境，还未结婚就已然进入老夫老妻的相处模式。

六月，今家门前的石榴花开。隔壁人家一地鸡毛，去年“岑夫人”生日公开露面的风光不再，女人日日和男人闹，谁都不让谁好过。

今妱趴在自家阳台上，望着隔壁女人破口大骂，男人声音洪亮，不知是谁的鞋子从门里飞出来，正好挂到围墙门的铁栏杆上。

岑晏从房间出来，把掌心放在她的头顶，屈起食指敲了敲，问道：“好看吗？”

今妱向上仰起脑袋，入目是湛蓝的天空，有群鸟飞过，额头蹭了蹭他手心，说：“没你好看。”终于逮到反击的机会了。

这是过去多久的事了？

“你太记仇了。”岑晏笑起来，去捏住她小巧的鼻尖。

“谁记仇？”今妱拉下他的手，没松开，歪理一箩筐，“你要这么想，我是因为太爱你，所以记住了你的每句话。”

谁知岑晏忽然失聪，侧过耳朵问：“你是因为什么？”

“因为太……”今妱反应过来，急刹住车。

岑晏身子倾斜，盯着她的眼睛，追问：“嗯？什么？太什么？”

这人真是不放过任何一个套路她的机会。

今妱推开他烦人的脸，抬腿轻踢了下他小腿肚，说：“忘了。”

“为什么忘了？”

“忘了就是忘了，哪有为什么？”

隔壁的戏没什么好看的，她刚收回视线，猝不及防被他打横抱起来，往房里去。

今妱下意识睁大双眼，紧抓他胸前的布料，震惊地说：“还是白天！光天化日你就强抢民女？”

“就抢了。”他们一起倒进柔软的床里，“你说你忘了，我得让你想起来。”

后来，她缩在他怀中笑着求饶：“想起来了想起来了，你放了我吧。”

“那你说说，因为什么？”岑晏当然不会放。

也许现在说爱还太早，可她对他已远超于“喜欢”。

“因为爱啊。”

如果不能用“爱”形容，她想不起来还有什么更贴切的词了。

七月初，期末考完，今妁和岑晏的大二在热恋中顺利收尾。

辅导员叮嘱完暑假事宜，大家一哄而散。今妁和任佳手挽手回寝室，中途路过篮球场。

她一眼就望见戴着黑色发带，唇红齿白的岑晏，他的身上是一套蓝白相间的球服，两条线条流畅的臂膀露在外面，正在跟人传球，整个人的气场透着股随意和游刃有余。

这张脸大家看了两年，依旧还是觉得他帅得人神共愤，加之谈了恋爱，感觉更帅了，越发闪耀。

两人在球场外驻足观战，任佳感叹："啧啧，岑少爷风采依旧啊。"

今妁淡淡扫了一眼观众席嗷嗷叫的女生们，耸了耸肩，说："确实。"

任佳不可思议地问："你都不吃醋的？这么多人盯着你家那位。"

今妁刚要张嘴说"吃啊"，下一秒，球飞到篮板反弹，砸到了岑晏的肩膀。场上的人当即闷哼一声，躬了躬身，下意识转头望过来。

大家一拥而上，今妁的心漏跳半拍，不等大脑做出反应，已经冲上去查看情况。

打球时发生碰撞在所难免，其他人担忧地问着有没有事，今妁快速挤进人群，拉开他的手。

当事人反而像没事人一样笑起来，说："没事，你们打吧，回头约，我女朋友来了。"

岑晏牵着今妁往场外走，他的肩膀沾上了灰，破了皮，泛着丝丝血印。她低头从包里拿出湿巾，小心翼翼将伤口边上的灰给他擦掉，问道："疼吗？"

岑晏故意大声说："嗯……疼。"

今妁紧锁的眉舒展开，笑了，对着他胸口就是一拳，回道："我看你一点都不疼。"

其实是有点的，刚才的冲击并不小。

今妁明白他就是故意转移她的注意力，提醒道："你打球也要注意安全啊。"

岑晏认真听教，不停点头。

他可不能跟她说是因为余光里瞧见了她，才一不小心走神了。

任佳被喂了两个学期的狗粮，对此已经免疫，化身今妁肚里的蛔虫，看热闹不嫌事大地说："刚看你的女生挺多啊，岑少爷，妁妁还吃醋了。"

今妁吃醋那是百年难得一见。

岑晏瞬间翘起尾巴，用湿纸巾擦了擦手，歪头捏了捏她脸上的软肉，问道："你吃醋了？"

"没有！"今妁拍开他。

岑晏理性分析："你说没有就是有。"

今妡立马话锋一转："说错了，是有。"

岑晏一时间更嘚瑟，用胳膊环住她，和她贴贴，高兴地说："难得见你这么爽快承认。"

被禁锢在怀里一动也动不了的今妡愣了愣：好嘛，又掉进了他的圈套。

两人在球场外旁若无人地亲昵，女生清冷疏淡，男生恨不能把自己变成女生身上的挂件。

众人确认过眼神，酷哥是黏人精无疑了。

5

今年暑假去半月湾度假的队伍少了一人——夏热一放假就马不停蹄奔去了羌梨所在的城市，从小到大除了干饭，没见他这么积极过。

盛夏如约而至，熟悉的海风吹拂，蓝色海浪承载着船只，棕榈树摇摆起绿叶列队欢迎。

家政每天都有打扫别墅和花园，别墅里的一切还是原来的模样。

行李箱滚轮磨出夏日的噪音，踩上七彩鹅卵石，穿梭过自动洒水器飘下的水雾，迎面而来舒爽的感觉，一行人顶着大太阳进屋。

今曦和周晚章住原来的房间。电梯到达三楼，今妡率先跑出去，霸占岑晏的灰色卧室，双手撑住门框，霸道地说："我要住这间。"

按照以往，岑晏一定会把房间让给她。

然而此时，他却一字一句地说："想、得、美。"

灰色房间的归属权僵持不下，今妡万万没想到一直让着她的岑晏异常坚定，这完全不像他的行事作风。

两人立定在门口，被抱着被子上楼的今曦撞见。

了解一番情况后，今曦转向岑晏，当着今妡的面笑着说："提醒过你不要一直惯着她，这房间一直都是你住，现在她向你索要都变得理所应当了。"

哪怕是情侣，也要换位思考，征求对方的意见。

今妡理解了今曦话里的意思，一时忘了眨眼。

她可不能这么霸道，当即拖过自己的行李箱，说："我不住了，你住吧。"

没了刚才的胡搅蛮缠，进门、关门的动作一气呵成，像做错事赶紧逃离现场的小猫，不给主人一丝一毫说教的机会。

岑晏愣了愣，说："姐，我没有那个意思……理所应当，我也愿意。"

今曦向上颠了颠被子，抱稳，轻嗤一声，没好气地说："以为我不知道你打什么算盘？想和晕晕住一间？"她用他的话反击回去，"想得美。"

岑晏无话可说，无法反驳。果然姜还是老的辣。

他就不该同意姐姐和小舅跟来。

霸占别人房间，确实不对。

接下来的一整天，今妩都很消停，努力降低自己的存在感。

谁都没有怪她的意思，但她得自己消化一下。

泛着蓝绿色水光的游泳池在夕阳下波光粼粼，天际的云像烧着的颜色，整个花园被笼罩了一层橙光。

今妩游了一圈又一圈，随即慢下来，身体浮在泳池里，闭上眼睛放空，

岑晏可太坏了，什么都惯着她，任她肆意生长，惯到最后也只有他能继续惯了，换成其他任何人都没这耐心。

他可真能啊。

脚步声由远及近……他们已经熟悉到光听脚步就能认出对方来。

今妩睁眼，水珠滑落进眼眶，她加快了眨眼速度。

岑晏拿了毛巾来到泳池边，单膝蹲下，一只手肘搁在大腿腿面，指尖自然下垂，另一只手用毛巾轻柔地帮她把脸上的水珠擦掉，问道："游太久了，起来歇歇？"

今妩没说话，仰着头，长发沾了水黏成一绺一绺的，脸颊、脖颈、肩膀、锁骨……闪烁着湿漉漉的光点，水珠顺着脖颈线条滚落至最深处。

她向他伸出手的时候，岑晏想，她应该是美人鱼变的。

被迷惑的一瞬——

扑通！水池溅出巨大水花，草坪的绿叶与花朵被无辜波及，上下轻颤。

岑晏被今妩拉下了水，和她一样全身湿透，白色衬衫紧贴身体。

花园里响起今妩坏心眼的笑声。

岑晏不恼，漂浮在泳池中，水珠沿着黑色碎发滑下来滴进泳池。他眼眸无奈地弯起，问道："满意了？"

"岑晏，你怎么脾气这么好？"今妩掬起一捧水泼向他。

好像无论她做什么，都让他生不起气来。

"那是你没见到我工作时的样子。"岑晏的脾气才不好。

水波荡漾，他揽住她的腰，带着她游向扶手处。

今妩瞧着他的侧脸，说道："见过啊，很好说话。"

她不知道的是，岑晏的很好说话，仅限她在场的时候。她不在场，他就变回了没有感情的"工作机器"，疾言厉色。

两人出了泳池进到屋里，正在研究菜谱的今曦被浑身湿透的岑晏吸引去视线，不免挑了挑眉，问道："这又是哪出？晕晕又欺负人？"

被欺负的人揽着女朋友，狗狗属性被激发，把水都蹭在女朋友身上，为她开脱道："我们玩呢。"

今妩想，能被喜欢的人惯着，没什么不好。

或许，她也可以多惯惯他。

晚餐，今曦提议在户外吃，周晚章和岑晏将便捷餐桌和餐具转移至后花园。

天空是深蓝色的，餐布与之呼应，餐桌中央点上烛台，一对情侣和一对夫妻相对而坐，几簇橙黄的火苗舞动，映照他们漂亮的脸庞。

然而漂亮不过三分钟，就响起接二连三的拍手声。

今妱嚼着牛肉，感觉有小虫在腿边飞来飞去，她跺跺脚，吐槽："蚊子也太多了。"

周晚章和岑晏回屋拿了蚊香和防蚊手环。

今曦凑到周晚章身边，毫不客气地说道："你是O型血，给我挡挡蚊子。"

今妱也想学姐姐，但还不等她有动作，岑晏主动提着椅子坐近，说："我从小是蚊子的移动粮仓。"

有他在身边，"火力"被吸走大半。今妱夹了一片牛肉放进他碗里，笑眯眯地说："辛苦了。"

这时，她的手机亮起来，弹出一条微博推送，一个名叫秦正悦的发了一句"我也喜欢你"。

今妱看一眼，没放心上。岑晏倒是身子一歪，把脑袋搁在了她的肩膀上，委屈巴巴地控诉："才一年，你就厌了我了？"

对面的周晚章和今曦不明所以。

今妱知道岑晏又戏精上身了，伸手拿过他的手机，都不用解锁，就能看见锁屏上也躺着一条推送。她呈到他面前给他看，说："再装？你也有。"

被拆穿的岑晏闭上眼睛，不看。

再乖的小狗，有时也想弄出点动静引起主人的注意。

其实他刚才看见"我也喜欢你"时，心确实一瞬间提到了嗓子眼，生怕被丢弃，就借题发挥了一下。

今妱把手机放回去，觉得自己刚才的语气重了些，碍于今曦和周晚章在场，她悄悄摸了手机给岑晏发信息：多少年都不会厌。

附加一张抱抱的表情包。

岑晏还倚着她的肩膀，她耸了耸肩，示意他看手机。

浪漫昏暗的烛光下，男生看见信息后，干净的眼眸被点亮，嘴角扬起雀跃的弧度，心像冲进了万物复苏的春天里，顺着春风放起一只又一只飞向天空的风筝，愉悦又开怀。

趁对面两人不注意，他悄悄放下手，牵住了她的。他还想抱抱她，亲亲她，可现在有别人在，便只能忍着，手上牵得更紧。

他用另一只手回信息：今晚可以住我房间吗？

今妱可不顺着他：你不是说“想得美”？

岑晏：我错了。

今妱：晚了。

岑晏牵紧她的手，和她十指相扣，可怜兮兮地晃了晃——这是今妱撒娇的招牌动作。

今妱忍住笑，来了个大转弯：但你可以来我房间。

小狗高兴得差点原地蹦起三尺高。

大约是他的愉悦太过外露，引得斜对面的今曦用筷子敲了三下碗沿，提醒道：“咳咳，暗度陈仓也麻烦你们注意点影响。”

被发现了，今妱反而理直气壮，挺直了身子，视线落在对面的夫妻身上，说：“还说我们，先把你们的手松开。”

岑晏也帮腔：“跟你们学的。”

“这么明显吗？”今曦原先是想过过嘴瘾，岂料搬起石头砸自己的脚了。

周晚章扶额，无奈地说：“傻老婆，你能看出他们，他们自然看得出我们。”

这一晚，鲜花盛开的花园内，偶有拍手声响起，伴随蝉鸣不止、树叶沙沙。花园外的广场舞歌曲飘进来，为这浪漫的时刻增添了几分烟火气。

这个夏天，岑晏陪着今妱出海、潜水、冲浪、摘椰子……每一个夏日项目都玩了个遍。

期间遇到台风天，乌云层层，狂风暴雨，他们在家和夏热、羌梨线上开黑玩吃鸡，岑晏虽然晕 3D，却仍然主动坚持陪今妱玩两把。

因为天气，网络时好时坏，今妱的游戏人物不幸身亡。

“破天气！”她扔掉手机，仰面倒进床里。

队伍里只剩岑晏和夏热，她又拾起手机观战，把希望寄托于男朋友身上：“请带着我的灵魂吃鸡。”

本来对着屏幕就有点晕的岑晏没了女朋友并肩作战，求生欲大打折扣，连游戏人物的行动都慢了半拍。他淡淡地说：“我可能更想殉情。”

今妱眼睛一瞪，大声说：“不，你不想！”

扬声器里的夏热叫起来：“哎哟哟，都决赛圈了，晕晕你快好好劝劝他！”

见岑晏的游戏人物已经晕到分不清东西南北，形势紧迫，今妱扔掉手机下床，抬起他的胳膊，跟条小泥鳅似的钻进他的臂间，坐在他怀里夺过手机，说：“我来打。”

阳台外的风雨呼啸，卷席沙尘，世界像是被吹得东倒西歪。她就像他的解药，抱住后一切疑难杂症通通消散。

岑晏顺势将下巴搁在她的肩膀上，从后圈着她，看她玩。

接下来的网络还算通畅，今妱和夏热力挽狂澜，顺利“吃鸡”。

周晚章在沿海城市不止一处房产，去年和他们一起住了一个暑假是有家长担心孩子的原因在，今年就不太一样，两个小孩谈起了恋爱，加之他们自己也想过二人世界，安顿好两个小孩后，他们在台风来临前告别离开。

　　临近暑假的尾声，岑晏和今妁在船身通体为黑色的私人游艇上度过了几天几夜，没有目的地漂泊在广阔无垠的大海上。

　　包围着粉色晚霞的天际是大自然赐予的礼物，单面玻璃内刚结束一场酣畅淋漓。今妁说想吹风看晚霞，岑晏为她套上他的 T 恤，抱她来到最上面的甲板露台。

　　耳边拂过浪潮声，时间在不知不觉中慢下来。

　　海风突袭，今妁将嘴角的发丝拨到一边，倚在栏杆前。刺眼的夕阳使她抬起手挡在额头两边，看大片海鸥飞翔于海面，起起落落，似海浪翻涌。

　　岑晏宽阔的胸膛贴着她的背，侧头，吻了吻她的头发，突发奇想地说："我想，可以拍个夏天的故事。"

　　于是，大三写剧本，大四拍电影。

　　一个发生于夏天，有关于男主角暗恋成真的青梅竹马的故事被收录进了摄影机里。

　　毕业时，岑晏拍的电影成为优秀毕业设计作品在学校展映。

　　与此同时，在一处不为人知的、只有两人观看的私人影映厅里，岑晏向今妁求婚。

　　身后的大屏幕映出电影名，是只属于他们的故事。

　　欢迎观看——

　　《盛夏摇起雀跃的尾巴》

番外四

/

盛夏永不落幕

　　岑晏明年才到法定结婚年龄，他们决定先订婚。在这个棕榈树叶摇摆的夏天，在曾经确定关系的海边别墅里，至亲好友齐聚一堂，夏热依旧举着他的 DV 拍摄，年年如此，记录大家的"高光"时刻。

　　"所以他们早就背着我们在一起了吧？"周女士嗑着瓜子，眼神发亮。

　　今母点头如捣蒜，语气毋庸置疑："肯定的，我早发现了。一开晕晕的柜子，里面全是岑晏的衣服，不是地下恋是什么？"今母为自己的发现沾沾自喜，"可憋死我了，为这秘密守口如瓶好多年！"

　　"什么？"镜头后的夏热大吃一惊，嘴巴张大能塞下一只鸡蛋，还是羌梨好心替他合上，"嚯！原来如此啊！这两个叛徒！这么早就背叛我暗度陈仓了！"

　　任佳也激动指认，说："确实有这嫌疑，妁妁大一时还瞒着我们呢。她不说，我们都不知道她和岑晏认识，保密工作做得可好了！"

　　今妁换完衣服，被岑晏牵着手下楼。

　　下午茶时刻，大家难免八卦起今天订婚的两位。羌梨丢了一颗花生进嘴里，对今妁说："大家在猜你们到底是什么时候好上的，原来早有苗头。"

　　见今妁和岑晏不明所以，夏热把今母的话复述给他们听，控诉道："亏我还以为你俩水火不容，当初我辛辛苦苦维系咱仨的友谊，容易吗？结果我一直是多余的那个啊，没爱了没爱了。"

　　岑晏搭着今妁的肩膀，看夏热耍宝似的在沙发里撒泼打滚，顿时笑趴在今妁的肩头，回道：“按你们的逻辑，我和晕晕小时候还有娃娃亲，说不定从那时就暗度陈仓了。”

“起来啦，重死了。”他整个人压在今昭身上，今昭不堪其重，反手拍他头顶。

“不起啦，哪里重？”他学着她腻人的语调，笑容像融化的冰激凌，反而贴得更近了，秀起恩爱来一点不顾在场其他人的死活。

今昭的脸颊因他的贴近而微微凹陷。

阿拉斯加也是家庭中的一员，此次把它接了过来一起度假，它欢快地摇着尾巴，蹭在今昭的小腿肚——真是狗随主人。

在众人受不了的眼神下，岑晏终于放过他们，松开今昭走了过去，无奈地说：“你们脑洞太大了吧。”

他单手托住夏热的 DV，把镜头对准自己，又偏一偏角度，导演的绝佳审美和构图使今昭出现在镜头里。他像开新闻发布会那般，清了清嗓子，说：“岑晏在线辟谣，没有早恋，我和我未婚妻是正儿八经的成年人恋爱。”

今母权当他是狡辩，一切尽在自己掌握中地微笑道：“那怎么解释晕晕那一柜子的衣服？你的衣服哦，别说什么一式三份关系好，那里面可没夏热的衣服。”

岑晏这时候也没什么好隐瞒的，大方承认：“因为想让她看见衣服就想起我，谁知道她越穿越多。”

今昭深深望他一眼，哼笑起来，没好气地说：“你还好意思说‘谁知道’？你心里的小算盘打得我在银河系都听得到。当初还你衣服，是你自己不要的。”

“嗯嗯嗯，你说的都对，不然怎么在你面前刷存在感？”岑晏摇头晃脑。

今昭拧起眉，上前两步，小声问：“你这敷衍的语气怎么回事？”

“哪里敷衍？我很认真。”

“那你一副懒得多说的样子？你以前不是这样。”

“你也说是以前，人都是会变的。”

他们一来一回的对话转变太快，差点让大家跟不上。空气中散发出不对劲的味道，谁都没料到八卦的最后会让这对准新人吵起架来。最后，今昭一瞪眼，说：“你这是得到就不珍惜了？还好只是订婚，这婚谁爱结谁……”

围观众人想阻止她接下去的话，但谁都没岑晏动作快，他丢掉 DV，一个箭步回身捂住了她的嘴。

夏热心疼设备的同时，出来打圆场：“晕晕，大喜的日子可不好说些不吉利的话啊。”随即又挥起拳头，话头指向岑晏，恶狠狠的样子，“还有你！说的什么话？快向晕晕道歉，你明明不是那样的人啊。”

他觉得自己为他们操碎了心。

长辈们也站出来，担忧地问：“刚刚还好得跟连体婴似的，怎么一转头就像变了个人？”

今父最疼女儿了，自然也受不了岑晏刚才的态度。他做了个撸袖子的动作，咬牙切齿地说："这臭小子，看我不揍死他。"

"冷静啊，法治社会，武力解决不了问题。"今母极力拦腰阻止。

眼瞧着事态往不受控制的方向发展，今妞拉下岑晏的手掌，两人"扑哧"一声，齐齐笑弯了腰。

"什么啊？"这回轮到众人摸不着头脑。

今妞笑倒在岑晏怀中，说："对不起，刚才戏瘾犯了。"

岑晏也很无奈，摊开手，撇了撇嘴，解释："她一直在耿耿于怀上次的吵架戏没吵好，想拿我练手来着。"

"合着你俩逗我们玩呢？"夏热惊呆了。

岑晏低下头，掐住今妞的脸颊，不满道："'还好只是订婚'的这种话下次别再说了。"

今妞笑着往外躲，奈何被钳制住，只好投降："不说了，刚才是情绪到了。"

他们实在可恶，众人忍无可忍，朝他们丢瓜子壳，骂道："神经病！"

小小的镜头里，瓜子壳、水果皮及抱枕在空中乱飞，金色阳光透过了大面的玻璃墙，落下斑驳。下午戏演变成枕头大战，老的小的全部加入，攻击对象为此次恶作剧的头号"罪魁祸首"。

夏热他们幼稚就算了，想不到连今母这群长辈也如此富有童心。我方二人势单力薄，岑晏握住今妞的手腕把她拉离现场，冲出大门，逃之夭夭。

望着在彩虹路上奔跑的身影，任佳举着香蕉，愣愣地问："还追吗？"

"不追了，让他们玩去吧。"周女士丢开枕头，气喘吁吁坐下。

阿拉斯加以为又进入了新环节，学她吐出舌头，跟着喘气。

它学得太像，周女士发笑。所有人看看狗，又看看人，哄堂大笑。

阳光炙烤地面，投落两个人的身影，穿黑裤白衬衫的男人和礼服下摆飘至脚踝的女人像刚从一场盛典中私奔出来，引得路人纷纷看过来。

通往便利店的这条路，他们已经走过三个夏天，丝瓜花攀爬的围墙，下坡路上的轮胎在树荫与斑驳光亮里飞速旋转，三三两两的少年似风经过。

"是今妞吗？好像今妞啊。"

另一个挽着同伴的女孩双眼发亮，原地小幅度蹦跳，拍打着同伴，惊喜地说："就是今妞吧！旁边是她男朋友，叫什么来着？"

"今晏！"

闻言，今妞顿时笑趴，脸颊埋进岑晏的肩窝。

风云人物岑晏，也有被人叫错名字的一天，今妞幸灾乐祸。

"对对，是叫今晏。"岑晏倒是很受用"今妞的男朋友"这一称号，哪怕被叫"今晏"也是笑眯眯的。

今媌笑着推了一下他的肩膀，说道：“没个正形。”

今媌大学四年里陆续上映了几部剧，选剧本时她并不执着于女一号，哪怕是戏份不多的女配她也愿意为之一试，不骄不躁，敢于尝试，积累了不少路人缘和粉丝，虽不像顶流那般走到哪儿都有狗仔跟踪偷拍，但也有年轻路人认出她来。

而这次认出她的是剧粉，她们夸今媌本人比电视上更好看，小心翼翼地握了个手，羞涩地合影。岑晏仍旧充当给她们拍照的工具人。

她们临走前还不忘嘱托岑晏：“要好好对媌媌哦！别看她微博只有几百万粉丝，但都是实打实的！敢欺负媌媌，我们第一个不同意！”

岑晏颔首，非常真心实意地答应下来。送走她们，他揽住今媌继续往前走，说：“每天看着你的粉丝一点点增长，越来越多人维护你爱护你，为夫深感欣慰。”

“好好说话。”今媌和他在一起后，脸上笑容常驻。

“咳咳。”她清清嗓子，握拳当话筒举到他唇边，“今晏同志，请问有个‘大明星’女朋友什么感想？”

岑晏配合她正起神色，回答：“这位记者，先容我纠正下，女朋友在今日成为了我的未婚妻。”说到这儿，他一拍脑袋，表情懊悔，“刚才怎么没纠正她们？应该是今媌的未婚夫啊。”

“别打岔别打岔，感想感想！”

“嗯……”岑晏认真想了想，松开她，回过身和她面对面倒着跑，“谢谢你喜欢我。”

“然后呢？”

岑晏故作惊讶地问：“还有然后？”

“就这一句吗？”今媌不死心追上去。

岑晏卖起关子，说：“反正日子还长，留着以后一天一句。”

他们一路打打闹闹，回别墅时已是傍晚。路灯同一时间亮起，夏热一行人趴在楼顶露台观望着他们，高挥起手。早就定好的计划，夜晚要一起放烟花。

他们飞奔下楼，夏热抱着最大的一桶烟花跑在最前面，经过他们，冲向海滩，大喊：“GoGoGo！”阿拉斯加都没跑过他，羌梨追在后面。

望着他们远去的背影，今媌和岑晏踢着沙子落在最后。看见好像有什么闪闪发亮的东西，今媌蹲下去，是贝壳。

岑晏的视线从未离开，她停他也停，他是永远跟随她的人。

她高举起一枚贝壳，举向他，说：“我还缺一串彩虹色的。”

他笑着接过，虚虚握在手心里，也蹲下，说道：“给你做。”

他们一起挑拣起贝壳。

克莱因蓝的天空笼罩着海面，大家终于在沙滩上找到一个安全之地。

“晕晕，阿晏，快来放烟花了——”夏热的声音远远传过来。

今天也许不止一对情侣订婚，不止一对新人步入婚姻的殿堂，因为有另一伙人率先放起烟花。烟花在天空散开的刹那，星星点点噼里啪啦闪烁。

"来了——"

又一个热烈而雀跃的夏天拉开帷幕，他们在永不落幕的盛夏里回过头。